KB061237

비밀의 문

비밀의
문

의궤살인사건

2

윤선주 극본
김영은 소설

예담

영조(英祖, 1694~1776)
이금(李昑). 조선 제21대 왕. 재위 기간 1724~1776년.

사도세자(思悼世子, 1735~1762)
이선(李愃). 영조의 두 번째 아들. 27세에 부왕의 명에 의해 뒤주에서 사사.

비정한 정치 앞에서 가장 비극적인 부자로 기억되는 영조와 사도세자.
아비가 그토록 아끼던 아들에게, 아들이 그리 존모해 마지않던 아비를 향해
칼끝을 세우며 간절히 이루고자 했던 세상은 어떤 모습이었을까.
지금 우리는, 당신은 어떤 세상을 꿈꾸는가?

"아니옵니다, 아바마마."

"어째서? 저 아이가 마음에 안 드니?"

"소자 미거하여 지금 거느리고 있는 가솔들에게조차 넉넉한 마음을 나누어주지 못하여 늘 안타깝게 여기고 있사옵니다. 하오니 아직은 소자가 감당할 수 있는 일이 아니옵니다."

왕이 혜경궁을 보고는 겸연쩍은 웃음을 흘렸다.

"이런, 내 미처 빈궁의 심경을 헤아리지 못했구나. 아가야, 서운하니?"

"아니옵니다, 아바마마. 왕실이 번창해야 나라의 번창이 있을 것이온데, 서운할 일이 무에 있겠사옵니까."

"그렇지. 역시 우리 빈궁이 부덕이 아주 높구나. 왕실이 번창키 위해서는 뭣보다 후사가 많아야 돼. 아들놈이 한 서너쯤 돼봐. 허면 그 중에서 어느 놈이 잘났나, 나라를 맡기면 어느 놈이 가장 잘할까, 키도 재보고. 이게 좀 좋으냐."

다른 형제가 없는 선을 노린 것인지, 같은 처지인 이산을 겨냥한 것인지 알 수 없었으나 어느 쪽이든 혜경궁이 듣기엔 사뭇 거북했다. 더 이상 혜경궁과 지담을 불편하게 만들고 싶지 않은 선이 부왕을 말렸다.

"아바마마."

"알았다, 알았어. 아무리 좋은 일도 저 싫으면 그만이지 뭐. 없던 일로 하자. 이보게, 상선. 대신 상은 아주 크게 내려. 칭찬을 하려면 제대로 해야지. 세자도 이제는 포교 놀이 그만 좀 하고 정사에 더욱 마음을 쓰거라."

"명심하겠습니다, 아바마마."

선과 혜경궁이 편전을 나섰고, 지담이 그 뒤를 따랐다.

"지혜로운 아입니다. 후궁을 삼진 않더라도 궁인으로 삼아 곁에 두시면 음으로 양으로 도움이 될 듯합니다만……."

"그는 좋은 일이 아닙니다. 지담인 궁에 어울리는 아이가 아니에요."

단호한 선의 대답에 혜경궁이 옅은 미소를 지었다.

"뭣보다 이 지독하다 못해 엄혹하기 짝이 없는 궁궐 이 담장 안에 가둬두고 싶지가 않습니다, 빈궁."

선이 먼저 걸음을 옮겼고, 지담이 그 뒤를 따랐다. 두 사람을 바라보던 혜경궁이 씁쓸히 중얼거렸다.

"지담이라는 아일 저토록 아끼시는 줄은 몰랐구먼."

"아끼시다니요. 후궁 삼는 것도 마다하셨는데 무슨 그런……."

김 상궁이 가당치도 않다는 듯 말했으나, 혜경궁은 자신에게는 한 번도 보여준 적 없던 선의 따뜻한 눈빛이 마음에 걸렸다.

"궁궐 담장 안에 가두고 싶지 않은 아이라……."

쓸쓸히 웃는 혜경궁의 눈가에 언뜻 물기가 맺힌 듯도 했다.

오늘 중으로 지담이 올 거라는 채제공의 말에 이른 아침부터 대문 근처를 떠나지 못하는 서균이었다. 바람결에 대문이 들썩거리기만 해도 지담인가 싶어 나가보기 일쑤였고, 번번이 허탕을 치면서도 곧 만날 거라는 기대에 지치는 줄 몰랐다. 또 한 번 대문 가까이서 기척 이 느껴졌고, 문이 열리며 일군의 익위사들을 대동한 채 선이 들어 섰다.

"아니, 저하께서…… 지담아!"

서균은 선을 따라 들어서는 지담의 모습에 희색을 감추지 못했다. 다시 만났다는 안도감에 그동안의 마음고생이 눈 녹듯 사라졌다.

"미안하네. 번번이 그대의 마음을 이리 고단케 하였으니."

선은 자신 때문에 지담과 서균이 모진 신역을 치른 것이 못내 미 안하고 죄스러웠다.

"아니, 아닙니다. 딸아이 무탈하니 됐습니다. 저하께서도 신역이 만만치 않으셨다 들었습니다. 저하, 부디 오래오래 평안하십시오."

"다시 안 볼 사람처럼 얘기하는군."

"또 뵙게 된다면 어째 좀…… 겁이 납니다."

"허면 이제부터는 좋은 일로 보면 되겠군."

애써 밝게 웃으며 다음을 기약하는 선을 보며 지담이 미소 지었다. 지담과 서균을 뒤로한 채 문을 나선 선의 얼굴에서 순간 미소가 사라졌다. 대일통이 택군하여 세우겠다 한 현자가 부왕인 것인가. 맹의가 정녕 사라진 것이겠느냐 물었을 때, 부왕은 왜 그렇게 분노했던 것일까. 모든 것이 안개 속에 갇힌 듯 혼란스러웠다.

"보행객주로 가겠다."

문서의 행방을 알고 있고, 그 답을 해줄 나철주부터 만나야 했다.

목멱산 일각, 계곡 근처 너럭바위 위에 나철주가 두 눈을 감은 채 단정히 앉아 있었다. 검계로서 숱한 죽음을 겪어왔지만 죽음은 늘 충격적이다. 허나 김무의 죽음은 충격이기보단 아릿했다.

'친구로서가 아니라 조선 최고의 검객에 대한 예우로 손은 남겨두는 거야.'

제 속을 드러내는 데 서툰 김무가 그리 얘기했으나 자신이 김무를 친구로 여겼듯, 그 역시 그러했기에 아비인 김택의 명에도 불구하고 자신을 해치지 못했다는 것을 알고 있었다. 번다한 마음을 떨치려 자리에서 일어나 칼을 빼어들었다. 복잡다단한 생각을 베어내듯 수련에 매진하던 그때, 선이 별감들과 함께 모습을 드러냈다.

"검결에 온통 분기뿐이로군. 그대의 적이었다면 살아 돌아가긴 힘들었겠어."

주위를 물린 선과 나철주가 한적한 곳으로 걸음을 옮겼다.

"사부, 아니 박문수 대감이 자네를 고용했었다 들었네."

"담뱃대, 그 안에 든 문서의 행방이 궁금하십니까?"

"말해줄 수 있겠는가."

"소인이 취하여 박문수 대감께 전하였습니다. 허나, 이젠 그 손에 없을 것입니다. 아직도 그 손에 있다면 저하나 또한 소인이 이 자리에 있을 순 없을 것이니 말입니다."

그 말뜻을 헤아린 선이 씁쓸한 속내를 달래고는 그 사실을 자신에게 말하는 이유가 무엇인지 물었다.

"누군가는 바로잡아야 하니까요. 휴지 쪽도 안 되는 더러운 문서로 인해 아무 놈이나…… 천한 놈은 더 손쉽게 죽일 수 있다고 믿는 이 더러운 세상. 누구 하나는 나서서 바꿔야 하는 거 아닙니까."

맹의로 인해 나철주는 죽음의 문턱까지 갔었고, 김무는 목숨을 잃었다. 그뿐인가. 신홍복, 허정운, 강필재도 맹의가 아니었다면 그리 허망한 죽음을 맞진 않았을 터였다. 선과 나철주는 안타까운 시선을 마주했다.

"바꿔…… 주시겠습니까?"

나철주가 결진 물음을 건넸으나 선은 대답을 아꼈다. 무거운 책임감 한편으로 이 모든 것의 끝에 부왕이 있을지도 모른다는 두려움 때문이었다.

환궁한 선은 장 내관에게 일러 박문수 대감을 모셔오라 이르고는 춘당대로 향했다. 선은 화살을 시위에 메겨 당겼다 놓았으나 주인의 어지러운 마음을 아는 듯 화살은 좀처럼 홍심에 들지 못했다. 선이 다시 시위를 당기려던 그때, 박문수가 다가와 탁자 위에 사직상소를 올려놓았다.

"뭡니까, 이게?"

"사직으로 벌을 청하고자 하옵니다."

"도망을 치려는 게 아니고요?"

주위를 물리라 명한 선은 사직상소를 집어들더니 박박 찢었다.

"벌을 청하려면 이런 식으로는 곤란합니다, 사부."

당혹스러운 듯 무슨 뜻이냐 묻는 박문수에게 선은 문서를 가져오라 운을 떼었다.

"나철주가 목숨을 걸고 찾아 사부께 건넸다는 문서 말입니다."

쉽사리 답하지 못하는 박문수를 보던 선이 이제 그 손에 문서가 없는 것이냐 되물었고, 박문수는 시선을 내리깔았다.

"그 문서…… 날 구할 패로 쓴 겁니까? 날 구하기 위해 문서를 김택에게 주고 진범과 바꾼 것이냐 묻고 있습니다."

선의 눈에 안타까움과 분노가 치밀었다.

"왜 그랬어요? 왜 그랬어요, 왜? 내가…… 난 괜찮다고 했잖아요. 내가 원하는 것은 오직 진실이다, 그러니까 아무 생각 말고 어떤 어려움이 있더라도 진실만을 따라가라, 그렇게 당부를 했건만…… 사부의 손으로 직접 진실을 물어요?"

박문수는 차마 그 눈빛을 마주할 수 없어 고개를 숙였다.

"처음부터 문서를 나에게 가져오지 않은 연유가 무엇입니까? 그 문서가 맹의, 택군을 결의한 문서이기 때문입니까?"

선의 입에서 '맹의'라는 단어가 나온 순간, 박문수가 고개를 들어 선과 마주했다. 몰랐으면 좋았을, 허나 언제까지 비밀로 묻어둘 수만은 없는 진실. 그 비밀의 문이 끝내 열린 것인가.

"나에게 가져오지 않은 연유를 묻고 있습니다."

"알린 자가 누굽니까?"

"진실을 찾고자 하면 아무도 믿지 말라 하셨던가요. 그것이 존모해 마지않는 사부라 해도 예외로 삼지 말라고도 하셨지요. 이제 그 가르침을 제대로 받들고자 합니다."

전에 없던 독기와 살기마저 느껴지는 선의 목소리와 눈빛이 안타깝고 측은하여 박문수는 그 어떤 말도 할 수가 없었다.

"맹의, 내가 손에 넣어야겠어요. 사부는 그저 맹의를 둔 전쟁, 그 전장에서 나의 말이 되어주시면 됩니다."

"아니 되옵니다."

"왜, 전장에 나섰다 만신창이가 될까 두렵습니까?"

"소신은 아무래도 좋습니다. 하오나 저하마저 다치는 것은 원치 않습니다. 저하께선 아직 이 싸움을 감당하실 수가 없습니다. 하오니 힘을 기르며 때를,"

"사부가 이 싸움을 두려워하는 연유가 무엇입니까? 내가 두려워 하는 것과 같은 이유니까?"

눈시울을 붉힌 채 서로를 바라보는 두 사람 사이에 무거운 침묵이 흘렀다.

"맹의에 수결하고 택군을 결의한 사건, 그 사건에 부왕조차 연루 된 것이냐 묻고 있습니다."

박문수는 참담함에 입을 다문 채 선을 바라볼 뿐이었다.

"말을 아끼십니다, 사부. 사부가 언제 가장 말을 아끼는 줄 아십니 까? 거짓말을 하기 싫을 때에요."

선은 그 말을 끝으로 사대를 떠났고, 크나큰 충격에 현기를 느낀 듯 박문수가 휘청거렸다. 겨우 탁자를 붙들었으나, 불안한 마음은 둘 곳 없이 흔들리고 또 흔들렸다.

❦ ❦ ❦

"이 문서가 처음 만들어진 건 신축년이야. 택군을 결의하고 금상 을 왕세제로 만들었지."

서안 위에 펼쳐둔 맹의를 내려다보며 김택이 그리 중얼거렸다. 삼 십 년 지난 세월만큼 문서는 누덕누덕해졌으나, 그날의 기억만은 또 렷했다. 민백상은 문서에 수결된 조부의 이름을 물끄러미 바라보다 조심스레 운을 떼었다.

"맹의가 우리 노론의 손을 떠나는 일이 없기 위해선 이제야말로 제대로 은닉할 길을 찾아야 합니다. 또다시 승정원 같은 곳에 은닉을 했다간……."

"아니, 이번엔 금상의 턱밑에 묻어둘 생각일세."

김택이 야릇한 미소를 머금은 채 맹의에 적힌 '갑진년'을 멀거니 보았다.

"갑진년에 무슨 일이 있었나?"

희우정 일실, 선의 물음에 최 상궁은 심장이 철렁 내려앉는 듯했으나 애써 마음을 다잡았다.

"부왕께서 즉위하셨지요."

"황숙께서 승하하신 해이기도 하지. 어찌 그리 황망한 낯빛을 하는 겐가. 갑진년에 무슨 안 좋은 일이라도 있었는가?"

"선대왕께서 승하하셨으니 궁살이 하는 자에게 그보다 더 황망한 일은 없지요."

"벌써 삼십 년 전의 일인데 마치 어제의 일처럼 황망해하는군."

"저하야말로 어찌 삼십 년 전 일로 성심을 낭비하십니까. 소인의 짧은 생각으로는 관심을 거두시는 편이 좋을 듯 보입니다. 아니 이 시각 이후, 절대로 갑진년이란 말 자체를 거론치 않으셨으면 하옵니다."

"뭔가 있긴 있군. 갑진년 부왕께 무슨 일이 있었던 것인가?"

최 상궁이 시선을 내리깔며 관심을 거두라 하였으나, 선은 그럴 마음이 없어 보였다.

"무슨 일이 있었는지 묻고 있지 않는가."

"소인에게 더는 답을 듣지 못하십니다."

"답은 그걸로 충분해. 이제 내가 직접 확인을 해야겠어."

희우정을 나서는 선의 뒷모습을 최 상궁이 못내 불안한 눈빛으로 지켜보았다. 선은 그 길로 승정원 책고를 찾았다.

"갑진년 승정원 일기를 내오게."

'갑진년'이라는 말에 신치운이 흠칫 놀라 선을 쳐다보았다. 그때 선의 앞에 서 있던 승지가 난감한 듯 운을 떼었다.

"갑진년 승정원 일기는 없습니다, 저하."

"없다니?"

"십 년 전 화재로 승정원 일기들이 불타 없어졌는데 아직 전부를 복원치 못한지라. 하온데 갑자기 갑진년의 일을 어찌……."

"아니네, 신경 쓰지 말게."

선은 난감한 얼굴로 책고를 나섰다. 그런 선을 김택의 수하인 관원 하나가 의심스레 바라보았고, 신치운 역시 선의 의중을 가늠해보 듯 쳐다보았다.

선이 승정원을 찾았던 일은 금세 왕에게도 전해졌다.

"갑진년? 이놈이 승정원에서 갑진년 일기는 왜 찾아. 이놈 이거 뭘 더 알고 있는 거 아냐?"

상선이 동궁전을 보다 주밀하게 살피라 명을 해두겠다 하였고, 왕은 불안한 눈빛으로 고개를 주억거렸다.

왕만큼이나 선도 불안한 눈빛으로 승정원을 바라보고 있었다. 십년 전, 선은 부왕과 함께 이곳에 있었다. 성난 화마 앞에서 왕과 어린 선, 박문수와 김택 모두 무력할 뿐이었다.

'십 년 전 그 화재도 맹의와 관련이 있었던 것인가. 누군가 갑진년에 일어난 사건들이 기록된 승정원 일기를 없애고자 불을 질렀던 것인가.'

불타는 승정원을 망연자실 바라보던 왕은 오열하며 어서 불을 끄라 소리쳤고, 어린 선은 그런 아비를 안타깝게 바라보았다.

'눈물의 의미는 무엇이었을까. 부왕은 이 사건과 아무런 연관이 없다는 가장 확실한 증좌는 아니었을까.'

선은 그리 믿었다. 아니, 그리 믿고 싶었다. 불타버린 역사를 안타까워하는 군주의 순정한 눈물, 그 이상 그 이하도 아니었을 거라고.

선은 무거운 발걸음을 옮겨 다시 희우정에 들었다. 채제공을 시켜 노론 산림1들의 개인 문집을 구해오라 일렀다.

"구할 수 있는 노론 산림들의 개인 문집은 이게 전부입니다."

채제공이 한 꾸러미의 서책들을 서탁 위에 내려놓으며 말했다. 선은 책에 눈길을 둔 채 두고 가라 일렀다.

---

1. 산림(山林) : 학식과 덕이 높으나 벼슬을 하지 아니하고 숨어 지내는 선비.

"죽파를 찾고 계십니까?"

채제공이 소매 춤에서 종이 한 장을 꺼내 펼쳤다. 문서에 수결한 호 아래에 이름이 씌어 있었으나 단 한 사람, 죽파 아래만은 비어 있었다.

"모두 노론. 그러나 단 한 사람, 죽파만은 누군지 알 길이 없더군요. 저하, 다시 한 번 여쭙겠습니다. 이자들이 수결한 문서는 무엇입니까?"

'이 무거운 고민을 이제 그만 나누어 지고 싶다. 허나, 채제공마저 이 지옥 속으로 끌어들이는 게 과연 옳은 일일까.'

선의 눈빛이 흔들렸다. 한참의 침묵이 흐른 후 결심을 굳힌 듯 선이 운을 떼었다.

"그 전에 약조해줄 것이 있네. 난 이 진실에서 단 한 치도 비켜설 의사가 없어. 그 결과가 아무리 참담해도 말이지. 나와 함께 끝까지 가줄 수 있겠는가?"

무거운 진실일 거라는 직감이 들었고, 채제공은 짧은 순간 갈등했다. 허나, 자신의 주군에게만 그 무거운 짐을 지울 수는 없었다. 채제공이 문서를 달라 청했고, 선은 품속에서 맹의의 사본을 꺼냈다. 조심스레 문서를 받아 펼친 채제공의 눈빛이 격하게 흔들렸다.

"어떻게 생각해? 부왕께서 맹의…… 알고 계셨을까? 죽파가 부왕일 수도 있는 건가. 그럴 리는 없겠지?"

아니라는 단 하나의 증좌를 찾기 위해 수십, 수백 개의 서책을 파헤쳤다. 허나, 그 어디에도 죽파라는 호를 쓰는 자는 없었다. 점점 모든 증좌는 부왕이 죽파이고, 이 맹의가 택군하여 보위에 올린 자가 부왕이라 가리키고 있었다. 그럼에도 선은 받아들일 수가 없었다. 채제공은 안타까운 듯 선을 바라보았고, 선의 눈에서 참고 참았던 눈물이 뚝 흘러내렸다.

승정원에서부터 희우정까지 선의 뒤를 은밀히 밟았던 김택의 수하가 김택의 집무실로 들어 제가 들은 것을 전했다. 난을 치고 있던 김택의 손끝이 멈칫했다.

"죽파라니? 진정 세자가 죽파를 궁금해하더란 말인가."

김택의 얼굴에 근심이 내려앉았다. 노론 산림들의 개인 문집까지 모두 살피며 죽파를 찾기 시작했다면, 이미 선은 맹의의 존재는 물론 그 내용까지 정확히 파악하고 있다는 것일 터. 김택이 복잡한 계산을 시작할 무렵, 선 역시 빠르게 움직이기 시작했다.

"고민만 한다고 해결되는 것은 아무것도 없어. 내 직접 확인을 해야겠다. 서연²청에 기별해서 서연관³들 지금 즉시 시민당으로 불러."

시민당 편전. 선이 용상에 정좌했고, 그 좌우로 채제공과 장 내관이 시립했으며 앞으로는 서연관들이 단정히 앉았다.

---

2. 서연(書筵) : 왕세자에게 경서를 강론하던 자리.
3. 서연관(書筵官) : 조선시대 왕세자의 교육을 담당하던 관리들의 총칭.

"오늘 석강의 주제는 무엇입니까?"

"《논어》〈위정편〉이옵니다, 저하."

"아니, 오늘은《대학연의》를 살피는 것이 좋겠습니다."

선은《대학연의》를 집어든 채 층계를 내려섰다.

"《대학연의》를 흔히들 제왕학이라 하나 기실 세상을 경영할 이치를 밝혀둔 책이지요. 평치平治, 세상을 평안하게 다스리기 위해서 가장 중한 것은 수신修身하고 제가齊家하는 일이라 강조하고 있어요."

고개를 끄덕이는 서연관들을 물끄러미 바라보던 선이 옅은 미소를 머금은 채 말을 이었다.

"그런데 말입니다. 제가에 소홀하여 자식 단속조차 제대로 하지 못한 아비가 빈청에 버티고 있다면 어찌 됩니까. 평천平天은 고사하고 치국治國조차 제대로 할 수 없는 것 아닙니까."

서연관들 사이에 소요가 일었고, 채제공은 불안한 듯 선과 서연관들을 살폈다. 선은 묵직한 물음을 던진 후 세가시강원으로 발길을 옮겼고, 채제공이 그 뒤를 따랐다.

"자식 단속을 못하는 아비라니요. 김택을 치고자 하십니까?"

"가늠해봐야 될 마음도 있지."

"기어이 전하의 어심을 가늠하고자 하십니까?"

말을 아끼는 선에게 채제공이 조심스레 중단할 마음은 없느냐 물었다.

"감당하실 수 없을지도 모릅니다."

대꾸 없이 방을 나가는 선을 채제공은 복잡하기 짝이 없는 얼굴로 바라보았다.

선이 던진 파문은 박문수에게도 전해졌고, 그는 그 길로 세자시 강원 문을 박차고 들어섰다. 공문을 들고 나서려던 채제공이 멈칫했고, 박문수가 그에게 따져 물었다.

"자식 단속을 못하는 아비라니. 이게 대체 무슨 소리야?"

"들으신 대롭니다."

"김택을 치고자 하신다는 겐가."

덤덤히 그런 듯하다는 채제공의 대답에 박문수가 발끈했다.

"헌데 자넨 어찌 이리 태연해. 죽기로 말려야지 지금 예서 뭘 하는 겐가."

"그럴 의사 없습니다."

박문수가 황당한 듯 채제공을 쳐다보았고, 채제공은 들고 있던 문서들을 쾅 내려놓았다.

"마음 같아선 이 손으로 김택의 모가지라도 비틀어버리고 싶은 심정입니다. 백성을 하늘로 섬기진 못한다 해도, 적어도 자신의 목숨만큼은 귀하게 여기겠다…… 저하의 그 귀한 뜻 꺾을 수 없어서, 아니 꺾고 싶지가 않아서 저하 뫼시고 여기까지 왔습니다. 허나, 진범은 살해당했고 범행 동기인 문서는 어디로 갔는지 오리무중인데다 배후는 제대로 쳐보지도 못하고 꼬리만 잘렸어요. 저도 이렇게 분한데 저하의 심경은 어떻겠습니까."

"그래서 그 분풀이를 하고자 어린 주군을 이길 수도 없는 전장으로 몰아넣겠다는 겐가."

"질 싸움이라고 단정할 순 없습니다."

박문수는 안타까운 눈빛으로 그를 보았다. 자당의 정치적 이익을 위해서라면 제 자식의 목숨조차 거리낌 없이 잘라버릴 수 있는 김택은 선과 채제공이 상대할 수 있는 자가 아니었다. 그가 선을 공격하려 마음만 먹는다면, 세자의 저위는 물론 그 목숨마저 위험해질 수 있었다.

"아직은 자네도, 또한 저하도 그들의 맞수가 못 돼. 그러니,"

"이미 화살은 시위를 떠났습니다, 대감."

채제공이라 하여 두려움이 없는 것은 아니나 이대로 승복하고 주저앉을 수는 없었다. 채제공이 그만 방을 나서려 했으나, 박문수의 목소리가 그 발길을 붙잡았다.

"김택을 꺾으려다 더 큰 적과 마주설 수도 있음이야!"

"알고…… 있습니다."

"아는데, 알고 있으면서 주군을 말리지 않겠다는 겐가."

"소직은 대감이 아니니까요."

그 말을 끝으로 채제공이 방을 나섰고, 박문수는 밀려드는 헛헛함과 안타까움에 털썩 주저앉았다.

다음 날, 세자시강원 관원들의 집무실에는 서연관들이 술렁이고 있었다. 선의 말을 따라야 한다는 쪽과 아무리 그래도 노론의 영수 김택을 어찌 건드릴 수 있겠냐는 쪽으로 의견이 분분했다. 사서 하나가 어찌하는 것이 좋겠느냐 물을 때였다.

"어찌하긴 뭘 어찌한답니까."

신치운이 문을 열고 들어서자 하급 관리들이 일어나 예를 갖추었다.

"대사간께서 예까지 어인 행보십니까?"

"힘을 보태기 위해 왔지요. 세자시강원은 동궁전과 운명 공동체 아닙니까. 저하의 뜻을 따라 영상 김택에 대한 탄핵안을 발의하세요. 허면 뒤는 우리 사간원4이 알아서 하지요."

잠시 후, 김택과 김상로가 있는 영상 집무실로 민백상이 황급히 들어섰다.

"무슨 일인데 식전부터 이리 호들갑인가."

"세자시강원 관원들이 영상 대감의 탄핵안을 발의했다 합니다."

길길이 날뛰는 김상로를 뒤로하고, 김택은 창덕궁 편전으로 들었다.

"국본의 행보를 멈출 길을 찾으셔야 합니다. 진실 놀음이 끝나면 세자는 이제 전하와 우리 노론의 목에 칼을 들이댈 겁니다. 만에 하나라도 국본의 행보를 막지 못한다면,"

"못한다면?"

---

4. 사간원(司諫院) : 조선시대 언론을 담당하던 기관. 국왕에 대한 간쟁(諫諍)과 논박(論駁)을 담당한 관청.

"그땐 후계자에 대한 새로운 상상을 품어볼 필요가 있을 겝니다."

"무슨 소리야?"

"소신에게 감 떨어졌다 그리 통박을 주시더니 전하께서는 왜 이러십니까."

"그래서 네놈이 뭘 어쩌자는 게야. 과인이랑 사이좋게 택군 놀이라도 하자는 거야, 뭐야."

"전하."

"나가! 당장 여기서 썩 나가버려! 어서 나가!"

왕이 분기에 찬 목소리로 몰아세우자 김택은 별 수 없이 편전에서 물러나왔다. 그 길로 소원 문씨의 처소를 찾았고, 그녀는 어인 일로 온 것이냐 물었다.

"태중 아기씨께 충성 서약을 하기 위해섭니다."

김택의 눈치를 살피는 소원 문씨에게 김택은 온후한 미소를 머금은 채 꼭 왕자 아기씨를 생산하시라 일렀다.

"허면 그분이야말로 이 나라 조선의 스물두 번째 군주가 되실 것입니다."

"누가 듣습니다. 세자께서 저리 강건히 버티고 계시거늘 이 아이가 어찌 언감생심……."

말은 그리하면서도 소원 문씨는 희색을 감추지 않은 채, 자신의 배를 어루만졌다.

"영리한 새는 나무를 잘 골라 깃들고 영리한 신하는 주군을 잘 골라 깃든다 하였습니다. 그러니까 신하 노릇이란 오직 '고를 택擇', 이한 자에 모든 정수가 들어 있는 법이지요. 소신 충성을 바칠 군주를 택하여 충성을 바치고자 하는 겝니다."

소원 문씨가 흡족한 듯 대감만 믿겠다 하였고, 김택은 고개를 깊이 숙였다. 김택이 소원 문씨 처소를 나서자마자 그 한 켠에서 이 모든 것을 엿들은 김 상궁이 빈궁전으로 달려갔다.

"영상 김택이 소원 문씨의 처소에 들었다 했는가."

"편전에서 전하를 배알하고 난 연후 곧바로 처소를 찾은 듯하옵니다."

"영상 김택은 권력의 향배를 귀신같이 아는 자이거늘…… 혹 부왕께서 무슨 언질이라도 주셨단 말인가."

혜경궁은 김 상궁에게 홍봉한을 모셔오라 일렀고, 얼마 지나지 않아 그가 빈궁전을 찾았다.

"저하를 도와 영상 김택을 차제5에 제거해야 합니다."

"김택은 노회한 자예요. 자칫하면 역습을 당할 수도 있습니다."

"그러니 아버지께서 발 벗고 나서셔야지요. 소원 문씨의 처소에 영상 김택이 다녀갔어요. 이것이 의미하는 바가 무엇이겠습니까."

김택의 독단적인 생각이든, 왕과 공모한 내용이든 세자의 저위를 흔들려 하는 의도일 터였다. 혜경궁은 김택의 손에 모조리 넘어가기

---

5. 차제(此際) : 이때, 이 기회.

전에 사람을 모으라 일렀고, 홍봉한 역시 굳은 얼굴로 고개를 끄덕였다. 홍봉한은 혜경궁과 헤어지자마자 사헌부[6] 근처로 갔다. 신치운이 이끄는 사간원만으로는 한계가 있으니 사헌부까지 가세를 해야 영상 김택의 탄핵이 힘을 받을 수 있을 것이라 판단한 것이다.

"눈치 보지 말고 밀어붙여. 언관[7]의 생명은 직필 아닌가. 자네만 믿네."

홍봉한이 장령 하나에게 은밀히 말을 흘렸고, 장령은 사헌부로 급히 걸음을 옮겼다.

※ ※ ※

춘당대, 홍심을 여지없이 뚫어버리는 화살은 선의 것이었다.

"사헌부에서 올린 상소 또한 계속해서 쌓이고 있다 하옵니다. 이제 그만 시민당으로 돌아가셔야 하옵니다."

최 상궁이 그리 말했으나 선은 묵묵히 시위를 당겼고 화살은 홍심을 뚫었다. 그때 박수 소리가 들려왔다. 김택이었다.

"영상께서 이곳 춘당대까진 어인 행보십니까?"

"활 솜씨가 아주 좋으십니다, 저하."

---

6. 사헌부(司憲府) : 정치 논의, 풍속 규제, 관료 감찰 및 탄핵을 맡던 관청.
7. 언관(言官) : 임금에게 간하는 일을 맡은 사간원·사헌부의 벼슬아치.

"대감의 정치력에야 비하겠습니까."

"저하의 정치력도 만만치는 않아 보입니다. 이 사람에 대한 탄핵안. 그 배후에 저하께서 계시다는 소문이 있어요. 소문이 사실입니까?"

선은 옅은 미소를 머금은 채 화살을 시위에 메기며 대꾸했다.

"사실이라고 믿으니까 예까지 달려오신 거 아닌가요?"

"소신을 치고자 하시는 연유가 무엇입니까?"

"안 될 이유가 뭡니까? 난 대감의 효심 깊은 아들도 아닌데."

무슨 뜻이냐 묻는 김택에게 선은 의뭉스러운 미소를 흘렸다.

"정치, 좀 편하게 해보고 싶지 않으십니까. 허면 이 사람과 손을 잡는 것이 좋으실 겝니다."

김택을 흘긋 보던 선이 다시 과녁을 향해 활을 쏘았다.

"정치가 아무리 고단해도 대감의 손을 잡는 일은 없을 것입니다."

"소신을 꺾을 수 있을 거라 보십니까?"

"그거야…… 해봐야 알겠지요."

제법이라는 듯 선을 보는 김택이었고, 선 역시 그 눈빛을 피하지 않았다.

그즈음, 홍봉한은 병판 홍계희의 집무실에 들어 있었다.

"사간원에 사헌부까지 합세한 모양이에요. 영상 대감 파직하라고요."

홍계희는 담담히 알고 있다 하였고, 이에 홍봉한이 비아냥댔다.

"일만 열심히 하는 줄 알았더니 그래도 귀는 열어놓고 사시네. 판

세가 어찌 될 거 같습니까?"

"사헌부, 곧 수그러들 수도 있습니다. 사간원은 소론 신치운이 수
장이니 강성이겠으나 사헌부는 수장부터 중견까지 대부분 노론이
니……."

"사헌부를 움직일 수 있는 건 영상 김택만이 아니에요. 뭣보다 철
없는 하급 관원들은 당색이 중하지 않아요. 그놈들 명분에 살고 명
분에 죽는 놈들이거든. 그런데 이번엔 명분이 너무도 확실하잖아요."

"대감 또한 찬성한다는 툽니다."

"대감은 아닙니까? 듣자니 대감은 어떻게든 균역법을 추진하고 싶
어 안달이 났다던데. 김택이 발목을 잡으면 하늘이 두 쪽 나도 균역
법 안 돼요."

힘을 보태주겠다는 말이냐 묻는 홍계희에게 홍봉한은 자신이 아
니라 세자가 보태주는 것이라 바로잡았다. 그러나 홍계희는 다시 공
문에 시선을 둔 채, 분란에 낄 의사가 없음을 밝혔다.

"물론 그러시겠지. 그저 가만히 영상에게 쏠리지 말고 중립만……
병판 잘하는 대로 중립만 지키면 됩니다."

홍계희가 고개를 끄덕였고, 홍봉한 역시 옅은 미소를 지었다.

김상로가 김택 앞에 명부 하나를 내놓았다.

"사간원, 사헌부에서 상소를 올린 자들의 명부입니다, 대감."

"여기 이놈들, 우리 노론 출신들 상소는 어찌했어?"

"속히 취하하라 하였습니다. 안 하면 당적은 물론 청금록8에서도 영구 삭제될 각오를 하라 하였으니 곧 좋은 소식이 있을 겝니다."

김택은 말없이 고개를 끄덕였다. 그때 민백상이 노론 측 관원들이 취하한 상소더미를 든 채 들어섰다.

"홍문관9 단속은 잘하고 있지?"

"여부가 있겠습니까."

"허면 상소를 올린 놈들은 모조리 소론인 셈인가. 이제 국본이 비답10을 내리기만 기다리면 되겠어."

"그럼 국본이 소론 강경파를 등에 업고 영상을 핍박했다, 몰아세울 수 있겠군요."

김상로가 말을 보태었고, 민백상 역시 당습에 빠진 천인공노할 죄인이라 못 박았다.

"금상이 탕평을 국시11로 여기고 있는 마당에 쳐 죽여도 시원찮을 죄인이지."

칼자루는 다시 김택이 쥐게 되었고, 그는 선뿐만 아니라 선의 편에 서 상소를 올린 소론들에게도 위기로 다가왔다.

"이대로 국본이 영상 김택을 파직해도 좋다고 비답을 내리면 어찌

▓▓▓▓▓▓▓▓▓▓▓▓▓▓▓▓▓

8. 청금록(靑衿錄) : 성균관, 서원 등에 있던 유생의 명부.
9. 홍문관(弘文館) : 궁의 경서 관리와 왕의 자문을 담당하던 관청.
10. 비답(批答) : 신하의 상소에 대해 왕이 내리는 답.
11. 국시(國是) : 국가 이념이나 국가 정책의 기본 방침.

됩니까. 오히려 국본이 당할 수도 있는 일 아닙니까."

조재호가 걱정스레 말했으나, 박문수와 이종성 모두 그 어떤 대꾸도 하지 못했다.

"비답은 내릴 수 없다고 하게."

시민당 편전에서 사헌부와 사간원에서 올린 상소를 읽어 내려가던 선이 상소를 툭 내려놓으며 그리 말했다. 채제공이 당혹스러운 듯 선을 쳐다보았으나, 선은 김택을 파직할 뜻이 없음을 밝혔다.

"거간12. 간쟁13을 거절하는 일은 언로를 모두 막아버리고 독주를 하고자 하는 군주가 아니라면 절대로 해서는 안 되는 일입니다."

"무슨 수를 쓰든 영상 김택을 탄핵으로부터 지키겠다. 언관들에게 확실히 못을 박아야 할 것이야."

채제공이 연산군 같은 희대의 폭군이 아니라면 여간해선 간쟁을 거절한 일이 없음을 알고는 있느냐 물었다. 선은 빙긋이 미소 지은 채 운을 떼었다.

"폭군이라…… 그쯤 되면 노론 소론 가림 없이 언관들이 모두 들고 일어설 명분은 되겠군."

그제야 선의 의중을 간파한 듯 채제공이 고개를 주억거렸다.

---

12. 거간(拒諫) : 옳지 못한 일이나 잘못된 일을 고치도록 올린 간언을 받아들이지 않음.
13. 간쟁(諫諍) : 사간원, 사헌부의 관원들이 왕의 과오나 비행을 비판하던 일.

"거간? 그러니까 세자가 영상 김택을 지키겠다고 언관들의 간쟁을 모조리 물리쳤단 말이지?"

상선의 보고를 접한 왕은 흥미롭다는 듯 되물었고, 상선이 고개를 숙였다. 왕이 피식 헛웃음을 흘렸다.

"이놈 봐라. 선아, 니가 지금 대체 무슨 생각을 하고 있는 거니?"

그즈음 채제공은 신치운에게 세자가 모든 간쟁을 거절했음을 전했고, 신치운은 물론 세자시강원 관원들 역시 황망한 낯빛으로 그를 보았다.

"저하 또한 영상 김택의 도덕성에 큰 회의를 품고 계신 것으로 압니다. 헌데 이제 와서 왜……."

"연유를 밝히지 않으셨사옵니다."

"연유도 밝히지 않고 무턱대고 언관들의 간쟁을 거절한다? 간쟁을 거절하는 것은 군주들도 가장 큰 불명예로 여기는 일이거늘 국본의 몸으로 어찌 이런 폭거를 행한단 말입니까. 다시 한 번 설득을 하세요."

"아무리 설득해도 요지부동이십니다. 자꾸 영상 대감을 파직하라 상소를 하면 언관과 간관14들을 모두 파직하겠다 버티고 계십니다."

"끝내 폭군의 길을 가겠다면 별 수 없지. 이쪽도 끝까지 갈 수밖에……."

---

14. 간관(諫官) : 사간원과 사헌부에 속하여 임금의 잘못을 간(諫)하고 백관(百官)의 비행을 규탄하던 벼슬아치.

신치운이 돌아서자 그 뒤를 사간원과 세자시강원 관원들이 줄줄이 따랐다. 신치운이 이끄는 삼사의 언관들은 창경궁 명정문 앞에서 연좌 상소를 시작했다.

"영상 김택을 파직해야 하옵니다. 거간하는 군주는 폭군이라 하였습니다. 왕재의 길을 배우는 국본으로 가당치 않은 일이옵니다. 속히 비답을 내리셔야 하옵니다."

신치운을 포함한 언관들이 연좌 상소를 올리기 시작했다는 소식은 영상의 집무실에도 전해졌다. 김상로가 격앙된 얼굴로 발끈했다.

"연좌라니? 사간원, 사헌부에 이어 기어이 홍문관까지 가담해서 말인가. 자넨 대체 뭐 하는 사람이야. 얼마나 못났기에 휘하들 하나 단속을 못해."

불똥은 홍문관 부제학 민백상에게 튀었고, 민백상 역시 답답한 듯 받아쳤다.

"언관들은 자존심이 생명입니다, 생명! 국본이 그걸 건드려놨으니 이젠 말릴 명분이 없어요, 명분이."

"허! 지사 나셨네, 지사 나셨어. 왜, 분해서 자네도 연좌에 동참이라도 하려는가."

"고만들 좀 해! 골 흔들려."

김택의 일갈에 두 사람은 민망한 듯 입을 다물었고, 김택은 다음 수를 고심하며 긴 한숨을 내쉬었다. 마뜩찮은 듯 얼굴을 구기고 있던 김택은 집무실을 나서 편전으로 향했다.

"이래도 소신에게 역정만 내시겠습니까. 소신을 쳐내고 나면 다음엔 전하께 칼을 겨눌 겁니다."

왕은 귀를 만지작거리며 허공만 쳐다볼 뿐, 아무런 대꾸도 하지 않았다.

"권력을 둔 싸움에서 저쪽이 칼을 겨누면 그 칼을 쳐내는 데서 그치면 안 됩니다. 칼을 쳐내고 그 목을 베어야 끝이 나는 것입니다."

여전히 말을 아끼는 왕을 보며 김택은 끝내 그 말을 뱉었다.

"저위. 국본에게서 뺏어야 합니다, 전하."

왕은 무심한 눈빛으로 김택을 응시할 뿐 쉽게 운을 떼지 않았다.

시간은 흐르고 흘러 밤이 되었으나, 명정문 앞에 연좌한 신치운과 언관들의 소리는 잦아들 줄 몰랐다. 그때 시민당 편전 문이 열리는가 싶더니 선이 모습을 드러냈다. 선과 언관들 사이에 묘한 긴장감이 흘렀다. 침묵을 깨뜨린 것은 선이었다.

"대체 이게 무슨 짓들입니까! 지금 즉시 연좌를 풀고 정청으로 돌아가 공무에 전념하세요."

"비답을 내리시기 전까진 연좌를 풀 수 없사옵니다."

"나의 답은 같습니다. 영상 김택은 절대로 파직할 수가 없습니다."

"기어이 폭군의 길을 가고자 하십니까."

"영상 김택은 삼십 년을 하루같이 부왕께 지극한 충심을 바쳐온 신하입니다. 헌데 그를 어찌 파직할 수 있단 말입니까."

"영상 김택을 파직하지 않겠다 하오시면 신 등은 그 뜻을 목숨으로 막을 것입니다."

죽음까지 불사하겠다는 신치운 등을 바라보던 선의 입가에 묘한 미소가 피어올랐다.

"별 수 없군요. 그대들의 뜻이 이토록 간절하니 부왕께 상주하여 비답을 내릴 것입니다."

명정문의 일은 이종성의 집무실에도 전해졌다.

"금상께 상주를 하다니? 국본이 어찌하여 칼자루를 금상에게 넘기겠다는 겐가."

"금상이 영상을 자르려 하겠습니까."

조재호가 불안한 듯 그리 얘기했으나, 선의 의중을 간파한 박문수는 이것이 단순히 김택의 처분이 걸린 일만은 아님을 눈치 챘다.

'저하께서는 부왕을 시험하고자 이 싸움을 시작한 것이다.'

박문수는 이종성의 집무실을 박차고 나가 편전으로 향했다. 선은 이미 편전에 들어 있었고, 그 앞에 채제공이 서 있었다.

"자네가 지금 무슨 짓을 하고 있는 줄 아나? 이게 진정 주군을 위하는 길이라 보는가."

박문수가 그리 따져 물었으나, 채제공은 아무런 대답도 하지 않았다.

왕은 용상에 앉아 서탁 위에 수북이 쌓여 있는 상소를 한 장 한 장 펴보고 있었고, 선은 묵연히 그 맞은편에 자리했다.

"수신제가 못한 자는 치국평천하 할 자격이 없다. 탄핵안이 나오기 전에 사직을 청하는 것이 도린데 염치가 없다. 관원에게 능력만큼이나 중한 것이 높은 도덕성이다."

비웃음과 분노가 섞인 목소리로 상소문을 읽어 내려가던 왕이 그를 탁 내려놓더니 선에게 물었다.

"그래, 이 아비에게 그 비답을 얻고자 한 연유가 무엇이냐?"

"영상 김택을 파직하는 일은 소자가 감당키 어려운 일인지라……."

"감당하기가 어렵다. 어찌해서 감당하기 어려워?"

"영상 김택은 갑진년……."

왕이 흠칫 굳어 선을 쳐다보았고, 선은 맹의 사본을 떠올렸다. 김택이 주동하여 택군을 결의한 비밀문서. 허나 차마 부왕에게 맹의를 아는지, 그것을 가늠해보기 위해서라는 말은 할 수 없었다.

"갑진년 아바마마께서 즉위하시던 그날부터 가장 아끼던 신하가 아닌지요."

왕이 애써 침착함을 유지하며 고개를 끄덕였고, 선은 그의 작은 행동 하나조차 놓치지 않으려는 듯 그를 응시했다.

"그거 하나야? 이걸 뭉텅이로 나에게 들고 온 연유가 그거 하나냐고?"

"다른 연유가 있어야 하옵니까."

선은 당당함을 잃지 않은 채 그리 반문했다. 왕이 그런 아들의 의중을 가늠해보려는 듯 쳐다보았으나, 선은 조금의 빈틈도 허락하지 않았다.

"신하면 신하지, 아끼고 말고 할 게 어딨어. 완벽한 신하가 아니라 필요한 신하를 쓰는 것, 그게 바로 이 아비의 정치라 하지 않았더냐."

"하오시면 어찌 비답을 내리는 것이 좋겠습니까? 영의정 김택을 파직해도 좋겠습니까?"

여전히 옅은 미소를 머금은 채 그리 물어오는 선을 물끄러미 바라보던 왕이 운을 떼었다.

"영상 김택이 너한테 필요하냐, 필요치 않으냐?"

선이 답을 아꼈고, 왕은 알 만하다는 듯 고개를 주억거렸다.

"그럼 영의정 자리 뺏어. 허나 파직은 과하다. 실권 없는 명예직 하나 만들어 뒷방에 처박아둬."

"간관들이 승복한다 하겠습니까."

"승복 못하겠다면 그 간관 놈들 이 애비 모가지라도 따가라고 해. 김택은 노론의 영수야. 정치력은 물론 그 세도 만만치 않아. 그런 자에게 지나친 반감을 심어주어 너에게 좋을 것이 하나 없어."

자신을 위한 말인 듯하나 일전에도 부왕은 저런 말투와 표정으로 신홍복의 특검 수사권을 은근슬쩍 노론의 의금부에게 주라 했었다.

"명심하거라. 아무리 못된 놈이라 해도 함부로 자르기 시작하면 그때부터 정치 못해. 저승사자라도 손잡을 땐 손잡아야 하는 것, 그것이 바로 정치다."

왕은 자신을 응시하는 아들의 시선을 차갑게 외면했다.

이윽고 연좌하고 있는 신치운 등의 언관들 앞에 채제공이 영지를 들고 섰다.

"저하께서 비답을 내리셨소. 현 영의정 김택은 오늘부로 영의정 직에서 면직하고 명예직인 영중추부사로 삼고자 한다. 이는 그간 공훈을 참작한 온정적 조치이니 여러 신료들은 거역하지 말라."

같은 시각, 장 내관은 김택의 집무실을 찾아 같은 내용의 영지를 읽어 내려갔다. 김상로와 민백상의 얼굴이 굳어졌으나, 김택은 서늘한 눈으로 껄껄 웃음을 흘렸다. 집무실을 나선 김택은 마침 그곳을 지나던 선, 채제공과 맞닥뜨렸다.

"이번엔 소신이 졌습니다, 저하."

"정사에서 이기고 지고가 어디 있답니까."

"이 패배는 소신의 뼛속에 깊이깊이 묻어두고 잊지 않을 것입니다."

선은 여유로운 미소를 잃지 않았고, 그것은 김택도 마찬가지였다.

"그리고 이 빚은 꼭 갚아드리지요. 소신이 빚지고는 못 사는 성미거든요."

"기대하고 있겠습니다, 대감."

선이 끝내 여유로운 미소로 응수하고는 먼저 스쳐 지나갔고, 김택은 분기에 차 주먹을 꽉 그러쥐었다.

❦ ❦ ❦

"영중추부사라…… 김택은 관복 입은 허수아비가 되었다 여길 것입니다. 김택의 저 어처구니없는 분기가 움직일 수 없는 증좌 아니겠습니까. 이만하면 전하께서 저하의 손을 제대로 들어주신 겝니다."

채제공이 평소답지 않게 들뜬 목소리로 그리 말했다. 선은 고개를 끄덕였으나 여전히 맹의와 부왕과의 관계를 명백히 밝히지는 못했기에 얼굴이 어두웠다.

그 시각 왕 역시 선이 대체 무엇을 얼마나 알고 있는 것인지 몰라 답답한 마음을 짊어진 채, 박문수와 나란히 궐의 정자 주변을 산책하고 있었다.

"세자가 죽파를 찾고 있어. 맹의를 보지 못했다면 이게 가당키나 한 일이야? 그대가 보여줬어? 내가 아는 박문수는 그리 섣부른 자가 아닌데……."

박문수는 긍정도, 부정도 하지 않았다.

"뭐 아니라면 어디 사본이라도 굴러다니는 모양이구먼."

"하오면 이 문제가 일파만파 되는 건 시간문젭니다. 사본이 동궁전에만 있다 어찌 장담을……."

"지금 이 시점에서 가장 큰 문제가 뭔 줄 아나? 세자가 감히 날 시험했다는 게야. 진본을 보지 못했다면 사본은 한낱 괘서에 불과해. 허면 부왕인 날 누군가 모함할 목적으로 만든 괘서다, 적어도 자식 놈이라면 이렇게 판단해줘야 되는 거라고. 허나 세자는 처음부터 과인을 의심하고 심지어 김택을 디딤돌 삼아 과인을 시험하려고 들었어."

"전하, 국본의 뜻은 그것이 아니오라······."

"문제를 받았으니 답은 줘야겠지. 이보게 문수, 과인이 폭군이 될 거라 했지? 그리 될 게야, 과인에게 도전해오는 자에게는. 허나 과인을 따르는 백성들에게는 성군이 되겠지."

웃고 있으나 이것은 왕의 가장 차가운 얼굴임을 잘 알고 있는 박문수였다. 박문수는 왕의 뒷모습을 못내 불안한 듯 바라보았다.

선은 희우정을 나섰고, 그 뒤를 채제공이 따랐다. 그 맞은편, 전각이 내려다보이는 지붕 위에는 김택의 수하인 별감 하나가 활을 겨눈 채 선을 노리고 있었다.

'실수 없이 겨누어야 하네.'

별감은 김택의 말을 떠올리며 활을 겨누었고 화살은 선을 아슬아슬하게 빗겨 전각 기둥에 꽂혔다.

"뭣들 하느냐! 자객이다. 속히 쫓아라."

채제공의 지시에 별감들이 신속히 움직였다.

"아니, 자객은 내 목숨을 노린 게 아니야."

선은 전각 기둥에 꽂힌 화살을 뽑아 화살에 묶여 있는 전언을 펴보았다.

"죽파竹波 유도자무도자有圖者無圖者라······. 그림 속에 있으나 그림 속에 없는 자? 그림 속에 있으나 없는 자. 나는 이자가 누군지 알아."

선은 큰 충격에 어지러운 현기를 느끼며 걸음을 옮겼고, 채제공이 뒤를 따랐다. 왕실 서고를 찾은 선은 어람용 의궤 쪽으로 다가갔다. 손이 떨려 의궤들이 우르르 쏟아졌다. 선은 그대로 바닥에 주저앉아 의궤들을 하나씩 펼쳤다.

"그림 속에 있지만 절대로 그려선 안 되는 자."

각기 다른 장소, 행렬, 행사였으나 공통적으로 그림 속에 있되 없는 자가 있었다. 선이 떨리는 손으로 왕이 타는 연輦을 짚었다.

"이자…… 이자는 이 나라의 군주…… 나의 아버지다."

그토록 부정하고 싶었으나 더는 부정할 수 없는 아비의 실체를 마주한 선의 눈에 눈물이 차올랐다.

12

　새벽 미명이 밝아오는 희우정 안, 눈을 감은 채 정좌하고 있는 선의 얼굴은 물기 하나 없이 건조했다. 미명을 밀어내고 떠오른 붉은 해가 희우정의 어둠을 깨웠다. 선은 결심을 굳힌 듯 천천히 눈을 뜨고 자리에서 일어났다.

　"감선15을 한 연후 부왕께 문후를 드리러 가겠다."

　익위사의 시위를 받으며 동온돌로 향하는 선을 김택과 민백상이 바라보았다.

　"표정 한 번 비장하구먼. 지 애비 목에 칼이라도 박을 기세야."

　"세자에게 죽파를 알려준 것이 잘한 일이겠습니까."

　"빚 갚은 거야. 금상에게는 경고한 거고. 금상이 이젠 저 혼자 살 궁린 못할 게야."

---

15. 감선(監膳) : 수라상의 음식과 수저 등을 미리 검사함.

김택은 서늘한 미소로 돌아섰고, 그 뒤를 민백상이 따랐다.

선이 동온돌 앞에 다다랐을 때, 마침 왕은 동온돌 밖으로 나서고 있었다.

"선아, 너도 채비를 하거라. 함께 가야 할 곳이 있다."

미복 차림의 왕과 세자가 걸음한 곳은 왕의 어머니 숙빈 최씨의 무덤인 소령원이었다. 그들은 시위하는 자들을 멀찍이 물린 채 봉분 쪽으로 다가섰다.

"어머니, 저 왔습니다. 저 금이에요. 오늘은 아들 녀석하고 같이 왔습니다. 아들 녀석 데리고 우리 어머니 꼭 한 번 뵙고 싶었습니다, 어머니."

왕이 안타까운 듯 봉분을 어루만졌고, 선은 그런 왕을 묵연히 바라보았다.

'정녕 아바마마가 죽파인 것입니까. 노론과 더불어 황숙의 암살을 결의하셨습니까. 하여 그 권좌를 가지신 겁니까.'

차마 물을 수 없는 물음들이 이어졌고, 왕은 제 어미의 무덤 앞에서 눈물을 훔치며 지난날을 털어놓았다.

"어머니 손은 참으로 거칠었다. 부왕께서 승은을 내리기 전까진 무수리였거든. 궁에서 물 긷고 온갖 허드렛일은 도맡아 하는 그 무수리 말이다. 난 그런 어머니가 부끄러웠다. 천한 무수리였던 것도 싫었고, 무수리로 났으면 그저 무수리로 살지 왜 나까지 낳아서 이렇게 싸잡혀 무시당하게 만드나. 죽기보다 싫었다."

선은 묵연히 아비의 이야기를 들었다.

"그날이었던가. 처음으로 어머니의 거친 손으로 매를 맞았던 게. 매를 맞은 건 난데 어머니가 나보다 더 서럽게 우셨다. 그래도 정신 못 차리고 어머니 그 마음…… 참으로 무던히도 아프게 했었다. 혼인하고 출궁할 때, 아주 홀가분한 그 마음…… 정말 시원하고 좋았다. 내 이놈의 궁, 다시는 돌아오지 말자. 침까지 뱉고 그렇게 돌아섰다."

왕이 씁쓸한 미소를 지었다.

"그런데 말이다 선아. 그 지긋지긋한 궁으로 난 다시 돌아갈 수밖에 없었다. 차기 지존으로 지목되었거든. 왕세제…… 왕의 아들이 아니라 왕의 아우 자격으로, 그것도 형왕의 어머니를 죽게 했다는 무수리의 아들로 주어진 국본의 자리. 그 자리가 얼마나 지옥 같은 자리였는지 너는 모른다. 천한 무수리 아들놈이 왕이 된다고? 웃기는 일이지."

왕은 헛웃음을 터뜨렸다. 무시는 기본으로 따라붙었고, 형왕을 지지하는 소론이 아니라 그와 맞서는 노론이 선택한 왕세제란 이유로 의혹과 질시, 심지어 자객까지 들이닥쳤던 지난날이 떠올랐다.

"형왕의 자리가 탐나 궁으로 굴러 들어온 놈. 너 잘 걸렸다. 한 번 죽어봐라. 이 아비는 살아남기 위해…… 그래서 왕이 되어야 했다."

선은 부왕을 안타까운 눈으로 쳐다보았다. 지난날, 박문수가 절절한 왕세제 이금의 고백에 그러하였듯이.

"이 아비는 말이다. 정말 좋은 왕이 되고 싶었다. 내 백성들 입에

삼시 세 끼 밥만은 푸지게 넣어주는 그런 왕. 그래서 균역법은……
균역법 하나만이라도 내 이 손으로 정성껏 만들어서 백성들에게 주
고 싶었건만. 헌데 여전히 당쟁으로 갈라져 쌈박질하는 그 신하 놈
들 말리느라 이 좋은 시절 다 허비하고 남은 날이 얼마일까. 그 남은
시간 동안 균역법의 완성을 볼 수나 있을까."

모든 것이 거짓이라 해도 지금 부왕의 이 모습만은, 저 마음만은
진실이라고, 진심이라 믿고 싶었다.

"어찌 그리 망극한 말씀을 하시옵니까. 하실 수 있습니다. 아니 오
래오래 강녕하시어 균역법보다 더 훌륭한 업적 또한 얼마든지 쌓으
실 수 있을 것이옵니다."

"네가 그리 믿어주니 이 아비가 정말 힘이 나는구나. 선아, 균역법
이 완성되어 반포될 때까지 이 아비가 직접 정사를 돌보고, 너는 잠
시 시좌16하여 아비를 도와줬으면 하는데 너의 생각은 어떠하냐."

순간 당혹스러웠으나 선은 그를 감추었다.

"지당하신 분부에 소자의 생각을 보탤 것이 무에 있사옵니까. 뜻
대로 하오소서. 소자, 곁에서 성심을 다하여 보필할 것이옵니다."

"고맙다, 선아."

왕은 선을 끌어안아 그 어깨며 등을 따뜻하게 투덕거렸다.

---

16. 시좌(侍坐) : 정전에 나온 왕을 세자가 모시고 그 옆에 앉던 일.

창덕궁 편전으로 들며 왕은 상선에게 빈청에 기별하여 내일부터 친정17을 할 것이니 상참과 조계, 윤대에 이르기까지 모두 이곳 선정전에서 거행할 것임을 전하라 일렀다.

왕이 친정을 할 것이라는 이야기는 상선을 통해 조정 안팎으로 빠르게 퍼져나갔다.

"친정이라니요? 대체 이게 무슨 일이랍니까."

조재호의 말에 이종성이 탄식 어린 한숨을 내쉬었다.

"아무리 균역법 제정이 명분이라 해도 이렇게 돌발적으로 대리청정을 거두고 친정을 선포하는 것은 너무도 이례적인 일이야."

조재호와 이종성이 한 마디씩 보탰으나 박문수만은 복잡한 심사를 어찌하지 못하고 침묵을 지켰다.

"금상이 국본의 권력을 회수하고 싶어졌다면 이유는 하나뿐이에요. 위협을 느끼고 있는 겁니다."

"위협이라니?"

"혹 국본이 갑진년의 일을 궁금해 한다는 것을 대전에서도 알고 있는 거 아니겠습니까."

선이 맹의의 존재는 물론 그 실체를 알고 있고, 왕 역시 그 사실을

---

17. 친정(親政) : 임금이 몸소 정사를 돌봄.

어느 정도 알아차리고 있음을 모두 알고 있는 박문수의 고민은 깊어만 갔다.

한편, 김택의 사랑에 모인 노론 인사들 역시 왕의 친정 선포를 입에 올리고 있었다. 선이 친정을 순순히 받아들였단 말에 김상로는 고개를 갸웃했다.

"이거 일이 어떻게 돌아가는 거야?"

"세자가 죽파를 알게 된 사실을 금상께 말하지 않은 모양입니다."

민백상의 말에 김택이 수심 깊은 얼굴로 제 수염을 가만 쓸었다.

"어린놈이 무슨 생각이 그리 많아. 지 애비 속보다 헤아리기가 더 어렵네그려."

소론과 노론이 왕과 세자의 의중을 파악하느라 골몰할 무렵, 채제공 역시 선에게 어찌하여 그리한 것이냐 묻고 있었다. 허나, 선은 균역법 관련 공문을 읽을 뿐 별 다른 대꾸가 없었다. 채제공이 한 번 더 운을 떼려던 그때, 문이 열리고 혜경궁이 들어섰다.

"빈궁께서 이곳 정청까진 어인 행보십니까?"

주위를 물려달라는 혜경궁의 말에 채제공이 편전을 나섰다. 혜경궁이 이번에는 또 무엇이냐 물었으나, 선은 여전히 공문에 눈길을 둔 채 돌아가라 하였다.

"난 오늘 빈궁과 다툴 여력이 없어요. 그러니."

"포교 놀이 말고 또 무슨 난행을 일삼고 계시냐 묻고 있습니다."

"그런 일 없으니 물러가 계세요."

"아니라면 부왕께서 친정을 선포하신 연유가 무엇입니까? 저하로부터 하루아침에 권력을 회수하고 저하를 견제하겠다 하신 연유가 무엇이냐 묻고 있습니다."

선이 공문을 내려놓고 그녀 곁으로 다가서며 물었다.

"내가 말할 의사가 없을 때 한 번이라도 나에게 답을 얻어간 일이 있습니까."

선은 혜경궁을 스쳐 그대로 편전을 나서려 했으나, 그녀의 간절함이 그의 발길을 잡았다.

"답이 하기 싫으시다면 이거 하난 명심해두세요. 앞으로 왕세자에게 걸맞지 않는 행보는 절대로 하지 마세요. 궁 안엔 그를 빌미 삼아 저하의 입지를 흔들려는 자들로 넘쳐나고 있으니까요."

선이 혜경궁 쪽을 돌아보았다.

"이건 당신의 아내로서가 아니라 이제 겨우 만 세 살이 된 우리 아이 산이…… 그 아이 어미로서 드리는 당부입니다. 부디 자중자애하세요. 저하의 입지가 흔들리면 원손의 입지도 함께 흔들릴 것임을 명심하셔야 합니다."

혜경궁은 끝내 마음 자락 하나 흘려주지 않고 자리를 뜨는 낭군을 서운한 듯 바라보았다. 편전을 나서 희우정으로 들어선 선의 뒤를 채제공이 따랐다.

"소신의 생각도 빈궁마마의 생각과 다르지 않습니다. 돌연한 친정 선포는 저하를 견제하겠다는 신호입니다."

"무슨 말을 하고 싶은지 알아."

"아시는 분이 어찌하여 항변 한 마디 없이 친정을 수락하신 겝니까. 저하께는 단 한 치의 권력도 없는데 죽파마저 알고 계시단 걸 대전에서 알아보세요. 저하를 어찌 다룰 것 같습니까. 어떻게 공격해오실지 상상이나."

"균역법. 자식 놈 의혹에서 벗어나고자 아바마마…… 당신의 어머니 무덤까지 자식 놈 끌고 가 균역법마저 패로 던지며 안간힘을 쓰시더라고."

"저하."

"그건 진심인데…… 균역법을 제정키 위해 그간 부왕께서 들여온 정성은, 그 모든 것은 다 진심인데……."

"하오나."

"내가 아는 아버지가 있어. 임금의 수라라고는 믿어지지 않을 만큼 간소한 소찬에 무명옷 즐겨 입는 검약한 군주. 새벽부터 밤까지 중독에 가깝게 일에만 빠져 사는 근면한 군주. 그런 아버지가…… 그런 아바마마께서 평생을 바쳐 이루고 싶어 하셨던 꿈. 당신의 손으로 균역법을 제정하여 백성들에게 주는 거였지."

헌데 살고자 그런 균역법까지 패로 쓰는 부왕이었고, 그런 아비를 지켜보는 게 너무나도 힘들고 버거운 선이었다. 하루 종일 참고 참았던 눈물이 선의 눈에 차올랐다.

"내가 아버지의 아들이 아니라 부왕처럼 승하하신 황숙의 아우로 났다면 어찌하였을까. 아버지와는 달랐을 것이라 확신할 수 있을까. 잠시 모든 판단을 유보하면 안 돼? 아바마마의 손으로 균역법 완성을 보시는 그날까지. 그날까지만이라도 시간을 벌어드렸으면 좋겠어."

사건의 진실을 규명하고 책임을 물을 때 문더라도, 적어도 균역법이 완성될 때까지만이라도 그리하고 싶었다.

늦은 밤이었으나 왕은 서안 위에 정안을 잔뜩 펼쳐놓은 채 주밀히 살피고 있었고, 그때 선이 들어섰다. 채제공 앞에서 보인 모습은 온데간데없이 늘 그렇듯 단정한 채였다.

"찾아계시옵니까."

"내 인사 의논하자고 불렀다. 이리 당겨 앉아."

"인사라 하오시면……."

"인석아, 네 손으로 영상을 잘랐으면 어느 놈 찍어 넣을까, 그 궁리부터 해야지."

"송구하옵니다, 아바마마."

선이 겸연쩍은 듯 미소 짓자 왕도 미소를 띤 채 이조에서 적어올린 정안을 한 장씩 선에게 건넸다.

"김상로, 이종성, 홍봉한, 조재호…… 아비는 이 넷 중에서 결정을 했으면 싶다만……."

정안을 꼼꼼히 살피던 선이 운을 떼었다.

"균역법 정국을 고려한다면 현 우의정 김상로가 어떻습니까? 경제

분야에서 가장 활약이 두드러졌던 인사가 아닙니까."

"허나 그릇이 너무 작아."

"하오시면 좀 더 포용력 있는 인사가 필요하시다는 말씀입니까?"

"아비는 이종성 쪽이 좋을 듯싶다만……."

왕을 물끄러미 바라보던 선이 옅은 미소를 배어 물었다.

"왜…… 너무 물렁해?"

"아니옵니다, 아바마마."

왕이 고개를 주억거리며 이종성 쪽으로 결정을 짓자 하였다.

"지난번에는 노론에서 영의정을 냈으니, 이번에는 소론에서 한 번 할 때도 됐다."

"지당하신 분부시옵니다, 아바마마."

"가만 보자…… 그럼 좌의정은 어쩐다."

왕은 다시 정안들을 뒤적였다. 눈이 어두워 돋보기를 든 채 눈을 찌푸리고 종이를 가까이 했다, 멀찍이 했다 하는 왕을 보는 선의 눈에 물기가 어렸다. 선이 아는 아버지의 모습이었다. 탕평하며 검소 검약하고 근면한 군주. 이 모습이 아버지의 모든 것이었으면, 자신이 알게 된 것은 잘못된 것이라 그리 믿고 싶었다. 선은 씁쓸함에 물기 어린 웃음을 머금었고, 그 시선에 왕이 정안을 내려놓으며 선을 바라보았다.

"아, 이놈아. 보라는 정안은 안 보고 왜 이렇게 애비 얼굴만 쳐다봐? 애비 얼굴에 뭐라도 묻었어?"

"아니, 아니옵니다, 아바마마."

"에이, 싱겁기는."

왕은 다시 정안에 눈길을 주었고, 선 역시 눈물을 삼킨 채 정안을 당겨 잡았다.

다음 날 아침, 창덕궁 편전 용상에 왕이 자리했고, 그 한 켠에 선이 시좌했다. 양쪽으로 도열한 대소 신료들을 찬찬히 바라보던 왕이 두루마리를 펼쳐 인사안을 발표했다.

"전 좌의정 이종성을 영의정으로, 전 우의정 김상로를 좌의정으로, 전 한성부 판윤 조재호를 우의정으로 삼을 것이니 과인의 뜻을 물리치지 말라."

"성은이 망극하옵니다."

이종성과 조재호, 김상로가 한목소리로 말했고, 김상로는 흘긋 김택의 눈치를 살폈다. 허나, 김택의 얼굴은 속을 알 수 없이 평온하기만 했다.

"또한 우참찬 박문수를 호조판서로 제수하여 병판 홍계희와 더불어 균역법을 추진케 할 것이니 부디 백성들의 보다 나은 삶을 위해 진력을 다하라."

"신명을 다할 것이옵니다, 전하."

"성은이 망극하옵니다, 전하."

홍계희와 박문수가 고개를 숙였다. 왕은 고개를 끄덕이고는 선을 보았고, 선은 옅은 미소를 머금은 채 부왕과 눈을 마주했다. 그 모습이 영 마뜩찮은 듯 아예 눈을 감아버리는 김택과는 달리 박문수와 채제공은 기껍기 그지없는 얼굴을 했다.

균역법을 위한 준비는 급물살을 탔다. 균역법 추진을 맡은 홍계희의 집무실에는 왕과 선, 박문수, 홍계희, 채제공 등이 모여 서책과 장계들을 주밀히 살폈다. 자리를 옮겨온 편전에서도 열띤 토론은 이어졌다.

"호판. 호전을 어찌하는 것이 좋겠나?"

"호전, 군포[18]는 반상의 구별 없이 매 호마다 한 필로 하자는 것이옵니다."

"그렇지. 나라 지키는 데 반상이 따로 있나, 어디."

허나 홍계희는 양반들의 저항이 만만치 않을 것이라 하였다.

"대신에서 하급 관원에 이르기까지 내놓고 말은 못하지만 호전론[19]에 대한 반발이 만만치 않습니다. 이 문제를 해결할 방책이 필요합니다."

잠시 고민하던 왕이 순문[20] 일정을 잡으라 일렀다. 왕이 직접 백성들에게 나아가 지지를 모을 것임을 천명한 것이다.

결심을 굳힌 왕은 그 길로 선과 함께 궐문 쪽으로 향했다. 궐문이 열리고 그 앞에 엎드린 백성들이 눈에 들어왔다. 왕은 그들의 손을

---

18. 군포(軍布) : 병역을 면제받는 대신 내던 베.
19. 호전론(戶錢論) : 양반, 상민의 구분 없이 가구당 동일한 세금을 부과하는 방법.
20. 순문(詢問) : 임금이 신하와 백성에게 묻는 일.

하나하나 잡아주며 감싸 안았다. 자신들만 군포를 부담하는 것이 아닌 데다가 두 필에서 한 필로 감해주기까지 한다니, 감읍한 백성들은 절을 올리고 또 올렸다. 더러는 너무도 파격적인 처우에 의심을 놓지 못하는 이들도 있었으나 왕은 그들조차 안심시켰다.

"걱정치 말게나. 내 이 균역법은 세자와 함께 꼭 시행할 것이니."

선은 백성들을 애틋하게 바라보는 부왕의 눈빛과 꽉 부여잡은 그 손을 한참이고 바라보았다.

❦ ❦ ❦

"이제 균역법이 완성되어 시행을 앞두고 있으니 왕위 승계 과정에서 있었던 불법을 어찌 처결할지 결정을 하셔야 합니다."

채제공이 선에게 그리 말하였으나, 선은 수심 깊은 얼굴로 말을 아꼈다.

"갑진년 사건, 이대로 접어두는 것이 좋겠습니까?"

"아니, 승정원 일기 외에 당시 정황을 알아볼 만한 자료가 없는지 알아봐줘. 무엇보다 사건과 관련한 자들의 범죄 사실을 입증하기 위해서는 맹의의 진본…… 당자들의 서체로 수결한 진본이 필요해."

맹의의 끝에 아비가 있다는 사실을 더는 부정할 수 없었다. 누구보다 그 아비를 존모하고 아끼지만 언제까지 외면할 수만은 없었다. 선은 가슴 한 켠이 아릿했으나 묵연히 견뎠다.

"진본은 현재로선 김택과 민백상, 김상로 세 명의 노론 대신들 수중에 있을 가능성이 있어. 그중에서도 김택일 가능성이 가장 크겠지. 세 사람에게 붙여둔 미행들에게서는?"

"아직은 이렇다 할 보고가 들어온 건 없습니다."

"아무래도 호랑이 굴을 탐색할 방도를 찾아야겠는데…… 민우섭은 아직도 출사를 미루고 있나?"

"오늘도 동궁전에서 사람이 다녀갔는데 여전히 출사하지 않겠다 버티고 있습니다."

김택의 사랑, 민백상은 김택에게 그리 고하였다.

"출사를 왜 안 해? 그건 좋은 일이 아니야."

"동궁전에서 하급 무관 하나의 출사에 저리 공을 들이는 건 그 아이가 제 아들이라서입니다. 우리 쪽 기밀을 캐고 싶은 거라고요."

"그건 역도 성립해. 그 아이가 우리에게 유리한 패를 가져올 수도 있어. 자네 아들 보내. 내가 한 번 만나보지."

김택이 민우섭을 직접 만나 설득하려 마음을 먹은 그즈음, 선 역시 같은 생각을 하며 채제공에게 직접 찾아가 만나보라 일렀다.

"그래도 안 되면 나라도 나서야지."

"하온데 저하. 민우섭이 출사를 한다 한들 쉽게 협조하려 하겠습니까. 아비의 안위와 관계된 일입니다."

선이 쓸쓸한 미소를 지었다.

"그러고 보니 종사관 민우섭과 나는 같은 처지로군. 어려운 일이지만 결단을 할 수 있도록 잘 독려해봐야지."

마치 자신에게 다짐을 두듯 그리 말하는 선이었고, 채제공은 어린 주군이 그저 안타깝고 안쓰러웠다.

민백상이 물러간 지 얼마 지나지 않아 민우섭이 김택의 집을 찾았다.

"대쪽이라…… 세상이 널 그렇게 부른다지. 사람이 너무 곧으면 재미없어. 좀 휘기도 하고 그래라."

"참고해보겠습니다."

"세상사는 원칙과 의리보다 처세와 요령으로 사는 거다. 네 눈에는 이 나라가 누구의 나라로 보이니?"

"백성의 것 아닙니까."

고개를 주억거리던 김택이 그 백성을 지키는 자가 누구인지 물었다.

"임금이라 생각하느냐? 아니, 우리 양반과 사대부들이다. 임진과 병자 지난 두 차례의 변란을 상고해보거라. 넌 군인이니 나보다 더 잘 알겠구나. 대답해봐. 이 나라 왕이란 자들이 뭘 했느냐?"

"몽진21."

"그래, 피난 보따리 싸기 바빴다."

김택이 보기에 오늘이라고 다를 것은 없었다. 오늘이라도 당장 왜

---

21. 몽진(蒙塵) : 임금이 난리를 피해 궁 밖 안전한 곳으로 떠남.

구나 오랑캐가 쳐들어오면 지금의 왕도 선대왕들이 그러했듯 도망치기 급급할 터.

"이 나라는 말이다. 양반과 사대부의 나라야. 양반과 사대부가 백성을 돌보고, 또한 왕권을 견제해야 이 나라가 돌아갈 수 있다 이런 말이다."

김택은 민우섭에게 내일 당장 세자익위사로 가라 일렀다.

"양반과 사대부를 대표해서 감시하고 견제해."

"그게 무슨 뜻인지……."

"일단 동궁전으로 가. 가 있으면 차차 알게 될 거다."

그때 누마루 밑으로 흑표가 다가섰다. 김택은 자리에서 일어나 민우섭의 어깨를 단단히 잡아주며 당부했다.

"현명한 결정을 하리라 믿는다. 네가 잘 해주면 네 아빈 나를 이어 노론의 차기 영수가 될 거다. 그 다음은 네가 아비의 뒤를 이어야지. 명심하거라. 노론의 영수가 된다는 것은 말이다. 군주보다 더 큰 힘과 정성으로 백성을 돌보는 자가 된다는 뜻이다."

그 말을 끝으로 김택은 흑표와 함께 서고 쪽으로 걸음을 옮겼고, 중문을 벗어나려던 민우섭이 멈칫하며 김택이 사라진 곳을 쳐다보았다.

다음 날, 민우섭은 채제공을 따라 세자시강원으로 들어섰다. 공문을 살피고 있던 선이 반색하며 그를 맞았다.

"드디어 만나는군. 하도 출사를 마다하기에 내 직접 찾아가 삼고 초려라도 해야 하나 궁리를 하던 중이었다네."

"송구하옵니다, 저하."

"아니, 이렇게라도 와줬으니 됐어. 잘 부탁하네."

선은 민우섭의 손을 꽉 잡으며 웃었고, 민우섭은 고개를 숙이며 신명을 다하겠노라 하였다.

"반 시진 후, 인정문 앞에서 순문이 열릴 예정일세. 내금위와 공조하여 저하와 전하의 시위에 만전을 기해주게."

채제공의 말에 민우섭이 깊이 고개를 숙였다.

❀ ❀ ❀

"오늘도 순문에 나서신다고요?"

인정문 쪽으로 향하는 왕 앞으로 김택이 다가서며 물었다.

"어쩐 일인가. 마중 나온 건 아닐 테고. 균역법…… 불만 있는 거 내 다 알아. 허나 이번만은 재 뿌리지 말어."

"재를 뿌리다니요? 어찌 이리 서운한 말씀을 하십니까. 다만 소신은 전하께서 보다 현명한 군주가 되시길 바랄 뿐입니다."

왕은 헛웃음을 흘리고는 그를 지나쳐 궐문 쪽으로 향했고, 김택은 멀어지는 왕의 뒷모습을 서늘하게 바라보았다.

그 무렵, 희정당 쪽으로 향하던 선과 채제공, 민우섭에게 장 내관이 혼비백산 달려왔다. 장 내관의 이야기에 선은 다급히 인정문 쪽으로 달려갔고, 그 뒤를 채제공과 민우섭이 따랐다. 그들 시선에 굳게 닫힌 인정문 앞에서 두 팔을 벌린 채 서 있는 박문수가 보였다. 그 맞은편에 왕과 상선, 홍계희가 있었다. 상선이 왕의 눈치를 살피며 무슨 짓이냐 물었다.

"순문은 다른 날로 잡을 것이니 오늘은 발길을 거두어주시옵소서."

"문을 여시오, 당장."

"그럴 수는 없네."

단호하게 버티고 선 박문수를 보며 홍계희 역시 꾸짖듯 말했으나, 박문수는 꿈쩍도 하지 않았다.

"여러 말 필요 없네. 속히 전하를 안으로 뫼시게."

"병판! 호판 치우고 문 열어, 당장."

왕의 노기 띤 음성에 홍계희가 내금위장과 군사들을 보며 고개를 끄덕였다. 내금위장과 군사들이 박문수에게 다가서던 그때, 박문수가 왕 앞에 무릎을 꿇었다.

"차라리 소신을 베어주시옵소서."

"뭣들 하느냐, 치워!"

내금위장은 군사들에게 박문수를 끌어내라 지시했고, 끌려 나가면서도 박문수는 아니 된다 읍소했다. 박문수의 읍소에도 불구하고 궐문은 열렸고, 이내 왕과 세자의 얼굴이 굳어졌다. 궐 앞에는 부복한 성균관 유생들이며 전국 각지에서 모여든 양반들이 연좌하여 상소를 하고 있었다.

"호전론은 불가하옵니다."

"반상이 유별하거늘 어찌 상것들과 한 묶음이 된단 말입니까."

왕의 얼굴이 분기와 슬픔으로 일그러졌다. 왕은 문턱을 넘어 층계를 내려섰고, 그를 경호하기 위해 내금위와 익위사들이 움직였다.

"경호 물려. 필요 없다."

"하오나 아바마마……."

"설득하러 가는데 군사들 줄줄이 달고 갈 수는 없어. 위화감 심어주면 될 일도 안 돼."

선이 군사들을 보며 고개를 끄덕였고, 그들은 한 발짝 뒤로 물러났다. 왕의 뒤를 따라 선이 선비와 유생 들 앞으로 나아갔다.

"일어들 나게. 그만 일어나서 물러들 가."

왕이 그리 말했으나, 선비와 유생 들은 그럴 수는 없는 일이라며 호전론을 폐지한다는 약조를 먼저 해달라 간청했다. 상것들과 한 묶음이 될 수는 없는 일이라는 게 그 이유였다.

"나라 지키는 데 반상이 어디 있는가. 이 나라가 어디 양반만의 나라이더냐."

"군포를 내는 것은 상것들의 몫이옵니다. 양반은 그들을 지도하고 순화하는 것으로 나라를 지키면 되는 일입니다."

"군포는 왕실에서도 낼 것이다. 내탕금²² 한 푼도 쓰지 않고 군포로 다 밀어넣을 수도 있어. 왕실부터 모범을 보일 것이니 그대들은 부디, 부디 이 과인의 뜻을 꺾으려들지 말라."

허나 선비와 유생 들은 꿈쩍도 하지 않았다.

"상것들과 한 묶음을 삼느니 차라리 이 목을 쳐서 관 짝에 넣어주시옵소서."

한 선비가 관 짝에 도끼를 박자 다른 이들도 일제히 관 짝에 도끼를 박기 시작했다. 제가 받은 충격도 컸으나, 선은 부왕을 먼저 살폈다. 부왕은 분노와 두려움을 간신히 누르고 있었다.

"강상의 도를 바로잡고자 함이옵니다."

"강상의 도를 허물고자 하신다면 전하께옵선 군주가 될 자격이 없는 것이옵니다."

가까스로 참고 있던 왕의 분기가 터져나왔다.

"군주의 하늘은 백성이고, 백성의 하늘은 세 끼 밥이야. 지나친 군포 부담으로 세 끼 밥조차 제대로 챙기지 못하는 백성의 사정을 헤아리지도 못하는 자가 어찌 군주의 자격이 있단 말이더냐!"

선비와 유생 들은 한 치도 물러서지 않고 위협적으로 다가왔다.

"군포조차 함께 부담하면 반상의 법도가 무너질 것이옵니다."

"허면 이 나라가 오랑캐의 나라와 무엇이 다르옵니까."

---

22. 내탕금(內帑金) : 임금이 개인적으로 쓰던 돈.

"폭군의 길을 자처하시는 연유가 무엇입니까."

그 순간 왕이 뒷목을 잡고 휘청했고, 선이 그를 부축했다. 놀란 상선이 달려와 왕을 살폈고, 선은 서늘하게 얼어붙은 얼굴로 선비와 유생 들에게 따져 물었다.

"무엄하다. 이게 대체 무슨 짓들인가."

"직언하는 선비를 핍박하고자 하신다면 그거야말로 폭군의 길이옵니다."

"네 이놈!"

왕이 제 성을 이기지 못해 풀썩 주저앉자 박문수와 홍계희 등 신하들이 왕 곁으로 달려왔다.

"뭣들 하느냐. 속히 전하를 뫼시지 않고."

박문수의 명에 상선이 왕을 부축하려 하였으나, 왕은 그를 뿌리쳤다.

"물러서. 저놈들이 죽든 과인이 죽든 오늘 이 자리에서 끝장을 보고야 말 것이야. 너 이놈아, 다시 한 번 떠들어봐!"

그리 소리치는 부왕을 바라보던 선이 이를 악문 채 선비와 유생들을 향해 돌아섰다.

"그대들의 오늘을 기억하겠다. 백성들과 결코 한 묶음이 되지 않겠다 한 그대들의 아집과 또한 이기심을 내 똑똑히 기억하겠다."

선이 부왕 앞에 꿇어앉으며 그만 환궁을 해야 한다 하였으나, 왕은 고집을 부렸다.

"물러설 자리를 볼 줄도 아는 것이 군주의 길이라 하지 않으셨는지요. 오늘만 날이 아니옵니다. 소자 다른 날, 다른 길을 열 것이니 오늘은 부디…… 부디 옥체를 보존하셔야 하옵니다."

왕이 고개를 끄덕였다. 박문수가 상선에게 왕을 뫼시라 하였고, 상선이 다가서던 그때였다.

"아니, 부왕은 이 사람이 직접 뫼실 것입니다."

선은 아비에게 제 등을 내밀었고, 왕은 아들의 등에 업혔다. 붉고 푸른 두 개의 용포가 포개어졌다. 아비를 업고 궁궐 문턱을 넘으며 선은 분기도, 울음도 삼켰다.

대일통회맹의 안가, 김택이 인정문 앞에서 격한 상소를 올린 선비와 유생 들을 직접 치하하며 자신의 승리를 점치고 있을 무렵, 선은 동온돌에서 아비의 곁을 지키고 있었다. 선은 차가운 물에 면포를 적셔 아비의 이마께를 닦았다.

"선이냐?"

"예, 아바마마. 곁에 있사옵니다."

왕이 손을 뻗어 선의 손을 잡았다.

"아무래도 호전론은 힘들겠구나. 양반 놈들을 모조리 적으로 돌리고서는 이 나라가 온전할 수 없을 것 같으니 말이다."

"지금으로선 저들의 뜻을 꺾는 일이 쉬운 일은 아닌 듯하옵니다."

"홍계희, 박문수…… 이 책임자들 지금 어딨어?"

"빈청에서 기다리고 있을 것이옵니다."

왕은 힘겹게 몸을 일으켜 세우며 편전으로 부르라 일렀다.

"아바마마 옥체 미령하시온데······."

"아니다. 이렇게 누워 있을 때가 아니야. 이보게 상선, 어서 부르거라."

아비의 고집을 꺾을 수 없다 판단한 선이 상선을 향해 고개를 끄덕였다.

잠시 후, 편전 용상에 왕이 앉고 그 곁에 선이 시좌했다. 맞은편에는 박문수와 홍계희, 병조 정랑 등 실무자들이 자리했다.

"호전론을 관철치 못하더라도 지금 평민들이 부담하는 군포 두 필은 그 부담이 너무 크니 한 필로 감해주거라."

"하오시면 부족한 군비는 어찌 충당한단 말입니까."

"왕실에서 쓰는 내탕금을 반으로 줄일 것이다. 또한 왕실 소유의 궁방전23의 면세 혜택을 파하고 결세24를 걷어 그 또한 군비로 충당케 할 것이다. 그 외에 군비를 충당할 다른 방도를 마련해 속히 올리도록 하라."

"성은이 망극하옵니다."

신하들이 일제히 고개를 숙였다. 남은 힘까지 다 쏟아낸 왕은 선의 부축을 받아 다시 동온돌로 돌아왔다.

---

23. 궁방전(宮房田) : 궁중에 소속된 토지.
24. 결세(結稅) : 조선시대의 토지세.

"곧 탕약을 들이라 하겠습니다."

그리 말하며 일어서려는 선을 왕이 붙잡았다. 아들을 물끄러미 바라보던 아비의 얼굴에 헛헛한 미소가 스쳤다.

"아비 꼴이 우습지?"

"아니옵니다, 아바마마. 무슨 그런……."

"균역법만은 무슨 수를 쓰든 이 손으로 정성껏 만들어 백성들에게 주마, 그리 호언을 해놓고 이렇게 감필로 주저앉은 이 아비 꼴이 우습지 않니?"

"이제 시작이다, 이렇게 시작하면 되는 것이라 그리 여기고 있습니다."

"이제 시작이다?"

왕의 눈이 일렁였다.

"균均, 이 한 자는 소자 평생 마음에 두겠습니다. 백성은 반상 가림 없이 평등하다 하신 아바마마의 가르침, 가슴에 두고 잊지 않을 것입니다. 하여 후일 소자가 이 나라 조선의 군주가 되는 날이 온다면 균, 이 한 자를 통치의 이념으로 삼겠습니다. 오늘보다 더 나은 균역법을 만들고, 오늘보다 더 나은 조선을 만들고자 노력할 것이오니……."

선이 끝내 말을 잇지 못하고 물기 어린 눈으로 부왕을 바라보았고, 부왕은 선을 따뜻하게 쓰다듬었다.

"그래, 고맙구나. 고마워. 우리 선이가 이제 왕재가 다 되었구나."

아비는 아들을 따뜻하게 안아 투덕거렸고, 아들 역시 아비의 등을 힘껏 끌어안았다.

한참 후에야 희정당 층계를 내려선 선은 복잡한 심사를 어찌하지 못한 채 동온돌 쪽을 쳐다보았다. 왕 역시 선이 나선 문께를 멀거니 보며 중얼거렸다.

"균, 이 한 자를 통치의 이념으로 삼겠다."

힘없이 자조적인 웃음을 흘리던 왕이 상선에게 물었다.

"선이 저 녀석이 내가 맹의에 수결한 걸 안다면…… 내가 죽파라는 사실을 안다면 저 녀석 어찌 나올까. 아비의 뜻은 모두 거짓이니 내게 배우겠다 한 말…… 모두 걷어치우겠다 악다구니라도 칠까?"

"전하……."

"그런 날이 올까 두렵구먼. 그런 날은…… 선이 저 녀석이 내가 죽파란 사실을 아는 날은 영원히 오지 않았으면 싶네."

맹의의 존재를 알고 그 문서에 수결한 죽파를 찾고 있는 선이었으나 그 이상은 어떻게든 막고 싶었다. 그 다정하고 선한 눈빛이 자신에게 서늘한 적의를 담는 것을, 그 단단하고 부드러운 손이 자신을 향해 칼을 쥐는 것을 보고 싶지 않았다.

괴로운 밤을 보내는 것은 희우정에 든 선 역시 마찬가지였다. 주안상을 사이에 둔 채, 채제공과 마주앉은 선은 연거푸 술잔을 비웠다.

"홍복이 사건, 아무리 친구가 죽었어도 그 사건 눈 감고 말 걸. 지담이가 와서 진실이라 했어도 비웃고 말 걸. 맹의 사본 봤어도 모두 거짓이라 치부할 걸. 죽파는 아예 알려지지 말 걸."

"저하……"

"우부승지, 나는…… 나는 이제 아버지를…… 아버지를 어떻게 해야 할지 모르겠어. 알 수가 없다고."

긴 하루 끝, 안간힘을 쓰며 참아왔던 눈물이 쏟아졌다. 채제공은 어린 주군이 감당하기에는 너무 큰 시련과 고통이 안쓰러웠고, 이내 그 눈에도 눈물이 어렸다.

❀ ❀ ❀

으슥한 밤 저자 일각, 지담은 곳곳에 숨겨진 세책통에서 신속히 세책표를 회수했다. 둘러볼 만한 곳은 다 살핀 후 집 쪽으로 걸음을 돌릴 때, 뒤쪽에 따라붙는 그림자가 있음을 느꼈다. 지담은 골목길로 접어들자마자 내달렸고, 그림자 역시 그녀 뒤를 바짝 쫓기 시작했다. 그림자가 지담의 덜미를 잡아채려던 그때, 스르렁 하는 차가운 금속음과 함께 그림자가 멈칫했다. 지담이 고개를 돌렸을 때, 그곳에는 나철주가 한 사내를 잡아채 그 목에 검을 겨누고 있었다. 나철주와 지담의 눈치를 살피는 사내는 신치운이었다.

"이…… 이거 좀 놓고 얘기하지."

나철주는 의심을 풀지 못한 채 신치운을 놓아주었고, 그의 눈치를 보던 신치운이 지담을 보며 옅은 미소를 지었다.

"네가 지담이구나."

"뉘신지?"

의아한 듯 묻는 지담에게 신치운은 아비 서균을 만나러 왔음을 털어놓았다. 서가세책으로 간 지담과 나철주, 신치운은 마침 마당 평상에 앉아 연초를 태우고 있던 서균과 맞닥뜨렸다. 신치운의 모습에 흠칫 얼굴이 굳는가 싶던 서균은 나철주에게 지담을 부탁하고는 신치운과 함께 지하공방으로 내려갔다.

"어릴 적부터 무던히도 책을 좋아하더니…… 결국 이렇게 사는구면."

지하공방 안을 휘 둘러보던 신치운이 지난날을 떠올리며 운을 떼었다.

"그간…… 격조하였습니다, 영감."

"이게 얼마만인가. 무신년에 그렇게 갈라지고 나서 처음이니……."

"스물여섯 해를 꽉 채우고도 남지요."

"그때 말이야, 그때 자네와 내가 동지들을 버리고 도망치지 않았으면…… 그랬다면 어땠을까."

"오래된 얘깁니다. 이제 그 얘긴 그만하시죠."

"아무도 도망치지 않고 끝까지 싸웠다면 그때…… 그때 세상을 바로잡을 수 있었던 것은 아닌가. 난 요즘 그런 생각을 자주 한다네."

"저는 다 잊었습니다. 예, 잊고 잘 살고 있습니다."

"나 역시 마찬가지였네. 잊고 말자. 내가 악착같이 바꾸려 한다고 세상이란 놈이 꿈쩍이나 하겠느냐. 그 덕에…… 다 잊고만 우리 덕에, 세상이 점점 더 나빠지고 있다면 어쩔 텐가?"

신치운이 화원 정수겸의 비망록을 서탁 위에 올려두었고, 책장을 넘겨보던 서균의 얼굴이 흠칫 굳었다.

"이게 사실입니까? 경종대왕의 시해를 모의했다는 그 문서, 맹의가 실재하고 그 맹의가 희우정에 봉인됐다?"

"그 문서로 인해 아까운 목숨들이 여럿 희생됐네. 자네 여식이 진실을 밝혀 크게 상찬받은 화원 신흥복 살인사건…… 그 사건이 바로 이 문서와 관련하여 일어난 사건이라 추정되네."

서균의 눈빛이 흔들린 것도 잠시, 그는 층계를 올라가 문을 홱 열었다. 은밀히 공방 안에서 벌어지는 일을 엿듣고 있던 지담이 흠칫 놀라 뒤로 물러났다. 서균은 더 이상 관심을 두지 말라는 듯 서늘하게 쳐다보고는 문을 쾅 닫고 다시 공방 안으로 들어갔다.

"이제 그만 돌아가주십시오."

"이 문제, 더는 좌시해선 안 돼. 아니 아무것도 하지 않더라도 적어도 이런 사실을 백성들이 알게는 해줘야 돼. 백성들에게는 그들이 섬기는 군주가 어떤 자인지 알 권리가 있네."

"알면…… 알아봐야 뭐가 달라집니까. 경종대왕 승하하시고 사년 만에 일으킨 봉기도 실패했습니다. 근데 이제 와서…… 이제 사람들 이런 거 알아도 안 나섭니다. 기껏 해야 술자리 안주거리로 몇 번 올리는 게 전부일 겁니다. 아시겠습니까."

　세상은 그때보다 더 팍팍해졌고, 백성들은 눈앞에 닥친 먹고 사는 문제를 감당하는 것만으로도 급급했다. 더 좋은 세상을 만들기 위한 노력, 관심. 그런 건 먹고 살 만한 자들이나 하는 사치가 되어버린 지 오래였고, 정작 먹고 살 만한 자들은 제 배를 불릴 궁리를 하기에 바빴다.

　"진심…… 아닌 거 알아."

　"그만 가시라고요."

　"이건 여기 두고 감세. 우리가 여기서 아무것도 하지 않으면 이제 고통은 다음 세대로 넘어갈 거야. 자네 딸 지담이가 권력을 위해서라면 군주조차 해하는 무도한 자들로 들끓는 세상…… 그 세상의 백성으로 살길 바라는가?"

　"제가 배웅해드리겠습니다."

　지담을 위해서라면 못할 것이 없었으나, 그 지담을 지키기 위해서 때때로 진실과 정의에 무던해질 필요도 있었다. 서균은 흔들리는 마음을 다잡으며 걸음을 떼었고, 신치운이 그 뒤를 따랐다.

　"멀리 나오지 말게."

　지담은 호기심 어린 눈빛으로 서가세책을 나서는 신치운과 서균을 번갈아 보았다. 허나, 서균은 지담에게 따르지 말라 이르고는 다시 공방 안으로 들어섰다. 한참이나 비망록과 대치 아닌 대치를 하던 서균은 인경도 훨씬 지난 야심한 밤, 드디어 결심을 굳힌 듯 빈 종이를 끌어다 필사를 시작했다. 그러고는 은밀히 필사쟁이들을 불러들였고, 그들은 서균이 필사한 내용을 일사분란하게 옮겨 적었다.

"이 일…… 지담이는 몰라야 돼. 무슨 말인지 알지."

서균은 일꾼 하나를 불러내 그리 말했고, 일꾼이 묵직하게 고개를 숙였다. 허나, 이미 그 모두를 엿들은 지담은 서균이 눈치 채기 전 다시 공방을 빠져나갔다.

순라군들이 딱따기를 치며 도성 안을 기찰 돌던 그 무렵, 서균은 책을 싼 봇짐과 등짐을 멘 일꾼 두어 명과 함께 그들을 주시하고 있었다. 순라군들이 사라지자 서균이 일꾼들에게 손짓하며 몸을 일으켰다. 그때, 누군가 서균의 어깨를 툭 잡았다. 서균이 흠칫 놀라 돌아보자 그곳에는 나철주가 장삼, 이사를 포함한 수하들과 서 있었다.

"자네가 여긴 어인 일이야?"

"이런 건 저희들에게 맡기셔야지요."

나철주가 싱긋 웃으며 그리 말하고는 수하들을 향해 고개를 끄덕였다. 검계들은 바랑에 서책들을 나누어 담고 사방으로 흩어졌다.

검계들이 민가의 광주리 아래며 벽장 틈, 아궁이 안, 기왓장 아래 등 은밀한 곳에 서책들을 숨기기 시작했을 무렵, 신치운은 은밀히 조재호에게 연통을 보내 자신의 사랑으로 불러들였다.

"이 사람을 따로 보자 한 연유가 무엇입니까?"

신치운은 대답 대신 서균이 서가세책에서 만들어낸 정수겸의 비망록 출판물을 서안 위에 올려놓았다.

"출판되어 저자에 뿌려지고 있어요. 부록으로 갑진년 어의 이공윤이 기록한 입진일기[25]도 붙여뒀소."

"괜찮겠습니까?"

"이제 와서 약한 모습을 보이는 연유가 뭡니까?"

"균역법 정국으로 금상에 대한 백성들의 신망이 하늘을 찌르고 있어요."

"신망이 높아진다 하여 있던 죄가 없어지진 않지요. 게다가 윤지 등 유배지와 초야에 은둔한 소론 동지들로부터 줄줄이 연통이 오고 있어요. 조만간 거사를 도모할 모양입니다."

조재호가 흠칫 놀라 그를 쳐다보았고, 신치운은 이제 물러설 자리를 봐서는 아니 된다 못 박았다.

"왕위 승계 과정의 불법과 탈법을 밝혀 책임자를 모조리 처벌하기 전까진 이 싸움을 멈출 수 없다…… 이런 말입니다."

조재호가 마른침을 꿀꺽 삼켰다.

다음 날 아침, 지난밤 검계들이 저잣거리며 민가 여기저기에 뿌려놓은 서책들은 백성들의 눈을 사로잡았다.

"이게 사실일까?"

"생감과 게장을 같이 먹으면 죽는다는데 그렇게 줄기차게 줬대잖아."

---

25. 입진일기(入診日記) : 의원이 궁중에 들어가 임금을 진찰한 기록.

"인삼탕은 독약하고 같았다고도 하네."

채 몇 시진이 지나기도 전에 도성 안 사람들은 정수겸의 비망록과 이공윤의 입진일기에 적힌 일들을 수군거리기 시작했다. 그 이야기 들을 들으며 저잣거리를 지나던 지담은 어느 전 앞에 놓인 서책 한 권을 집어들고 읽어 내려갔다. 그때 기찰포교들이 모습을 드러냈고, 지담은 품속에 서책을 감춘 채 걸음을 옮겼다.

"이게 다 사실일까?"

보행객주, 나철주 앞에 서책을 내려놓으며 지담이 물었다. 나철주 의 얼굴에 난감한 빛이 스쳤다.

"책쾌 어르신 너 모르게 하려고 전전긍긍하셨는데 그걸 기어이 저 자에서 주워다 읽냐? 읽은 건 아버지 모르시게 해. 공연히 걱정하셔."

"알어. 그런데 말이야, 두목. 이거 저하도 다 알고 계시나?"

"그럼."

"그걸 두목이 어떻게 알어? 이게 다 사실이면 저하 진짜 힘들겠다. 무섭고 힘들겠어."

서책에 적힌 내용도 충격이었으나, 지담은 선이 받을 상처가 더 걱 정스러웠다. 자신을 세상에 존재케 하고, 태어나서 지금껏 하늘처럼 우러르며 존모해온 아비가 이토록 부정한 일을 저질렀음을 알게 된 다면…… 그의 모든 것이 흔들릴 터였다.

막 채제공이 건넨 서책을 받아 읽던 선의 얼굴이 일그러졌다.

"이게 뭐야? 이게 어디서 났어?"

"내자가 읽고 있던 걸 빼앗아 오는 길입니다. 이 서책으로 장안이 아주 난리랍니다."

선이 난감한 듯 미간을 찌푸렸고, 그때 장 내관이 황급히 달려 들어왔다.

"큰일 났습니다. 큰일 났습니다, 저하."

선은 세자시강원을 박차고 나가 편전 쪽으로 달렸고, 그 뒤를 채제공과 장 내관이 급히 뒤쫓았다. 궐 안 궁녀와 내관 들의 방에서는 필사된 정수겸의 비망록뿐만 아니라 그들이 갖고 있던 세책들이 모두 압수되었고, 소지하고 있던 자들은 내시부 뜰로 연행되었다. 뜨락에는 서책들이 그득 쌓였고, 끌려온 궁녀와 내관 들이 거칠게 무릎 꿇렸다.

창덕궁 편전 안, 왕은 용상에 앉아 낄낄대며 정수겸의 비망록과 이공윤의 입진일기를 보고 있었다.

"이보게 상선. 이 책 태우고 이 책 들고 있던 궁인들 전부 죽여버려. 아니, 궁에서 허락한 책 외에 다른 잡서 들고 있는 것들도 모두 다 죽여버려. 지금 당장 도성 전역 샅샅이 뒤져서 이 책 출판한 놈, 소지한 놈, 더러운 책 한 자라도 본 놈. 싸그리 다 잡아서 죽여버려!"

"아니 되옵니다."

편전 안으로 들어서며 선이 그리 말했으나, 왕은 나서지 말라 일렀다.

"살육을 멈추라 명을 하여 주십시오."

"나서지 말라니까!"

"서책을 본 죄를 죽음으로 물을 수는 없는 일입니다."

"여기…… 왕실을 어떻게 비방해놨는지 네놈이 알기나 해?"

정수겸의 비망록을 흔들던 왕이 제 성에 못 이겨 서책을 선에게 집어던졌다. 발치 끝에 떨어진 서책을 내려다보던 선이 떨리는 손으로 그를 집어들었다.

"여기 적힌 것이 모두 거짓이고 심지어 악의적으로 작성된 비방이라 해도 책을 만들고 또한 읽었다는 죄를 죽음으로 물을 수는 없는 일입니다. 아바마마, 부디 궁인들을 죽이라 하신 명부터 거두어주십시오."

선이 간절히 청했으나, 왕에게는 가닿지 않았다. 왕은 서늘한 눈빛으로 선을 바라보다 상선에게 명했다.

"상선. 당장 가서 모조리 베어버려!"

상선이 걸음을 옮기려던 그때, 선이 그 발길을 붙잡았다.

"궁인들을 베고자 한다면 그대부터 칼을 받을 각오를 해야 할 것이야."

"뭘 하고 있어, 당장 나가라니까!"

상선은 어찌하지 못한 채 두 사람의 눈치를 보았고, 선이 한 번 더 부왕에게 명을 거두어달라 청했다.

"이 문제는 책 읽은 백성을 죽여 없앤다 하여 해결될 수 있는 문제가 아닙니다. 그는 소자보다 아바마마께서 더 잘 알고 계실 것이 아닙니까."

"저 말 듣지 말고 당장 나가 집행하라니까!"

"대체 왜…… 이 책을 그토록 두려워하는 연유가 뭡니까? 연유를 말씀해주십시오. 혹 여기 적힌 모든 것이 사실인 때문은 아닙니까?"

"그게 무슨 소리야!"

"여기 적힌 것이 모두 사실이냐 물었습니다."

"사실……이냐니. 네놈이 대체 무슨 근거로."

"죽파!"

선의 입에서 '죽파'라는 말이 나온 순간, 왕의 얼굴이 흠칫 굳었다.

"삼십 년 전 선대왕을 시해하고라도 권좌를 손에 넣자 한 대일통의 결의문. 그 문서에 아바마마의 호인 죽파로 수결을 하신 것이냐 묻고 있습니다."

"네놈이 감히!"

왕이 부들부들 떨며 죽일 듯 선을 노려보았고, 선은 그런 부왕을 안타깝게 바라보았다.

13

"수결을…… 하셨습니까?"

왕은 여전히 분기에 떨며 선을 노려볼 뿐 아무런 답도 하지 않았다. 허나 그만으로 대답은 충분했다.

"수결을…… 하셨습니다. 황숙을 죽이자 한 문서에 정녕……."

"이 애비에게 네가 그렇게 물어선 안 되지. 얼마나 힘들었냐, 힘들고 두려웠냐, 누군가 죽이겠다 위협을 하더냐, 그 문서에 수결을 안 하면 죽을 것 같아서…… 그래서 두려웠냐. 내 자식이라면 적어도 내 아들이라면 네놈이 그렇게 물어와야지."

그저 살고자, 살아남고자 몸부림쳤던 부왕의 지난날들이 선을 덮쳐왔다. 선은 무너지듯 그 자리에 무릎을 꿇었다.

"황숙의 아우로 나지 않고 아버지 아들로 나서…… 아버지 울타리 안에서 너무도 안온했기에 소자, 그 힘겨움을 감히 헤아리지 못합니다. 허나, 소자가 이러한데 백성들이라고 다르겠습니까. 아바마마께서 친히 백성들에게 갑진년 왕위 승계 과정에서 있었던 비화를 낱낱이 밝히고 용서와 이해를 구하는 것은 어떻겠습니까."

"용서와 이해? 그리하면 저 악귀 같은 신하 놈들이 이 아비를 이 용상에서 끌어내리고자 혈안이 될 거다."

"성군인 아바마마의 모습을 기억하는 백성이 이 나라에는 훨씬 많습니다. 하오니 용기 있게 과거의 잘못을 인정하고 정면 돌파한 군주에게 기꺼이 박수를 보내려들 수도 있습니다."

왕은 그런 달콤한 이상에 젖기에는 서늘하고 팍팍한 현실을 너무나도 잘 알고 있었다. 선 역시 이상만으로 현실을 타개할 수 없음을 모르지 않았으나, 어렵다 하여 시작조차 하지 않을 수는 없는 일이었다.

"아바마마께서 결단만 하신다면 어떤 어려움이 있든 처음부터 끝까지 소자가 함께 겪을 것이옵니다."

"결단이 필요한 쪽은 이 아비가 아니라 바로 너다. 이 아비의 흠결을 파헤쳐 이 권좌에서 끌어내리고자 모함하려는 그놈들…… 그놈들 전부 찾아내. 찾아내서 없애버려. 그것이 이 아비를 지키고 또한 이 나라 종묘사직을 지키는 길임을 네놈이 명심해야 할 것이다."

선은 또다시 진실을 감추려는 부왕이 안타까웠고, 왕은 왕대로 선이 이번 한 번만 눈을 감아주었으면 했다. 두 사람 사이에 서로 다른 안타까움이 스쳤고, 선은 결심을 굳힌 듯 운을 떼었다.

"그리는…… 그리는 못하옵니다, 아바마마."

"그럼 국으로 닥치고 있어."

왕이 불편한 기색을 감추지 않은 채 편전을 나섰고, 선은 그 모습을 불안한 듯 바라보았다.

❀ ❀ ❀

"정면 돌파라……."

편전을 떠나 동온돌로 들어서며 왕이 중얼거렸다.

"아들놈 순진한 생각에 놀아나기엔 자네하고 나…… 그간 겪은 세월이 너무도 많아."

왕은 쓰게 웃으며 마음을 다잡았고, 상선이 그런 주군을 안타깝게 바라보았다. 허나, 왕이 채 마음을 추스르기도 전에 또 다른 문제가 터졌다. 밤을 달려 도성으로 온 파발26이 말에서 뛰어내려 장계를 들고 궁 안으로 향했다.

"나주에 왕실과 조정을 비방하는 벽서가 붙었다 하옵니다."

상선이 왕에게 장계를 전했다.

"윤지? 무신년 역적으로 처형된 윤취상의 아들놈 아냐?"

"뿐이 아니옵니다. 윤지 등과 긴밀하게 교신하며 뜻을 모은 자들 또한 적지 않은데, 그들 대부분이……."

---

26. 파발(擺撥) : 조선시대 변방으로 가는 공문서를 신속히 전달하기 위해 설치한 교통통신 수단.

"소론이겠지. 그렇다면 무신년 이 과인을 역도로 몰아서 권좌에서 끌어내리고자 했던 그 급진적인 소론 놈들의 무리가 또다시 들고 일어날 기세란 말이지."

고개를 주억거리던 왕이 장계를 황촉불 가까이 가져가더니 타 들어가는 장계를 화로에 던졌다.

"과인이랑 한 번 해보자는 게지. 과인이랑 한 번 해보자는 게야."

왕은 서늘한 미소를 지었으나 그 눈에는 불안감 또한 서려 있었다.

그 무렵, 선 역시 벽서가 나붙기 시작했다는 보고를 전해 들었다.

"유배지와 초야로 흩어져 살고 있던 소론들도 갑진년 사건을 바로잡고자 움직이기 시작한 듯 보입니다. 이러다 걷잡을 수 없이 일이 커지는 것은 아닌지……."

문제는 이미 부왕의 손을 떠나 있었고, 소론이 이렇게까지 나선 이상 왕은 강경히 나올 것이 자명했다. 선은 암담한 듯 미간을 찌푸린 채 채제공에게 최악의 사태가 무엇이냐 물었다.

"아직은 그런 판단까지 하긴 이릅니다. 편전에서 긴급회의가 소집되었습니다. 일단 그리로 나아가 사태를 합리적으로 해결할 길을 모색해보는 것은 어떻습니까."

선은 고개를 끄덕이고는 세자시강원을 나섰으나, 상선이 그 앞을 가로막았다.

"편전 회의에는 참석지 말라시는 어명이옵니다, 저하."

선과 채제공은 당혹스러움을 감추지 못한 채 나지막이 한숨을 내쉬었다.

선의 편전 출입을 막은 채, 왕은 대소 신료들을 소집해 회의를 진행했다.

"병판, 군사들 이끌고 나주로 내려가 당장 역적의 수괴와 관련자놈들 전부 잡아들여. 판의금부사, 비망록 출판하고 유통시킨 그놈들도 모조리 잡아들여."

홍계희와 홍봉한이 고개를 숙였으나 이종성, 조재호, 신치운, 박문수 등 소론들은 그를 받아들일 수 없었다. 허나, 워낙 강경히 나오는 왕의 서슬에 쉽사리 반론을 펼칠 수도 없었다. 그때였다.

"아니…… 그리하실 필요 없습니다."

신치운의 말에 모두가 그를 쳐다보았다.

"서책을 출판하여 저자에 뿌린 것은 다른 누구도 아닌, 이 사람 바로 저올시다."

돌발적인 그의 행동에 이종성과 조재호가 불안한 듯 바라보았다.

"그러니 엄한 놈들 잡지 마시고 소신을 잡아 가두십시오."

"아니, 어찌하여 국록을 먹는 놈이……."

"국록 먹은 밥값으로 그리한 것입니다. 국록은 전하께서 주신 것이 아니라 백성들이 소신에게 주는 것입니다. 그 귀하디귀한 국록을 삼십 년 넘게 받아먹었으면, 밥값으로 진실은 알려줘야지요."

"근거 없는 유언비어를 네놈은 어찌 진실이라 하느냐."

"근거가 없다니요? 이건 경종대왕을 뫼시던 어의 이공윤이 갑진년 환취정에서 시료를 하며 기록한 입진일기입니다."

신치운이 품에서 이공윤의 입진일기를 꺼내들었다.

"어의의 만류에도 불구하고 전하께서 끊임없이 인삼탕을 바친 기록이 엄연합니다. 또한 의가에서 상극이라 꺼리는 생감과 게장, 그 또한 전하께서 경종대왕께 올리지 않으셨습니까. 나는 그날로부터 생감과 게장은 입에도 대지 않소이다."

"여봐라, 내금위장! 이놈 치워."

내금위 군사들이 신치운을 포박하려 했으나, 신치운은 거칠게 뿌리쳤다.

"어디로 가면 되나? 내 발로 직접 가지. 손바닥으로 하늘을 가리려 하지 마시오. 그런다고 가려질 하늘이 아니오이다."

신치운은 그 말을 끝으로 편전을 나섰고, 소론 중신들의 얼굴은 하얗게 질렸다. 껄껄 웃음 짓던 왕이 홍봉한을 불렀다.

"국청 열어. 국청 열고 공모한 놈들 전부 알아내. 또한 세책방, 책쾌 할 거 없이 불법 출판과 관련된 놈들 다 잡아들여."

"아니 되옵니다, 전하. 이대로 처벌만을 고집하신다면 백성들 대부분은 사실이라 믿을 것입니다. 허면 다음은 어찌하시겠습니까. 전하의 백성들 모조리 죽여 없애시겠사옵니까. 반대하는 백성도 전하의 백성이옵니다. 하오니 부디 그들에게도 자애를 주십시오."

왕이 그리 말하는 박문수를 죽일 듯 노려보았다.

"내금위장. 이자도 끌어내."

보다 못한 조재호가 아니 된다 읍소했고, 이종성 역시 부디 자중자애하라 하였으나 왕은 여전히 분기에 젖어 그 모두를 노려볼 뿐이었다. 박문수는 출판한 자들을 처벌하기에 앞서 그 내용이 진실인지 아닌지부터 밝혀달라 청했다.

"서책의 내용이 사실입니까, 아닙니까? 어찌 대답을 못하십니까."

"그래, 그리 원하면 내가 답을 주마. 형왕께 생감과 게장, 그리고 인삼탕을 올린 것을 묻는다면 모두 사실이야. 여기에 있는 모두가 아는 사실이지."

자백인가. 노론계 인사들의 얼굴에 불안감이 스치던 그때, 왕은 담담히 박문수를 보며 말을 이었다.

"허나 그 속에 독을 넣었냐, 이렇게 묻는다면 아무 근거도 없이 어의 이공윤이 쓴 그 불온한 내용만 믿고 과인을 역도로 몰아서……니들 소론이 작당을 해서 과인을 권좌에서 끌어내리려 함이 사실은 사실인 모양이군."

지난 무신년의 일이 반복되려는 건가 싶어 불안해진 이종성이 다급히 그 무슨 당찮은 말씀이냐 하였으나, 이미 돌아선 왕의 마음을 되돌리기에는 늦은 일이었다.

"사실인지 아닌지는 조사해보면 알겠지. 판의금부사, 이놈들 전부 잡아들여."

왕은 그대로 편전을 박차고 나갔다. 이종성과 조재호는 난감한 듯 눈을 마주쳤으나 그런 소론들을 바라보는 노론들의 얼굴에는 싸늘한 미소가 그득했다.

의금부에 꾸려진 국청에서는 신치운을 포함한 급진적인 소론 인사들이 줄줄이 가혹한 고신을 당하고 있었다. 그때 박문수와 이종성, 조재호가 오라 지워진 채 국청 안으로 끌려 들어왔다.

"함께 공모한 놈 불어. 여봐라, 토설할 때까지 계속 주리를 틀어라!"

홍봉한의 명과 함께 고신은 이어졌고, 소론 인사들의 비명이 허공을 가득 채웠다. 박문수, 이종성, 조재호가 그 모습을 안타까운 듯 바라보던 것도 잠시, 그들은 옥사로 끌려갔다.

소론이 끔찍한 고신에 비명을 내지르고 있던 그 무렵, 김상로의 집무실로 모여든 노론의 수뇌부 김택, 김상로, 민백상의 얼굴에는 희색이 만연했다.

"무신년에 그렇게 당하고도 정신을 못 차리나. 종이쪽 붙여서 뭘 바꿀 수 있다고……."

김택이 못내 안타깝다는 듯 혀를 내찼고, 민백상 역시 계란으로 바위 치는 게 소론의 특기가 아니냐며 그들의 무모함을 비웃었다.

"아무튼 잘만 하면 이를 기회로 빈청에서 소론을 토벌할 수도 있겠어요."

그리 말하는 김상로에게 김택은 소론을 토벌하는 데서 만족해서는 안 된다 선을 그었다.

"세자를 잡아야지."

김택은 더할 나위 없이 온후한 웃음을 지었으나, 김상로와 민백상은 그 서늘함에 마른침을 삼켰다.

"소론 중신들이 모조리 추포되었다 했느냐."

장 내관의 보고에 선이 벌떡 일어서며 그리 물었다.

"뿐이 아니옵니다. 세책방과 책쾌들 또한 모두 잡아들이라는 명이 내렸다 하옵니다."

선이 난감한 듯 한숨을 길게 내쉬었다. 이내 세자시강원을 박차고 나서는 선의 뒤를 채제공과 장 내관이 혼비백산하여 따랐다.

도성 곳곳의 세책방이란 세책방은 모두 급습당했고, 주인들은 줄줄이 추포되었다. 서균의 세책방 역시 다를 바 없었다. 금부도사와 나장들이 지하공방 안으로 쳐들어갔으나, 서균은 태연히 정수겸의 비망록을 필사하고 있었다. 그를 기막힌 듯 쳐다보던 금부도사가 수하들에게 서균을 끌고 가라 명했다. 아비가 위험하다는 생각에 급히 달려온 지담은 오라 지워진 채 끌려 나오는 서균과 맞닥뜨렸다.

"아부지."

"지담아, 괜찮아. 별일 아냐."

"안 돼요. 우리 아버지 못 데려가. 풀어줘요, 풀어줘요 이거!"

지담은 눈물이 그득한 채 아비를 풀어달라 매달렸으나, 금부도사는 그녀를 거칠게 떼어냈다. 바닥으로 내쳐진 지담이 다시 일어나 서균에게 달려들려 할 때, 그녀를 붙잡는 손이 있었다.

"놔, 놔 이거."

"가만 좀 있어. 이러다 너도 위험해."

나철주가 지담을 붙들었으나, 지담에게는 가닿지 않는 듯 그녀는 아비 쪽으로 다가가려 안간힘을 썼다. 서균은 차마 딸을 두고 떨어지지 않는 무거운 발걸음을 옮겼다. 나철주는 서균이 아득히 멀어지고 나서야 지담을 놓아주었고, 지담은 기진한 듯 털썩 주저앉아 눈물을 쏟아냈다.

선과 채제공, 장 내관이 서가세책의 지하공방을 찾았을 때 그곳에는 아무도 없었다. 그 무렵 부용재 툇마루, 지담은 눈물조차 말라버린 듯 버석하니 초점 없는 눈으로 멍하니 앉아 있었다. 그 곁을 춘월이 지키고 있었고, 나철주와 운심 역시 안타까운 듯 지담을 바라보고 있었다.

"궁으로 인편을 보낼 방도를 물색해주게. 저하께 알려 도움을 받는 것이 가장 빠른 길일 듯싶으이."

나철주의 말에 운심이 고개를 끄덕이고는 중문 쪽으로 나서던 그때, 선과 채제공, 장 내관이 들어섰다.

"저하."

운심의 목소리에 정신이 번쩍 든 지담이 황망히 선에게로 다가섰다.

"우리 아부지는요? 우리 아부지 어딨어요? 우리 아부지 데려온 거 아니에요?"

"지담아……."

"우리 아부지 죄가 뭐예요? 그 책에 써 있는 거 다 거짓이에요? 아니잖아요. 그거 다 진짜잖아요."

선은 착잡함에 아무 말도 할 수 없었다.

"그거 진짜면 전하께서…… 저하의 아부지가 나쁜 거잖아요. 근데 왜 우리 아부지를 잡아가요? 전하께서 잘못해놓고 왜 우리 아부지 죄인 취급해요. 왜……."

"……미안하다."

그 말 외에 선이 할 수 있는 말은 없었다. 지담은 그의 손을 잡으며 간절히 청했다.

"우리 아버지 풀어주실 거죠? 저하께서 풀어주실 수 있죠? 왜 대답을 못하세요."

"약조하마. 무슨 수를 쓰든 아버지…… 너에게 꼭 돌려보낼 것이다."

선은 지담의 어깨를 잡아주고는 그대로 걸음을 돌려세웠다. 애처로운 눈빛으로 선의 뒷모습을 바라보는 지담을 나철주가 못내 안쓰러운 듯 바라보았다.

❀ ❀ ❀

선은 환궁하자마자 편전으로 향했다.

"아무도 들이지 말라시는 어명이옵니다."

상선이 그리 말했으나, 선은 그를 무시한 채 문에 대고 소리쳤다.

"아바마마, 소자이옵니다. 소자 선이옵니다."

안에서 썩 물러가라는 왕의 목소리가 들려왔다.

"송구하옵니다. 불효를 용서하소서."

선은 문을 벌컥 열어젖히고는 안으로 들어섰다.

"이게 어디서 배워먹은 버르장머리야!"

선은 그 발 앞에 꿇어앉으며 부디 명을 거두어달라 청했다.

"아무리 힘들어도 정면 돌파만이 해법이옵니다."

그를 싸늘하게 보던 왕이 편전을 나서려 하자 선이 그 발치에 매달렸다.

"아바마마. 백성들이 돌을 던지고자 하면 소자가 다 맞을 것이옵니다. 백성들 한 사람 한 사람 찾아다니며 사과하고 빌어야 한다면 그 또한 그리할 것이옵니다."

선이 간절히 청했으나 왕은 그를 거칠게 뿌리치고는 편전을 나섰다. 참담하기 짝이 없는 얼굴로 선은 이를 악물었다.

동온돌, 장침에 기대앉은 왕 앞에 김택과 김상로가 있었다. 왕은 앞에 차려진 다담상의 차를 물 마시듯 벌컥벌컥 들이켰고, 눈치를 살피던 김상로가 운을 뗐다.

"그리 심난해하실 거 없습니다, 전하. 소론의 무리야 원래 전하와 상극이 아닙니까. 전하의 뒤에는 언제나 저희 노론이 있습니다. 차제에 불온한 소론의 무리는 싹 쓸어내고……."

"빙빙 돌리지 말고…… 그래서 하고 싶은 말이 뭐야?"

"신 등이 전하를 이리 급히 뵙고자 한 건 소론의 준동[27]보다 더 큰 문제가 있기 때문입니다."

왕은 그리 말하는 김택을 가늠하듯 물끄러미 쳐다보았다.

"출판의 배후가 신치운만은 아니라는 소문이 있습니다."

"신치운만이 아니라니?"

"국본이 그 배후라는 소문이옵니다."

무슨 근거로 그리 말하는 것이냐 묻는 왕에게 김택은 정수겸 비망록 출판을 가장 주동적으로 진행한 놈이 책쾌 서균임을 알렸다.

"바로 그 세책방 계집의 아비 됩니다."

"뭣보다 수상쩍은 건 비망록이 번져나감과 동시에 이제 이 나라는 전하가 아니라,"

"내가 아니라 뭐?"

"세자가 다스리는 것이 더욱 좋은 일이라는 소문 또한 번지고 있는 것으로 보아,"

"물러들 가."

왕은 김상로의 말을 툭 자르고는 시선을 거두었다. 김상로가 난감한 듯 김택의 눈치를 살폈고, 김택은 예를 갖추고 물러나왔다.

---

27. 준동(蠢動) : 불순한 세력이나 보잘것없는 무리가 법석을 부림을 이르는 말.

"출판의 배후에 세자가 있다?"

"책쾌 서균이 추포된 직후 국본이 서가세책 공방에 들렀다 하옵니다."

상선의 말에 왕이 짐짓 굳은 얼굴로 중얼거렸다.

"허면 선이 이놈이…… 이 아비의 등에 칼이라도 꽂으려 했다는 거야, 뭐야."

그토록 착하고 순진한 얼굴을 하고 앉아 감히 아비에게 그 같은 짓을 하려 했다니, 쉬이 믿기지도 않고 믿을 수도 없었다.

다음 날, 선은 춘당대로 민우섭을 불렀다.

"받아. 맞수가 필요해서 불렀어."

선은 다른 활을 민우섭에게 건넸고, 민우섭이 그를 정중히 받았다. 선의 화살은 홍심 한가운데를 꿰뚫었다. 민우섭의 화살 역시 홍심을 뚫었다.

"솜씨가 좋군. 사람 죽여봤나?"

"변방에 배치되었던 일이 있으니까요."

씁쓸히 고개를 주억거리던 선이 견딜 만했느냐 물었고, 민우섭은 자신의 본분이었노라 담담히 답했다.

"무관의 본분이 뭐라 보나?"

민우섭은 즉답을 피한 채, 자신을 부른 연유를 물었다.

"노론에서는 저하께서 소신을 익위사로 부르신 연유가 그들을 칠 정보를 얻기 위해서라 판단하고 있습니다."

"어떻게 알았지?"

선은 그리 말하며 피식 웃는가 싶더니 이내 웃음을 거두고 그걸 자신에게 말하는 연유가 무엇이냐 물었다.

"얽히기 싫다는 뜻입니다. 그쪽에서도 똑같은 걸 원했거든요."

"얽히기 싫다. 예외는 없나?"

"없습니다."

"사람을 살리는 일인데도? 자네가 대답지 않은 무관의 본분……
그게 바로 사람 살리는 일 아닌가?"

선은 활을 내려놓은 채 세자시강원 쪽으로 걸음을 떼었고, 그 뒤를 민우섭이 따랐다. 선은 그에게 맹의 사본을 내밀었고, 의아한 듯 문서를 받아든 민우섭의 얼굴이 이내 하얗게 질렸다.

"거기 그대의 증조부와 나의 아버지가 함께 수결을 했네."

큰 충격에 얼어붙은 듯 멍하니 서 있는 민우섭을 보며 선 역시 아릿한 고통을 느꼈다. 허나 그도 잠시, 옥방에 억울하게 갇힌 자들이 떠올랐다. 이 이상 시간을 끈다면, 죄 없는 자들이 너무나도 무거운 죗값을 지고 죽음을 맞이할 터였다.

"허나 그건 어디까지나 사본에 불과해. 이들의 죄상을 입증하기 위해선 당자들의 손으로 직접 수결한 문서…… 진본이 필요하네. 나를 좀 도와줄 수 있겠는가. 문서를 찾지 못하면 수많은 사람이 목숨을 잃을 수도 있어."

억울하게 지는 목숨이 없도록 그 전에 무슨 수를 써서라도 막아내야 한다는 것이 선의 생각이었고, 민우섭은 흔들리는 눈으로 그에게 물었다.

"진본이 나오면 제 아빈 어찌 됩니까?"

"내 아버진…… 어찌 될 것 같은가?"

민우섭이 멈칫했다. 선 역시 자신과 다르지 않은 입장임을 잠시 간과했던 것이다.

"아버지를 지키고 싶은가? 그건 나 또한 다르지 않아. 허나 그로 인해 다른 이의 아비를 희생시킬 수는 없어. 아무 죄 없이…… 그저 진실을 말했다는 이유만으로 투옥되고 고문당하고 죽임을 당하는 죄 없는 아비들의 억울함을 그대는 외면할 수 있겠는가. 그대와 나는 모두 죄인의 아들이야. 이 일을 마무리 짓고 아버지의 죄는 함께 나눠질 각오를 하세. 그리하면 되지 않겠는가."

"방도를 찾아보겠습니다."

선은 어렵사리 마음을 굳힌 민우섭의 손을 잡으며 고마움을 전했다. 한편 세자시강원 밖에서 초조한 듯 서성이고 있던 채제공은 문 열리는 소리에 뒤를 돌아보았다. 선의 옅은 미소를 보고는 안심한 듯 걸음을 옮기려던 그때, 상선이 내시부 무관들과 내금위 군사들을 이끌고 와 그들 앞을 막아섰다.

"무슨 일인가?"

"지금 당장 동궁전에 유폐하시라는 어명이옵니다, 저하."

선이 연유가 무엇인지 묻자 상선이 조심스레 다가와 귀엣말을 전했다.

"역심이옵니다, 저하. 전하께선 이 사건의 배후에 저하가 계시다 의심하고 계시옵니다. 이 사태가 끝날 때까지 동궁전에서 자숙하시면 전하의 의혹은 깨끗이 사라질 것이옵니다. 하오니 부디 자중자애하소서. 뫼셔라."

답답하기 짝이 없었으나 어명을 거스를 수는 없었다. 선은 무거운 발걸음으로 회랑을 벗어났고, 채제공이 수심이 그득 내려앉은 얼굴로 선을 따르려 하였으나 상선이 그를 붙잡았다.

"전하께서 좀 뵙자고 하십니다."

채제공은 상선을 따라 창덕궁 편전으로 향했다.

"이즈음…… 네놈이 당론에 빠져 산다지?"

당치 않은 말이었다. 당적은 비록 남인에 속해 있는 채제공이었으나 단 한 번도 자당의 이익을 위해 정사를 그르친 일은 없다 스스로 자부할 수 있었다. 억울한 그 속을 눈치 챈 듯, 왕은 자신이 말하는 당은 그런 당이 아니라 운을 떼었다.

"군주의 당과 세자의 당."

채제공은 기함했다. 왕과 세자, 저렇듯 편을 가르는 것은 이미 세자를 적으로 상정하고 있다는 말과 다르지 않았다.

"네놈이 세자를 추동했나? 세자를 추동해서 아비의 등에 칼을 꽂고 권좌를 뺏어라, 그리 부추겼냐고?"

"아니…… 아니옵니다, 전하."

"아니라면 세자가 네놈을 꼬드기더냐?"

"전하 그 무슨……."

"출판의 배후가 세자란 말이 있어."

"그 무슨 천부당만부당하신 말씀이시옵니까. 저하께선 늘 부왕을 존경하고 염려하고 있습니다. 하오니 저하의 본심을 곡해하셔서는 아니 되옵니다."

채제공이 간곡히 진심을 전했으나 왕은 비웃음을 흘렸다.

"곡해? 책쾌 서균의 주리를 틀어 출판의 배후가 세자다, 그리 한 번 자복을 받아내볼까. 내 무슨 수를 쓰든 자복을 받아내 세자를 폐하고 세자와 네놈의 목숨을 반드시 거두고야 말 것이다."

채제공은 털썩 무릎을 꿇었다.

"아니 되옵니다, 전하. 소신의 목숨을 거두겠다 하시면 그는 달게 받을 것이옵니다. 하오나…… 하오나 저하만은…… 저하만은 아니 되옵니다."

왕이 또 한 번 채제공을 외면했으나, 채제공은 굳게 닫힌 문을 두드리듯 말을 이었다.

"거칠고 미욱한 면이 없지는 않으나 어질고 덕 있는 분이옵니다. 곁에 두고 잘 보듬으시면 훌륭한 왕재로 성장할 것이오니 부디……."

"세자를 구할 길을 찾고 싶으냐?"

"길을 보여주시겠습니까?"

지푸라기라도 잡는 심정으로 왕을 우러러보는 채제공 앞으로 왕이 다가섰다.

"세자를 버려라. 또한 세자와 네놈이 믿고 있는 진실 또한 같이 버려. 내일부터는 과인이 친국을 할 것이다. 이 시각 이후 너의 소속은 동궁전이 아니라 이곳 대전이 될 것이다. 너는 문사랑**28**이 되어 잡아들인 죄인의 죄목을 낱낱이 기록해. 그 기록된 것만이 진실이라 믿고 그 어떤 의혹도 품지 마. 무엇보다 세자가 아무리 간절히 도움을 청해도 절대로 도움을 주어서는 아니 된다. 할 수 있겠느냐?"

채제공은 흔들렸다. 자신의 안위 따위는 상관없었으나, 자신이 어찌해야 선을 지킬 수 있을지 고민하고 또 고민했다. 왕이 한 번 더 할 수 있겠느냐 물었고, 채제공은 어렵사리 결심을 굳혔다.

"그리하겠습니다. 하오니 저하를 폐하지만 마오소서."

"충심이 아주 갸륵하구나. 허나 앞으로는 그 충심, 동궁전으로는 단 한 자락도 흘리지 마라."

채제공은 고개를 숙였고, 마룻바닥으로 눈물이 투둑 떨어졌다.

채제공은 편전을 나와 동궁전으로 향했다. 내금위와 어영청 군사들이 철통같이 에워싼 동궁전, 그 안에 갇힌 자신의 주군을 마지막으로 보기 위해서였다. 채제공은 선에게 예를 갖추고는 문사랑 직을

---

28. 문사랑(問事郞) : 죄인의 취조서를 작성하여 읽어주는 일을 맡은 임시 벼슬.

맡게 되었음을 털어놓았다. 선의 얼굴이 당혹감으로 일그러졌다.

"문사랑이라니? 그대가…… 그대의 손으로 저들에게 죄를 묻고 또한 기록을 한단 말인가. 그걸 그대가 어떻게 해?"

"할 수 있습니다. 제가 하겠다고 했습니다."

"그러니까…… 왜?"

"살고 싶습니다. 저하와 얽혀 저들의 편을 들다가 저마저 개죽음을 당하고 싶진 않습니다."

지금 선의 앞에 있는 채제공은 선이 알던 그가 아닌 듯 낯설기만 했다. 채제공은 제 속내를 감춘 채, 선에게 거짓된 진심을 이야기했다.

"소신에게 이제 전하가 진실이고 저하는 거짓입니다."

아무리 거짓으로 가리고 위악을 떤다 한들 선을 속일 수는 없었다. 둘은 오랜 시간 주군과 신하, 그 이상의 마음을 주고받은 둘도 없는 지기였다.

"괜찮……겠어?"

"뭐가 말입니까."

"미안하네. 이 못난 주군은 힘이 없어 그대의 안전도, 또한 신념도 지켜주지 못하는군."

채제공은 울컥하는 마음을 참아냈고, 선 역시 아릿한 고통을 애써 억눌렀다.

"동궁전을 떠나 대전으로 가기 전 한 가지만, 한 가지만 부탁드리고 싶습니다. 더는 무리한 행보…… 하시면 안 됩니다. 부디 이 손으로 저하마저 죄인으로 옥안29에 기록하는 일은 없었으면 합니다."

끝까지 그를 염려하고 살피기 바쁜 채제공의 진심에 선은 씁쓸한 미소로 답을 대신했다. 동궁전을 나온 채제공은 걸음을 옮기다 말고 뒤를 돌아보았다. 겹겹이 둘러싼 군사들, 하루아침에 모든 실권을 잃고 저 안에 갇힌 자신의 주군이 너무나도 안타까웠다. 쉬이 발길이 떨어지지 않았으나, 이렇게 돌아서지 않으면 주군을 더 큰 위기로 몰아넣을 수도 있음을 알기에 깊이 예를 갖추고 멀어져갔다.

❀ ❀ ❀

보행객주 나철주의 처소에는 지담이 멍하니 서탁 앞에 앉아 있었고, 그녀가 못내 걱정스러운 나철주가 그 앞을 서성이고 있었다. 그때 운심이 숨 가쁘게 달려 들어왔다.

"무슨 일이야? 무슨 일인데 이리 숨이 넘어가?"

"세자 저하께서…… 저하마저 동궁전에 유폐가 되셨댄다."

유일한 희망이었던 세자마저 유폐되었다니, 지담은 하늘이 무너지는 것만 같았다.

"어떡해…… 이제 우리 아버지 어떡해……."

운심이 지담의 등을 가만 쓸어주었고, 나철주는 분기 어린 표정으

---

29. 옥안(獄案) : 재판 때 쓰던 조서. 옥사를 조사한 서류를 이름.

로 처소를 나섰다.

"모을 수 있는 최대한으로 아이들 모아. 의금부로 가야겠다."

나철주는 장삼과 이사에게 그리 명했다.

그즈음, 의금부로 들어가는 외삼문 근처에 채제공이 서 있었다. 결심을 굳히고 왔으나 선뜻 문턱을 넘지 못했다. 옥방 안에는 이미 고문으로 피칠갑이 된 서균과 신치운을 포함해 급진 소론 인사들이 쓰러져 있었다. 박문수와 조재호, 이종성은 아직 국문을 받지 않은 듯 피칠갑이 되어 있지는 않으나 초췌하고 해쓱한 몰골이었다. 채제공은 약해지려는 마음을 다잡았다.

"전하께서 온정적인 조치를 내리시었소. 만일 지금까지 주장해온 바를 모두 부인하고 자열소30를 쓰겠다 하면 목숨만은 살려주신다는 어명이오."

"자열소라니? 그 무슨 당찮은 소린가."

"진실에 눈 감지 않는 것은 선비의 의기이거늘…… 의기마저 버리라 하는 연유가 뭐야?"

"대전이 자넬 어떻게 회유했나? 왜…… 우리들 다 죽이고 정승의 자리라도 주겠다던가. 그래서 단숨에 대전의 개가 된 게야? 감히 어디 와서 자열소를 쓰라 마라야."

"물러가게."

━━━━━━━━━━━━━━

30. 자열소(自列疏) : 자기가 저지른 죄과를 스스로 인정하고 그 사실을 적어 임금에게 내던 일. 또는 그런 글.

조재호와 이종성의 반발은 예상대로였다. 채제공이 모멸감을 꾹 참으며 서 있던 그때, 침묵을 지키고 있던 박문수가 그리 감정적으로 대응할 일이 아니라 운을 떼었다.

"감정적이라니? 여기까지 온 이상, 이제 지킬 건 기개뿐일세."

"알고 있습니다. 허나 그는 좋은 일이 아니에요. 우리들 중 누구 하나 살아남아 저하를 지켜야 하지 않겠습니까."

"이보게."

"여기는 나와 대사간에게 맡기세요. 우리가 대감들의 기개까지 모두 지킬 것이니 두 분은 살아남으셔야 합니다."

박문수는 조재호를 보며 그리 말했고, 가혹한 고신에 반쯤 기진해 있던 신치운 역시 그에 동조했다.

"이 사람의 뜻도 같습니다. 누군가는 살아남아야 합니다."

"그렇게는 못합니다. 대사간과 대감을 두고 우리가 여길 나가면…… 나가서도 온전히 살 수가 없어요."

"압니다. 살아남는다는 것이 때로는…… 죽는 것보다 더 어려운 일임을. 이 사람이 어찌 모르겠습니까."

박문수는 조재호를 한 번 더 설득했고, 신치운이 애써 웃음을 지으며 농을 쳤다.

"우리들만 편히 가면서 진 빚은 저승에서 만나 똑똑히 갚을 것이니…… 너무 서운해 말고 결단들을 하세요, 대감."

허나 조재호와 이종성은 선뜻 지필묵을 달라 하지 못했고, 채제공은 차오르는 눈물을 참았다. 그때 누군가 지필묵을 달라 하였다. 만신창이가 된 서균이었다. 신치운이 씁쓸한 미소를 지었다.

"그래, 자네도 잘 생각했어. 나만 아니었으면 여기 끌려올 일도 없었던 거 아닌가."

채제공은 서리에게 지필묵을 받아 서균이 갇힌 옥방 앞에 무릎을 세우고 앉아 그를 전했다.

"이런 짓을 하게 해서 미안하네. 허나 살아남아야 후일이 있지 않겠나."

서균은 애써 웃음을 지은 채 겨우 고개를 끄덕였다.

그 시각, 빈궁전의 혜경궁은 참담한 심정을 애써 추스르며 혼자 공놀이를 하고 있는 이산을 멀거니 바라보고 있었다.

"저하께선 어쩌고 계시나."

"잘 견디고 계신다 하옵니다."

"하옥에…… 이젠 또 유폐라니. 국본의 길이라는 게 참으로 험난하기도 하구먼. 원손, 공놀이가 재미집니까? 아버지께 가서 함께 하시렵니까?"

이산이 천진한 얼굴로 고개를 끄덕였다. 혜경궁이 이산과 함께 동궁전으로 향하던 그때, 선은 장 내관과 옷을 바꾸어 입고 있었다. 선은 어색한 듯 용포를 입고 앉은 장 내관에게 익선관을 씌워주며 미안한 얼굴로 운을 떼었다.

"이 일이 발각되면 너 또한 무사치는 못할 것이다."

"소인은 아무래도 괜찮습니다, 저하."

"고맙다."

그들을 바라보던 최 상궁은 질끈 눈을 감았다. 법도가 아니었으나 어떻게든 길을 열고자 하는 선의 마음조차 가둘 수는 없었다. 최 상궁이 동궁전을 나섰고, 그 뒤를 내관의 복색을 한 선이 따랐다. 두 사람이 전각의 문을 나서려 하자 내금위장이 막아섰다.

"무슨 일인가?"

"동궁전에서 대전으로 가는 인편이옵니다."

"인편이라니?"

"저하께서 이 아이에게 대전에 반성의 뜻을 전하라 하시었습니다."

내금위장이 선의 얼굴을 확인하려던 그때, 혜경궁의 목소리가 들려왔다.

"왜들 나와 있는가."

최 상궁이 흠칫 굳었고, 선은 더 깊이 고개를 숙였다. 최 상궁은 내금위장의 눈치를 살피며 조심스레 물었다.

"저어…… 이 아이는 어찌……?"

"속히 다녀오거라."

혜경궁이 이산의 손을 잡은 채 그들 쪽으로 다가섰고, 선은 그들의 반대쪽으로 급히 사라졌다. 수상쩍은 내관의 모습을 뒤로하고 동궁전으로 든 혜경궁은 기함했다. 장 내관이 세자의 복색을 한 채 부복했고, 이산은 낯익은 그 복색이 제 아비인 줄 알고 옷깃을 잡아끌었다.

"어찌 된 일인가?"

"죽여주십시오, 마마. 죄인을 살리고자 하신 저하의 뜻이 너무도 간곡하여……"

혜경궁은 치밀어오르는 화를 간신히 눌러 삭히며 낮은 목소리로 따져 물었다.

"이런 발칙한 경우를 보았나. 이게 발각되면 자네들은 물론 저하마저 온전치 못할 것임을 어찌 모르는가."

"압니다. 아오나, 마마. 한 번만…… 이번 한 번만 눈감아주오소서."

그때, 너무나도 조용한 동궁전 안이 수상쩍은 듯 내금위장이 바짝 다가섰다. 그 기척을 느낀 혜경궁이 화를 눌러 삼킨 채 이산에게 말을 걸었다.

"원손, 아바마마를 오랜만에 뵈오니 좋은 모양입니다."

부복해 있던 최 상궁과 장 내관이 혜경궁을 올려다보았다.

"저하, 원손으로 인해 신첩 너무도 곤란하옵니다. 공을 가져다주신 연후 아버지를 보러 가자 어찌나 보채는지. 오늘은 아이와 더불어 오래오래 놀아주시어요."

장 내관과 최 상궁이 감읍한 듯 눈물을 흘렸고, 혜경궁 역시 물기 어린 눈으로 이산의 곁에 앉았다. 내금위장과 군사들이 의심을 풀고

각자의 자리로 돌아갔을 무렵, 내관의 옷을 벗고 미복을 갈아입은 선은 궐 담장을 넘고 있었다.

민백상 집 사랑, 어둠 속에 스며든 것은 민우섭이었다. 서안이며 문갑 등을 샅샅이 뒤졌으나 어디에도 맹의는 없었다. 그때 문득 일전에 김택의 집을 찾았을 때가 떠올랐다. 흑표와 함께 서고 쪽으로 향하던 김택의 뒤를 은밀히 밟았었다. 들창을 통해 훔쳐본 것이라 확실치는 않으나 웬 사내가 두툼한 서책으로 작업을 하고 있었다. 놋쇠 경첩을 박고 두드리는 소리가 들렸고, 작업을 마친 서책을 김택에게 건넸다. 그 안에 감춘 것이 맹의라 단정 지을 수는 없으나, 김택의 서고에서 뭔가 작업이 이루어진 것은 틀림없었다. 민우섭은 그 길로 사랑을 벗어나 선과 약조한 김택의 집 앞으로 달려갔다. 먼저 도착해 그를 기다리고 있던 선이 돌아섰고, 민우섭이 그에게 예를 갖추었다.

"제가 문서를 숨긴 곳을 알 것도 같습니다."

선과 민우섭은 은밀히 김택의 집 서고로 들어섰다. 두 사람은 달빛에 의지한 채 서고 이곳저곳을 수색했고, 잠시 후 선은 화로 근처에서 타다만 종잇조각을 발견했다. 앞부분과 뒷부분이 타 들어가긴 했으나 가운데 '……술원행정리'라 쓰인 것은 알아볼 수 있었다. 놋쇠 경첩으로 장정할 만큼 두껍고, 원행 정리를 기록한 서책. 그 두 가지를 충족시키는 것은 의궤일 터였다.

"이걸 떼어냈다는 건 문서를 의궤 표지에 봉인했을 수도 있다는 건가. 만일 문서를 지난번에 만들어진 능행 의궤에 봉인했다면 그건 승정원에 있을 걸세. 속히 찾아오게."

민우섭은 예를 갖춘 후 승정원 쪽으로 향했고, 선 역시 은밀히 서고를 빠져나갔다. 민우섭이 승정원 서고를 찾았으나 그곳에 능행 의궤는 없었다. 승정원 주서는 능행 의궤를 전날 강화도의 정족산 사고로 보냈다고 했다. 승정원을 나선 민우섭은 선에게 그 사실을 고했다.

"정족산 사고라 했는가. 별 수 없지. 정족산으로 가지."

선은 민우섭과 함께 말을 타고 도성을 빠져나갔다. 아무리 쉬지 않고 달린다 해도 왕복 세 시진 가까이 걸리는 먼 길이었으나 무슨 수를 써서라도 날이 밝기 전, 다시 가혹한 국문이 시작되기 전까지 그를 찾아 도성으로 돌아와야만 했다.

❁ ❁ ❁

그 밤, 서균은 채제공에게 서신 하나를 내밀었다.

"자열소가 아니라 서신이라 했는가?"

"속히 보행객주로 가 나철주에게 전해주시겠습니까."

협기를 타고난 데다 그 젊은 혈기로 나철주가 자칫 무모한 짓이라도 저지를까 두려운 서균이었다. 신치운이 자열소를 쓰고 나가라 하였으나, 서균은 그를 거절했다.

"이제 도망 안 칩니다. 신념을 버리고 도망치는 거 한 번으로 족합니다."

신치운이 못내 안타까운 눈으로 그를 바라보았고, 채제공 역시 다르지 않았다. 서균이 채제공에게 서둘러달라 청하자 채제공은 서균의 유서와도 같은 서신을 품에 넣은 채 보행객주로 향했다.

서균의 우려대로 수하들과 중무장한 채 보행객주를 나서려던 나철주를 채제공이 막아섰다. 채제공은 가쁜 숨을 몰아쉬며 그에게 서균의 편지를 전했다.

'이 서신이 자네에게 전달될 때쯤 아마도 자넨 의금옥을 털 욕심으로 수하들을 모으고 있겠지. 무모한 사람 같으니. 그건 좋은 일이 아니야. 내가 이대로 주저앉겠다는 게 아니야. 진실을 위해 싸우고…… 싸워 이겨서…… 내 발로 걸어 나가겠다는 걸세. 하여 나는 지금 희망 속에 있다네.'

그 눈 가득 쓸쓸함을 담은 채 나철주는 처소로 들어가 지담에게 아비의 서신을 건넸다.

'지담아. 보고 싶은 우리 딸. 이 애비는 늘 네가 자랑스러웠어. 자랑스러우면서 또 미안하기도 했단다. 그래서 용기 한 번 제대로 내본 거야. 만일에…… 만에 하나 아비가 돌아가지 못한다면 그건 십 수년 전 놓친 네 애미 보러 가는 게야. 애비 혼자 애미 독차지한다고 샘내지 말고 씩씩하게 살다 오래오래 있다가 와. 부디 내 딸 지담이가 살아낼 세월은 아비가 건너온 세월보다는 버겁지 않기를 빌어주마. 행복해라, 우리 딸.'

편지를 읽어 내려가던 지담의 눈에서 안타까운 눈물이 주르륵 쏟아졌다. 그를 안쓰럽게 바라보던 나철주는 지담이를 데리고 의금부로 향했다. 서균의 뜻을 꺾을 수 없기에 의금부 옥사를 부수지는 못하나, 지담에게 먼발치에서라도 아비를 보여주고 싶었다. 지담은 아비를 그리며 오열했고, 결국 기진한 그녀를 나철주가 안아 다시 처소로 데려왔다. 겨울이 오려면 아직 멀었는데 유난히 스산한 바람이 뼛속까지 아릿하게 만드는 밤이었다.

어둑한 밤이 물러가고 어슴푸레한 새벽 미명이 밝아오던 그즈음, 정족산 사고에 다다른 선과 민우섭은 사고를 향해 뛰어갔다.

"잠시 물러나 있게."

선의 명에 참봉들이 사고를 나섰고, 선과 민우섭은 서책들을 뒤지기 시작했다. 그때, 선의 눈에 '능행갑술정리의궤'가 들어왔다. 선은 조심스레 표지를 떼어냈고, 그 아래 봉인되어 있던 맹의의 진본과 마주했다. 선과 민우섭은 복잡다단한 시선을 마주했다. 선은 맹의를 품에 넣고 사고를 나섰고, 다시 말을 몰아 도성 쪽으로 향했다.

평화로운 아침, 그와는 어울리지 않는 갑주 차림을 한 사내들이 의금부 외삼문 쪽을 향하고 있었다. 가장 앞에 선 왕 뒤로 김택, 김상로, 민백상 등 노론 대신들이 따랐으며 내금위와 어영청 군사들이 그들을 시위했다. 그때 이종성과 조재호 등 소론 중신들이 자열소를 들고 나왔다. 시큰둥하게 그들을 보던 왕이 반성들은 좀 한 것이냐 문자 이종성과 조재호가 자열소를 바쳤다. 왕은 자열소를 보는 둥 마는 둥 휙 바닥에 내던지고는 밟고 지나갔다. 조재호와 이종성은 질끈 눈을 감고 분기와 모멸감을 억눌렀다.

그 시각, 박문수가 갇혀 있던 의금부 옥방 문이 열렸다.

"죄인 박문수, 나와!"

박문수는 몸을 일으켰고, 신치운이 그를 불렀다. 박문수는 애써 미소를 지었다.

"좋은 곳에서 다시 봄세."

박문수가 담담히 옥방을 나섰고, 신치운과 서균은 안타까운 시선을 마주했다. 박문수가 불려간 곳은 의금부 제조의 집무실이었다. 박문수는 당혹스러운 얼굴로 갑주를 입은 채 서탁 앞에 앉아 있는 왕을 쳐다보았다.

"끝내 자열소를 쓰지 않았다며?"

서탁 위의 자열소들을 훑어보던 왕이 그리 물었으나, 박문수는 대답 대신 어찌하여 갑주를 입고 있는 것이냐 되물었다. 왕이 피식 헛웃음을 흘렸다.

"아직도 과인에게 잔소리할 기운이 남은 겐가."

"전시도 아닌데 어찌 군주가 갑주를 입는단 말입니까."

"지금이 전시가 아니면 언제가 전시야? 권좌를 흔들려는 놈은 곧 나라를 흔들려는 놈이야. 허면 그놈은 나의 적이야."

"전하……."

"아직도 늦지 않았어, 이 사람아. 자열소 쓰고 과인의 적으로 죽지 말고 친구로 살아남아."

안타까운 눈으로 왕을 보던 박문수가 그럴 수는 없노라 하였다.

"끝내 과인을 꺾어 넘기겠다는 게지? 그래, 그래야 박문수지. 헌데 어떡하지. 과인은 그대를 이렇게 쉽게 보내줄 의사가 없어. 과인은 그대를 죽이지 않을 것이다. 허면 국청에 멀쩡히 앉아 자네 동료들 죽어가는 거, 그거 한 번 똑똑히 지켜봐. 내 다른 놈들은 다 죽여도 내가 너만은 살려둘 게야. 그렇게, 그렇게 오래 살아남아서 과인만큼…… 아니 과인보다 더 크고 깊게 진저리나는 삶을 겪고 또 겪어봐, 어디!"

왕은 싸늘한 미소를 머금은 채 집무실을 나섰다. 이루 말할 수 없는 참담함에 박문수는 풀썩 무릎을 꿇은 채 주저앉았다.

의금부에 꾸려진 국청, 왕은 국주의 보검을 든 채 월대 위에 자리했고, 양옆으로 갑주와 철릭으로 무장한 노론 중신들이 섰다. 왕의 맞은편에는 신치운과 서균 등의 죄인들이 주리틀, 장틀 등에 묶인 채 가혹한 고신을 당하고 있었다. 왕은 잔혹하게도 박문수를 그들과 마주보는 곳에 꿇어앉혔고, 박문수는 참담함에 눈을 질끈 감았다.

"지금이라도 늦지 않았어. 죄를 자복하고 자열소를 쓰는 자는 과인이 목숨만은 살려주겠다."

왕이 그리 말했으나 신치운은 그를 비웃었다.

"죄를 자복해야 할 자는 우리가 아니라 전하시오. 지금이라도 늦지 않았소. 만백성 앞에 죄를 자복하시오."

"병판, 계속해."

홍계희는 형리들에게 고개를 끄덕였고, 형리들이 신치운의 주리를 힘껏 틀었다. 끔찍한 고통에 비명을 내지르던 신치운의 고개가 툭 꺾였다. 박문수가 그를 불렀으나 답이 없었다. 박문수는 눈물을 참느라 붉어진 눈으로 왕에게 읍소했다.

"전하, 제발…… 제발 소신을 먼저 죽여주십시오."

"병판, 뭘 꾸물거리고 있는 게야. 자복하지 않는 놈은 계속 물고를 내."

"전하!"

박문수가 비명을 지르듯 절규했으나 왕은 그를 외면했다. 죄수들이 줄줄이 장살되고, 아낙과 아이들은 두려움에 새파랗게 질렸다. 몸부림치며 일어서려는 박문수를 형리들이 주저앉혔다. 그때 서균이 나섰다.

"멈추시오. 이 미친 살육을 당장 멈추시오."

"닥치지 못할까!"

"내가 임금님께 하는 말이 아닙니다. 어이 형리 나리들, 이게 지금 잘하는 짓입니까? 거기 대감님들, 다들 미친 거 아니오?"

홍계희가 닥치라 명했으나 서균은 멈추지 않았다.

"여기 이게…… 저기 저 임금님 하는 짓 이거 다 미친 짓이오. 미쳤단 말이오. 이러시면 안 됩니다. 귀가 있어서 들었고 입이 있어 말을 했을 뿐이오. 헌데 백성이 말할 자유를 이렇게…… 이렇게 처참하게 짓밟고 만 데서야 이건 임금님 아닙니다."

왕이 더는 참지 못하겠다는 듯 자리에서 일어나 검을 빼어들었으나, 서균은 멈출 기세가 없어 보였다.

"부끄럽지 않습니까? 그 칼 없으면 백성들 상대 못하는 거…… 이거 창피하지 않습니까?"

왕이 칼을 든 채 층계를 내려서 서균 가까이로 다가갔다. 서균이 왕을 서늘하게 쳐다보며 제 말을 이었다.

"입 있는 자들은 말을 하시오, 말해야 합니다. 훗날 내 딸이, 당신들 자식들이 뭐라 할 거 같소. 오늘 지금 이 순간 가장 끔찍했던 것은 저 악한 무리들이 휘두르는 칼이 아니라 선한 자들의 소름 끼치는 침묵이 아니었냐고 묻는다면, 그때 당신들은 뭐라고 답을 하겠소. 그러니 이 임금님을 말리시오. 이건 미친 짓이라고, 당장 이 미친 짓을 멈추라고!"

그것이 마지막이었다. 왕은 그대로 칼을 휘둘러 서균을 베었다. 그 시각 보행객주에서는 아비의 마지막을 직감한 듯 지담이 서러운 울음을 터뜨렸고, 나철주는 애써 울음을 참았다.

세 시진. 잠시 지체할 새도 없이 꼬박 밤과 아침을 달려 의금부로 달려온 선은 눈앞에 펼쳐진 모습에 순간 말을 잃었다. 물고되고 장살

되고 참살된 사체들이 포개져 있었고, 그 한가운데는 부왕이 서균의 목을 장대에 꽂은 채 서 있었다. 끔찍한 광경에 현기가 일고 토악질이 치밀어 올랐다. 이 모든 것이 늦게 온 자신 때문인 것 같아 스스로에 대한 환멸마저 치밀었다. 허나, 이대로 모든 걸 놓을 수는 없다. 공포에 질린 채 떨고 있는 다른 수인들, 아낙과 아이들이라도 살려야 했다.

"살육을 멈추세요, 당장!"

"나서지 말고 물러가!"

"멈추지 않으면 이제 맹의가…… 맹의의 진본이 백성들이 붙인 벽서 위에 붙을 것입니다."

두려움 섞인 웃음이 왕의 입가에 걸렸고, 선은 분기 어린 눈으로 그런 아비를 노려보았다. 왕은 들고 있던 장대를 던져버린 채 선에게 저벅저벅 다가섰다.

14

전쟁 같은 한낮이 지나고 붉은 황혼마저 내려앉은 어둑한 밤, 선은 화톳불을 보며 서 있었다. 그때 뒤에서 기척이 느껴졌다. 선은 뒤돌아 왕을 마주했고, 왕이 서늘한 눈으로 그를 보았다.

"약점을 쥐었다고 이 아비를 오라 가라 해? 허면 이제 어떻게 하면 되는 건가. 그 망할 놈의 문서가 자식 놈 손에 떨어졌으니 이제 자식 놈 눈치까지 보면서 정치를 해야 하는 건가."

"아니, 저는 상대의 약점 따윌 쥐고 그걸 이용하는 비열한 정치는 하지 않을 생각입니다."

선은 들고 있던 맹의를 화톳불 안으로 던졌다. 왕은 당혹스러운 듯 맹의와 선을 번갈아 쳐다보았다.

"아버지, 당신은 이제 나의 정적입니다."

왕은 묘한 미소를 지은 채 선을 보았고, 선 역시 차분하고도 서늘한 미소로 응수했다.

"정적, 이 아비의 적이 되고 싶으냐? 허면 문서 따윈 태우지 말았어야지. 태워 없애지만 않았다면 한 번은 기회가 있었을 것이다. 이 아비의 적이 될 기회 말이야."

왕이 휙 돌아섰고, 선은 그 등을 서늘하게 보며 자신이 원하는 건 정치지 전쟁이 아님을 밝혔다.

"지금 이 자리에서 소자가 맹의를 쥔 채 아버지께 적이 되겠노라 선언을 했다면 남은 것은 오직 전쟁뿐입니다. 맹의를 쥐고 아버지께서 아버지의 손으로 죽인 신하와 백성의 수만큼, 아니 그 이상을 소자도 이 손으로 죽여 없애야 이 싸움을 끝낼 수 있을 것이기 때문입니다."

왕이 뒤돌아 선을 쳐다보았다. 자신만만한 선의 얼굴에는 여유로운 미소까지 어려 있었다.

"죽이는 정치가 아니라 살리는 정치…… 전쟁이 아니라 진짜 정치를 하고 싶습니다."

"전쟁이 없는 정치? 아니, 이게 무슨 당치 않은 소리냐. 넌 내 눈에 흙 들어가기 전에는 절대로 정치 못해."

그러니 자신과 정적이 될 꿈 따위는 버려라. 왕의 온후한 미소 속에 품은 뜻은 바로 그것이었다.

"소자가 두려우십니까? 권력을 나눠주시면 아바마마를 바로 압도할까 두려워 아예 정치할 길을 막고 싶으신 것입니까?"

선은 미소를 띤 채 그리 물었고, 왕 역시 미소를 잃지 않았다.

"지금은 아바마마께서 이기셨습니다. 허나 이 승기가 언제까지 갈진 지켜봐야 될 것 같군요. 세상에서 가장 변수가 많은 것이 정치요, 또한 권력의 향배니까요."

"그래. 허면 덤벼봐, 어디. 허나 죽을힘을 다해야 할 거다."

"성심을 다해 노력해보겠습니다."

선은 예를 갖추었고, 왕이 돌아서 걸음을 옮겼다. 두 사람 모두 예의 미소는 사라진 채였다.

왕은 편전으로 들자마자 채제공을 찾았다.

"전 우부승지 채제공, 그대를 과인의 도승지31로 임명한다."

허나 채제공은 답이 없었다.

"아니, 어찌 대답이 없어. 과인과의 약조, 벌써 잊은 게야?"

"아니옵니다, 전하."

"허면 도승지로서 첫 임무를 주지. 지금부터 친정 체제를 공식화할 것이니 만조백관32 조례33를 소집해라. 그리고 과인의 뜻을 동궁전에 똑똑히 전해."

채제공은 무거운 발걸음으로 선이 있는 시민당 편전으로 향했다. 선이 그를 반겼으나, 채제공은 애써 차갑게 교지를 펼쳐 읽기 시작했다.

"지금 이 시각 이후 왕세자의 대리청정은 전면 백지화한다. 왕실에

---

31. 도승지(都承旨) : 승정원 최고 승지이자 임금의 명령을 신하들에게 전달하던 관직.

32. 만조백관(滿朝百官) : 조정의 모든 벼슬아치.

33. 조례(朝禮) : 조정의 관료들이 모여 임금을 조현하는, 즉 조회하는 예식.

서 왕세자에게 부여한 권한 또한 모두 폐할 것이다. 그러므로 정청으로 삼았던 시민당을 지금 즉시 폐쇄할 것이니 세자는 동궁전에서 주어진 의무만을 행하며 자숙하고 또 자숙해야 할 것이다."

각오하지 못한 일은 아니었으나 힘겨운 일이었다. 선은 일렁이는 눈으로 채제공을 보았고, 그 역시 슬픔을 눌러 참고 있는 것이 눈에 들어왔다. 선은 쓰디쓴 미소를 지었다. 서로를 누구보다 아끼고 위했으나, 더는 같은 길을 갈 수 없는 두 사람이었다. 선은 묵묵히 일어나 편전을 나섰고, 그가 편전을 벗어나기 무섭게 들창이 내려지고 문에는 자물쇠가 채워졌다. 선은 동궁전 쪽으로 향했고, 그 뒤를 최 상궁과 장 내관이 따랐다. 동궁전 앞에서 그를 기다리고 있던 혜경궁이 이산의 손을 잡은 채, 애써 미소 띤 얼굴로 예를 갖추었다. 선 역시 애써 웃음을 웃으며 이산을 번쩍 안아 들었다.

❀ ❀ ❀

"주상 전하 납시오."

상선의 목소리가 창덕궁 편전 안을 울렸고, 김택, 김상로, 홍봉한, 민백상, 홍계희 등 노론 인사들이 예를 갖추었다. 단 한 명의 소론도 없는 노론 일색이었다.

"친정을 선포하신 은혜 하해와 같사옵니다."

"만수무강하시어 오래오래 성덕을 쌓으소서."

왕이 용상에 앉아 모두를 굽어보았고, 신하들은 깊숙이 고개를 숙여 예를 갖추었다.

　"과인이 비록 덕이 엷으나 나라가 곤란한 지경에 처하였으니 부득이 친정을 선포치 아니할 수 없소. 친정을 시작하기에 앞서 지난 을해년에 접어들어 발생한 옥사에 대한 온정적인 조치를 내릴까 하오."

　"전하, 온정적인 조치라니요?"

　민백상이 그리 물었고, 왕은 역적으로 지목된 자들의 죄를 더는 죽음으로 묻지 않을 것임은 물론 그 가솔들에게 연좌의 죄 또한 묻지 않을 것이라 하였다. 허나, 이번에야말로 소론을 토벌하고 몰살시킬 기회로 삼은 노론들은 아니 되는 일이라 입을 모았다.

　"역모의 죄는 마땅히 죽음으로 물어야 하옵니다."

　"삼대구족은 물론 그 종복들까지 모두 다 죽여야 하옵니다."

　"혹여라도 있을 화근은 미리 잘라야 하옵니다."

　채제공은 참담한 얼굴로 왕을 올려다보았고, 왕 역시 기막힌 듯 신하들을 보았다. 김택을 위시한 노론 중신들은 차가운 시선으로 왕의 시선을 맞받았다.

　조례가 끝나고, 왕은 창덕궁의 상량정을 찾았다. 뒷짐을 쥔 채 서 있는 왕의 뒤로 김택이 다가와 섰다.

　"중신들 다독여서 역적 사냥 그만 끝내자고 해."

　"못합니다."

　왕이 난색 어린 얼굴로 김택을 돌아보았다.

"세자에게 약조를 했어. 세자도 그 약조를 믿고 맹의를 태웠고. 무뢰배34도 아니고 거래를 했으면 약조는 지켜야지."

"거래는 전하께서 하셨지요. 소신은 금시초문입니다."

왕이 김택에게 다가서며 죽고 싶으냐 물었으나, 김택은 여유로운 미소를 머금은 채 자신을 죽이는 게 쉽지 않을 거라 대꾸했다.

"저를 죽이겠다고 하시면 반대할 신하는 많아도 찬성할 신하는 하나도 없을 테니까요. 전하께서 이 손으로 우리 노론의 정적인 소론을 다 잡아 죽이셨으니 말입니다."

김택이 왕의 손을 잡으며 그리 말했고, 왕은 그를 거칠게 뿌리쳤다.

"세자는 맹의를 태우고, 전하께서는 소론을 죽이고, 이제 남은 건 오직 우리 노론뿐. 이것이야말로 택군의 완성이지요. 명실상부, 노론의 군주가 되신 걸 감축드립니다, 전하."

김택은 끝까지 미소를 잃지 않은 채 정자를 떠났다. 왕은 어질한 현기에 대들보를 짚었다.

"역적으로 몰린 자들을 다시 잡아들인다 하옵니다."

동궁전 안, 서책을 보고 있던 선이 장 내관의 말에 멈칫했다. 적어도 그만한 신의는 있을 거라 믿었으나, 부왕은 그 믿음마저 저버렸다. 용포를 틀어쥔 선의 손이 떨려왔다.

---

34. 무뢰배(無賴輩) : 일정하게 사는 곳과 하는 일이 없이 떠돌아다니는 무리.

양반, 평민 할 것 없이 줄줄이 오라 지워진 채 끌려가는 이들이 도성 천지에 그득했다. 남장을 한 채 그 모습을 바라보던 지담의 손을 나철주가 가만 끌었다.

"가솔들과 종복들에게조차 연좌의 죄를 묻는답니다."

동궁전을 찾은 민우섭의 보고에 선은 지그시 눈을 감았다.

"맹의를 태우지 않는 게 좋았습니다."

"허면 더 큰 살육이 시작되었을 것이다. 누군가는 이 고리를 잘라야 한다."

선은 입술을 꾹 깨물었다. 끝없는 살육의 고리를 끊은 것에 대한 후회는 없었으나, 백성들을 끝까지 지켜내지 못한 것에 대한 회한은 가슴에 사무치고 또 사무쳤다.

으슥한 산길로 접어든 나철주와 지담은 걸음을 멈추었다. 그들 앞에 박문수가 서 있었다.

"퇴로를 잡는다면 이 길을 선택할 것 같았다."

박문수는 근처의 숯막으로 걸음을 옮겼고, 지담과 나철주가 그를 따랐다. 숯막에 다다라 지담은 두 사람이 이야기할 수 있도록 자리를 피해주었다.

"함께 가시지요. 남아 계시다 어르신마저 위태로워지십니다."

"욕스런 목숨 그렇게라도 거둬지면 그 이상 바랄 것은 없다."

"하오나……"

박문수는 나철주의 손을 잡으며 미안하다 하였다.

"내가 널 결국 여기까지 몰았어. 죽음으로도 이 죄는……."

"시작은 대감 때문이었을지 모르지만 계속하고자 마음먹은 것은 진실 때문이었습니다. 진실을 알리면 이 썩어빠진 세상이 조금은 바뀔 수도 있을 것이라…… 그리 믿었으니까요. 지금은 이렇게 쫓겨 가지만 끝까지 쫓기면서 살지는 않을 것입니다. 언젠가 돌아와 우리가 당한 만큼, 아니 그 이상으로 반드시 갚아줄 것입니다."

그때 지담이 안으로 다급히 들어서며 피해야 한다고 말했다. 박문수와 나철주는 서로를 아릿하게 바라보았다.

"이것이 마지막일 듯싶구나. 철주야, 부디 무탈하거라."

나철주는 박문수를 두고 발걸음이 쉬이 떨어지지 않았으나, 아비를 잃고 홀로 된 지담을 지켜야 했기에 떠날 수밖에 없었다. 나철주는 지담과 함께 반대편 문으로 향했고, 그 순간 금부도사와 나장들이 들이닥쳤다.

"어서 가거라!"

앞을 막아선 박문수를 금부도사와 나장들이 거칠게 밀어내려 했으나, 박문수는 그들의 다리를 붙잡고 늘어졌다. 그렇게 밟히고 또 밟히면서도 나철주와 지담이 조금이라도 더 멀리, 더 안전하게 도망칠 수 있도록 시간을 벌어주려 애썼다. 지담과 바삐 걸음을 옮기던 나철주가 뒤를 돌아보았다. 어쩌면 박문수의 말대로 이것이 마지막이 될지도 모른다 생각하니 눈물이 차올랐다. 열다섯, 처음 만났을 때부터 박문수는 그에게 많은 것을 주고도 더 주지 못해 미안해하고 안타까워했다. 그런 그를 위해 목숨조차 아깝지 않았으나, 마지막의 마지막까지 그를 지키는 것은 박문수였다. 부디 그가 무탈하기를, 다시 만나 술 한 잔 주고받을 날이 있기를 간절히 바라며 나철주는 무거운 발걸음을 떼었다.

　　　　　❀　❀　❀

　초라한 초가 툇마루에 털썩 주저앉은 노인은 박문수였다. 그는 주위를 휘 둘러보았다. 과거에 급제해 정치를 시작한 봄, 조선팔도를 돌아다니며 암행어사를 지냈던 여름, 미래의 왕재를 위해 아낌없이 제 모든 걸 내어주었던 가을, 그 모두를 지나 지금 홀로 겨울을 맞고 있었다. 박문수는 심신을 정갈히 하고 방으로 들어가 서안 앞에 앉았다. 가진 것 중 가장 곱고 깨끗한 종이를 꺼내 반듯하게 펼친 후 정성 들여 한 획 한 획 써 내려갔다.

　며칠 후 창덕궁 편전 안, 지친 듯 용상에 기대어 앉아 쉬고 있는 왕 앞에 상선이 봉서 하나를 가져왔다.

　"전하. 영성군 박문수가 올린 상언이옵니다."

　박문수는 쉬이 상언을 올리는 자가 아니었다. 불길함에 일어나 앉은 왕은 떨리는 손으로 봉서를 뜯었다. 그 안에는 단 두 글자, 죽파竹波가 선명히 쓰여 있었다. 왕은 웃는 것도, 우는 것도 아닌 얼굴로 슬픈 웃음을 지었다. 죽파, 박문수가 그를 위해 지어올린 호이자 왕이 살기 위해 맹의에 수결했던 호. 모두가 그를 향해 등을 지던 그때, 유일하게 남아주었던 신하였고, 또한 신념과 신의를 무기 삼아 그를 지독히도 괴롭히던 지기이기도 했다.

박문수의 상언이 왕에게 전해졌을 그 무렵, 박문수의 종복은 자기가 차려둔 밥상이 방문 앞에 그대로 있는 것을 보았다. 문 밖에서 기척을 했으나 답이 없자 조심스레 방문을 열고 들어섰고, 면벽한 채 앉아 있는 제 주인을 불렀다. 허나 답이 없자 이상한 느낌에 다가가 그 어깨를 잡았다. 그때, 툭 하고 그의 고개가 힘없이 숙여졌다.

'아직도 늦지 않았습니다. 정의가 물결처럼 흐르는 세상, 그 나라의 군주가 되실 수 있사옵니다. 부디 성군이 되시옵소서.'

종복이 싸늘하게 식어가는 제 주인을 끌어안은 채 울부짖던 그때, 왕은 박문수의 마지막 상언을 서안 위에 내려놓으며 중얼거렸다.

"또다시 혼자야. 허나 살아남았어. 어이, 상선…… 우리는 다시 살아남은 거야."

박문수가 죽파라는 호를 지어 바친 그날처럼 다시 혼자가 되었으나, 그때처럼 살아남아 욕된 삶이나마 이어갈 수 있게 된 그였다. 가장 믿고 의지했던 신하이자 지기를 떠나보내고, 자신의 내일이라 금지옥엽 했던 세자를 동궁전에 유폐하고, 그래도 그는 살아남았다. 헛헛한 웃음을 지으며 그는 박문수의 상언을 불태웠다.

박문수가 죽음을 맞았다는 소식은 동궁전의 선에게도 전해졌다. 어린 이산을 안은 선과 그 곁의 혜경궁은 한동안 아무 말이 없었다.

"결국…… 그리 힘겹게 가셨다더냐."

선은 차마 어린 아들과 내자 앞에서 울음을 터뜨릴 수 없었으나, 자꾸만 눈앞이 흐려졌다. 고단하고 괴로울 때마다 언제든 제 등을 내어주고, 달디 단 칭찬을 아끼지 않고 보듬어주던 어진 스승. 그 마지막 가는 길이 얼마나 고단하고 괴롭고 외로웠을까. 자신이 받았던 위안과 위로를 백분지 일도 갚지 못한 못난 후학의 마음은 무너지고 또 무너졌다.

"산아, 아비가 말이다. 이 고통을 잘 견디고 이 싸움에서 이길 수 있겠느냐. 하여 너에게…… 너에게만은 지금보다 나은 세상을 물려줄 수 있는 그런 아비가 될 수 있겠느냐."

선의 눈에서는 눈물이 멈추지 않았고, 이산은 제 아비의 눈물을 말없이 닦아주었다. 그런 이산의 손을 꽉 잡은 채, 선은 힘겹게 미소를 지었다.

❀ ❀ ❀

삼 년 후. 미복 차림의 한 사내가 김택의 집 근처를 미음완보[35]하고 있었다. 제법 수염까지 난 사내의 향기가 물씬 풍겼다.

"날씨 좋다. 궁에 있기는 아까운 날씨야."

----

35. 미음완보(微吟緩步) : 작은 소리로 읊으며 천천히 거닒.

"이 시각 궐 밖에 계신 걸 전하께서 아시면……."

"아시라고 나온 게야."

뒤따라 걷던 민우섭이 걱정을 늘어놓았으나 선은 태연히 놓쳤다.

"이리 오너라."

김택의 집 앞에 당도한 선은 목청껏 소리를 높였다.

한편, 전날 선이 서연에 임했던 방에서는 홍계희가 좌중을 둘러보며 그만 퇴청하라 이르고 있었다.

"퇴청이라니, 서연은 어쩌고 벌써 퇴청이야?"

왕을 따라 들어선 채제공이 국본의 행적을 물었다.

"어찌하여 대답을 못하시는 겝니까?"

"세자께서 이제부터 스승은 스스로 선택하시겠답니다. 하여 오늘 서연은 다른 곳에서 열리고 있습니다."

"다른 곳이라니…… 거기가 대체 어디야?"

왕이 의아한 듯 물었고, 홍계희는 조심스레 김택의 집이라 고했다.

그 시각, 김택의 집 누마루에서는 선이 김택과 마주 앉아 장기를 두고 있었다. 김택이 손에 장기알 두어 개를 쥔 채 선에게 물었다.

"요즘 들어 소신의 사저를 자주 찾아주십니다."

"제대로 된 맞수를 찾았다 싶어서요."

"장군입니다, 저하."

김택이 선의 말 하나를 잡아 치우며 그리 말했다. 당했다는 듯 선이 실소를 터뜨렸다.

"이런, 이리 솜씨가 좋으시니 맞수가 아니라 스승을 삼아야겠습니다."

"소신이 좀 나아 보이긴 하지만 스승을 자처할 만한 실력은……."

"장기가 아니라 정치 말입니다."

예상치 못한 선의 말에 김택이 그 속을 가늠하려는 듯 건너보았다.

"이제부터 대감을 스승으로 뫼시고 진짜 정치를 배워볼까 하는데, 대감의 생각은 어떻습니까?"

"연유를 물어도 좋겠습니까? 소신을 스승으로 선택하신 연유 말입니다."

"부왕을 꺾고 싶어서요."

감히 '부왕을 꺾고 싶다'는 말을 아무렇지도 않게 내뱉는 선을 보는 김택의 입가에 미소가 깊게 패였다.

"부왕과 소신이 어떤 관계인지 잘 아시지요?"

"삼십 년 정치 동지라 의리라도 과시하고 싶은 건 아니시겠지요? 강한 신하와 약한 군주, 이게 대감과 부왕의 관계 아닌가요?"

"허허허, 재밌군요."

"난 대감의 그 힘…… 군주마저 찍어 누를 수 있는 그 대단한 정치력이 배우고 싶은 겁니다."

"힘을 길러 부왕이 아니라 혹 이 사람의 뒤통수가 치고 싶으신 건 아닙니까?"

"그렇게나 잘 가르쳐주시게요?"

미소를 지으며 그리 묻는 선을 보며 김택도 미소 지었으나, 속으로는 이놈 봐라 하는 마음이었다.

"왜 겁납니까? 나에게 뒤통수 맞을까 겁나서 가르치고 싶지가 않아요?"

"그럴 리가 있겠습니까."

"허면 날 한 번 잘 가르쳐보세요. 또 압니까. 나야말로 스승의 가르침에 부응하여 노론이 원하는 군주가 되어줄지."

선이 한쪽 입꼬리를 끌어 올린 채 웃음 지었고, 김택 역시 묘한 미소를 지었다.

선과 김택이 장기보다 더 재미난 놀이판을 입에 올리던 그 무렵, 서연청의 왕은 홍계회에게 따져 물었다.

"돌았어? 김택의 집이 어찌 서연청이 돼? 너같이 원칙 좋아하는 놈이 아무 대책 없이 세자를 놓쳤을 리는 없고…… 설마 너도 동의한 거야?"

"서연은 왕세자의 정치 수업이옵니다. 경서를 통해 배우는 것도 중하긴 하나 영상 김택과 같이 유능한 신하를 찾아가 가르침을 청하는 것 또한 좋은 자세라 판단됩니다."

"난 세자에게 동궁전에서의 자숙을 명했어."

"문구 그대로 동궁전 담장 밖으론 한 발짝도 나가선 안 된다는 뜻으로 해석해야 되는 줄은 몰랐습니다. 소신은 동궁으로서의 의무를 다하면 된다는 뜻으로 판단하여 영상 대감 저에서의 서연을 허락한 것입니다."

홍계희의 말을 가만 듣던 왕이 헛웃음을 터뜨리고는 그 걸음을 편전 쪽으로 돌렸고, 채제공이 그 뒤를 따랐다.

"꼬박 삼 년. 노론이 독주한 세월이 무섭긴 무섭구먼. 저 홍계희 같은 놈까지 이리 당습으로 푸욱 물을 들여놓았으니. 김택을 스승으로 선택했다? 선이 이놈, 이거 무슨 생각을 하고 있는 것 같애?"

"소신이 판단할 수 있는 일이 아닙니다."

"아니, 판단하고 싶지가 않겠지. 김택과 손잡고 아비에게 덤벼보겠다는 거 아니면 뭐야?"

"그것이 국본의 뜻이라면 전하께서는 감수하셔야지요. 국본은 십오 세에 정치에 입문하여 오 년 이상을 권력과 함께 살아왔습니다. 충분하진 않으나 권력의 맛을 알고자 하면 알 만한 기간이지요. 헌데 지난 을해옥사 이후, 확고한 친정 체제를 구축하신 전하께선 국본을 정치에서 완벽하게 배제하셨습니다."

"아비를 정적으로 삼겠다는 놈이야. 그런 놈에게 어떻게 권력을 내줘?"

"정치에서 배제하신 순간 이미 전하께서는 국본을 정적으로 대접하고 계신 것입니다. 그러니 국본 또한 맞서고자 무리수를 두는 것이지요."

"무리수 두게 누가 놔둔데? 불러들여, 세자. 당장 궁으로."

채제공이 편전을 나섰고, 왕은 여전히 분기 어린 표정으로 문 쪽을 바라보았다.

  선이 김택의 누마루를 벗어나려던 그때, 김택의 손자 김문이 모습을 드러냈다. 선이 김문을 보고 반가운 체를 했으나, 김택으로서는 성균관에 있어야 할 손자가 어찌하여 집에 온 것인지 의아해 그 이유를 물었다.

  "저하와 중요한 약조가 있어서 몰래 빠져나오는 길입니다."

  "뭐라? 어느새 손자 놈까지 저하의 사람으로 삼으신 겝니까."

  김택이 그리 묻자, 선은 이만하면 수제자로 삼을 만한 것이냐 응수했다. 김택은 실소 아닌 실소를 터뜨렸다.

  "속히 가세. 허면 이만 물러가보겠습니다, 사부."

  잠시 후, 선이 물러간 김택의 사랑에 김상로, 민백상, 홍봉한, 홍계희 등 노론 중신들이 모여들었다.

  "대감을 스승으로 뫼시고 부왕을 꺾을 길을 열고 싶다, 저하께서 진정 그리 말씀을 하셨습니까?"

  김상로가 희색을 감추지 못한 채 그리 되물었으나, 홍봉한은 조심스레 김택을 보며 물었다.

  "하오시면 대감께선 어찌……."

  "뭐라 그래, 알았다고 했지."

  "감사합니다, 대감. 삼 년간 쥐죽은 듯 엎드려 계시던 우리 저하께 좀 힘이 실릴 수도 있겠습니다그려."

홍봉한이 감읍한 듯 그리 인사를 전했으나, 민백상은 섣불리 결정할 일이 아니라 선을 그었다.

"장인께는 좀 안 된 말이지만 국본은 결코 만만한 인사가 못 돼요. 가르침을 청한 이면에 다른 복심이 있는 것은 아닌지……."

"이보시게, 호판. 그 무슨 서운한 소린가."

홍봉한이 발끈했으나, 김택은 여유롭게 차를 마시며 복심이 하나도 없으면 그게 더 재미없는 것 아니냐 응수했다.

"정치한다면서 액면만 갖고 덤비는 놈…… 난 그런 놈이 더 재미없더라고."

홍계희가 김택의 의견에 동조하고 나섰다.

"저 역시 세자를 다듬어보는 건 흥미로운 일이라 봅니다. 소론이 조정에서 완벽하게 토벌된 이상, 이젠 금상과 노론의 싸움이에요. 금상을 견제하고 국본마저 길을 잘 들이면 이제 이 나라는 질서가 바뀌는 겁니다. 신하의 권력이 임금의 권력을 제압하는 명실상부 양반과 사대부의 나라가 되는 게지요. 대감들의 뜻도 이 사람과 다르지 않겠지요. 허면 국본이 오지 않겠다 해도 우리가 잡아와야 하는 것입니다."

홍계희는 그것이 조화로운 조선의 모습이라 의심치 않았고, 다른 이들도 이견이 없었다.

❀ ❀ ❀

노론이 한담을 나누고 있을 그 무렵, 삭탈관직당한 채 낙향한 이종성의 사랑에는 조재호가 들어 있었다.

"좋아 보이십니다."

"다 잊고 세월이나 죽이고 있으니까 그렇지 뭐."

이종성의 농담 아닌 농담에 조재호가 술보다도 쓴 미소를 지었다.

"무슨 안 좋은 일이라도 생긴 겐가."

"최근 세자가 영상 김택의 집을 문턱이 닳도록 찾아다닌답니다."

"아니 어찌하여 세자가 김택을 찾아다닌다는 게야?"

"세상 살아가는 요령을 터득한 거 아니겠습니까. 힘 있는 신하들과 싸워봐야 별 수 없을 듯 보이니 아예 그 편에 붙기로 한 게지요."

이종성은 깊은 한숨을 내쉬었다.

"누구 하나 살아남아 세자를 지켜야 한다기에 굴욕을 견디고 살아남았건만······ 살아남은 보람이 없는 듯싶으이."

조재호 역시 같은 마음인 듯 말없이 술잔을 비워냈다.

조재호와 이종성이 두고 앉은 소박한 주안상과는 비교도 안 될 만큼 화려한 주안상을 앞에 두고, 옆에는 아리따운 기녀들을 끼고 앉은 사내들이 있었다. 선과 김문을 포함한 노론 명문가의 자제들이었다. 선의 곁에는 춘월이 앉아 수발을 들고 있었고, 악공의 음악에 맞추어 무기들이 춤을 추었다. 술잔을 주고받으며 흥을 즐기던 그때, 방문이 거칠게 열리더니 채제공이 들어섰다. 순간 음악과 춤사위가 멈추었다. 취기가 오른 듯 미간을 찌푸리고 눈을 가늘게 뜬 선이 싱긋 미소를 지었다.

"아니, 이게 누구야. 도승지 아니신가."

"정치 수업 중이시라 들었습니다만……."

"정치 수업은 끝났고 이젠 조선 예악의 나아갈 바를 의논하는 중이었다네. 그렇지 않나?"

모여 앉은 치들이 웃음을 터뜨렸다.

"인사들 나누시게. 저긴 도승지 채제공 영감이시고, 그리고 여기 모인 사람들은 후일 나의 충신이 되어줄 노론 명문가의 자제들이라네. 그대도 이리로 와 앉아. 앉아서 조선 예악의 나아갈 바를 함께 궁리해보자고."

"아쉽지만 소신은 저하와 더불어 농이나 주고받고 있을 만큼 한가한 자가 못 됩니다."

"바쁘면 돌아가보든가. 우리가 온다는 사람은 막아도 간다는 사람은 안 막아요."

선의 농담에 모두 웃음으로 동조했다. 채제공은 안타까움을 억누르며 운을 떼었다.

"전하의 심려가 크십니다. 그만 환궁을 하시지요."

"조선 예악의 미래를 궁리 중이라지 않나. 궁리를 모두 마친 후 환궁할 것이니 크게 심려치 마시라 아바마마께 잘 좀 전해주게나."

채제공은 답답하기 짝이 없는 얼굴로 방을 물러나와 마당에 선 채 시위하고 있는 민우섭에게 물었다.

"자주 납시는가? 말려야 한다는 생각은 안 해봤나?"

"영감께서도 못하신 일입니다. 소직이 어찌하겠습니까."

채제공은 길게 한숨을 내쉬고는 부용재를 나섰다. 민우섭 역시 걱정스러운 눈으로 부용재 안을 건너보았다.

"이거 미안해서 어쩌나. 훼방꾼으로 인해 흥이 다 깨지고 말았구먼."

깨어진 흥이 영 아쉬운 듯 입맛을 다시던 선이 운심을 불렀다.

"생황 잘하는 기녀가 새로 왔다지 않았나. 그 아이 데려다 점고나 한 번 받아보세."

"이미 대령해 있사옵니다. 하오나 그 아인 수청은 들지 않고 오직 연주만 하는 악기인지라……."

"말도 안 되는 소리. 기생 년이면 기생 년답게 굴어야지, 그리 고고하게 굴 게 뭐야!"

김문이 벌떡 일어나 문 쪽으로 다가섰다. 운심이 말리려 했으나 이미 김문이 문을 홱 열어젖혔다. 순간 선의 얼굴이 흠칫 굳어졌다. 생황을 들고 다소곳이 앉아 있는 그녀는…… 선이 헛것을 본 것이 아니라면 분명 지담이었다. 어엿한 여인의 모습을 한 지담이 천천히 고개를 들었고, 짧은 순간 지담과 선의 시선이 허공에서 얽혔다. 자신을 향한 분기와 비웃음 어린 그 시선에 선은 눈앞이 아득해졌다.

김문이 무릎을 세우고 앉아 그녀를 이리저리 살폈다.

"이리 쓸 만한 미색을 지닌 년이 어찌 얼굴 없는 악기 흉내나 내려한 게냐? 오늘 밤 너 내 수청이나 한 번 들어라."

김문이 비식 웃으며 지담의 얼굴을 만지려던 그때, 선이 그의 팔을 잡아 세웠다.

"그대는 위아래도 없나?"

선은 장난스러운 미소를 띤 채 비켜나라는 듯 턱짓을 했다. 김문이 물러나자 선의 얼굴에 어려 있던 장난기는 사라지고, 지담을 내려다보는 그 눈에는 안타까움만이 가득했다. 다른 이들이 수상한 낌새를 채기 전에 선은 지담을 일으켜 세웠고, 한 팔로 그녀의 허리를 휘감아 안은 채, 부러 비틀대며 다른 방으로 갔다. 무리들이 있던 방에서 가장 멀고 구석진 방에 들어선 후에도 선은 제 팔을 풀지 않은 채, 믿기지 않는 듯 지담을 쳐다보았다. 지담이 그 팔을 차갑게 뿌리쳤다.

"무탈……했구나. 그간 어디서……."

"소인에게 원하시는 바가 무엇입니까."

"지담아."

"빙애. 기명을 불러주십시오. 진실이 전부라 믿던 철부지 서지담은 삼 년 전 아버지를 놓치며 같이 죽었으니까요."

얼굴은 지담이 틀림없었으나, 표정이며 말투는 전에 없이 서늘하고 차가웠다.

"보아 하니 죽은 건 철부지 계집만이 아니로군요. 백성의 목숨이 적어도 자신의 목숨만큼은 귀해야 한다, 그리 강변하던 세자 저하 또한 이젠 이 세상 사람이 아닌 모양입니다."

지담의 입가에 비웃음이 걸렸고 선은 그 어떤 부정도, 변명도 할
수 없었다. 지담은 그 침묵을 제 식대로 해석했다.

"아니라면 노론 명문가 자제들과 어울려 이런 데서 세월이나 낭비
하고 계실 턱이 없을 것이니 말입니다. 소인에게 원하시는 바가 무엇
입니까. 수청을 원하신다면 뜻대로 하시지요."

지담은 제 손으로 저고리 고름을 툭 잡아 끄르더니 저고리를 벗으
려 했다. 그녀의 어깨가 훤히 드러났고, 선은 당혹스러운 듯 그녀의
손을 턱 잡았다.

"무슨 짓이냐."

"마음 없는 몸 던지는 거 일도 아니니 맘대로 하고 속히 꺼져주시지."

지담이 선의 손을 거칠게 뿌리쳤다. 선은 이토록 날을 세우며 위악
을 떠는 지담이 다 자신 때문인 것 같아 안타까웠다.

"미안하다. 다시…… 오마."

선이 그대로 방을 나섰다. 지담의 눈에 언뜻 눈물이 스친 듯도 했
으나, 그도 잠시 지담은 약해지려는 제 마음을 다잡았으며 저고리를
여몄다. 선은 동기 아이 하나를 불러 운심을 뒤뜰로 불러오라 일렀다.

"저 아이…… 이곳 부용재에 두는 게 좋은 일이겠는가."

"저하께서 이리 찾으시어 아는 빛을 보이지만 않으신다면 괜찮을
듯싶습니다만……."

선이 쪽지 하나를 내밀었다.

"혹 내가 도울 일이 있다면 여기 적힌 대로 기별을 하게나."

"알겠습니다."

선은 민우섭과 함께 뒤뜰을 나섰다. 복잡한 얼굴을 애써 감춘 채 뒤돌아선 운심 앞에 어느새 김문이 다가와 있었다.

"아는 빛이라…… 이게 무슨 뜻이야?"

김문이 세자와의 대화를 언제부터 엿들은 것인지 당혹스러웠으나 운심은 옅은 미소를 지어 보였다.

"새로 왔다는 기녀. 저하께서 이미 알고 계신 눈치야. 그렇지 않나?"

"전날 다른 기방에서 잠시 스치신 듯하옵니다."

"다른 기방? 이게 말이 돼? 세자 저하…… 나만 빼고 딴 녀석과 다른 기방을 가셨단 말이지? 에이, 너무하시네."

운심은 맘 상한 듯 돌아서는 김문을 보며 놀란 속을 쓸어내렸다. 아무리 허허실실인 김문이라 할지라도 김택의 핏줄, 쉬이 안심할 수는 없었다.

환궁하는 길, 선의 얼굴은 음울했고 그 뒤를 따르던 민우섭이 선에게 물었다.

"지담이라는 아이에게만은 좀 솔직하셔도 좋았던 거 아닙니까."

"쓸데없는 소리. 그러다 지금까지 공들여 쌓은 탑이 순식간에 무너질 수도 있어. 일단 속히 약속 장소로 가지."

마포나루 창고, 변복을 한 채 삿갓까지 눌러쓴 선과 민우섭이 모습을 드러냈다. 두 사람은 주위를 살핀 후 재빨리 창고 안으로 들어섰다. 선이 나무 벽 앞에 놓인 의자에 앉자 벽 한가운데 창이 스윽 열렸다. 건너편에 앉은 이달성이 선을 알아보고는 반가운 체를 했다.

"청국에는 무사히 다녀왔나?"

"물론입죠."

"황제의 움직임은 어때? 서단에 대한 정벌전은 여전히 진행 중인가?"

"정벌 대상국을 확대한다는 소문도 있습니다."

"알겠네. 부탁한 책과 지도는?"

달성은 선이 부탁했던 책과 지도를 찾아 건넸다.

"부탁하신 서역말 사전도 구해왔습니다요."

"고맙네. 다음에는 이 책들도 부탁함세."

선이 다른 쪽지를 내밀자, 달성이 의아한 듯 물었다.

"그런데 말입니다. 공자께선 이런 책들을 수도 없이 탐독하시는 연유가 뭡니까?"

"그저 재미…… 무료한 시간을 때울 길이 없어서 말이야."

선은 옅은 웃음을 지으며 창고를 나섰다. 달성은 그런 선이 흥미롭다는 듯 바라보다 창고 안쪽으로 난 문을 통해 나도주 상단으로 향했다.

나도주 상단, 엄청난 짐바리들을 든 보상과 부상 및 행수와 차인들이 분주히 마당을 오갔다. 의주 만상의 거상 밑에 들어가 상단을 호위하는 것으로 상단 일을 시작해 도주의 자리에 오른 이는 바로 나철주였다. 달성이 나철주에게 예를 갖추었다. 달성은 그동안 미남 공자가 가져갔거나 구해달라 청한 책과 지도를 정리한 목록을 나철주에게 건넸다.

"이것이 그 공자가 구입해간 서책들이란 말이지? 반역서라 해도 과언이 아닌 《정감록》과 《남사고비기》[36]에 사농공상이 모두 역할만 다를 뿐 평등하다 한 청국의 책 《명이대방록》[37]부터 서역의 책에 청국의 지도까지…… 관심사 한 번 참으로 다양하구먼. 이걸 다 읽어 어디에 쓰겠다던가?"

"소인도 궁금해서 물었더니만 '그저 재미…… 무료한 시간을 때울 길이 없어서 말이지' 이러더라고요."

"재미라. 그 공자야말로 재미난 인사로구먼. 이 어렵고 또한 위험하기까지 한 책들을 그저 재미로…… 재미 삼아 읽는다? 이건 말이 안 돼."

"하오시면……."

"어쩌면 이자는 우리와 같은 꿈을 꾸고 있는지도 몰라. 바로 세상을 바꿀 꿈 말이지."

나철주는 이 공자가 세자 선이라는 것은 까맣게 모른 채, 어쩌면

---

36. 《정감록(鄭鑑錄)》, 《남사고비기(南師古秘記)》: 풍수지리설, 도교 사상 등을 바탕으로 쓴 국가의 흥망에 관한 예언서로 조선 왕조를 비판함.
37. 《명이대방록(明夷待訪錄)》: 중국사에서 전제군주제의 폐단을 지적한 대표적인 저술.

이자라면 동지 이상의 관계가 될 수 있을지도 모른다는 생각에 옅은 미소를 지었다.

❀ ❀ ❀

　어둑한 밤 동온돌, 왕의 분노는 밤의 어둠만큼이나 깊었다.

　"기방에? 기방 같은 데 죽치고 앉아서 아비의 명을 거역해? 넌 뭐하는 놈이야. 뭐 하는 놈이기에 그런 거 하나 설득을 못해 빈손으로 돌아와."

　채제공은 말없이 고개를 숙였다. 그때 상선이 급히 들었다.

　"어찌 되었어?"

　"아직……."

　"아직도 환궁을 하지 않았다는 게야? 대체 지금까지 기방에 처박혀 뭘 하고 있다는 게야?"

　그때 문 밖에서 민 상궁이 저녁수라를 들일 시간이라 고했으나, 왕은 말이 없었다. 민 상궁이 조심스레 문을 열었을 때, 왕은 격노한 목소리로 소리쳤다.

　"수라는 물론 탕약이고 뭐고 아무것도 들이지 말라고 해!"

　민 상궁은 물론 상선과 채제공 모두 난감하기 짝이 없는 얼굴로 왕을 쳐다보았다.

　왕이 단식을 선언했다는 소식은 빈궁전에도 전해졌다.

"단식이라니…… 전하께서 수라를 폐하라 하셨단 말인가?"

"탕약과 내의원 입진도 모두 거부하셨다 하옵니다."

"저하께선 아직 환궁 전이신가?"

그런 듯하다는 김 상궁의 대답에 혜경궁은 자리를 박차고 일어났다. 혜경궁이 동궁전에 다다랐을 때, 마침 환궁하는 선과 민우섭의 모습이 눈에 들어왔다. 선이 혜경궁에게 어인 일이냐 물었다.

"일단 안으로 드시지요."

동궁전으로 든 혜경궁은 서안 위에 꿀물을 올렸다.

"꿀물입니다. 일단 이걸로 속을 달래세요."

"무슨 일입니까?"

"양치하고 술 냄새도 없애셔야 하옵니다. 대전의 진노가 자심하시니."

"단식, 탕약 거부, 입진 거부. 이번에는 어느 쪽입니까?"

혜경궁은 속이 타 들어가는 심정을 억누른 채 선을 바라보았다.

"내 다 알아서 할 테니 심려치 마세요."

선은 장 내관을 불러 김택의 집으로 인편을 보내라 일렀다.

"영상 대감은 또 어찌……."

"내 다 알아서 한다니까요."

동궁전을 나서는 선을 혜경궁이 못내 걱정스러운 듯 바라보았다.

자리보전하고 누운 왕 곁으로 단정한 용포 차림의 선이 다가와 앉왔다.

"어찌하여 수라를 물리치십니까. 소자, 옥체라도 상하실까 두렵기 그지없습니다. 연유를 일러주십시오. 소자, 어찌하여 이리 진노를 하시는지 그 연유를 도무지 알 길이 없습니다."

왕은 기가 막혔으나 애써 화를 누른 채, 왕세자의 스승은 왕인 자신과 조정 중신들이 결정하는 것이라 운을 떼었다.

"그러니 함부로 스승을 정하지 마라."

"그럴 수는 없사옵니다."

"김택이 어찌 네 스승이 돼?"

"성군의 자질을 키우고자 합입니다. 배울 점이 있다면 김택 같은 중신에게뿐 아니라 노비나 백정들 또한 스승 삼기를 주저치 않을 것입니다. 그것이 성군의 자질이 아닌지요."

"허면 기방은 뭐야? 성군되기가 그렇게 원인 놈이 유생들 끌고 기방은 왜 기웃거려?"

"아바마마께서 신하들에게 주연을 베푸시는 연유와 같은 거 아니겠습니까. 편안한 자리에서 유생들과 허심탄회하게 만나 즉위 후 귀히 쓸 인재를 가려보고자 하였으니 크게 노여워하지 마십시오."

"즉위? 네 벌써 즉위할 날을 준비하고 있었더냐?"

"왕세자의 본분이 아니옵니까."

"그리 열심인 연유가 뭐야? 아비가 하루빨리 죽어주기라도 바라는 게냐?"

"그 무슨 망극하신 분부시옵니까. 소자 아바마마와 같은 훌륭한 군주가 되기 위해 하루라도 빨리 준비를 하고 있을 뿐 다른 뜻은 없사옵니다."

"번지르르한 말로 빠져나가려 들지 말고 본심을 말해. 진심이 뭐야? 권력이 갖고 싶어? 삼 년간 절치부심 주저앉아 있었더니 권력을 휘두르고 싶어 안달이 나? 그 권력으로 아비를 꺾어 넘기고 싶으냐? 그렇다면 차라리 여기 엎드려 권력을 달라 구걸을 해!"

"소자가 그래야 할 연유가 무엇입니까. 소자에게는 당장 정치할 뜻 같은 건 없습니다. 정진하고 인내하면 어차피 보위는 소자의 몫이 될 것인데…… 서둘러 나설 연유가 무엇이란 말입니까."

왕이 기막힌 듯 선을 보았으나, 선은 그 시선을 피하지 않았다.

"어디서 씨도 먹히지 않을 거짓을 일삼는 게야. 나가! 꼴도 보기 싫어. 썩 물러나지 못할까!"

왕의 격노에 선은 정중하게 예를 갖춘 후 물러나왔다. 동온돌을 나선 선은 그의 연통을 받고 입궁한 김택과 마주쳤다.

"단식을 쉬이 거두실 것 같지가 않습니다. 부왕의 옥체 미령해지실까 참으로 걱정입니다, 사부."

"소신을 믿으세요, 별일 없을 것입니다."

김택이 온후한 미소로 선을 다독였다. 동온돌로 든 김택은 자리보전하고 누운 왕에게 수라는 물론 탕약도 받으라 일렀다.

"밖에서 듣자니 버티실 명분도 별로 없어 보이던데……."

"염장 지를 생각으로 왔으면 썩 물러가."

"억지로라도 국본이 권좌를 노리고 있다 몰아붙이시렵니까. 그걸 명분으로 선위파동도 하시고요. 원하신다면 뜻대로 하십시오. 국본이야 일곱 번도 했는데 여덟 번이 문제겠습니까. 저희들도 이젠 이력이 날 만큼 나서 전하께서 연회판 까시면 장단 하나는 제대로 칩니다."

왕이 자리에서 일어나 김택을 노려보았으나, 김택은 눈썹 하나 까딱하지 않았다.

"여기서 더 단식을 고집하시면 내일 사시를 기해 모든 관원들이 등청 거부를 선언할 것입니다."

"뭐야?"

"국정이 하루아침에 마비되는 것을 원치 않으시면, 국본에게 역정 그만 내시고 단식 거두세요."

김택은 동온돌을 나서자마자 동궁전을 찾았다.

"사부께서 도와주시면 좀 수월할 것이라 생각은 하였습니다만……
부왕께서 이렇게 빨리 단식을 거두실 줄은 몰랐습니다. 고맙습니다, 사부. 이 사람이 큰 은혜를 입었어요."

"은혜랄 것까지야 무에 있습니까. 그저 늙은이가 후학에게 작은 선물 했다 여기세요."

김택이 동궁전에 들어 있을 즈음, 채제공은 왕을 따라 편전에 들어 있었다.

"어차피 보위가 제 놈의 몫이라고? 김택하고 붙어 다니면서 선이 이놈, 제 아비 찍어 누르는 법이나 배운 모양이로구먼. 어떻게든 김택을 위시한 저 방자한 신하 놈들, 저놈들 꺾을 방책부터 세워야 되겠어. 무슨 좋은 방도 없어? 있으면 어디 한 번 내봐."

"없습니다. 을해년 박문수 대감을 위시한 소론 중신들을 빈청에서 모조리 토벌하실 때, 전하께서 각오하셨어야 할 일이 바로 이겁니다. 견제할 자가 아무도 없는데 노론의 독주를 누가 막는단 말입니까."

"내 무덤을 내가 팠다는 게야? 이런 방자한 놈."

"품속에 사직소는 늘 지니고 다닙니다. 명하시면 언제든 낙향하겠습니다."

분기 어린 눈으로 채제공을 쏘아보던 왕이 실소를 터뜨렸다.

"아니, 난 네 그 솔직함이 마음에 든다. 잃을 게 없는 놈이 지닌 충직한 솔직함."

"과찬이십니다."

채제공을 물끄러미 바라보던 왕이 농담 반 진담 반 "판서 시켜줄까?" 그리 물었다.

"전하께서 하신 일 중 동의할 수 없는 일도 많지만 전하의 정치력과 업적 중 흠모하는 부분도 적지 않습니다. 자리 갖고 유혹하지 마십시오. 그렇게 하지 않으셔도 전하께서 세우신 뜻과 원칙이 옳으면 따를 자는 다 따릅니다."

"과인이 세운 원칙이라니?"

왕은 자조적인 웃음을 터뜨렸다. 신하 놈들은 물론 아들인 세자까지 악귀가 되어 덤비는 통에 그런 게 있기나 했는지 가물했다.

"전하께서 세우신 가장 크고 값있는 원칙은 바로 탕평 아니겠습니까. 살아남은 소론 중신들을 다시 부르셔야 하옵니다. 탕평한 조정을 열어 전하의 치세를 다시 이어가야 하질 않겠는지요."

"탕평, 탕평이라……."

왕은 생각이 많아진 얼굴로 그리 중얼거렸다.

인경을 알리는 종소리가 신호라도 되는 듯 자리에 누웠던 선이 조용히 몸을 일으켰다. 주위를 모두 물린 후 최 상궁과 장 내관이 은밀히 안으로 들었다.

"종사관 민우섭과 지하서고에 있겠네. 무슨 일이 있으면 속히 기별하게."

선은 신속히 의관을 정제하고 동궁전 안 비밀스러운 방으로 향했다. 병풍을 걷자 안으로 통하는 문이 드러났다. 선과 민우섭이 문 안으로 들어서자 장 내관이 다시 병풍을 쳐 비밀의 문을 가렸다. 선과 민우섭이 층계를 밟아 내려간 곳은 동궁전의 지하서고였다. 선의 공부방 겸 서고로, 오른쪽 끝에 놓인 책상과 의자를 제하면 책으로 빼곡히 차 있었다. 신기전38과 화차39, 무기에 대한 그림들이며 각종

---

38. 신기전(神機箭) : 화약을 장치하거나 불을 달아 쏘던 화살.
39. 화차(火車) : 수레 위에 총을 수십 개 장치하여 이동이 손쉽고 한 번에 여러 개의 총을 쏠 수 있게 한 무기.

총포와 화포, 무예에 대한 초식 등 다양한 정보가 적힌 쪽지들로 벽면은 그득히 채워져 있었다.

"이 방이 생긴 지도 어느덧 이 년째입니다."

새삼 감회가 새로운 듯 그리 말하는 민우섭을 보며 선이 옅은 미소를 지었다.

"이게 다 그 자객 덕분이지. 때때로 난 그 자객에게 절이라도 하고 싶은 심정이야. 자객이 날 죽이고자 동궁전에 불을 지르지 않았다면 동궁전을 개축할 일도 없었을 것이고, 허면 이 서고 또한 갖지 못했을 것이니 말일세."

"《정감록》과 《남사고비기》 이런 책들은 조선 왕실 자체를 부인하는 책들입니다. 이런 책들조차 이토록 열심히 탐독하시는 연유가 무엇입니까?"

"그게 민심이니까. 아무리 뼈아픈 내용을 담고 있더라도, 그것이 민심이라면 제대로 읽어야 돼."

겉으로는 주색잡기에 빠져 있는 듯한 선이었으나, 그 속만은 삼 년 전과 한 치도 달라진 게 없었다. 아니, 그때를 교훈 삼아 백성의 이야기에 더 귀 기울이고, 조금이라도 그들과 가까워지려 애써온 지난 삼 년이었다.

깊은 밤, 삐걱거리는 소리와 함께 부용재 대문이 열리고 모습을 드러낸 것은 지담이었다. 그때 딱따기를 치며 기찰을 도는 순라군들을 피해 지담이 급히 몸을 숨겼다. 순라군들이 지나친 걸 확인한 후 지담은 어디론가 걸음을 옮겼다. 그런 지담을 바라보는 사내가 있었으니 낭인의 복색을 한 전 좌포청 종사관 변종인이었다. 지담은 나도주의 상단을 찾아 나철주의 처소로 들었다. 기방에서 세자를 만났다는 지담의 말에 나철주가 흠칫 놀랐다.

"그래, 이제 어찌하고 싶으냐?"

"다음 단계로 가겠습니다."

"일이 틀어지면 네 목숨이 위태로울 수도 있다."

"상관없으니 결행하세요. 세자의 모습을 직접 눈으로 확인하니 결심이 더욱 확고해졌습니다. 내가 당한 만큼, 아니 그보다 더 왕실과 이 세상에 갚아줄 수만 있다면 목숨 따윈 어찌 되든 상관없습니다."

지난 삼 년, 결코 길지 않은 시간이었지만 너무나 많은 것이 바뀌었다. 동방의 검계가 상단의 도주로 살았으며, 진실과 진심에 뜨겁게 반응하던 어린 소녀는 얼음보다도 차가운 여인으로 변했다. 나철주는 차마 드러낼 수 없는 안타까운 속내를 한숨으로 대신했다.

다음 날, 창덕궁 궐문 밖에 밤을 달려온 파발마가 다다랐고, 장계를 든 전령이 구를 듯 뛰어내려 궐 안으로 들어섰다. 장계는 채제공의 손에 전해졌고, 그는 동온돌로 급히 달려갔다.

"무슨 일이야?"

"청나라 사신단이 국경을 넘었다 하옵니다."

"뭐야?"

그 시작, 동궁전의 선에게도 같은 보고가 전해졌다.

"청나라 사신들이 이미 평양을 지나 개성을 향하고 있단 말인가?"

예삿일이 아님에 선의 얼굴이 굳어졌고, 그것은 왕도 마찬가지였다. 왕은 통보도 없이 청나라가 급작스레 사신을 파견한 연유가 무엇이냐 물었고, 채제공은 장계를 내밀었다.

"평양감사가 사신단을 구슬려 알아낸 이유라 하옵니다."

"해서40 인근 해역에서 조업 중인 청나라 어선을 우리 수군이 공격했다? 이게 사실이라면 국가적으로 큰 위기가 되겠어."

말은 그리했으나 두루마리를 접는 왕의 얼굴에는 묘한 미소가 피어올랐다.

"허나 위기는 언제나 기회이기도 하지."

노론이 독주하는 정국을 뒤집고, 탕평한 조정을 만들 기회를 말함이리라. 그 의중을 파악한 채제공이 왕을 쳐다보았고, 왕은 차분히 중신들을 편전으로 불러들이라 명했다.

"이게 어찌 된 일이야? 해서 인근 해역에서 조업 중인 청나라 어선을 우리 수군이 공격하다니."

---

40. 해서(海西) : 황해도.

왕은 채제공 앞에서 보인 차분함은 온데간데없이 장계를 흔들어 보이며 역정을 냈다. 홍계희가 나서 사소한 분쟁으로 알고 있다 말하였으나, 왕은 그 말을 툭 잘라내며 따졌다.

"사소한 분쟁인데 통보도 없이 사신연도 마다하고 저리 내려와? 저쪽은 지금 군이 민간인을 공격했으니 청나라에 대한 명백한 도발이다, 길길이 날뛰고 있다고. 이 일을 빌미로 청나라가 전쟁이라도 하려들면 어찌할 거야. 병판 그대가 책임질 건가?"

홍계희가 입을 다물었고 왕은 예조에서는 아는 것이 없다며 홍봉한을 공격했다.

"지난달 청국에서 돌아온 사신들도 별다른 조짐은……."

"여기 죽치고 앉아 하는 일들이 대체 뭐야! 빈청에 줄줄이 앉아 아니 된다는 소리나 지껄여대면서 그대들이 한 게 대체 뭐냐고! 이래서 내가 그대들만 믿고 정치 못하겠다는 게야. 도승지!"

"예, 전하."

"이조에 일러 소론들 중 쓸 만한 놈들 골라 정안 올리라고 해!"

그제야 왕의 의중이 무엇인지 알게 된 김택이 저지하려들었으나, 왕은 물러날 기색이 없었다.

"이 일에 토 달고 반대하는 놈 있으면, 그놈을 이 나라를 전쟁으로 몰고 가려는 놈으로 간주하고 모조리 모가지 잘라버릴 테니 그리 알어."

"소론들을 불러올리면 그들이 이 문제를 해결할 수 있다 보십니까?"

"소론은 그대들의 무능으로 불러올리는 거지, 이 문제 해결하라고 부르는 게 아니야."

"하오시면 문제 해결은······."

"이 문제는 국본으로 하여금 해결케 할 것이야."

채제공은 물론 모든 신하들이 흠칫 놀라 왕을 쳐다보았다. 왕이 편전을 나가려던 그때, 홍봉한이 왕의 앞에 납작 엎드렸다.

"이 문제는 국본이 감당할 수 있는 문제가 아니옵니다. 저희 예조에서 어떻게든 목숨을 걸고 해결을 할 것이니······."

"과인의 결정은 끝났어. 길이나 열어."

"아니 되옵니다, 전하."

"토 달지 말고 입 닫어. 썩 물러가."

왕은 선을 편전으로 불러오라 일렀다. 부왕의 명에 선이 걸음을 옮기려던 그때, 홍봉한이 앞을 막아섰다.

"저하······ 부왕께서 뭐라 하시든 못하겠다 하세요. 아니, 할 수 없는 일이다."

"이 사람이 알아서 하겠습니다, 장인."

선이 그대로 홍봉한을 스쳐 지나갔다.

"찾아계시옵니까."

"김택을 스승으로 삼겠다 한 연유가 뭐냐? 진정 후일 보위에 오를 것을 대비해 한 수 가르침을 청하려던 것이냐? 아니면 김택을 구워 삶아서라도 대리청정의 기회를 얻고자 했던 것이냐? 대답 잘 해. 난 지금 너에게 기회를 주려는 거니까. 자, 다시 묻겠다. 정치에 복귀할 마음이 있어, 없어?"

선은 쉬이 운을 떼지 않았다. 한참 침묵이 지난 후, 선의 입술이 벌어졌다.

"있습니다."

선의 대답을 듣고도 잠자코 있던 왕이 그 앞에 장계를 툭 던졌다.

"허면 이 문제 해결해. 무슨 수를 쓰든 청나라 사신을 잘 설득해. 설득하되 저쪽에 전쟁을 일으킬 명분을 주어서도 안 되고 조선의 국익에 흠집이 나서도 안 돼. 할 수 있겠느냐? 만일 네가 이 문제를 원만히 해결을 한다면 내 두말 않고 너의 대리청정을 허락하겠다. 허나, 만일 실패하면 너는 폐세자가 될 각오를 해야 할 것이다."

폐세자. 순간 선의 얼굴에 당혹감이 스쳤다.

"어찌할 것이냐?"

"하겠습니다."

실패하면 저위를 잃을 거란 경고에도 저토록 자신만만한 모습이라니. 그런 선의 모습에 왕은 묘한 두려움이 일었다.

15

"신중하게 생각해. 실패해도 뭐 아들놈 너 하난데 설마 국본의 자리를 뺏겠냐, 이런 안일한 생각한다면 그건 아주 큰 오산이다. 실패하면 넌 영영 저위를 잃을 것이야. 나는 너 아니라도 얼마든지 대안을 찾을 수 있으니까. 그래도 해볼 마음이 드냐?"

"물론입니다."

선은 왕의 경계 어린 시선을 당당히 응수했다. 편전을 나선 선 앞에 홍봉한이 모든 것을 전해 들은 듯 하늘이 무너진 듯한 표정으로 서 있었다.

"어찌하여 수락하신 겝니까. 청나라 강짜 부리기 시작하면 중신들도 감당하기 어려워요. 지금이라도 당장 들어가 안 한다 하세요. 자칫하면 저위를 잃으십니다."

"그럴 생각 없습니다, 장인."

선은 미소를 머금은 채 그대로 홍봉한을 스쳐 지났고, 마침 회랑 안으로 들어서던 채제공과 마주쳤다. 채제공 역시 안타깝고 막막한 눈으로 선을 보았으나, 선은 그조차도 외면했다.

홍봉한이 김택의 집무실로 들어서자 김택과 김상로, 민백상이 흠칫 고개를 들었다.

"수락을 하셨소이다."

"아니, 무슨 배짱으로 그걸 수락해."

김상로가 쏘아댔고, 홍봉한은 힘이 쭉 빠진 목소리로 우리 노론을 믿은 게 아니겠느냐 중얼댔다.

"우리라고 무슨 뾰족한 수가 있다고. 이거 아무래도 금상의 움직임이 심상치가 않아요. 우리와 세자를 싸잡아 궁지로 몰아갈 심산이에요."

두 사람의 대화를 가만 듣던 민백상이 조심스레 자신의 의견을 피력했다.

"허면 세자에게는 안 됐지만 이 문제에서만큼은 우리도 세자와 선을 그어보는 것은 어떻겠습니까."

홍봉한이 그 무슨 서운하기 짝이 없는 소리냐 발끈했다.

"서운하긴 뭐가 서운하다는 게야. 필요하다면 패를 내려놓을 줄도 아는 것이 정친데."

그리 말한 김택은 왕과 세자 둘 중 누구를 내려놓아야 할지, 무엇이 노론에게 가장 유리한 선택일지 계산하기 바빴다. 김택의 머릿속이 바쁘게 돌아갈 즈음, 채제공 역시 선의 의중을 헤아려보고자 최상궁을 만나고 있었다.

"자네가 아는 저하는 어떤 분이신가?"

"갑자기 그리 물으시오면 소인이 뭐라 답을 해야 할지……."

"내가 아는 저하는 말일세. 모험심은 강하나 무모하진 않은 분이야. 헌데 오늘 하신 결정은 너무도 무모해. 아무런 복안41도 없이 행여 오직 복귀할 욕심 하나로 청국과의 외교 문제를 해결하겠다 덜컥 나서신 거라면…… 이건 무모한 정도가 아니라 자살 행위야. 저하께서 이런 무모한 결정을 하신 연유가 무엇인가? 지난 삼 년간 대체 어찌 지내신 게야."

"대전에서 염탐을 명하셨습니까?"

"이보게! 그 무슨 말도 안 되는……."

"아니라면 이리 물으시는 연유가 무엇입니까?"

채제공은 지난 삼 년간 숨겨왔던 자신의 속을 이대로 털어놓는 것이 맞을지 잠시 주저했다.

"저하를 돕고 싶네. 저하께서 이대로 저위를 잃으신다면 내가 저하를 떠나 대전으로 간 보람이 없어."

채제공의 솔직한 답변에 최 상궁 역시 주저했다. 한참이 지나 마음을 굳힌 듯, 최 상궁이 채제공에게 따라오라 일렀고, 지하서고로 통하는 방으로 걸음을 옮겼다. 최 상궁이 병풍을 걷자 서고로 통하는 벽장문이 나타났다.

---

41. 복안(腹案) : 겉으로 드러내지 아니하고 마음속으로만 생각함. 또는 그런 생각.

"드시지요."

최 상궁이 문을 열었고, 채제공은 얼떨떨한 얼굴로 문 안으로 들어섰다. 층계를 내려서자 지하서고가 한눈에 들어왔다. 예닐곱 개의 책장에는 서책들이 빽빽하게 꽂혀 있었고, 벽이며 서탁 위로는 갖가지 그림이며 지도가 펼쳐져 있었다.

"이곳이 저하께서 지난 삼 년간 가장 오랜 시간을 보내신 곳이옵니다."

겉으로는 노론과 어울리며 그저 세월을 죽이는 듯 보였으나, 선은 밤낮없이 이곳에서 자신을 수련하고 있었던 것이다. 기특하고 대견하면서도 한없이 안쓰럽고 안타까웠다.

그즈음 선은 춘당대에서 복잡다단한 마음을 달래려는 듯 습사[42]를 하고 있었다.

"습사를 하고 계셨습니다."

"이미 빈궁전으로도 소식이 전해진 모양입니다."

"신첩이 한 번 해봐도 좋겠습니까. 재미거리 하나 찾아보라 하지 않으셨는지요. 마음이 번다하실 때마다 사대로 달려오시는 걸 보니, 마음을 가다듬는 데 습사만 한 것이 없다면 신첩 또한 이쪽에 취미를 두어볼까 합니다."

---

42. 습사(習射) : 활 쏘는 것을 배워서 익힘.

"그러세요. 이쪽으로 와보세요."

선은 시위에 화살을 메겨 건넸다. 혜경궁이 받아들고 과녁을 향해 힘껏 당겨보았으나 시위를 잡은 손이 파르르 떨릴 뿐 시위는 좀처럼 움직일 줄 몰랐다. 그를 보던 선이 혜경궁 뒤로 다가가 그녀를 감싸 안듯 한쪽 손은 활을, 한쪽 손은 시위를 잡은 그녀의 손을 잡았다. 선은 그대로 힘 있게 당긴 시위를 놓았고, 화살은 홍심을 향해 날아가 꽂혔다. 싱긋 웃으며 관중이라 말하던 선의 얼굴이 굳어졌다. 자신을 향해 돌아선 혜경궁의 눈이 젖어 있었던 것이다.

"쏘아진 화살이라 별 수 없는 것입니까? 청국 사신의 일을 해결치 못하시면 폐세자 하시겠노라 부왕께서 그리 말씀을 하셨는데도…… 꼭 이 일을 하셔야겠습니까? 그저 기다리면 이토록 복귀를 원치 않으셔도 때가 되면 보위는 저하의 것이니 그때…… 그때 원하는 치세를 펴시면 아니 되는 것입니까?"

"기다리기에는…… 그저 느긋하게 기다리고 있기에는 내가 보아버린 세상이 너무도 많아요. 나 아니면 안 된다는 오만은 없습니다. 허나 나라도 나서야 한다면 피해선 안 된다는 것이 내 생각입니다. 날 이해해줄 수 있겠습니까?"

그가 안타까워 차마 마주볼 수 없어 혜경궁은 그의 시선을 피했다. 그런 그녀의 속을 알 리 없는 선은 또 한 번 외면당했다는 생각에 씁쓸했다.

선이 지하서고로 들어섰을 때, 그곳에는 여전히 채제공이 있었다. 지난 삼 년 동안 선이 모아둔 자료와 집필한 저술들을 검토하고 있던 채제공이 벌떡 일어나 예를 갖추었다.

"저하의 행보 너무도 무모하다 싶어 최 상궁을 데려다 좀 다그쳤습니다."

"얘기 들었네."

"허나 소신의 기우였던 것 같군요. 대리청정 하시던 내내 청나라 문제는 언제나 미궁이다, 그리 걱정이 많으시더니 이리도 살뜰히 자료를 모으고 계셨습니다."

"아직은 턱없이 부족하지."

"청나라 정세에 대한 자료는 물론 이리 자세한 지도까지 있는데 말입니까."

채제공이 서탁 위에 놓인 《무기신식》을 집어들었다.

"친히 병법서까지 쓰고 계신 연유는 무엇입니까?"

"병법의 기본을 분명히 주지시켜야 조선 군이 강군이 될 수 있을 테니까. 청나라 황제는 친히 군사를 이끌고 정벌전에 나서고 있어. 지금은 군대가 서단을 향하고 있으나, 황제가 마음만 먹는다면 군사를 조선으로 돌리는 것은 일도 아니지."

"설마…… 북벌을 생각하십니까?"

"공격할 능력이 있다면 방어는 문제없으니까. 임진년 왜란과 병자와 정묘, 두 차례의 호란을 겪는 동안 군주들은 저마다 피난 보따리 싸기에 바빴어. 허나 난 그런 군주가 되고 싶진 않네. 적이 이 나라를 치고자 한다면 군주가 가장 앞에서 적을 맞아 싸워야 한다는 것이 내 생각일세."

"허나 그건 어디까지나 장기적인 계획일 뿐 당장의 대안이 될 수는 없습니다."

"문제는 청나라가 지금 당장 조선을 정벌할 명분을 찾고 있다는 거야. 조업 중인 청나라 민간인을 우리 수군이 공격했으니 이건 명백한 도발이다."

"그 의혹에서 벗어나는 것이 급선무입니다. 조선은 청나라와 전쟁할 의사가 전혀 없다……."

"물론 그 사실을 입증하면 이 사태는 깨끗이 해결되겠지. 문제는 어떻게 그걸 입증할 수 있냐는 거야. 청이 조선의 결백을 믿는 대가로 무엇을 요구할 것 같은가?"

"협상에서의 기본은 상대에게 내가 적이 아니라 친구라는 것을 알려주는 것입니다. 저쪽이 원하는 것을 내주지 않기 위해 전투적으로 임하시면 될 일도 안 됩니다."

쉽지는 않겠으나 협상의 장을 공동의 이익을 추구하는 장으로 만들어야 승산이 있을 터였다.

"협상장 밖 분위기부터 좀 부드럽게 만들어보는 것도 방법입니다."

"그럼 사신들을 회유라도 해야 된다는 겐가."

"필요하다면요. 그런 일에는 지금 잘 지내고 계신 노론 대신들이 꽤 도움이 될 것입니다. 기방에 죽치고 앉아 정치를 하는 데는 도 튼 인사들이니까요."

오랜만에 들어보는 채제공다운 직설에 선이 피식 웃음을 터뜨렸다.

"당분간 그들에게 절대 등을 보이시면 안 됩니다. 나쁜 놈들이지만 유능한 놈들이에요."

채제공은 청을 누그러뜨리고 전쟁을 막기 위해서라면 악귀와도 손을 잡아야 한다는 사실을 명심하라 덧붙였다.

"그대가 곁에 없는 것이 아쉽군."

"소신 역시 다시 한 번 주군으로 뫼실 날이 있었으면 합니다, 저하."

채제공은 옛 주군의 어깨에 지워진 무거운 짐이, 그의 외로운 싸움을 그저 바라볼 수밖에 없는 현실이 안타까워 고개를 숙였다.

❀ ❀ ❀

다음 날, 왕은 동온돌로 이종성과 조재호를 불러들였다. 주안상을 사이에 두고 마주 앉은 주군과 신하는 말이 없었다. 잠시 후 왕은 온후한 미소를 띤 채 술병을 들어 이종성에게 따라주며 운을 떼었다.

"나라 걱정을 덜 해서 그런가, 신수가 아주 훤하네. 과인에 대한 원망이 아주 깊었지?"

조재호가 애써 미소 띤 채 아니라 하면 믿어주시겠느냐 받아쳤다. 왕이 너털웃음을 터뜨렸다.

"내 이래서 이 사람들이 좋아요. 도무지 속을 감출 줄을 몰라. 틈만 나면 과인 뒤통수치는 노론 놈들하고는 급이 달라요, 급이."

이종성의 입가에 씁쓸한 웃음이 걸렸고, 조재호는 조심스레 왕에게 물었다.

"신 등을 부르신 연유를 듣고 싶습니다."

"부르고 싶지 않았어. 노론 놈들이 틈만 나면 과인 뒤통수치는 데 선수라면, 그대들 소론은 과인 앞에서 들이받는 데 도 텄잖아. 과인은 그대들의 추심, 단 한 치도 필요 없어. 허나 이 나라에는 필요해. 과인이 아니라 이 나라에 헌신할 뜻이 있다면 내일부터 빈청에 나와 자리 잡고 앉아."

조재호와 이종성은 예를 갖추고는 왕의 침전에서 물러나왔다.

"이렇게 돌아온 것이 잘한 일인지 모르겠구먼."

"노론의 손에 좌지우지되고 있는 국본을 하루라도 빨리 다잡아 성군의 길로 이끌어야 합니다. 그것이 안타깝게 죽어간 동지들의 원혼을 조금이라도 달래는 길이 아니겠습니까."

지난 삼 년, 모욕과 수치의 세월을 버텨내며 와신상담해온 그들이었다.

"전장에 다시 오신 걸 환영합니다, 대감."

김택이 한없이 다정하고 따뜻한 미소로 인사를 건네자 이종성이 서늘한 미소로 응수했다.

"지난 삼 년간 벼린 칼이 잘 들어야 할 텐데 그것이 걱정입니다그려."

"기대하고 있겠습니다."

이종성과 조재호는 칼날보다 더 매서운 눈길로 김택을 바라보았다.

이종성과 조재호를 물린 후 왕은 외교문서를 주밀히 살폈다.

"이종성과 조재호가 올린 외교적 성과가 꽤 되는군. 지금 당장 청국과의 외교전에 투입시켜도 잘 해내겠어."

"하오시면 국본을 돕기 위해 이들을 불러들이셨단 말입니까?"

"국본이 실패할 거니까. 그래서 불러들인 게지. 이 문제는 국본이 풀 수 있는 문제가 못 돼. 노론 놈들 처음에는 국본에게 힘을 모아주는 척하겠지만 일이 어려워지면 분명 꽁무니를 빼려들 게야. 국본에게 모든 책임 다 전가시키고 저희들은 관망만 하려들겠지. 그때가 바로 소론들과 더불어 과인이 나설 때야."

"소론과 전하께서 이 문제를 해결하시면 노론은 확실하게 견제가 될 것입니다. 허나 국본은…… 국본은 어찌 되는 것입니까?"

왕은 입을 꾹 다문 채, 다시 문서들을 살폈다.

"국본을 돕겠다고요?"

영상의 집무실, 김상로가 흠칫 놀라 물었다.

"소론들이 줄줄이 조정으로 돌아오고 있어. 금상은 그놈들 끼고 정치할 모양이니 우리도 견제할 패 하난 있어야지."

김택의 이유에 홍계희 역시 국본을 돕는 일에 찬성이라 거들었다.

"허나 난 금상을 견제할 목적이 아니라 금상의 행태를 바로잡기 위해서예요. 이유가 어찌 되었든 이제 청국과의 문제는 국운이 걸린 중차대한 문젭니다. 헌데 이런 문제로 정국을 뒤집고 왕권을 강화할 패로 던지다니요? 이게 과연 군주로서 할 수 있는 짓입니까."

민백상 역시 같은 생각인 듯 고개를 끄덕였다.

"무슨 수를 쓰든 우린 국본의 손을 잡고 이 위기를 돌파해야 합니다. 이 문제를 잘 해결하기만 하면 국본은 외교 안보상의 중차대한 문제를 해결한 일등공신이 될 겁니다."

"그 연후 대리청정을 통해 화려하게 정치에 복귀하면 그 영향력은 지금 금상의 그것과 비교가 되지 않을 수도 있겠군요."

민백상까지 홍계희의 말을 거들고 나서자 김상로 역시 고개를 주억거리며 능구렁이 같은 미소를 지었다.

"허면 소론을 아무리 끌고 와도 금상이 제대로 힘을 쓸 수는 없겠구먼."

김택이 고개를 끄덕이고는 눈을 가늘게 치뜨며 중얼거렸다.

"이제 관건은 세자를 얼마나 잘 길들일 수 있냐는 건데……."

잠시 생각을 추스르는 듯하던 김택이 집무실을 박차고 나섰고, 노론 인사들이 그 뒤를 따랐다.

부용재, 선은 당혹스러운 얼굴로 자신의 앞, 양옆으로 길게 줄지어 앉은 노론 인사들을 바라보았다.

"예조로 부르실 줄 알았더니…… 이런 날에도 교방에서 날 보자

하실 줄은 몰랐습니다, 사부."

김택을 포함한 민백상, 홍계희, 김상로, 홍봉한이 웃음을 터뜨렸다. 김택이 미소를 머금은 채 이런 날이 어떤 날이냐 되물었다. 선이 속을 감춘 채, 초조하고 애가 달아 어찌할 바 모르는 듯 투덜댔다.

"적어도 닷새 후면 사신들이 도성으로 들어온다면서요? 당장이라도 개성으로 원접사遠接使 보내서 사신들 본심이 뭔지, 요구사항은 또한 무엇인지 알아보고 또…… 아무튼 이 사람은 외교에는 별로 경험이 없으니 잠자는 시간까지 아껴 가르침을 받아야 되는 거 아니냐고요."

그런 선이 귀여운 듯 노론 중신들이 미소를 주고받았다.

"이런 이런, 이걸 어쩌나. 우리 저하 바짝 어리셨네. 아주 제대로 긴장을 하셨어요."

"그러게나 말입니다."

홍봉한과 민백상에 이어 홍계희 역시 미소 띤 채 너무 긴장할 거 없노라 운을 뗴었다.

"외교란 것도 다 사람과 사람이 하는 일 아니겠습니까. 저희들에게 다 복안이 있으니, 오늘 하루만이라도 긴장을 풀고 즐기시지요."

"허면 대감들만 믿겠습니다."

선은 겨우 마음을 놓겠다는 듯 씩 웃었고, 노론 중신들 역시 미소를 배어 물었다. 허나 그 문 밖, 그들의 대화를 엿듣고 있던 운심과 지담의 얼굴은 싸늘하기만 했다. 노론 자제들과 어울릴 때부터 의심스러웠으나 김택에 홍계희까지. 정말 세자는 지난 일들을 다 잊은 걸까, 다 잊고 돌아선 것일까.

지담이 선에 대한 의심을 키워가던 그 무렵, 변종인은 과거 자신의 수하였던 최 포교와 정 포교를 주막으로 불러 회포를 풀고 있었다.

"종사관 나리, 얼굴이 말이 아니구먼요."

"그럭저럭 살 만하니까 그런 얼굴들 할 거 없어. 그나저나 요즘엔 현상금이 얼만가?"

"현상금이라니요?"

"역적 몸에 붙은 현상금 말이야."

"백 냥이구먼요."

"오랜만에 만났으니 내 자네들 용돈 좀 보태줘야겠군. 서지담."

"서지담? 그 세책방 계집 말입니까요?"

"아니, 이제는 역적 서균의 딸 서지담이지. 그년이 지금 부용재에 있다네."

변종인은 지난밤 부용재를 나서던 지담을 떠올리며 서늘한 미소를 지었다. 서로 눈치를 보던 두 포교는 누가 먼저랄 것도 없이 변종인에게 꾸벅하더니 주막을 박차고 나갔다.

곧 불어닥칠 소요를 알 리 없는 부용재에서는 연신 술판이 벌어지고 있었다. 그때 운심이 방 안으로 들어 선의 곁으로 다가가 앉았다.

"저하, 궁에서 인편이 왔사옵니다."

"인편이라니?"

운심이 건넨 봉서를 받아든 선의 얼굴이 묘하게 굳어졌다.

'지담이가 부용재에 있는 것이 발각된 듯합니다. 곧 포청에서 들이 닥칠 듯하온데 어찌하는 것이 좋을지.'

운심이 은밀히 건넨 속내였다. 당장이라도 이 자리를 박차고 나가 지담을 안전한 곳으로 숨겨야 했으나, 김택을 포함해 지켜보는 눈들이 너무 많았다.

"저하, 궁에서 무슨 기별이……."

"최 상궁입니다. 속히 환궁을 하라는 걸 보니 궁에 무슨 문제가 생긴 모양이에요. 아쉽지만 오늘 주석은 예서 그만 파해야 할 듯싶습니다."

선은 못내 아쉬운 듯 방을 나섰고, 김택을 포함한 노론 인사들 역시 자리에서 일어났다. 부용재 대문 밖, 평교자가 당도하자 김택이 교자 쪽으로 걸음을 옮겼다.

"살펴 가시어요. 자주 좀 찾아주시고요."

김택이 그리 말하는 운심의 어깨를 잡아준 후 교자에 오르려던 그때, 최 포교와 정 포교가 이끄는 포졸들이 우르르 달려왔다. 그들이 김택 등을 알아보고는 예를 갖추었고, 운심은 마른침을 삼켰다.

"무슨 일인가?"

"이곳 부용재에 역적이 숨어 있다는 제보를 받고 오는 길입니다."

"역적이라니?"

"서지담이라고……."

최 포교의 말에 운심은 애써 긴장을 감추었으나, 홍계희는 그를 놓치지 않았다.

"서지담? 을해년 참살된 책쾌 서균의 딸 말이냐?"

그러하다는 정 포교의 말에 홍계희는 운심에게 어찌 된 일이냐 되물었다. 운심은 무슨 착오가 있는 것이 아니겠느냐 둘러댔다.

"착오인지 아닌지는 확인을 해보면 알겠지. 뭘 꾸물거리냐. 속히 추포하지 않고!"

홍계희의 일갈에 포교와 포졸 들이 부용재 안으로 달려 들어갔다. 김택과 홍계희가 서늘하게 부용재를 쳐다보았고, 운심은 애써 불안함을 눌러 삼켰다.

한편, 선은 술자리를 박차고 나오자마자 지담의 처소를 찾았다.

"갈 수 없다니…… 대체 이게 무슨 말이야?"

"죽으면 죽었지, 저하의 도움 따윈 받지 않겠다는 뜻입니다."

"이러다 잡히면 어찌 되는 줄 아느냐?"

"죽기밖에 더하겠습니까. 이렇게 쫓기며 사는 것도 이제 진저리납니다. 차라리……"

그때 기녀들의 비명소리가 들려왔다. 그 소리가 점점 가까워지자 선은 지담의 팔을 거칠게 끌고 도망치기 시작했다. 부용재 뒤뜰 구름다리 위로 포교와 포졸 들이 지담의 처소 쪽으로 달려갔다. 주변이 조용해지자 다리 아래 몸을 숨기고 있던 선과 지담이 모습을 드러냈다. 선은 지담을 이끌고 뒷문 쪽으로 달렸다. 민우섭이 말을 준비한

채 그들을 기다리고 있었다. 선은 말에 올라 지담을 제 뒤에 태우고
는 그 길로 달아났다.

❀ ❀ ❀

김택의 사랑. 김택은 부용재에서 돌아오자마자 김문을 불렀다.

"세자에게 수상한 조짐이 없었느냐? 부용재에 갈 때마다 꼭 따로
찾는 기녀가 있었다던가……."

"그런 아인 없었던 것 같은데……."

그리 중얼거리던 김문이 멈칫했다. 일전에 빙애라는 기녀를 보고
굳어졌던 선의 얼굴이며, 자신이 그녀를 취하려 했을 때 막아섰던
일이 떠올랐다. 또한 부용재 뒤뜰에서 운심과 은밀히 나눈 대화도.

"그러고 보니 새로 왔다는 기녀를 전부터 알고 있었던 것도 같습
니다."

김택의 얼굴이 어두워졌고, 그때 민백상이 들었다. 김택은 김문에
게 그만 건너가보라 일렀고, 김문이 예를 갖추고는 물러났다.

"어찌 되었는가?"

"잡히지 않았답니다."

"저 아이에게 물으니 세자가 전부터 알고 지내던 기녀가 있었던 듯
도 하다는구먼."

"허면 그 아이가 혹……."

"서지담, 그 역적의 딸년일 가능성이 있겠지. 부용재 행수는 털어 봤나?"

"잡아다 고신까지 가했는데도 모르는 일이다, 딱 잡아떼더랍니다. 계집이 사라지고 없으니 더는 털어볼 방도도 없고요."

"지금 당장 세자가 환궁을 했는지부터 알아봐."

민백상은 황급히 사랑을 나섰다.

그 무렵, 홍봉한은 빈궁전을 찾아 부용재에서 있었던 일을 털어놓았다.

"진정이십니까. 저하께서 포교들을 따돌리고 서지담이란 아일 빼돌렸다고요?"

"최 상궁을 불러보시지요. 허면 모든 것이 확실해지지 않겠습니까."

혜경궁은 자리를 박차고 나가 동궁전으로 향했다.

"급히 처리해주실 일이 있습니다."

민우섭이 최 상궁에게 선의 명을 전하려던 그때, 혜경궁이 두 사람 곁으로 다가섰다.

"저하께선 어디 계시는가?"

민우섭이 당혹스러운 듯 고개를 숙였고, 혜경궁은 서늘한 눈으로 그를 쳐다보았다.

얼마 지나지 않아 민백상이 동궁전에 당도했을 때, 동궁전 밖에는 최 상궁과 장 내관 등 동궁전 궁인들과 김 상궁 등의 빈궁전 나인들이 줄줄이 서 있었다. 수상쩍은 듯 민백상이 최 상궁에게 물었다.

"저하께선 안에 계시는가?"

"식전부터 내내 빈궁마마의 심기가 불편하셨던지라, 환궁하시는 그 길로 위로를 건네고 계십니다."

민백상은 댓돌 위에 놓여 있는 선과 혜경궁의 신을 가만 바라보다가 민우섭을 쳐다보았다. 민우섭은 그 속을 알 수 없는 얼굴로 제 아비를 덤덤히 바라볼 뿐이었다. 최 상궁이 급한 일이면 고하겠노라 하였으나, 민백상은 그럴 것 없다 하였다. 민백상이 돌아가고 나서야 최 상궁과 장 내관은 안도의 한숨을 나지막이 내쉬었다. 민우섭 역시 복잡하기 짝이 없는 얼굴로 한쪽 눈썹을 찡긋했다.

민백상은 퇴궐한 그 길로 김택의 사랑을 찾아 보고를 올렸다.

"과연 환궁을 한 게 사실일까?"

"아들 녀석이 있었던 것으로 보아……."

"세자가 자네 아들만 보냈을 거란 생각은 왜 못해?"

민백상이 주춤했고, 김택은 못마땅한 듯 미간을 찌푸렸다.

김택이 선과 지담의 행방을 쫓고 있던 그 무렵, 홍계희 역시 그 실마리를 찾으려 변종인이 묵고 있는 주막을 찾았다.

"오랜만이구먼. 많이 변했군. 그간 고생이 자심했던 모양이야."

변종인은 별 말 없이 홍계희가 따라준 술을 털어 넣었다. 홍계희가 묵직한 엽전 꾸러미를 내밀었다.

"일단 넣어두게. 달리 도움이 될 길도 내 찾아봄세."

"이 누추한 곳까지 소인을 찾으신 연유가 무엇입니까?"

"서지담, 그 아일 제보한 자가 자네라 들었네. 확실히 서지담이었나? 혹 잘못 본 거 아냐?"

"잘못 보다니요? 소직이 누구 때문에 이 꼴이 됐는데요. 자식 놈 얼굴은 잊어도 그년 얼굴은 못 잊습니다."

분기 어린 그 얼굴을 보는 홍계희의 속은 복잡하게 엉켰다. 변종인이 잘못 본 것이 아니라면, 세자가 지담을 빼돌린 게 확실할 터. 허면 지난 삼 년간 세자가 보여온 모습은 무엇이란 말인가. 홍계희가 변종인과 헤어진 후 김택의 사랑을 찾았을 때, 이미 그곳에는 김상로와 민백상이 모여 있었다. 김택이 수염을 가만 쓸며 중얼거렸다.

"이거 뭔가 있어. 아무래도 감이 안 좋아."

"만일에…… 만일에 말이지요. 서지담이란 계집을 빼돌린 것이 세자가 맞다면 지금까지 우리에게 보여준 세자의 얼굴은 무엇일까요."

김상로 역시 홍계희가 품었던 의심을 털어놓았고, 홍계희가 서늘한 얼굴로 그 답을 했다.

"가면이지요. 을해년에 역적으로 판명된 자를 감싸려 한다면 세자는 삼 년 전 그날로부터 단 한 발짝도 앞으로 나오지 않은 것입니다."

"허면 지난 삼 년간 동궁전에 틀어박혀 칼을 갈고 있었을 수도 있겠군요. 우리 노론의 목을 댕강댕강 내버릴 칼 말입니다."

모두의 얼굴이 싸늘하게 굳었다. 길게 한숨을 내쉬던 김택이 운을 떼었다.

"일단 우리가 세자에 대해 의혹을 품고 있다는 사실은 당분간 홍봉한은 모르게 하지."

김택은 일이 재미있게 돌아간다는 듯 서늘한 미소를 지었다.

노론이 다시 자신을 향해 의심의 칼날을 세운 그 무렵, 선은 작은 암자 마당으로 내려서고 있었다. 저 편에 서 있는 지담에게 다가가 그 어깨에 솜을 넣어 누빈 승복을 덮어주었다.

"밤공기가 차다. 절집이라 마땅한 게 그거밖에 없구나."

지담은 밤공기보다 더 차가운 얼굴로 서 있었다.

"세원, 억울함을 씻는다. 니가 조막막한 손으로 들고 다니며 수사 내용을 적던 협서. 그 협서 표지에 적혀 있던 것이 그거였지 아마."

"너무도 아득하여 기억도 나지 않습니다."

"내가 기억하는 너는 말이다. 다른 이의 억울을 씻어주기 위해서라면 자신의 안위쯤 어떻게 되어도 상관없는 아주 용감한 아이였다. 내가 옥방에 갇혔던 날, 그날도 넌 아주 씩씩하게 찾아와 나에게 그랬다. 너무 오래는 필요 없다고…… 억울하게 갇혀 있는 거 너무 오래는 필요 없으니 네 손으로 꼭 해결을 보겠다고."

추억하고 곱씹을수록 괴로운 기억이라 지담 스스로도 지우고 잊었던 자신의 모습을 마치 며칠 전 일처럼 생생히 기억하고 있는 선이었다. 지담은 약해지려는 제 마음을 다잡으며 애써 선을 외면했다. 허나, 선은 그런 그녀 앞으로 다가와 그녀를 제 눈에 담았다.

"다시 한 번 용기를 내볼 수는 없겠느냐? 용감하게 살아남아 나에게도 한 번 기회를 다오. 이 손으로 너의 억울을 씻어줄 기회 말이다."

지담의 눈이 잠시 일렁였으나 이내 차갑게 돌아서 승방 안으로 들어갔다. 그때, 최 상궁과 민우섭이 다가섰다.

"저하, 문제가 좀 생겼습니다."

빈궁전에서 모두 알게 되었노라는 최 상궁의 말에 선은 묵묵히 고개를 끄덕였다. 지담을 데리고 부용재를 벗어난 그 순간, 이미 각오는 서 있었다. 지난 삼 년 동안 가면을 쓰고 노론에게 들여온 공든 탑이 무너질 거라는 것도, 혜경궁은 물론 부왕의 차디찬 의심을 받게 될 것이라는 것도. 허나, 그 선택에 후회는 없었다. 선은 말없이 지담이 있는 승방을 바라보았다.

지담은 제 어깨를 감싸고 있던 승복을 벗어 가만 내려둔 채, 벽에 기대 앉아 있었다. 다시 한 번 용감하게 살아남아 그 억울을 씻어줄 기회를 달라 한 세자의 말이 마음을 헤집고 또 헤집었다. 세자의 진짜 모습은 무엇인지, 무엇을 믿어야 좋을지 혼란스러웠다. 허나 그도 잠시, 그녀는 제 마음을 다잡았다. 자신이 당한 만큼, 아니 그보다 더 왕실과 이 세상에 갚아주겠노라 절치부심해온 지난 시간들이 아니었던가. 예서 이리 허망하게 무너질 수는 없었다. 마음을 굳힌 지담은 방을 나섰고, 선에게 그의 뜻을 따르겠노라 하였다. 그녀의 본심은 알지 못한 채, 자신이 내민 손을 뿌리치지 않은 것만으로도 고마운 선이었다.

잠시 후, 일주문을 나서는 선과 민우섭 뒤로 최 상궁과 무수리 복색을 한 지담이 따랐다. 일주문을 벗어나며 지담이 어딘가를 향해 작게 고개를 끄덕였다. 선과 지담이 멀어지고 난 후, 어둠 속에서 모습을 드러낸 이는 변종인이었다. 변종인은 은밀히 뒤를 밟았고, 선 일행이 궁 안으로 들어가는 것을 보고 어디론가 걸음을 옮겼다.

나도주 상단, 나철주의 처소 안으로 변종인이 들었다.

"무사히 궁으로 들어갔습니다."

변종인이 좌포청 포교들에게 정보를 흘릴 때부터, 아니 지담을 부용재 기생으로 들일 때부터 이 판은 계획되어 있었다. 지담을 적의 심장 깊숙이 찔러넣는 것. 아무리 세자가 변심했다 해도 위험에 처한 지담을 모른 척할 리 없었고, 만일 세자가 그녀를 구하지 않았다면 나철주가 직접 수하를 이끌고 나섰을 터였다.

"김택, 홍계희 등은 세자를 의심하는 눈칩니다."

"곧 자중지란[43]이 일겠군. 후회치 않나? 귀양 가서 잘 엎드려 있다 돌아와 저들의 편에 섰으면 그 몸에 관복 자락 걸칠 수도 있었던 거 아닌가."

"관복 자락 걸쳐줄 놈들이 유배지까지 자객을 보냅니까? 자객 안 보냈어도 다신 그놈들한테 안 돌아갑니다. 가도 난 꼬리예요. 언제

---

43. 자중지란(自中之亂) : 같은 편 사이에서 일어나는 싸움.

잘릴지 모르는 꼬리. 더러운 꼬리로 사느니 도주 어르신 밑에서 사람으로 살겠습니다. 가시지요. 동지들이 기다립니다."

제법 규모가 큰 방에 많은 이들이 빼곡히 앉아 있었다. 혁명 조직인 명사당 당원들이었다. 평민과 중인, 천민들까지 신분은 다양했으나 새로운 삶을 바라는 것은 같았다.

"당주님 드십니다."

문 밖에서 변종인의 목소리가 들려오자 당원들이 일어났다. 중앙에 앉은 나철주는 당원들 얼굴을 하나하나 바라보았다.

"우리의 당호는 명사다. 울 명鳴, 모래 사沙. 흩어지면 모래알같이 하찮은 우리지만 모이면…… 모여서 울면 얼마나 큰 소리를 낼 수 있는지, 그 소리가 또한 어떤 위력을 불러올 수 있는지 이 미친 세상에 똑똑히 보여줄 것이다."

지난날 동방의 검계로 살던 청년의 눈매는 더 깊고 서늘하게 변해 있었다.

🌸 🌸 🌸

동궁전으로 돌아온 선에게 예를 갖추어 올린 장 내관이 선의 뒤편에 서 있는 지담을 알아보고는 멈칫했다. 댓돌 위 혜경궁의 당혜를 본 최 상궁이 걱정스러운 듯 물었다.

"아직도 빈궁전으로 돌아가지 않으신 겐가."

장 내관이 그러하다 답했다. 선이 동궁전으로 들어선 기척을 들었음에도 혜경궁은 미동조차 없었다.

"이제 오십니까. 단신으로 오셨습니까?"

선은 대답 없이 그녀 앞에 마주 앉았다.

"궁살이를 시작하고부터 십 수 년. 늘 제가 기대하던 당신의 모습이 있었습니다. 허나 번번이 기대는 빗겨가더군요. 오늘도 그저 돌아오셨으면…… 제발 위험을 자초하지 말고 단신으로 돌아오셨으면 좋겠다. 그리 기대를 하였으나 또다시 빗겨간 모양입니다."

"미안합니다, 부인."

"그리워섭니까?"

그녀답지 않게 투기를 드러냈으나, 선은 아무런 답도 하지 않았다.

"지난 삼 년간 그 아이…… 이런 무리수를 두실 만큼 그리워하신 것입니까?"

"안타까워하였지요. 안쓰러워도 하였습니다. 지키지 못한 백성이라……. 백성을 하늘로 알고 섬기는 군주가 되라, 그런 나라의 백성으로 단 하루라도 살아보고 싶다, 그리 독려했던 지혜로운 백성을 지키지 못해 죄스럽기도 하였습니다."

선의 목소리에는 차마 억누르지 못한 물기가 맺혀 있었다.

"나는 말입니다, 부인. 저 아이로 인해 내가 곤란에 처하는 상황보다 힘없는 백성 하날 지키지 못하는 무력한 나 자신과 마주서야 하는 상황이…… 그 상황이 더욱 두렵습니다."

"이해할 수가 없습니다. 아니, 이해하고 싶지 않습니다. 내자와 자식들까지 있는데 늘 시도 때도 없이 무리수를 두고 위험을 자초하는 낭군. 낭군으로서의 당신은 이해하고 싶지도, 그 같은 당신의 마음에 지고 싶지도 않습니다."

늘 그렇듯 그녀의 말은 한 치도 틀리거나 빗겨가는 법이 없었다.

"허나 백성을 긍휼44히 여기는 마음…… 자신의 안위와 바꿔서라도 백성을 지키고 싶은 마음…… 그 마음이 국본, 아니 후일 지존이 될 자의 마음이라면 그 마음에는…… 그 마음에는 한 번 지고 싶습니다."

혜경궁은 눈물로 일렁거리는 눈을 아래로 떨어뜨렸다. 이내 마음을 추스르고는 단정한 모습으로 동궁전을 나섰고, 최 상궁과 지담이 그녀에게 예를 갖추었다.

"따르게."

빈궁전 안, 서안을 사이에 두고 혜경궁과 지담, 최 상궁이 마주 앉았다.

"마침 빈궁전 봉서나인45 하나가 병을 얻어 출궁을 했다. 그 자리를 메울 아일 이미 특채로 선발해두었는데…… 너를 그 아이라 하겠다. 역적의 신분이니 네 이름으로 살 수는 없다. 쓰고자 하는 이름이

---

44. 긍휼(矜恤) : 불쌍히 여겨 돌보아줌.
45. 봉서나인 : 편지를 대필하는 나인.

있느냐?"

"빙애란 이름으로 살겠습니다."

"봉서나인으로 선발되었던 아이의 성은 박이니, 이제부터 너는 궁인 박가 빙애다."

"황공하옵니다."

"네가 궁으로 들어온 것이 발각되는 날에는 저하게 어떤 위협이 닥칠지 모르지는 않겠지. 죽은 듯이 살아라, 알겠느냐?"

"명심하겠습니다."

혜경궁은 최 상궁에게 지담을 데려가 법도를 가르치라 일렀다.

"빈궁전에서 보낸 아이라 하면 동궁전 나인들도 크게 의심치는 않겠지."

최 상궁과 지담은 깊이 고개를 숙였다.

"고단해 보이는구나."

깊은 밤, 제 방에 든 민우섭은 자신을 기다리고 있던 민백상을 보고 흠칫 놀랐다.

"세자와 더불어 계집을 빼돌린 때문이냐?"

"지금 무슨 말씀을……."

"진실을 말해. 부용재를 벗어난 후 세자가 한 일이 뭐야? 혹……."

"환궁을 하셨습니다. 어찌하여 소자를 의심하십니까."

"배신자니까. 넌 삼 년 전 가문과 또한 우리를 배신하고 세자가 맹의를 찾는 것을 도왔어. 지금은 또 무엇을 돕고 있는 것이냐?"

"저하를 경호하고 있습니다. 그것이 소자에게 주어진 일 아닙니까."

"아니, 세자를 감시하는 것이 네 일이지. 앞으로 세자를 더욱 주밀하게 살펴라. 조금이라도 이상한 점이 있다면 즉시 알려야 한다. 또다시 노론을 배신하면 이제 너와 이 아비는 물론 우리 가문까지 모두 끝장임을 명심해야 할 것이야."

민백상이 방을 나섰고, 민우섭은 긴 한숨을 내쉬었다.

그 무렵 지담은 최 상궁을 따라 처소로 향했다.

"참으로 긴 하루였을 게야. 오늘은 아무 생각 말고 푹 쉬도록 하여라."

지담이 고개를 숙였고, 최 상궁이 방을 나섰다.

'궁에 잠입하여 가장 먼저 해야 할 일은 왕과 왕세자의 동선, 경호 인력의 수와 배치 상태를 파악하는 일이다.'

일전에 나철주가 했던 말을 떠올리며 지담은 처소 안을 뒤지기 시작했다. 문갑이며 서랍을 살피던 그때, 서랍에 든 종이 하나가 눈에 들어왔다. 세자의 일정이 빼곡히 적힌 일정표. 지담은 깨끗한 종이 하나를 꺼내 그 일정을 서둘러 베꼈다.

❀ ❀ ❀

며칠 후, 모화관46 앞으로 청나라 사신들이 들어섰고, 소식을 접한 선과 홍계희, 홍봉한 등이 급히 달려갔다.

"원로에 얼마나 고생이 많으셨습니까. 곧 사신연을 준비하라 하겠습니다."

선이 그리 말했으나, 부도통副都統 소호계는 퉁명스러운 얼굴로 사신연은 필요 없노라 하였다.

"적으로부터 대접을 받을 의사는 없으니까요."

"적이라니요, 그 무슨 서운한 말씀입니까."

선이 당혹스러움을 감추며 애써 미소 지었으나, 내각학사內閣學士 승귀는 싸늘하게 물었다.

"조선이 우리 청을 적으로 간주하지 않았다면 우리 청나라 백성을 공격한 연유가 뭡니까?"

홍계희가 나서 오해가 있는 듯하다 운을 뗐다.

"청나라 어선이 조선 근해까지 밀려와 조업을 하고 있어 그를 금하는 과정에서 빚어진 분쟁입니다. 뭣보다 귀국 어선에 승선한 선원 또한 무장을 한 상태였던지라……"

"이러니 적이랄밖에요! 군사적 도발을 해놓고 우리 청나라 백성들에게 그 원인을 뒤집어 씌워요?"

소호계가 발끈하자 홍봉한이 진땀을 흘리며 나섰다.

---

46. 모화관(慕華館) : 중국 사신을 영접하던 곳.

"뒤집어씌우다니요? 천부당만부당하십니다. 원인을 제대로 알고 규명해야 협상안을 도출할 수 있기에……"

"누가 협상을 한다고 했소? 우리는 황제의 명을 전하러 왔을 뿐이오. 조선의 해서 연안에서 우리 대청국 백성의 조업을 전면 허용할 것과 황해도 오차포와 구미포에 대청국 어선이 상시 기항[47]할 수 있는 기항지를 마련해줄 것, 또한 조선 내에서 발생한 범죄에 관해 청국 백성들의 치외법권을 인정하라 요구하셨소."

"그것은 너무도 무리한 요굽니다. 조선 근해로부터 오 리 이내에 들어오는 청국 어선에 한해서만 조업을 제한하겠소. 또한 기항을 원한다면 오차포와 구미포에 청국 어선들의 기항지를 마련함은 물론, 귀국의 어부들이 머물 수 있는 객관 또한 제공을 하지요. 허나, 치외법권은 곤란합니다."

청국 백성들이 저지른 범죄 행위를 조선 국법으로 처벌할 수 없다면 그것은 주권국가라 할 수 없었다. 그를 모를 리 없는 청나라가, 그것도 일개 사신 따위가 일국의 왕세자 앞에서 그 같은 요구를 하고 있다는 것은 그만큼 조선을 깔보고 있다는 얘기였다. 선의 이야기를 담담히 듣던 소호계가 고개를 주억거리며 그 제안을 모두 수락하겠노라 하였다.

"대신, 조선에서는 즉시 오 만 대군을 파병해주셔야겠습니다."

---

47. 기항(寄港) : 배가 항해 중에 목적지가 아닌 항구에 잠시 들름.

"파병이라니요?"

"지금 우리 대청국 건륭 황제께서는 서단에 대한 이차 정벌을 기획하고 계십니다. 그 정벌 전에 군사들을 파병해 조선의 충심을 보여달라 이런 말이지요."

선이 무어라 받아치려 하자 승귀가 가로막으며 덧붙였다.

"세자께서 직접 군사를 진두지휘하여 참전하시는 것은 어떻습니까. 허면 황제께서는 조선에 대하여 단 한 치의 의혹도 품지 않으실 것입니다. 해서 연안에서 청나라 어민의 조업 전면 허용과 치외법권 인정이냐, 아니면 오 만 대군의 파병이냐. 어느 쪽을 선택하든 그것은 조선 조정의 자유입니다. 허나 거부한다면 조선은 우리 대청국에 대한 도발의 의지가 명백한 것으로 간주, 황제의 군대는 이제 조선으로 향하게 될 것입니다."

소호계와 승귀가 협상장을 나서려 할 때, 선이 그들을 다급히 불러 세웠다.

"알겠습니다. 시간을 좀 주시오. 돌아가 중신들과 의논해보겠소."

"사흘 드리지요. 조청 간 또다시 전쟁이 일어나길 원치 않으신다면 현명한 결정을 하시리라 믿습니다."

소호계와 승귀가 협상장을 벗어났고, 선은 쉽지만은 않은 과제에 긴 한숨을 내쉬었다.

선과 홍봉한, 홍계희는 모화관을 나서 빈청 회의실로 향했고, 기다리고 있던 김택과 김상로, 민백상 등 노론 중신들과 마주했다. 홍계희는 파병은 안 되는 일이라 못 박았다.

"청국에 오 만이나 파병을 했다간 이 나라 경제가 남아나질 않아요."

민백상 역시 백성들의 반발이 만만치 않을 것이라 동조했다.

"그렇다고 청나라 속국도 아닌데 치외법권을 인정할 수도 없는 일 아닙니까."

홍봉한이 우는 소리를 늘어놓았으나 홍계희는 냉철히 전쟁을 막을 수만 있다면 그쪽이라도 선택을 해야 되는 것이라 받아쳤다. 듣다 못한 선이 운을 떼었다.

"허면 어민들과 해서의 관민들이 입을 피해는 어찌합니까."

"대를 위해서 소를 희생할 줄도 아는 것이 정칩니다."

"아니, 난 원안을 밀어붙일 길을 더 찾아보고 싶습니다."

"그런 이상론 붙잡고 있을 시간이 없어요. 저쪽이 우리에게 준 시한은 고작 사흘입니다. 일단 조업 허용과 치외법권 인정 쪽으로 가닥을 잡는다 해도 세부안을 조율하는 데 시간이……."

"원안을 밀어붙여야 합니다. 원안을 밀어붙이지 못해 국익에 손상이 가면 어찌합니까. 그럼 우리 저하는 저위를 잃게 됩니다. 저하께서 저위를 잃으면 대감이 책임질 수 있습니까?"

홍봉한이 제법 매섭게 홍계희에게 따져 물었고, 홍계희는 기가 막힌 듯 그를 노려보다 선에게 시선을 돌렸다.

"저하의 뜻도 같습니까? 저위를 잃지 않기 위해 원안을 고집하시는 것이냐 묻고 있습니다."

"그럼 안 됩니까?"

선은 마음을 숨긴 채 그리 되물었고 발끈한 홍계희가 서탁을 내리쳤다.

"처음부터 난 이 싸움이 마음에 들지 않았습니다. 금상은 국운이 걸린 중차대한 사안을 고작 국본을 시험할 기회로나 삼고, 국본은 일이 되게 할 생각은 안 하고 오직 저위를 잃을까 전전긍긍하고 있으니……. 이러다 모화관에 버티고 앉은 청국 사신이 귀국이라도 해버리면 어쩔 겁니까. 가서 군대라도 끌고 오면 대체 누가 책임질 겁니까."

홍계희가 회의실을 박차고 나갔고 선이 긴 한숨을 내쉬었다. 김택이 혀를 끌끌 내찼다.

"사람 참 성질하고는…… 일단 원안을 밀어붙일 방도를 생각해보시지요. 황제에게 보낼 진상품을 그 전과는 비교도 안 될 만큼 푸짐하게 챙겨보는 겁니다. 그렇게 사신들을 좀 달래두고 나면 다시 협상할 기회를 최소한 한 번은 잡을 수 있을 것입니다."

김택이 원안 쪽으로 힘을 실어주는 듯하자 홍봉한이 반색하며 물었다.

"진상품 중 가장 중한 물목은 아무래도 인삼이겠지요."

"그렇겠지."

"허면 지금 예조에서 구해둔 것보다 더 좋은 특상품으로 다시 준비를 해보지요."

"수량도 많아야 할 터이니 내 연이 닿는 상단에도 연통을 넣어봄세."

선은 감동한 듯 김택을 보며 연신 고맙다는 말을 전했다.

"대체 왜 이러십니까. 이젠 가만둬도 날아갈 것 같은데 국본을 돕고자 하는 연유가 뭡니까?"

김상로가 김택의 집무실로 들어서며 답답한 듯 물었다.

"돕긴 누가 돕는다는 게야."

김택은 싸늘한 미소를 지었다. 선 앞에서 보인 미소와는 다른, 그의 진짜 얼굴이었다.

그 무렵, 선 역시 지하서고로 오자마자 김택과 노론 앞에서 쓰고 있던 가면을 벗어던졌다.

"김택을 잘 감시해. 노론이 날 경계하기 시작했다면 분명 다음 행보를 하려들 테니까."

선은 그렇게 외부의 적인 청국과 내부의 적인 김택을 비롯한 노론, 양쪽을 상대하기 위한 싸움을 시작하고 있었다.

한편, 이 같은 이야기를 전해 들은 왕은 고개를 갸웃하며 채제공에게 물었다.

"국본이 원안을 고집한다? 그래, 자네는 될 수 있는 일이라 보나?"

"전하의 생각은 어떠십니까?"

"어떻긴 뭐가 어때. 현실감 없는 놈의 망상이지. 더 큰 걸 잃지 않기 위해 뭔가 하나는 내줘야 하는 거, 그게 바로 외교야. 아마도 해서 연안에서 청나라 어선의 조업을 전면 허용하라는 요구는 들어줄 수밖에 없을 게야. 치외법권만 내주지 않아도 큰 성과라고."

"하오시면 치외법권 문제만 잘 해결하면 성과를 인정하시고 국본에게 대리청정을 허락하시는 것입니까?"

일말의 기대를 품고 채제공이 물었으나, 왕은 피식 웃으며 말도 안 되는 소리라 일축했다.

"처음부터 조건은 국익에 단 한 치의 손상도 입히지 않는 거였어. 조건을 충족지 못했으면 약속대로 저위는 내려놔야지."

"전하께서도 불가능하다 여기시는 일을 국본이 어찌 해낼 수 있단 말입니까."

"역시 현실감 없는 놈이 감당해야 할 벌이야. 그러게 가능성 없는 일에 덤비긴 왜 덤비누."

선은 왕이 친 덫에 너무 쉽게 걸려든 걸까. 채제공의 마음은 착잡하기만 했다.

※ ※ ※

김택이 나도주의 사랑 안으로 들었다.

"일국의 영상이 왔는데도 도주의 얼굴을 볼 수가 없다?"

"외부인과의 접촉은 철저히 피하는 것이 저희 도주 어르신의 철칙인지라……."

김택 곁에 앉은 달성이 그럴 수밖에 없는 연유를 말하던 그때, 문

너머로 도주가 말을 건넸다.

"불쾌하시다면 돌아가셔도 좋습니다. 허나 거래를 하시면 후회하시는 일은 없을 것입니다."

"자네들 솜씨는 변가에게서 익히 들었어. 와가 두 챌세. 인삼 값은 별도로 지불하지."

김택의 문서를 받아 살핀 달성이 문 쪽을 향해 틀림없노라 말을 전했다. 원하는 바가 무엇인지 말해달라는 도주의 말에 김택이 싸늘한 미소를 지었다.

김택이 돌아가고 난 후, 변종인은 나철주에게 김택과의 거래에 응한 연유를 물었다.

"적의 적은 동지니까. 세자를 궁지로 몰아야 한다는 점에서는 김택과 우린 뜻을 같이하는 것이 아닌가."

"차라리 범궐하여 목을 따버리는 것이 빠른 방도 아니겠습니까."

"아직은 시기상조야. 지금 우리에게 가장 절실한 무기는 민심이야. 세자와 또한 금상의 무능을 입증해 민심을 얻어야 돼. 그래야 능히 세상을 바꿀 수 있을 것일세."

나철주의 눈빛이 형형하게 빛났다.

한편, 나도주 상단에서 구한 인삼을 갖고 김택이 입궐하자 홍봉한을 포함한 예조의 관원들은 너나 할 것 없이 감탄을 늘어놓았다. 그때 선이 들어섰고, 홍봉한은 희색 어린 얼굴로 삼을 들어 보였다.

"저하, 이것 좀 보십시오. 영상 대감께서 구해오신 인삼입니다, 인

삼. 상품 중에 상품, 특상품이에요. 이거 들이밀면 입이 찢어져 귀에
가서 걸릴 겁니다."

김택 역시 온후한 미소를 지으며 말을 보태었다.

"귀국길에 사신들한테 들려 보낼 건 따로 챙겨두라 했습니다. 이쯤
되면 저쪽도 마음을 좀 열고자 할 겝니다."

"고맙습니다, 사부."

웃으며 인삼을 살피는 선을 보며 김택은 더없이 따뜻한 미소를 지
었다. 허나 김택이 웃음 뒤에 속내를 감추고 있듯 선 역시 그를 믿지
않았다.

내일 청국 사신들에게 건넬 진상품들을 주밀히 살핀 선이 고방을
나서며 민우섭을 불렀다.

"김택이 인삼을 구해와 안심을 시켜놓은 연후, 진상품에 무슨 짓
을 하려들지 몰라. 내일 모화관으로 가기 전까지 이곳 고방을 물샐
틈 없이 지켜야 할 것이다."

"알겠습니다."

밤이 깊도록 민우섭을 포함한 익위사들이 고방 주변을 에워싼 채
지켰으나 접근하는 자는 아무도 없었다.

모화관으로 가는 길, 선의 뒤를 홍봉한과 예조 관원들이 따랐고
지담과 최 상궁, 장 내관 등 동궁전 궁인들, 진상품을 든 짐꾼들이 줄
줄이 행렬을 이루었다. 저편에서 삿갓을 눌러쓴 채 행렬을 주시하고

있던 나철주, 변종인이 지담과 시선을 마주했다. 모화관 마당 가득 고급 비단이며 차, 장신구 등의 진상품들이 든 궤가 놓였다. 홍봉한은 승귀에게 하나하나 열어 보였다. 선과 소호계는 나란히 의자에 앉아 그 모습을 지켜보았다. 모두 웃고 있었으나 묘한 긴장이 이어졌다.

"진상품에 제법 마음을 쓴 듯 보입니다."

흡족한 듯 말하는 승귀를 보며 홍봉한이 귀공들의 몫은 따로 챙겨두었노라 비위를 맞추었다. 승귀가 고개를 주억거리며 인삼이 담긴 나무 궤 앞에 서 이건 무엇이냐 물었다.

"인삼입니다. 아마도 우리 조선 측에서 준비한 공물 중 가장 마음에 드실 겁니다."

"인삼이야 조선의 것이 최고이긴 하지요."

"이건 그중에서도 최상, 아니 특상품입니다, 학사님. 속히 열어 확인을 해보시지요."

기대에 찬 표정으로 승귀가 궤를 열었으나 그도 잠시, 그의 얼굴이 일그러졌다. 인삼은 시커멓게 변질되고 쪼그라들어 있었고, 그 주변으로 벌레들이 득실거렸다.

"세자 저하, 지금 우리를 놀리시는 겝니까."

선이 당혹스러움에 미간을 잔뜩 찌푸렸고, 홍봉한은 발을 동동 굴렀다.

"아니, 이게 어찌 된 일이야. 이럴 리가 없는데, 이게 이러면……."

다른 궤, 다른 상자들을 열어보았으나 사정은 다르지 않았다. 사

신들의 표정은 이미 서늘하게 굳어 있었다. 소호계가 부들부들 떨며
선을 노려보았다.

"협상은 없소. 우리 청국 사신단은 즉시 귀국할 것이오."

소호계가 충계를 내려서 승귀와 함께 모화관을 벗어나려던 그때
였다.

16

"안 됩니다."

선이 소호계와 승귀 앞을 막아섰다.

"저런 말도 안 되는 진상품을 들이밀고도 할 말이 아직 남은 겝니까."

"문제가 생긴 것은 사과드립니다. 진상품은 다시 준비할 것입니다."

"진상품 따위 필요 없으니 길이나 열어주시지요."

소호계는 선을 밀치고라도 갈 듯 걸음을 떼었다. 잠시 선의 눈빛이 흔들리는가 싶더니 이내 그의 무릎이 차가운 바닥 위로 꿇렸다. 그 모습에 놀란 궁인들과 관원들이 일제히 꿇어앉으며 읍소했다.

"아니 되옵니다, 저하!"

선은 나라의 중대사를 해결키 위함이니 동요치 말라 이르고는 차분히 소호계와 승귀를 쳐다보았다.

"이 사태를 초래한 것은 모두 이 사람의 부덕입니다. 부디 너그러운 마음으로 한 번만 더 기회를 주시오. 지난 백여 년간 청국과 우리 조선은 형제의 나라로 살아왔습니다. 그러므로 평화를 깨고 싶지 않은 것은 비단 조선만의 바람은 아닐 것입니다. 평화를 지키기 위해서 대국은 주변국에 대한 관용적 태도를 가져야 합니다. 주변국을 위해서가 아니라 그대들 청나라를 위해서 말이지요. 관용은 신뢰를 부르나 폭압은 저항을 부릅니다. 제아무리 약소국이라 해도 무조건 누르고자 한다면 건잡을 수 없는 저항을 불러올 것인 바, 그것은 청나라의 안위를 위해서도 좋은 일이 아닙니다."

"우리가 이대로 돌아가면 저하께서 저항을 진두지휘라도 하시겠다는 툽니다."

"양국 모두를 위해 평화의 길을 모색해야 한다는 뜻입니다."

선의 간절함에 잠시 망설이던 소호계가 그만 일어나라 하였다.

"저하의 뜻이 이토록 간곡하시니 다시 한 번 기회를 드리지요."

선이 긴장을 놓지 않은 채 자리에서 일어났다.

"단 조건이 있습니다. 사흘 안에 황제 폐하의 마음을 단번에 잡을 진상품을 가져오세요. 만일 이렇게 부패하지 않았다 해도 인삼 정도론 황제 폐하의 마음을 단번에 잡을 수 없었을 것입니다."

홍봉한이 그게 무엇인지 언질이라도 줄 수 없느냐 물었으나, 소호계는 그걸 생각해내는 것이 선과 조선 조정에서 할 일이 아니겠느냐 반문했다. 쉽지 않은 과제에 모두가 한숨을 내쉬었으나, 선은 눈빛을 빛내며 물었다.

"만일 이 사람이 황제의 마음을 잡을 진상품을 가져온다면 어찌 됩니까. 그땐 우리 조선 측이 제시한 원안을 받아들이시겠습니까?"

"좋습니다. 그리하지요."

소호계는 그 말을 끝으로 선을 스쳐 지나갔고, 그 뒤를 승귀와 청국의 사신단이 따랐다. 그때 승귀의 소매 춤에서 뭔가 툭 떨어졌으나, 승귀는 눈치 채지 못한 듯 그대로 걸음을 옮겼다. 선은 떨어지는 승귀와 그가 떨어뜨린 것을 번갈아 쳐다보았다.

"세자가 위기를 넘겼단 말인가, 대체 어떻게……?"

김택의 사주로 인삼에 암수까지 썼던 나철주는 당혹감에 말을 잇지 못했고, 변종인은 선이 청나라 사신 앞에서 무릎을 꿇었음을 고했다. 같은 시각, 영상 집무실에도 그 같은 사실이 전해졌고 민백상은 이맛살을 찌푸렸다.

"아무리 다급해도 그렇지. 일국의 왕세자가 어찌 오랑캐 앞에서 무릎을 꿇는단 말입니까."

"미친 거지. 미치지 않고서야 이런 짓을 할 수가 없어."

민백상과 김상로의 대화를 가만 듣던 김택이 껄껄 웃음을 터뜨렸다.

"세자가 사신의 발길을 잡았을지는 모르나, 더 큰 위기를 자초하고 말았구먼."

그의 말대로였다. 성균관 일각에서는 유생들이 삼삼오오 모여 세자가 무릎 꿇은 일에 대해 수군거렸고, 더러는 주자의 가르침이 땅에 떨어졌다며 분해했다. 어린 유생들뿐만 아니라 빈청 회랑에 모인 관원들 역시 그 일에 대해 쑥덕거렸다.

"자진을 했으면 했지, 어찌 일국의 왕세자가 오랑캐 놈들 앞에서 무릎을 꺾어."

"좀 있으면 전날 인조 임금이 그랬듯 그 앞에서 이마라도 찧으며 빌겠다 하겠어요."

"왕실이 이토록 무능해서야 원……."

그때, 집무실 문이 벌컥 열리더니 조재호가 버럭 소리를 내질렀다.

"그리 불만만 주워섬기고 있다고 뭐가 달라지나. 속히 돌아가 공무에 전념하지 못할까!"

그 서슬에 관원들이 눈치를 보며 흩어졌고, 조재호는 편전 쪽으로 무거운 걸음을 옮겼다. 편전 앞을 초조한 듯 서성이던 채제공이 조재호를 보고는 예를 갖추었다.

"저하께서는 환궁하셨는가?"

"안에……."

"청국 사신들에게 무릎까지 꿇은 건 아무래도 무리한 행보였던 듯싶으이. 하급 관원들 분위기가 너무 안 좋아. 이런 분위기가 장안 사대부들에게까지 번지면 걷잡을 수 없는 사태를 불러올 수도 있네."

그 시각, 왕은 분기 어린 얼굴로 용상에 앉아 장침을 툭툭 두드리며 선을 노려보았다.

"체통, 대체 어디다 집어던진 게야? 병자호란, 이 나라 조선이 저 오랑캐와의 전쟁에서 져서 지금은 비록 청나라에게 사대의 예를 갖추고 있으나 엄연히 우리 조선은 명나라의 전통을 이어받은 문명국이다. 헌데…… 헌데 일국의 왕세자라는 놈이 저 비루한 오랑캐들 따위에게 무릎을 꺾어?"

"사신들이 발길을 돌렸다면 전쟁을 막을 방도도, 국익을 지킬 방도도 없었을 것입니다."

"지켜야 될 국익에는 이 나라의 자존심도 들어가. 국본이 이 나라를 대표해서 협상에 나섰다면 국본이 곧 이 나라의 얼굴이 되는 거야."

"국본의 자존감은 백성의 안위를 지켜내는 것입니다. 사신들 앞에서 체통이나 지키고 있는 게 아니고요."

"순간의 위기를 모면코자 체통을 집어던져선 안 된다. 그렇게 하고도 저 청국과의 협상이 실패로 돌아가면 이제 백성들 머릿속엔 무릎 꿇은 왕세자만 남을 거다. 허면 왕실의 위엄은 바닥을 치게 돼. 왕실의 위엄이 땅에 떨어지면 백성들을 대체 뭘로 통치할 게냐!"

"문제를 해결하여 백성의 피해를 줄이고 전쟁의 위협으로부터 지켜낼 수만 있다면 더 큰 신망과 지지를 받을 수도 있습니다."

이상적인 선의 말에 왕이 비웃음을 흘렸다.

"이 문제 어떻게든 해결하는 게 좋을 게야. 아니라면 이젠 이 아비가 아니라 백성들이 모두 들고 일어나 네놈을 폐세자로 삼으려 할 테니까."

왕이 더는 아무 말도 하고 싶지 않은 듯 고개를 돌렸고, 선은 묵묵히 물러나왔다.

＊ ＊ ＊

빈청 회의실, 홍계희는 홍봉한에게 진상품 관리를 부실하게 한 연유가 무엇이냐 물었다.

"부실이라니?"

홍봉한이 발끈하자 홍계희는 아니라면 멀쩡하던 인삼이 썩어나간 연유가 대체 무엇이냐 몰아세웠다.

"우리가 아니라 상단 놈들이 문제일 수도 있어요. 겉만 번지르르하고 속은 곪아 터진 걸 납품했을 수도 있다 이런 말입니다."

"그걸 구분조차 못했다면 그거야말로 총체적인 부실이지요."

홍봉한이 얼굴을 획 구기며 자리에서 일어났을 때, 선이 들어섰다.

"지금으로선 책임 소재 운운하는 건 소용없는 일입니다. 황제의 마음을 잡을 진상품을 찾는 것이 급선무예요."

그러자 홍계희의 화살이 선을 향했다.

"그건 저들이 놓은 덫입니다. 황제의 마음을 단번에 잡을 진상품이라는 게 대체 뭡니까. 그런 게 있다손 치더라도 저쪽에서 아니라 하면 그만인 것입니다. 저들은 저하께 기회를 드린 게 아니에요. 더 확실하게 거절할 명분을 쌓고 있는 것입니다."

그러니 지금이라도 저쪽이 더 과한 요구를 해오기 전에 조업권 전면 허용과 치외법권 인정 쪽으로 가닥을 잡아야 한다는 홍계희였으나, 홍봉한은 그리 되면 선이 국본의 지위를 잃을 수 있다며 걱정을 늘어놓았다.

"국본의 지위보다 중한 것이 이 나라 조선의 안위입니다. 그렇지 않습니까?"

홍계희가 홍봉한의 말을 묵살한 채 선에게 서늘하게 물었으나 선역시 국본의 자리를 잃고 싶지 않노라 받아쳤다.

"어떻게든 이 문제를 해결하고 다시 정치에 복귀하고 싶어요. 허나 그것 때문에…… 단지 그 이유 하나만으로 원안을 고집하는 것은 아닙니다. 그대가 포기하자고 한 조업권. 그건 해서 지방 어민들에게는 살고 죽는 문젭니다. 조업권을 포기하자는 건 그들에게 죽으라고 하는 것과 같은 것일 수도 있다고요."

홍계희가 무어라 받아치려 했으나, 선은 그 틈을 허락지 않았다.

"덫이라도 상관없습니다. 일단 청나라 사신들이 제시한 조건, 황제의 마음을 단번에 잡을 진상품이 뭔지 찾아라도 보고 싶습니다. 그렇게 모든 것을 다 해보고 난 후, 내가 저위를 포기하든 이 나라가 조업권을 포기하든 해도 늦지 않다는 것이 내 생각입니다."

선은 그 말을 끝으로 회의실을 박차고 나갔고, 홍봉한과 홍계희는 서로 다른 안타까움을 배어 물었다.

"이게 대체 무슨 일이랍니까."

선이 회의실을 막 나선 그때, 김택이 다가서며 물었다. 인삼에 장난을 친 것이 김택의 짓임을 모르지 않으나 선은 분기를 숨겼다.

　"모든 것이 못난 스승이 구해온 인삼으로부터 비롯되었으니 대체 이 벌을 어찌 감당해야 할지……."

　"벌을 청하시다니요. 사부가 가져오셨을 때 인삼은 너무도 좋았던 것을 이 사람이 직접 확인하지 않았습니까. 그러니 너무 마음 쓰지 마세요, 사부."

　"그리 생각을 해주시니 그저 감읍할 따름입니다. 언제든 소신이 할 일이 있으면 일러주십시오. 성심껏 도울 것입니다."

　"사부께서 계시니 그저 든든할 뿐입니다."

　김택이 예를 갖추었고, 선은 미소 띤 얼굴로 그를 지나쳤다. 등을 보이기가 무섭게 두 사람 얼굴에는 미소가 사라지고 싸늘함만이 남았다. 선은 동궁전으로 걸음했다.

　"인삼은 누가 뭐라 해도 영상 김택의 농간이야. 대체 무슨 짓을 한 것일까."

　김택이 거래한 상단을 은밀히 내사해보겠다는 민우섭의 말에 선은 고개를 끄덕였다.

　"김택을 감시하는 것 또한 소홀히 해서는 안 돼. 그리고 속히 이달성이란 자에게 연통을 해주게. 만나서 확인할 것이 있어."

　"알겠습니다."

　그 시각 밖에서 두 사람의 대화를 엿듣던 지담은 이달성이라는 낯익은 이름에 미간을 찌푸렸다. 지담은 발소리를 죽인 채 동궁전 뒤뜰로 향하는 민우섭의 뒤를 밟았고, 전서구**48** 다리에 서신을 매달아 날려 보내는 그를 지켜보았다.

사위가 어둑해졌을 무렵, 마포나루 창고 근처로 한 사내가 다가섰다. 무복 차림에 삿갓을 푹 눌러쓴 선은 뒤따라오는 자가 없는지 확인한 후 고방 안으로 들어섰고, 작은 문을 두드렸다. 뒤이어 문이 열리고 달성이 웃는 얼굴로 선을 맞았다.

"오늘은 또 뭐가 필요하십니까?"

"자네 혹 이게 뭔 줄 아나?"

선이 소매 춤에서 뭔가를 꺼내 달성 앞에 툭 늘어뜨렸다. 일전에 승귀가 떨어뜨린 물건이었다. 조심스레 그를 살피던 달성이 묵주가 아니냐 되물었다.

"서학쟁이들이 지니는 신표 같은 게지요."

"서학이라……."

"지난 번 구해드린 《천주실의天主實義》에 신표 얘기는 없었나 보네요. 신표 맞아요. 이렇게 스님들 염주 돌리듯이 돌리면서 이것저것 비는 것 같던데. 지난 번 《천주실의》하고 함께 넘겨드린 서역책도 한 번 보세요. 거기 서학쟁이들이 외는 주문들이 잔뜩 들어 있다니까……."

---

48. 전서구(傳書鳩) : 주로 군용 통신에 이용하기 위해 훈련된 비둘기.

"이 묵주를 품속에 지니고 다녔다면 그자는 서학을 믿는 자일 가능성이 크겠군."

묵주를 바라보는 선의 눈빛이 반짝였다.

"도승지 채제공이 이즈음 동궁전 출입이 잦은 듯하답니다."

상선의 보고에 왕은 담담히 알고 있노라 대꾸했다.

"전하께서 그를 어찌…… 따로 고한 자가 있었습니까?"

"그깟 걸 듣고 알 게 뭐야. 채제공이란 놈, 세자를 얼마나 끔찍하게 여기는지 내가 몰라, 자네가 몰라. 그놈이 몸은 여기 묶여 있지만 마음은 늘 동궁전에 가 있는 놈이야. 그래, 그런 놈이 세자가 저위를 잃게 생겼는데 뒷짐만 지고 있을까."

"그리 다 알고 계시면서 저대로 두시는 연유가 무엇입니까?"

"청국과의 문제, 해결을 해야 할 거 아닌가. 선이 이놈, 죽었다 깨나도 원안을 포기 안 할 거야. 저위를 잃지 않기 위해서가 아니라, 생기길 그렇게 생겨 먹은 놈이야, 그놈이. 게다가 채제공 그놈한테는 원안에서 한 발짝만 물러나도 내가 세자의 저위를 빼앗겠다 그렇게 제대로 엄포를 놔뒀으니 이놈도 어떻게든 세자를 도와 청나라 사신들에게 원안을 관철할 길을 찾고자 하겠지."

"두 사람이 힘을 모아 성공하기를 바라시는 겁니까?"

"그 얼치기들이 어쩌다가 재주넘어 성공하면 이 나라를 위해 그보다 좋은 일은 없겠지. 허나 원안을 관철하는 건 가능한 일이 아니야.

처음부터 이건 아무것도 잃지 않고 끝낼 수 있는 싸움이 아니었어.
얼마나 덜 잃는가, 그것이 관건이지."

"하오시면……."

"그러기 위해선 누구 하난 아무것도 내주지 않겠다 우기며 비타협
적으로 싸워줘야 돼. 그렇게 싸워서 사신들 진을 빼놓을 만큼 빼놔
야 과인이 나서면 하나만 내줘도 아주 많은 걸 내줬다고 믿게 할 수
있을 테니까. 덤으로 사신 놈들 주머니를 좀 넉넉히 채워주면 이 문
제, 원만히 해결될 거야."

왕은 이미 해서 연안에 대한 조업권은 어쩔 수 없이 내주더라도
치외법권까지는 내주지 않는 선에서 이 문제를 마무리 짓는 것으로
판을 짜놓은 상태였다.

"허면 이제 국본은 어찌 됩니까. 진정 국본을 버리실 것입니까?"

왕은 대답을 아꼈다. 그를 오랜 시간 주군으로 모셔온 상선이었으
나, 저 안에 똬리 튼 진심이 무엇인지 헤아리기란 쉽지 않았다.

그 무렵, 아담한 와가의 문을 두드리는 손이 있었다. 김택이었다.
곁에는 손자 김문이 있었고, 두 사람이 안으로 들어서는 모습을 먼
발치서 민우섭이 지켜보았다.

"광해군 시절 무고로 사사된 능창 대군의 혈손이시다. 앞으로 네
가 모셔야 할 주군이기도 하고."

사랑 안으로 든 김택이 김문에게 이교를 소개해주며 예를 갖추라
하였다.

"때가 이르렀습니다. 이제 곧 이 나라 스물두 번째 군주가 되실 것입니다."

삼십 년 전, 왕세제 이금을 택군했던 김택은 종친 이교를 차기 군주로 점찍었다. 그를 위해 선을 폐세자 삼고 이교를 양자로 들이라 왕에게 요구할 것이고, 이를 왕이 거절한다면 전날 환취정에서 경종을 치웠듯 똑같이 할 터였다. 왕세제 이금을 택군했던 그날로부터 삼십여 년도 더 지났으나, 그 형형한 눈빛만은 여전한 김택이었다.

"김택의 행보에 특이한 점이 포착되었습니다."

수표교 근처, 민우섭은 그곳에서 자신을 기다리고 있던 선에게 다가가 그리 말했다.

"특이한 점이라니?"

"은밀하게 종친 이교의 집을 방문했습니다. 뜻하는 바가 무엇이겠습니까."

선의 얼굴에는 놀라움도, 분노도 없었다. 그저 엷은 미소를 띤 채 환궁을 서둘렀다. 두 사람이 동궁전 지하서고 안으로 들어섰을 때, 그곳에는 이미 채제공이 와 있었다.

"이 시각까지 대체 어디에 계셨던 것입니까."

"내각학사 승귀에 대해 좀 알아볼 것이 있어서……"

그리 말하며 선이 채제공 앞에 승귀의 묵주를 내려놓았다.

"묵주. 서학을 믿는 자들이 지니는 신표라는군."

"서학을 믿는 자들의 신표……."

"만일에 말이야, 만일 내가 서학에 대해 공감을 표하면 적어도 내각학사 승귀의 마음은 얻을 수 있을까? 허면 황제의 마음을 단번에 잡을 진상품이 무엇인지 답을 주려 할 수도 있는 것일까? 그렇게 되면……."

그리 중얼거리던 선이 순간 멈칫했다. 무언가를 곰곰이 생각하던 선의 눈빛이 일렁였다.

"잠깐, 공감…… 이게 답인가?"

"저하, 그게 무슨……."

"그대가 전날 내게 협상의 장을 공동의 이익을 추구하는 장으로 만들어야 한다고 하지 않았는가."

채제공은 협상에서 가장 중요한 것은 상대에게 내가 적이 아니라 친구라는 것을 알려주는 것이요, 상대와 공동의 이익을 추구할 장을 열 수만 있다면 협상에서 원하는 것 이상의 성과를 낼 수 있을 것이라 했었다.

"황제와 나 우리 두 사람은 모두 정벌을 원해. 이 공감대야말로 문제를 해결할 수 있는 가장 좋은 열쇠가 될 수도 있겠어. 이제 승부수를 띄워야 하는가."

의아해하는 채제공에게 선은 김택이 왕실의 종친 이교를 만난 사실을 털어놓았다.

"종친을 접촉했다면……."

"택군. 날 무너뜨리고 새로운 왕세자를 세우고자 하는 뜻일 수도 있겠지. 그 야욕을 잘만 이용하면 우린 극적인 반전을 꾀할 수 있을지도 몰라."

선이 득의에 찬 미소를 지었다.

⚜ ⚜ ⚜

다음 날, 빈청 회의실에는 홍봉한과 홍계희를 포함, 예조와 병조의 관원들이 회의를 위해 모였으나 아무리 기다려도 선은 오지 않았다. 한참이 지난 후 장 내관이 오늘 회의에는 선이 참석하지 못할 것이라 전했다. 황제의 마음을 잡을 진상품을 찾고자 모두가 힘을 모아 동분서주해도 모자랄 판에 어찌하여 회의를 취소한 것일까.

그 시각, 선은 활쏘기 훈련이 한창인 훈련도감 터로 들어서고 있었다. 군사들을 훈련 중이던 별장이 선을 보고 반가워했다.

"검을 너무 오래 묻어두었더니 검결이 좀 무뎌진 듯해서요. 장군께 한 수 가르침을 청할까 해서 왔습니다."

"가르침은요. 사 년 전에 이미 청출어람이라 더는 가르칠 것이 없다 하지 않았는지요."

"칭찬을 받았으니 내 답례를 하고 싶은데…… 오늘 저녁 장군을 따르는 휘하 장수들을 모두 모아 주연을 베풀고자 하는데 장군의 생각은 어떻습니까."

별장은 감읍하다며 고개를 숙였다.

해가 저물고 어둑한 밤이 찾아왔으나, 훈련도감의 훈련터만은 그 어느 낮보다 활기가 넘쳤다. 훈련터 가장자리에는 산해진미와 금준미주의 주안상이 차려졌고, 그 가운데에서는 서너 패로 나뉜 장수들의 대표가 칼싸움을 벌이고 있었다. 선과 별장은 술을 주거니 받거니 했고, 장수들 또한 즐기고 취함에 여념이 없었다. 국본이 오군영 장수들을 불러들여 술판을 벌이고 있다는 얘기는 김택을 포함한 노론의 귀에도 흘러 들어갔다.

"술판을 벌이는 건지, 결의를 모으는 건지 알 수 없지요."

김상로가 못마땅한 듯 이죽대자 김택이 그게 무슨 말이냐 되물었다.

"복귀할 욕심에 청나라와의 외교 문제 해결해보겠다 호기롭게 지르긴 했는데 막상 저쪽에서 너무 센 조건을 들고 나와버렸지요. 이리저리 아무리 재어봐도 해결책은 안 나오지, 백성의 생존권 운운하며 원안대로 가자고 엄청나게 강변을 했는데 슬쩍 물러나기도 그렇지…… 그러니까 극단적인 선택을 하고 싶어진 것일 수도 있다 이런 말입니다."

"극단적인 선택이라니요? 아예 판 깨고 청국과 전쟁이라도 한다는 겁니까, 뭡니까."

민백상이 서늘하게 물었다. 홍계희는 섣부르고 무모한 젊은이가 막다른 골목에 몰리고 나면 한 번쯤 해볼 수 있는 생각이라 답했다. 김택이 한 번 알아보라 일렀고, 민백상은 무겁게 고개를 끄덕였다.

민백상은 집으로 돌아가 아들을 기다렸다. 국본이 전쟁을 생각하고 있다면 아들은 왜 아무 말도 하지 않은 것일까. 한참이 지나서야 민우섭이 마당으로 들어섰다.

"훈련도감에서 오는 길이냐?"

"아버지께서 그를 어찌……."

민백상이 사랑으로 걸음을 옮겼고, 민우섭이 그 뒤를 묵묵히 따랐다.

"세자의 본심이 뭐야? 청과의 문제를 해결할 의지가 있긴 있는 게냐? 대체 무슨 생각으로 이런 다급한 시국에 장수들과 더불어 술판이나 벌인 게야? 속 시원히 말을 해보거라. 어서! 세자가 지금 무슨 생각을 하고 있는 것이냐."

민우섭은 잠시 주저하다 결심을 굳힌 듯 운을 떼었다.

"소자가 보기에 세자는 협상의 의지가 없습니다."

"의지가 없다니…… 허면 저위를 잃게 되는데도 말이냐?"

"북벌을 실현하면 저위는 잃지 않을 것이다, 세자가 그리 말하는 것을 들었습니다."

북벌이라는 말에 민백상의 얼굴이 하얗게 질렸다. 가까스로 마음을 추스른 채 세자가 청과의 정벌전이라도 하려 든다는 것이냐 되물었다.

"청과 틀어져 전쟁이 나면 전장에 나아가 공을 세울 수도 있으니……."

저위를 지키는 거야 일도 아니라 여길 수도 있는 일이었다. 아들의 말에 민백상은 흔들렸으나, 예전에도 선의 편에 서서 아비인 자신은 물론 노론 전체를 위기로 몰아넣었던 아들이었다. 또한 지난 삼 년간 그림자처럼 선을 지켜온 그가 아니었던가. 그런 민백상의 속을 헤아린 듯 민우섭이 품에서 서책 두 권을 꺼내 서안 위에 올려놓았다.

"지난 삼 년간 세자가 집필해온 책입니다."

《무기신식》과 《병학지식》. 국본이 무재에 뛰어나다는 것은 익히 알고 있었으나 이리 직접 병법서를 쓰는 것은 차원이 다른 문제였다.

민백상은 아들과 함께 김택의 집으로 향했다. 김택 앞에 서책을 내밀며 세자가 북벌을 실현코자 한다는 말을 전했다.

"북벌이라니…… 세자가 진정 청과의 전쟁을 생각한단 말인가?"

"아니라면 친히 병법서까지 쓸 연유가 없질 않겠습니까. 지난 삼 년간 단 하루도 빠짐없이 병법서를 쓰고 무기에 대한 각종 지식을 모아들이더랍니다. 이건 삼 년간 북벌을 준비했다고 볼 수도 있는 겝니다."

"허면 원안을 고집한 이유가 협상을 아예 깨버리기 위해서라는 거야? 협상을 깨버리고 정벌의 명분을 쥐기 위해서?"

"그리 볼 수 있지 않겠습니까. 허면 국본이 장수들과 접촉을 시작한 이유도 설명이 되고요."

김택이 서늘한 눈으로 민우섭을 향해 왜 이 같은 사실을 보고하지 않았는지 물었다.

"병법서만 쓰고 있을 땐 무인의 기질이 강한 세자이니 그러려니

했습니다. 그러다 세자가 북벌 운운하는 것을 보고 이 모든 것이 북벌을 위한 준비였을 수도 있겠다고 판단했습니다."

무인 기질이 다분한 국본은 장수들에게 압도적인 지지를 받고 있었다. 헌데 전쟁마저 일어난다면, 하여 그 전장에서 공을 세우기라도 한다면 장수들은 물론 백성들까지 지지를 보낼 터. 그리 되면 노론이 아무리 반대해도 국본이 보위에 오르는 것을 막기는 힘들었다.

"정녕 이 나라를 칼잡이의 나라로 만들고자 하는가."

김택이 가만 수염을 쓸어내렸다. 민백상과 민우섭을 보내고도 장고에 장고를 거듭하던 김택은 결심을 굳힌 듯 청지기를 불렀다. 지금 당장 모화관으로 가 소호계를 대일통회맹 안가로 데려오라 일렀다. 잠시 후 대일통회맹 안가 마당으로 소호계가 들어섰고, 그 기척에 김택이 돌아섰다.

"영상께서 이런 야심한 시각에 연통을 하실 줄은 몰랐습니다. 날 은밀히 보자 한 연유가 무엇입니까?"

김택은 즉답을 피한 채 소호계를 방으로 안내했다. 소호계와 마주 앉고서도 잠시 침묵을 지키던 김택은 선이 북벌을 꿈꾸고 있는 듯하다 운을 떼며 민백상이 건네준 서책을 내밀었다.

"친히 병법서까지 쓰며 치밀하게 준비해온 듯 보입니다."

김택이 건네준 서책을 살피던 소호계가 이러한 사실을 자신에게 알려주는 연유가 무엇이냐 물었다.

"지금으로서는 청국과 조선의 평화를 저해하는 가장 큰 걸림돌은 세잡니다. 그 걸림돌을 제거해야 협상을 해도 할 수 있을 것이 아닙니까. 황제께 주청하여 국본의 고명[49]을 취소해야 합니다."

김택의 말에 흠칫 놀란 소호계가 마른침을 삼키고는 되물었다.

"왕세자를 끌어내려야 한단 말입니까?"

"북벌을 원하는 호전적인 자가 조선의 차기 군주가 되는 것은 청나라에도 결코 좋은 일이 될 수 없습니다. 그렇지 않습니까?"

"그야…… 물론 그렇지만……."

말끝을 흐리는 소호계 앞으로 김택이 궤 하나를 내밀었다.

"양국 간의 우의를 다지고자 마련한 작은 정표입니다."

소호계는 궤 안에 가득한 은괴를 보고 흡족한 미소를 지었다. 김택이 부도통만 믿겠노라며 서늘하게 웃었다.

※ ※ ※

"모화관에서 급한 전갈입니다. 진상품 따윈 필요 없으니 당장 협상을 재개하잡니다."

홍계희가 연유를 물었으나, 홍봉한도 그것까지는 알 수 없었다. 모르긴 몰라도 저쪽의 공기가 영 심상치 않다는 것만은 확실했다. 선은 관원들을 이끌고 모화관으로 가 소호계, 승귀와 마주 앉았다. 선

---

49. 고명(誥命) : 중국 황제가 조선의 국왕을 인준하는 것.

을 물끄러미 바라보던 소호계가 헛기침을 하더니 운을 떼었다.

"우리가 저하를 이리 급하게 뵙자 한 것은 협상을 위해서가 아니라 저하의 고명을 취소하기 위해섭니다."

선의 얼굴에 당혹감이 서렸다.

"연유가 무엇입니까? 이 사람의 고명을 취소하고자 하는 연유 말입니다."

"단도직입적으로 묻겠습니다. 세자 저하. 북벌을 이루면 저위를 잃지 않을 것이다, 이렇게 말씀하신 바가 있습니까?"

선의 침묵에 소호계와 승귀가 마뜩찮은 시선을 주고받았다. 홍계희와 홍봉한 역시 선의 침묵이 길어지자 불안한 듯 마른침을 삼켰다.

"그렇습니다."

선의 대답에 소호계의 얼굴이 붉으락푸르락해졌다. 이제 다 틀렸다는 듯 홍봉한이 힘없이 고개를 내저었고 홍계희 역시 기막힌 듯 선을 보았다.

"오늘이 가기 전 세자는 아마도 저위를 잃을 것이다."

김택은 손자 김문과 함께 후원을 거닐며 그리 중얼거렸다. 그때 민우섭의 날선 물음이 날아들었다.

"허면 다음 행보는 무엇입니까? 이자를 국본으로 세우는 것입니까?"

민우섭이 옆으로 한 발짝 물러서자 그 뒤로 오라 지워진 채 서 있는 이교가 보였다. 민우섭이 또 한 번 제 아비와 노론을 배신하고 세자의 편에 선 것인가. 하여 일부러 병법서를 건네고, 세자가 북벌을 꿈꾸고 있노라 거짓된 정보를 흘렸단 말인가. 아니, 무슨 생각으로 병법서를 흘렸는지는 몰라도 그 두 권의 병법서는 국본이 오랜 기간 북벌을 염두에 두고 있었음을 알려주는 증좌였다. 북벌하고자 함을 드러내고도 협상은 물론 저위까지 지키려 한다? 노회한 김택으로서도 그 수를 헤아리기 쉽지 않았다.

"내가 정벌코자 하는 것은 그대들 청나라의 영토가 아닙니다."

선이 품에서 종이 하나를 꺼내 소호계와 승귀 앞에 펼쳐 보였다. 그것은 지난밤 선이 정성들여 옮겨 적은 라틴어로 된 주기도문이었다. 승귀의 얼굴에 놀라움이 스쳤다.

"서학 하는 이들의 주문으로 압니다. 그대에게 이 사람의 호의를 전하고자 준비해보았습니다."

"이 사람이 서학을 믿는 건 어찌 아셨습니까."

선은 일전에 승귀가 떨어뜨렸던 묵주를 꺼내 건넸다.

"줍자마자 돌려드리지 못한 점 사과드립니다. 그대와 친구가 될 길을 찾고자 잠시 지니고 있을 수밖에 없었습니다."

승귀는 한결 온후해진 얼굴로 서역어로 된 주문마저 아는 걸 보면 서학에 대한 조예가 상당한 듯 보인다 말을 건넸다.

"어찌 읽는지, 무슨 뜻인지 아직은 잘 알지 못합니다. 허나 앞으로 배워가고 싶습니다. 이 사람이 정벌코자 하는 것은 바로 이런 것입니다. 그대들 청의 영토가 아니라 그대들이 서역 등지로부터 받아들인 새로운 문화, 서학은 물론 천문과 지리, 의술, 과학기술에 이르기까지 그 새로운 문화들을 모두 정벌하고 싶습니다."

선은 조선과는 다른 청국의 고유한 문화 또한 정벌의 대상이라 덧붙였다.

"우리 조선 또한 정벌의 대상이 되어드리지요. 그리하여 청과 조선이 서로 다른 문화를 탐하고 적극적으로 정벌하길 원한다면 양국 간의 우의가 더욱 돈독해지지 않겠습니까."

"허면 북벌을 이루면 저위를 잃지 않을 것이란 뜻은……?"

"문화 교류를 통해 우의를 다질 수만 있다면 양국 간의 평화를 모색할 길이 열릴 거란 뜻이었습니다."

승귀가 고개를 끄덕였으나 소호계는 여전히 경계심을 풀지 않은 채《무기신식》과《병학지식》을 꺼내놓았다.

"허면 이 병법서들은 다 무엇입니까? 우리 청나라를 정벌할 뜻이 아니었다면 왕세자께서 직접 병법서를 집필할 이유가 없지 않습니까."

"이것은 내가 황제의 마음을 단번에 잡을 수 있을 것이라 여겨 준비한 진상품이거늘 먼저 가져와 전한 이가 누굽니까?"

소호계의 얼굴 위로 잠시 당혹감이 스쳤으나, 이내 그를 감춘 채 이것이 어찌 황제의 마음을 잡을 진상품인지 되물었다.

"물론 이 병법서들을 쓴 취지는 이 나라 조선의 안보를 튼실히 하기 위해서요. 그러나 난 이것이 황제에게 무엇보다 큰 선물이 되리라 봅니다. 이 나라 조선의 국방이 튼실하면 바다 건너 일본국은 지난

임진년과 같이 조선을 거쳐 대륙을 정벌하겠다는 꿈 따윈 품을 수 없을 것입니다. 우리 조선이 청의 방패가 되어드리는 셈이지요."

선은 《병학지식》을 들어 보이며 조선에서 가장 우수한 무기인 신기전과 화차에 대한 정보가 이 책 안에 있노라 설명했다.

"지난 몇 년간 병법을 연구하는 과정에서 청나라 군제에 대해 살펴본 바, 여전히 활과 창을 중심으로 한 기마부대가 주력이더군요. 여기 조선의 신무기를 더한다면 황제의 군대는 그 전력이 더욱 신장될 것입니다."

선은 두 권의 서책을 청국 사신단에게 내밀었다.

"황제께 전해주시겠습니까. 내 비록 오 만의 군사를 이끌고 직접 지원을 할 수는 없으나 이 기술과 더불어 마음만은 늘 황제의 전장에 함께 있을 것이라고 말입니다."

소호계는 선을 가늠해보려는 듯 물끄러미 바라보았고, 선은 그 시선을 피하지 않았다. 겸손하나 당당함을 잃지 않았고, 자신만만하나 결코 오만하지 않았다. 소호계와 승귀는 온후한 미소를 주고받으며 고개를 끄덕였다. 간을 졸이며 눈치를 살피던 홍봉한이 그제야 마음이 좀 놓이는 듯 작게 한숨을 내쉬었고, 홍계희 역시 제법이라는 듯 선을 보았다.

잠시 후, 창덕궁 편전. 용상 맞은편 양옆으로 조정의 대소 신료들이 길게 도열했다. 소호계와 승귀는 왕과 마주선 채, 왕의 곁에 서 있는 선을 보며 운을 떼었다.

"협상은 조선 측이 제시한 원안대로 타결될 것입니다."

하루아침에 달라진 청국 사신단의 태도에 중신들이 술렁였다. 왕 또한 얼떨떨한 속을 감춘 채 짐짓 참으로 고마운 일이라 대꾸했다.

"왕세자께서 건넨 호의에 비하면 아무것도 아닙니다, 전하. 황제께서 매우 기뻐하실 것입니다. 훌륭한 후계자를 두셨으니 참으로 든든하시겠습니다, 전하."

왕은 그저 의례적인 미소를 지었다.

"저희로서는 왕세자께서 즉위하시면 새로운 조선이 열리지 않을까 기대가 큽니다."

"새로운 조선이라니요?"

"저희가 조선에 사신으로 왔던 것이 수차례, 본국에서 조선 사신을 영접했던 것이 또한 십여 차례가 되오나 저하와 같이 새로운 학문과 지식을 편견 없이 받아들이는 조선인은 본 바가 없습니다."

조선이 전쟁에서 진 탓에 자신들에게 조공을 바치며 사대를 하기는 하나 은근히 자신들을 오랑캐라 무시하고 명나라와 차별을 두고 있음을 알고 있었다. 헌데, 청나라의 문화를 인정할 뿐만 아니라 존중하고 대우해주는 세자라니. 승귀와 소호계는 큰 감명을 받았던 것이다.

"그리 칭찬을 해주시니 과인이 몸 둘 바를 모르겠소이다."

말은 그리했으나 결코 쉽지 않은 과제를 현명히 풀어내고 자신이 지난 삼십 년간 하지 못한 일을 해낸 세자에게 묘한 시기와 부러움을 느꼈다. 그때 소호계가 조심스레 운을 뗐었다.

"하온데 전하. 이리 영민하고 덕 있는 왕세자를 황제께 고하여 고명을 취소하라 강권하며 음해하는 신하가 있으니, 외신은 그것이 안타까울 뿐입니다."

"고명을 취소하라니…… 이게 대체 무슨 말이오? 그자가 누구요? 외신을 찾아가 국본의 고명을 취소하라 강권한 자가 누구냐, 과인이 묻고 있소이다."

왕이 분기에 떨며 묻자 소호계는 조선국의 영의정 김택이라 말하며 옆에 두었던 궤를 열어 보였다.

"영의정 김택이 국본의 고명을 취소하라며 저에게 건넨 뇌물입니다. 이건 돌려드리지요. 조선의 국고로 환수되는 것이 마땅한 일일 것이니 말입니다."

소호계와 승귀가 깊이 예를 갖추고 물러났으나, 편전 안은 쥐죽은 듯 고요했다. 모두가 왕의 눈치를 살피던 그때, 왕이 내금위장을 불러들였다.

"역적 김택, 잡아들여 당장!"

잠시 후, 김택의 사랑 앞에는 금부도사와 나장들이 몰려들었고, 관복을 단정히 차려 입은 김택이 사랑 밖으로 나와 섰다.

"전하께서 보내셨는가? 가세."

김택이 걸음을 떼려 하자 금부도사가 그를 막아섰다.

"죄인의 신분이니 오라는 지워야 합니다."

"죄인?"

발끈한 김택이 금부도사의 따귀를 매섭게 후려쳤다.

"너 내가 누군지 몰라? 나 김택이야. 용상에 버티고 앉은 임금을 세우고 그 임금 머리 꼭대기에 앉아 이 나라를 주무르던,"

"묶어라!"

김택의 말이 채 끝나기도 전, 금부도사의 명에 따라 나장들이 몸부림치는 김택에게 오라를 지웠다.

※ ※ ※

올해로 일곱 살이 된 이산이 어미 손을 잡고 동궁전 쪽으로 걸어오다 저편의 아비를 보고는 멈추어 섰다. 선 역시 이산과 혜경궁을 보고는 걸음을 멈추었다. 선을 바라보는 혜경궁의 눈이 눈물로 일렁였다. 혜경궁이 마음을 추스르며 이산에게 다정히 말을 건넸다.

"아버지께 하례를 드리셔야지요. 오랜 시간 잘 견디셨다고…… 참으로 훌륭하시다고…… 감축드린다고 그리 하례를 드리셔야 합니다."

이산에게 하는 말이었으나 혜경궁의 젖은 눈은 선을 향해 있었다. 이산은 아비에게로 달려갔고, 선은 아들의 눈높이에 맞추어 한쪽 무릎을 세우고 앉았다.

"감축드립니다, 아바마마."

"고맙구나. 어머니께도 그간 고생이 많으셨노라, 잘 견뎌주셨노라 아비를 대신하여 고마움을 전해다오."

선 역시 혜경궁을 향해 자신의 마음을 전하며 이산을 따뜻하게 안아주었다.

그 무렵, 뒷짐 선 왕의 뒤로 김택이 끌려왔다. 주위를 물린 왕이 돌아서 김택을 내려다보았다. 늘 보아오던 관복과 사모 차림이 아닌, 백의에 상투를 튼 백발성성한 노인이 꿇어앉아 있었다. 삼십 년 전 자객을 피해 움츠려 있던 자신을 내려다보며 무탈하냐 묻던 그 서늘한 눈이며 맹의에 수결하라 강요하던 목소리가 왕의 뇌리를 스쳤다. 왕은 쓰디쓴 미소를 머금은 채, 이제는 자신 앞에 초라하게 꿇려 있는 김택을 바라보았다.

"왜 그랬어? 대체 꼴이 이게 뭐야. 국본을 끌어내리고 종친 놈을 골라…… 허허허, 택군까지 하려들어? 대체 왜? 그래, 이번에는 또 명분이 뭐야?"

"전하와 같은 이유 아니겠습니까. 국본은 을해년의 일을 잊지 않았습니다. 잊지 않고 엎어져 병법서까지 쓰며 칼을 갈고 있었어요. 그 칼을 북벌에 쓸지 정적을 겨눌지 어찌 압니까. 하여 적이 칼을 뽑기 전에 먼저 베고자 한 것뿐입니다."

"국본을 벨 수 있는 것은 오직 과인뿐이야. 그놈을 국본으로 세울 수 있는 것도, 또한 폐할 수 있는 것도 오직 과인뿐이라고."

"국본이 지금보다 더 위험하게 자라 전하의 권력을 위협하는 날이

오게 되면 소신을 그리워하게 될 것입니다."

왕이 대답 대신 웃음을 터뜨렸다.

"아무리 정적이라 해도 그것이 자식이라면 당신의 손으로 직접 치는 것은 가슴 아픈 일일 것이니 말입니다."

"그럴 일 없어. 아직은 시간이 아주 많아. 아들놈에게 이 과인의 방식을 가르칠 시간, 나의 방식을 배워 아비와 정적이 되지 않겠노라 스스로 승복하게 만들 시간 말이지. 그대를 처리하는 것이 아마 그 처음이 될 게야."

"그러실 줄 알았습니다. 그것이 우리의 방식이니까요."

김택은 흔들림 없는 눈으로 왕을 바라보았다.

국청, 월대 위에는 왕과 선이 나란히 자리했고 그 좌우로 중신들이 시립했다. 왕과 선 앞에 김택이 무릎 꿇은 채 담담히 마지막을 준비하고 있었다.

"청국 사신과 공모하여 국본을 폐하고자 한 죄는 명백한 역모인 바. 영상 김택을 이 자리에서 참하여 왕실의 기강을 세울 것이다."

왕의 말에 선과 김택을 제외한 모두가 흠칫 굳었다. 왕은 상방검 50을 가져오라 명하고는 그 검을 선에게 내밀었다.

"네 손으로 역도를 베어 왕실의 위엄을 세워. 베어라. 권력은 이렇

---

50. 상방검(尙方劍) : 임금이 간악한 신하를 제거할 때 쓰는 날카로운 칼.

게 지키는 거다."

선은 선뜻 받아들지 못했고, 중신들 역시 숨을 죽인 채 그 모습을 지켜보았다.

"못하겠다는 게냐? 아비가 직접 해주랴?"

"아니옵니다. 소자가 직접 하겠습니다."

검을 받아든 선이 김택 앞으로 다가가 검을 뺐다. 칼집을 내던지더니 검을 높이 치켜들고 그대로 내리쳤다. 허나, 베어진 것은 김택의 목이 아니라 김택을 묶고 있던 오라였다. 선은 그대로 칼을 던져버렸다.

"그만 일어나세요, 대감. 난 대감의 죄를 죽음으로 묻지 않을 생각입니다. 삭탈관직[51]하고 당분간 도성에서 추방하는 것으로 그 죄를 물을 것이니 그만 돌아가보세요."

"동정은 필요 없어. 정적의 동정 따윈 안 받아. 그러니 그 칼로 나를 쳐. 내 목을 베어버리라고, 당장."

"그건 대감의 방식이지요. 나에게는 내 방식이 있습니다."

선은 여유로운 미소로 응수하며 민우섭에게 김택을 정중히 배웅하라 명했다.

"날 살려두면 골치 꽤나 아파질 거라 여기지 않나? 내가 얼마나 가파르게 공격할지 겁나지 않아?"

"얼마든지 공격해보세요. 난 내 방식대로 대감을 꺾기 위해 최선

---

51. 삭탈관직(削奪官職) : 죄 지은 자의 벼슬과 품계를 빼앗고 벼슬아치 명부에서 지워버림.

을 다할 테니까."

김택은 일찍이 겪어본 적 없는 모욕감에 떨었다. 민우섭과 우익위가 김택의 팔을 붙잡았으나 김택은 그를 거칠게 뿌리치고는 돌아섰다.

김상로와 민백상, 홍계희 등 노론은 꽤나 놀란 듯했고 이종성과 조재호는 감탄해 마지않았으며, 채제공은 자신의 주군이 자랑스러웠다. 허나 왕은 아무런 내색도 드러내지 않은 채 그저 잘한 일이라 보느냐 물었다. 선이 부왕을 향해 돌아서며 이것이 자신의 방식이라 답했다.

"죽이는 정치가 아니라 살리는 정치, 소자의 정치는 이렇게 다시 시작하겠습니다."

왕은 선을 응시했고, 선 역시 결진 표정으로 그 시선을 받았다. 삼년 전, 제 손으로 맹의를 태우며 아비의 정적이 되겠노라 말했던 그때와 다르지 않았다. 아니, 그때와는 비교도 되지 않을 만큼 더 강하고 단단해진 선이었고, 왕은 그 모습에 저도 모르게 두려움을 느꼈다.

17

    수상한 바람에 나뭇잎들이 세차게 흔들리는 밤, 잠든 왕의 얼굴이 일그러졌다. 가혹한 고신에 숨을 거둔 신치운이며 자신의 손으로 목을 베었던 서균, 괴로움에 피눈물을 쏟으며 저를 먼저 죽여달라던 박문수가 그의 머릿속을 헤집고 또 헤집었다. 왕이 번쩍 눈을 떠 몸을 일으켜 앉았다. 지독한 악몽에 식은땀이 흘렀다. 흔들리는 눈빛으로 거친 숨을 내쉬던 그때, 침전 문이 슥 열리자 놀란 왕은 칼을 빼들어 그림자를 겨누었다.

    "또 악몽을 꾸신 겝니까."

    "사…… 상선이구먼."

    왕은 칼을 쥔 손을 떨어뜨리고는 긴 한숨을 내쉬었다. 김택을 베어버릴 듯했으나 오히려 김택을 묶고 있던 오라를 잘라버렸던 선의 모습과 죽음으로 죄를 묻지 않을 거라 했던 그 목소리가 선했다. 김택을 꺾어넘긴 후 자신을 바라보던 그 당당한 모습에 묘한 열패감과 두려움을 느꼈다.

"죽이는 정치가 아니라 살리는 정치라⋯⋯."

왕은 씁쓸히 중얼거리며 자리옷 차림 그대로 침전을 나서 편전으로 향했고, 상선이 그 뒤를 따랐다.

"선이 이놈 어느새 훌쩍 커버렸어. 그 당당한 눈빛하며⋯⋯ 언제 어깨가 그리 단단해졌을까. 왕재로서 아무 손색이 없어."

멍하니 용상 앞에 서서 그리 중얼거리던 왕이 상선을 향해 돌아서며 물었다.

"이보게, 상선. 내가 지난 삼십 년 동안 저 자리에 앉아 친구도 죽이고 정적의 모가지도 치면서 그토록 절실하게 지키고자 한 것은 무엇이었을까."

왕의 눈빛이 불안하게 흔들렸다. 만약 선이 옳고 자신이 틀린 것이라면, 지난 삼십 년 자신이 지키고자 한 것은 어찌 되는 것일까.

"난⋯⋯ 나는 말일세. 차라리 아들놈이 다 옳은 것이었으면 싶으이. 내가 수십 년 동안 저 자리에 앉아 그토록 지키고자 했던 것이 한순간에 물거품이 되는 한이 있더라도 차라리 내가 틀리고 아들놈 말이 맞는 것이었으면 좋겠어. 차라리 그랬으면 좋겠어."

용상을 바라보는 왕의 눈은 혼란과 회한에 젖어들었다.

국본의 대리청정이 다시 시작되는 날 아침, 시민당 편전을 쓸고 닦느라 동궁전 궁인들이 분주하던 그때, 융복 차림의 선이 민우섭과 함께 춘당대로 들어섰다.

"아바마마, 찾아계시옵니까."

왕은 지난밤의 회한과 미망은 숨긴 채 그저 인자한 미소로 선을 맞았다.

"기분이 좀 어떠냐? 삼 년의 공백을 깨고 다시 정치에 복귀하는 기분 말이다. 긴장되니?"

"아니라 하면 믿어주시겠습니까."

"그럴 줄 알고 긴장도 좀 풀어줄 겸해서 습사나 하자고 불렀다."

"이리 마음을 써주시니 소자 그저 감읍할 따름이옵니다."

더없이 다정하고 따뜻한 대화였으나 두 사람은 물론이고, 그곳에 있던 누구도 긴장을 놓지 못했다. 부자는 사대에 나란히 서 시위를 당겼고, 화살은 경쟁하듯 홍심을 향해 날아가 박혔다.

"제법 많이 늘었구나. 정적에 대한 네 속마음을 감추는 법도 알고."

"모두 아바마마의 가르침 덕분이 아니겠습니까."

"이제 더 이상 가르침은 필요 없겠구나. 해서 앞으로 이 아비는 너에 대한 지원을 아끼지 않을 생각이다."

"지원이라 하오시면……."

"죽이는 정치가 아니라 살리는 정치를 한다 했지? 이 아비는 너의 그 크고 장한 뜻에 아주 큰 감명을 받았다. 허나 신하 놈들이 너의 그 뜻을 받들까, 그것이 걱정이야."

"그들을 설득해나가는 것이 소자의 소임이 아니겠습니까."

"넌 설득을 하거라. 아비는 견제를 해주마."

선이 의아한 듯 잠시 왕을 바라보았다.

"오늘부로 대전에서 행하던 서무 결제권은 모두 동궁전으로 이양될 것이다. 허나 인사와 외교, 국방에 대한 결정권은 계속 대전에 둘 것이다."

선의 눈빛이 흔들렸다. 든든한 방패가 되어주겠다 하였으나 휘두를 수 있는 칼은 내어주지 않겠다는 말이 아닌가.

"너의 뜻을 함부로 찍어 누르려는 놈, 아무런 명분 없이 반대하는 놈이 있다면 내 인사권을 휘둘러 적절히 견제해주겠다 이런 말이야. 물론 네가 신하들과 싸울 일 자체를 만들지 않으면 그럴 일도 없겠지만 말이다."

인사권을 대전에 두겠다 하는 것이 과연 신하들을 견제하기 위함일까. 허나 선은 그런 의심을 드러내지 않았고 두 사람은 다정한 미소를 주고받았다. 이들을 지켜보던 채제공과 민우섭은 언제 터질지 모르는 시한폭탄을 보듯 불안했다.

춘당대를 나서 편전으로 든 왕이 채제공을 흘긋 보며 물었다.

"자네는 이제 어쩌고 싶어? 동궁전으로 돌아가고 싶어 좀이 쑤시지 않나?"

"소신은 전하께서 명하시는 대로 할 뿐입니다."

"그렇지. 그렇게 신중하게 나와야지. 이제 그만 동궁전으로 돌아가

봐. 자네를 다시 돌려보내는 뜻은 동궁전으로 가서 부화뇌동하라는 것이 아니야. 자네가 가진 신중함을 국본에게도 잘 가르치라는 뜻이야. 국본이 무리수를 두는 일 없도록 보필 잘해. 만일 무리수를 두려 하면 내가 가진 인사권으로 국본의 권력을 견제하게 될 게야. 그건 너무 가슴 아픈 일이지 않은가."

인사와 외교, 국방에 대한 결정권을 내어놓지 않은 것은 신하를 견제하기 위함이 아닌, 선을 견제하기 위함이었고 그것은 부자 사이의 전쟁이 아직 끝나지 않았음을 말하는 것이었다. 채제공은 안타까운 시선을 내리깔았다.

시민당 편전, 용상 위 선이 채제공에게 시작하라 이르자 채제공이 두루마리를 펼쳤다.

"오늘 이 시각 이후 서무 결재권은 동궁전으로 이양됩니다. 허나 인사와 외교, 군사에 관한 결정권은 그대로 대전에서 행사하실 것입니다."

대전과 시민당, 왕과 국본으로 나뉜 권력에 중신들은 심상치 않다는 듯 술렁였다. 허나 선은 그 모두를 무시한 채 교지를 펴 읽어 내려갔다.

"다음은 대전에서 내리신 인사에 대한 전교입니다. 전 좌의정 김상로를 영의정으로 삼을 것이며, 전 예조판서 홍봉한은 어영대장[52]으로, 이종성은 예조판서로, 조재호는 돈녕부[53] 영사로 삼을 것이니 여러 신료들은 과인의 뜻을 물리치지 말라."

"성은이 망극하옵니다."

교지에 언급된 인사들이 한 목소리로 그리 말하며 고개를 숙였고, 선이 다시 운을 떼었다.

"나는 탕평한 조정을 원하오. 허나 내가 원하는 건 붕당의 정치가 아닙니다. 당리만을 위해 싸우는 자는 축출되고, 백성을 위해 싸우는 자만이 살아남는 조정, 대탕평한 조정을 건설코자 하니 여러 신료들은 지혜를 모아주시오."

"참으로 지당하신 분부시오니 신명을 다해 뜻을 받들 것이옵니다."

김상로가 감읍한 듯 그리 말하자 조재호와 이종성이 작게 헛기침을 했고, 같은 노론인 민백상과 홍계희마저 낯설게 쳐다보았다. 허나 시민당을 나서 집무실로 오자마자 김상로는 성마른 얼굴로 사모를 벗어 던지며 씩씩댔다.

"당리만을 위해 싸우는 자는 축출해? 이게 무슨 뜻이야? 우리도 당습에 빠진 죄인으로 몰아 김택 대감처럼 잘라버리겠다는 거야, 뭐야!"

---

52. 어영대장(御營大將) : 오군영 중 왕을 호위하던 어영청의 최고 벼슬.
53. 돈녕부(敦寧府) : 종친부에 속하지 않은 종친이나 왕의 외척 및 왕실의 외손들을 위해 설치되었던 관서.

홍봉한이 농담 반 진담 반으로 백성의 이익을 위해 싸우면 될 것 아니냐 하였고, 김상로가 놀리는 것이냐며 발끈했다. 허나 홍봉한은 눈 하나 깜짝하지 않고 여유롭게 받아쳤다.

"설령 당리를 위해 싸운다 해도 우리 저하께서 죽이지는 않으실 거예요. 김택 대감 살려놓은 거 보면 알잖아요."

"이 사람 뒷목 잡고 쓰러지는 꼴 보고 싶지 않으면 당장 좀 나가주시겠소!"

김상로가 소리를 꽥 지르자 홍봉한이 멋쩍은 듯 방을 나섰다. 씩씩거리던 김상로가 이번에는 민백상을 서늘하게 쳐다보았다.

"자네 아들 어쩌고 있나? 노론의 피를 받은 놈이 또다시 배신하여 노론의 영수를 쳐낸 기분이 어떻다든가."

"이제 그놈 제 아들놈 아닙니다. 김택 대감 그리 되시고 바로 집에서 내쫓았어요. 의절하자 했다 이런 말입니다."

김상로가 털썩 의자에 앉으며 노론의 처지가 어쩌다 이 꼴이 됐는지 모르겠다 넋두리를 늘어놓았고, 민백상 역시 깊은 한숨을 배어 물었다.

❁ ❁ ❁

"세자가 청나라 문제를 잘 해결한 덕에 오늘부로 다시 대리청정을 시작한 모양입니다."

변종인이 지담에게서 건네받은 전언을 나철주에게 내밀었다. 세자가 돌아서려던 사신을 붙잡을 수 있었던 것은 묵주 때문이며, 서학에 대학 공감으로 승귀의 마음을 사로잡고, 끝내는 깐깐한 소호계까지 설득시킬 수 있었던 듯하다 전했다.

'세자가 서학에 대한 정보를 어디서 얻었을까요?'

지담은 선이 이달성이란 이름을 언급했음을 전하며 그 이달성이 자신들이 아는 명사의 일원이 아닌지 의문을 제시했다. 그대로 자리를 박차고 나가는 나철주의 뒤를 변종인이 따랐다. 나철주는 달성의 처소로 가 최근 그 공자가 찾아왔었는지, 만나서 어떤 이야기를 나누었는지 자세히 물었다. 달성은 자신이 아는 것을 털어놓았고 나철주의 눈빛이 흔들렸다.

"이렇게 되면 공자와 세자가 동일 인물일 수도 있는 것 아닙니까."

변종인의 말에 달성이 흠칫 놀라며 그 공자가 세자인 것이냐 물었고, 변종인은 그 공자가 《정감록》에 《남사고비기》까지 읽은 것이 맞느냐 재확인했다. 얼떨떨한 얼굴로 달성이 고개를 끄덕였고, 변종인이 나철주에게로 시선을 돌렸다.

"이걸 어찌 해석해야 합니까."

나철주는 나지막이 한숨만 내쉴 뿐 아무런 말도 하지 않았다. 정녕 그 공자가 세자가 맞는 것이라면 선은 삼 년 전 그때와 조금도 달라지지 않은 것이리라. 아니, 그때와 비교도 안 될 만큼 강해져 썩어빠진 이 조선을 개혁하고자 치밀하고 주밀하게 움직이고 있는 것이겠지. 허나 선이 그 공자가 맞다 해도, 선이 나철주 자신을 포함한 명사와 뜻을 함께할 수 있는 동지가 될 수 있을까. 선의 이상이 그 아비인 부왕이 버티고 있는 현실을 이겨낼 수 있을까. 나철주의 고민은 날이 밝아올 무렵까지 계속되었다.

　다음 날, 시민당 편전. 선은 당혹스러운 얼굴로 이종성을 바라보고 있었고, 노론 인사들 역시 마뜩찮은 얼굴을 하고 있었다. 선이 이종성에게 재차 확인하듯 물었다.
　"연좌의 죄를 묻지 말자 하셨습니까?"
　"그러하옵니다, 저하. 지난 을해년의 일로 민심은 여전히 흉흉하옵니다."
　그 말에 민백상이 발끈했다.
　"오히려 대감이 민심을 호도[54]하고 싶은 건 아닙니까. 갑자기 을해년의 일을 들먹이는 연유가 무엇입니까?"
　김상로 역시 민백상을 거들며 억울하다 읍소라도 하려는 것이냐 비꼬았으나 이종성은 담담히 을해옥사에 대한 시비를 가리자는 것이 아니라 피해자를 줄여보자는 것이라 응수했다. 조재호 역시 이종성의 편에 섰다.
　"가장이 역도란 이유로 가솔조차 역도로 몰리는 것은 부당한 일입

──────────────
54. 호도(糊塗) : 명확하게 결말을 내지 않고 일시적으로 감추거나 흐지부지 덮어버림.

니다. 그 억울함이 원성이 되고 그로 인해 민심이 흉흉해지는 것이고요."

"민심이 아니라 역심이에요. 역적의 자손이면 얌전히 엎드려 지낼 것이지 감히 어디서 불만을 품는답니까."

노론과 소론 사이에 소요가 일자 선이 모두에게 그만하라 일렀다.

"나는 을해옥사의 일을 다시 거론할 의사가 없습니다."

이종성을 포함한 소론의 눈에는 실망감이 스쳤고, 노론들은 짐짓 희색을 억눌렀다.

"당리를 위해 싸우지 말고 백성의 안위를 위해 싸우라 하지 않으셨습니까. 노론이 을해년의 일을 재론치 말자 하는 것은 어디까지나 당리를 위한 일이고, 연좌제⁵⁵를 폐지하자는 것은 오직 백성의 안위를 위한 일이거늘……."

이종성이 그리 말했으나 선은 마음을 다잡으며 을해년의 일은 재론치 않을 것이니 그리 알고 따라달라 청했다. 선은 그렇게 상참을 마친 후 편전을 나섰고, 이종성이 그 뒤를 따랐다.

"소신은 을해옥사에 대한 시비를 가리자는 것이 아닙니다. 단지 그 가솔들에게 씌워진 연좌의 죄만 벗겨주자는 것이지요."

"어느 쪽이든 을해년 일을 언급하는 순간 조정은 싸움판이 될 수밖에 없어요. 내가 그 손을 들면 정치적 보복을 시작했다고 할 거고

---

55. 연좌제(緣坐制) : 죄를 지은 자와 그 가족들까지 연대적으로 범죄의 책임을 지는 제도.

요. 대리청정 첫 행보를 그렇게 시작할 수는 없습니다. 저쪽에 확실한 화해의 신호를 보내야 정무를 시작이라도 해볼 수 있습니다."

"노론과의 탕평을 이루려다 민심을 잃으면 무슨 소용입니까."

"선후를 구분하자는 것입니다. 노론과 합의하여 할 수 있는 일부터 하면서 힘을 기르고 때를 기다리자는 겁니다."

"도대체 그때가 언제입니까? 지난 을해년 이후 조정과 왕실에 대한 민심은 나빠질 대로 나빠지고 있어요. 때를 기다리다 민심을 모두 잃을 수도 있음을 명심하셔야 합니다."

그 말을 끝으로 이종성은 세자시강원을 나섰다. 한 치의 양보도 없이 팽팽했던 설전, 힘이 풀린 선은 털썩 자리에 주저앉았다. 누구보다도 을해년에 뒤엉킬 대로 뒤엉켜버린 실타래를 풀고, 여전히 고통받고 있는 백성들의 상처를 치유해주고 싶은 그였다. 허나 그 같은 일을 되풀이하지 않기 위해서라도 신중, 또 신중해야 했다. 선은 무거운 한숨을 내쉬었다. 잠시 후 이종성과 선이 치열한 설전을 나누었음을 안 왕은 선을 편전으로 불러들였다.

"연유가 뭐야? 넌 을해년의 일로 이 아비에게 정적이 되겠다고까지 했다. 그 일로 권력을 잃어버리기도 했지. 그 권력을 멋지게 되찾았는데, 칼자루를 다시 쥐었는데 어찌하여 휘두르려 하지 않는 것이냐? 잘만 하면 노론 놈들 모두 치고 네가 정적이라고 한 이 아비마저 칠 수 있는데 주저하는 연유가 대체 뭐야?"

"그 말은…… 소자가 칼을 휘둘러도 좋다, 윤허하시는 것으로 받아들여도 좋겠습니까."

왕은 헛웃음을 터뜨리며 윤허하면 휘둘러볼 의사는 있느냐 되물었다.

"소자는 전쟁이 아니라 정치를 원합니다. 하여 정적에게 칼을 휘두르는 대신 손을 내밀 것입니다. 아바마마께서도 진심을 의심치 마시고 소자가 내민 손을 잡아보시는 것은 어떻습니까. 그래야 아바마마께서 그토록 귀히 여기시는 백성을 위한 정치를 해나갈 수 있을 것이 아닙니까."

아들은 더 이상 여리고 약하지 않았다. 만만치 않은 적수가 되어 자신 앞에 서 있는 아들을 보는 아비의 얼굴에 복잡다단한 미소가 스쳤다.

한편 그 시각 부용재, 노론들 역시 선이 을해년의 일을 재론치 말 것이며 연좌제 폐지 또한 하지 않을 거라 했던 것을 곱씹고 있었다.

"세자의 복심이 뭘까."

김상로가 영 찝찝한 듯 중얼거렸다. 민백상은 적어도 을해년의 일로 자신들 노론에게 보복은 하지 않겠다는 뜻이 아니겠느냐 받아쳤다.

"확실한 건 세자가 우리 노론과 국정 운영의 동반자가 되겠다 손을 내밀었다는 겁니다."

홍계희의 말에 민백상이 작게 고개를 주억거렸으나 김상로는 마뜩찮은 듯 그렇다고 그 손을 덥석 잡아야 하는 것이냐 툴툴댔다.

"안 잡으면 대리청정이 결정된 마당에 누구하고 정치할 겁니까."

홍계희에게 꾸중 아닌 꾸중을 들은 김상로는 답답한 듯 술을 벌컥 들이켰다.

그 방 바로 앞, 노론들의 이야기를 엿듣고 있던 운심은 나철주가 기다리고 있는 상단으로 향했다.

"세자가 을해년 일을 해결할 의사가 없다?"

"억울하게 죽은 이들의 사면복권赦免復權은 고사하고 그 가솔들에게 씌워진 연좌제도 풀어줄 의사가 없다고 했답니다."

운심의 말에 변종인이 그럴 줄 알았다는 듯 노론 놈들에게 꼬리 흔들겠다는 것 아니냐 비아냥댔으나 나철주는 말을 아꼈다.

"그리 복잡한 얼굴을 하고 계신 연유가 뭡니까. 공자가 세자와 동일 인물인 것이 확실하니 내심 기대라도 하신 겁니까? 우리가 반란을 꾀하지 않아도 세자가 왕이 되면 자연 좋은 세상이 될 것이니 좀 기다리면 되겠다."

"아주 없었다면 거짓이겠지. 변혁을 꿈꾸고 반란을 꾀하면 그 과정에서 죽어갈 동지들이 속출할 테니까."

지난밤 나철주가 밤을 새우며 고민하고 고민했던 가장 큰 이유이기도 했다. 당장 왕을 어찌하지 못한다 해도, 머잖아 그 왕이 죽고 개혁 의지를 가진 세자가 차기 군주가 된다면 이 세상이 좀 바뀌지 않을까. 그런 기대를 품어보기도 했던 것이다.

"기대, 버리십시오. 내가 권력의 끄트머리에 좀 있어봐서 아는데 권력이라는 놈, 그거 아주 묘한 놈이에요. 한 번 잡으면 절대로 놓고 싶지 않다니까요. 세자 역시 같은 겁니다."

권력에서 멀어져 있을 때는 비뚤어지고 썩어빠진 세상을 바꿔보려 개혁의 목소리를 높이지만, 막상 권력에 가까워지고 그를 틀어쥐게 되면 개혁하려는 자들의 입부터 막으려 드는 것. 변종인이 겪어온 권력이란 놈이 그러했다.

"그 권력이란 놈, 묘하긴 참으로 묘한 놈인 모양이네요. 그렇지 않고서야 우리 불쌍한 지담이가 그 눈앞에서 오락가락할 텐데 어찌 그리 잔인한 결정을 한단 말입니까."

운심의 말에 나철주와 변종인이 깊은 한숨을 내쉬었다.

그 밤, 지담은 잠을 이루지 못한 채 처소 툇마루에 우두커니 앉았다. 서늘한 공기와는 어울리지 않는 따뜻한 달빛이 내리비쳤고, 그를 보며 예전의 기억을 떠올렸다. 세책방에 대한 대대적인 단속이 있던 밤, 서균은 나철주에게 지담을 부탁했다. 별 수 없이 나철주를 따라 목멱산으로 갔을 때, 그 초가 평상에서 올려다보았던 달빛이 꼭 저러했었다. 아비를 떠올리자 금세 눈물이 차올랐다. 춘향전을 맛깔나게 읽어 내려가던 목소리며 자신이 쓴 책을 선물처럼 쥐어주던 손, 마지막까지도 괜찮으니 걱정하지 말라던 눈빛이 아직도 선했다. 터져나오려는 울음을 손으로 막아보았으나 눈물은 뺨을 타고 흘러 손등 위로 떨어졌다. 작은 어깨가 흔들리며 우는 걸 먼발치서 바라보는 이는 선이었다.

그녀가 어찌하여 저리도 서러운 눈물을 쏟아내고 있는지 모르는 바 아니었다. 연좌제에 묶여 있는 한 여전히 죄인의 신분이고, 매순간이 살얼음판을 건너는 형국이요, 피가 타 들어가듯 괴로울 터였다. 혜경궁과 장 내관, 최 상궁 말대로 차라리 지담을 궁 밖으로 내보내는 것이 모두를 위해 좋을지도 몰랐다. 허나, 가장 어두운 곳은 언제나 등잔 밑이었고, 이렇게라도 그녀를 지켜야 자신의 죄를 조금이나마 갚을 수 있을 것 같았다. 한참을 소리 없이 울고 또 우는 지담의 곁을 선이 묵묵히 지켰다. 지금 당장 연좌제를 풀어줄 수도, 눈물을 닦아주고 그 흔한 위로의 말을 건넬 수도 없으나 절대 혼자두지 않는 것. 지금은 이것이 그녀를 위해 해줄 수 있는 최선이었다.

❀ ❀ ❀

최 상궁의 심부름을 마치고 동궁전으로 돌아오던 장 내관에게 내관 하나가 다가와 귀엣말을 전했다. 장 내관의 얼굴이 흠칫 굳어졌고, 그는 잰걸음으로 북문 쪽으로 갔다. 북문 근처에서 장 내관을 기다리고 있던 어미는 그를 만나자마자 울음을 쏟아냈다. 노모는 그의 동생이 과장에서 거벽[56]을 하다 추포되어 좌포청으로 끌려갔음을 전했다. 장 내관은 온몸이 후들거려 금방이라도 주저앉을 듯했으나

---

56. 거벽(巨擘) : 대리시험. 과거 시험의 답안지 내용을 전문적으로 대신 지어주던 사람.

어미 앞에서 그마저 꺾일 수는 없었다. 애써 덤덤히 어미에게 방도를 찾아볼 테니 그만 돌아가라 하고는 모질게 돌아섰다. 허나 이내 눈물이 차올랐다. 무거운 발걸음을 떼어 동궁전으로 돌아와 어렵사리 최 상궁에게 아우의 일을 털어놓았다.

"벌이 상당할 터인데……."

"장 백 대랍니다."

"장 백 대면 살아남기도 어려운 일이 아니겠는가. 내가 뭘 어찌 도우면 좋겠나."

"혹 돈 가진 거 있으시면 한 백 냥 정도만 빌려주실 수는 없겠는지요? 형리들에게 매 값을 좀 쥐어주면 어찌 어찌 목숨을 구할 길은 나온다 하니……."

"그리 큰돈이 내게 있을 턱이 없지 않은가."

"어디서 변통이라도 좀 해주십시오. 허면 이놈이 평생 마마님 노예라도 될 것이니."

"노예라?"

익숙한 선의 목소리에 장 내관과 최 상궁이 흠칫 굳었다.

"네가 최 상궁의 노예가 되면 난 어찌하느냐. 듣자니 제법 큰돈이 필요한 것 같던데 연유가 뭐야?"

이야기의 전부는 듣지 못한 듯 장난스레 묻던 선은 이내 눈물을 쏟는 장 내관을 보고 멈칫했다.

"무슨 일이야? 무슨 일이 있는 게냐?"

선은 선뜻 답하지 못하는 두 사람을 동궁전으로 들였다. 한참이 지나서야 좀 진정이 된 듯 장 내관이 아우의 일을 털어놓았다.

"아우가 거벽을 했단 말이냐? 하여 급한 마음에 형리들에게 매 값이라도 주려고 돈을 구하고 있었던 것이고. 그런다고 형리들이 봐준다는 보장이 없어. 게다가 매 값을 건네는 것은 불법이다. 발각되어 너조차 잘못되면 그땐 어찌하려느냐?"

"저하의 말씀이 옳습니다. 매 값을 주는 건 해결책이 아닐 것 같습니다."

"허면 이제 어찌하는 것이……."

"소인이 알아서 하겠습니다."

장 내관이 예를 갖추고는 밖으로 물러갔다.

"그 아우란 놈 정신이 있어, 없어? 아무리 재물이 탐나도 그렇지 어떻게 거벽을 할 생각을 해. 돈 받고 과거를 대신 봐줄 생각을 어찌하냐고."

"저하, 장 내관의 아우는 돈이 필요해서 거벽을 한 것이 아닌 듯 보입니다."

선이 의아한 듯 최 상궁을 바라보았다.

장 내관은 좌포청 옥방에 갇혀 있는 아우 동기와 마주했다. 아우의 초췌한 몰골이며 허망한 눈빛에 울컥했다.

"헛꿈 꾸지 말라고 이 형이 몇 번을 말했냐. 보내주는 돈으로 논마

지기라도 마련해 그저 분수에 맞게 흙 파먹고 살아라. 내가 몇 번을 일렀냐고. 근데 그 돈으로 모두 책을 사 봐? 양반도 아닌 놈이 글공부는 뭐 하러 해. 그래봐야 아무것도 할 수 없는데. 헛꿈은 왜 꾸고, 오르지 못할 나무는 왜 쳐다봐서 이 꼴이 돼. 왜 명줄을 잘라먹지 못해 안달을 하냐고!"

"살아도 산목숨이 아니라서 그랬다, 왜? 서당에서 글공부 내가 제일 잘했어. 양반집 자제들 공부 도우라고 불려 다녀도 그놈들보다 내가 월등히 잘했다고! 훈장님들은 늘 날더러 대단한 문재다, 양반으로만 났으면 장원 급제는 따놓은 당상일 거다 그랬다고. 그랬는데 난 왜 안 되는 거냐고!"

"양반으로 나지를 못했잖아."

"알아. 아는데…… 포기가 안 되는 걸 어떡해."

"과거 본다고 뭐가 달라져? 그런다고 네가 양반이 될 수 있는 것도 아니잖아."

"내가 누군지 확인해보고 싶었어. 양반으로 났으면 난 뭘 할 수 있는 놈일까. 그거라도 한 번 확인을 해보고 싶었다고."

"그게 뭐라고…… 그깟 게 뭔데 목숨까지 걸어."

"내 목숨이니까 형은 상관 말고 가봐."

그 소리에 기가 막힌 듯 장 내관이 아우의 등짝을 퍽퍽 때렸다.

"그게 할 소리야. 아우란 놈이 형한테 할 소리야, 그게!"

"그럼 날더러 어쩌라고!"

동기는 눈물이 그렁한 채 힘없이 고개를 떨어뜨렸고, 장 내관은 그만 힘이 빠져 뒤로 털썩 주저앉았다.

"미안해 형. 어머니 잘 부탁해."

형제는 한참을 서럽게 울었다. 그 한 편에서 최 상궁의 말을 듣고 장 내관을 뒤따라왔던 선과 민우섭이 형제를 안타깝게 바라보고 있었다. 차마 더 지켜볼 수 없었던 선은 동궁전 지하서고로 향했다. 애써 마음을 다잡으며 서책과 상소를 펼쳤으나 단 한 자도 눈에 들어오지 않았다. 서책을 덮은 채 잠시 묵연히 생각에 잠겨 있던 선이 마음을 굳힌 듯 민우섭을 안으로 들게 했다. 이번 과거에 장동기처럼 양반을 대신하여 거벽을 한 자들에 대해 자세히 알아오라 명했다. 어둑한 밤이 되어서야 민우섭이 다시 지하서고를 찾았다.

"장 내관 동생 장동기라는 자 외에도 양반을 대신하여 과거를 보다 적발된 자가 십여 명에 이른다 합니다. 적발되지 않은 자들도 상당수 되는 것 같고요. 성적 모두 상위권이랍니다."

"그러니 대신 시험을 보게 했겠지."

알 만하다는 듯 한숨을 내쉬며 서가 쪽을 물끄러미 보던 선이 쓰디쓴 미소를 지었다.

"지난 삼 년간 난 여기서 뭘 한 것일까. 이런 것들을 들여다 읽은 연유는 또 무엇일까. 난 무엇을 위해 그토록 정치에 복귀하고 싶었던 걸까."

백성들의 삶을 조금은 더 편히 해주고 싶었다. 하여 그들의 관심사를 파고들었고, 다른 나라에서는 비슷한 사례를 어찌 해결했는지 연구하고 또 연구했다. 아비보다 더 나은 군주가 되기 위해, 더 좋은 정치를 하기 위해 부단히 노력해온 시간들이었다. 헌데 정작 백성들이 원하는 것을 해결해줄 수 없고, 아픈 곳을 어루만져줄 수 없다면 그 모든 것이 무슨 소용이란 말인가. 선은 무거운 발걸음을 떼어 서고를 나섰고 늘 그렇듯 민우섭이 그림자처럼 따랐다.

동궁전을 나선 선이 걸음한 곳은 좌포청이었다. 민우섭은 좌포청 옥리에게 은밀히 장동기를 불러달라 했고, 선이 기다리고 있는 방으로 동기가 들어섰다. 민우섭은 동기에게 세자 저하에게 예를 갖추라 명했다. 흠칫 놀란 동기가 꿇어앉은 채 머리를 푹 숙였다.

"나는 늘 네 형에게 신세를 지고 있는 사람이다. 그러니 형의 벗이라 여기고 편하게 대해도 된다."

선은 동기를 보며 고개를 끄덕였고, 민우섭이 동기를 일으켜 세웠다. 두 사람의 눈치를 보던 동기가 선의 맞은편에 앉았고, 선은 그 앞으로 국밥이 놓인 쟁반을 밀어주었다.

"갇혀 지내느라 먹는 것도 부실했을 텐데 한 술 떠."

국밥을 보자 저도 모르게 군침이 돌았으나 죄인의 신분으로, 그것도 세자 앞에서 경거망동할 수는 없는 일이었다. 선은 그 마음을 다 안다는 듯 옅은 미소와 함께 숟가락을 그의 손에 쥐어주었다. 어렵사리 한 술 뜬 동기는 이내 허겁지겁 국밥을 먹더니 한 그릇을 뚝딱 비워냈다.

"연유를 알려줄 수 있겠느냐? 그토록 과거를 보고 싶었던 연유 말이다."

동기는 선을 가만 바라보았다. 솔직히 말해도 좋은 걸까. 혹 자신은 물론 형까지 고초를 겪게 되는 것은 아닐까. 그런 동기의 불안을 읽은 듯 선이 솔직하게, 편히 말해도 좋다 하였으나 동기는 여전히 주저했다. 선은 묵묵히 동기를 기다려주었고, 드디어 결심을 굳힌 듯 동기가 입을 열었다.

"관복이 입고 싶었습니다. 관복 입고 관원이 돼서…… 거창하다 비웃음을 살지 모르지만 세상에 도움이 되는 일을 하고 싶었습니다. 백성들 도와주고, 그걸로 칭송도 받고…… 그렇게 세상 살다간 흔적 멋지게 남기는 거. 이런 꿈 저 같은 놈은 품으면 안 되나요? 이런 건 양반이 아니면 품어서는 안 되는 꿈입니까?"

"그럴 리가 있겠느냐. 함께 길을 찾아보자구나. 장동기, 너의 그 귀한 이름 석 자로 과거를 볼 수 있는 길 말이다."

동기는 감읍한 듯 그럴 수 있는 길이 있는 것이냐 물었다.

"없다면 이제 새로운 길을 내야지."

선은 눈시울이 붉어진 동기의 어깨를 따사로이 잡아주었다.

밤이 이미 깊었으나 선은 환궁을 미룬 채 이종성의 집을 찾았다.

"사과……하려고 들렀어요."

"저하."

"생각을 해봤어요. 나는 왜 그토록 정치에 복귀하고 싶었던 걸까.

복귀해서 뭘 하려고 했던 것일까. 지난 을해년 난 부왕께 정적이 되겠다고 했습니다. 정적을 처단하는 것으로 권력을 이어가는 부왕이 너무도 노여워서요. 그런데 말입니다. 부왕께 정적이 되겠다 한 그 순간부터 어쩌면 나도 중심을 잃었던 것은 아닐까 그런 생각이 듭니다. 혹 정적을 이기는 데만 골몰하여 권력이 왜 필요한지, 정치를 왜 해야 하는지 망각하고 있었던 것은 아닐까……."

"저하."

"역적의 자식으로 난 건 선택할 수 있는 문제가 아니에요. 자신이 선택할 수 없는데 연좌제에 묶여 삶이 파탄 나는 것은 너무나 부당한 일이지요. 이런 고통을 덜어주고 해결해줄 욕구가 없다면, 정치는 해서 뭐하고 권력은 쥐어서 또 뭐합니까."

일단은 노론과 화해하여 탕평한 조정을 만들어야 백성들을 위한 사안들을 살필 수 있을 거라 생각한 것이 잘못이었다. 순서가 틀렸고, 기본을 망각했던 것이다. 당장 고통에 신음하는 자에게 의술을 연구하고 탕약을 준비하고 있으니 때가 될 때까지 기다려달라 하는 것은 너무도 무책임한 짓이었다.

"참으로 장한 깨달음을 얻으셨습니다."

"대감. 나에게 이 깨달음을 안겨준 백성이 있습니다. 그 백성은 양반이 아니라서, 평민의 아들로 나서 세상을 경영할 큰 꿈을 품었음에도 과거조차 보지 못하는 처집니다."

이종성의 얼굴에서 웃음기가 가셨다.

"나는 그에게 기회를 주고 싶습니다."

"평민에게 과거를 볼 기회를 주신다고요?"

선이 고개를 끄덕였으나 이종성은 한숨을 쉬며 고개를 내저었다.

"가능한 일이 아닙니다. 양반이 과거를 보고, 또한 나라를 다스린 건 수백 년 이어온 전통입니다."

"인습因習일 수도 있습니다. 역적의 자식으로 난 것이 자신의 선택이 아니듯 평민의 자식으로 난 것도 스스로 선택할 수 없는 문제에요. 자신이 선택할 수 없는 문제로 인해 꿈을 꿀 기회조차 박탈당하는 것은 너무도 부당하다고 여기지 않습니까. 나는 나의 백성이라면 누구나…… 양반이든 평민이든 가리지 않고 원하는 꿈을 꾸고 또한 이룰 기회를 주고 싶습니다. 나에게 힘을 보태줄 수는 없겠습니까?"

"송구하옵니다. 노론 소론을 막론하고 어떤 관원도 저하의 뜻을 지지하긴 힘들 것입니다."

"정녕 나를 도와줄 수는 없는 겁니까?"

이종성이 차마 그 간절한 눈빛을 마주할 수 없어 외면했고, 결국 선은 힘없이 일어났다. 환궁하여 희우정으로 온 선은 용상에 털썩 주저앉았다. 이제 겨우 가야 할 길을 찾았는데 초입부터 단단한 문이 막고 있었다. 어찌해야 좋을지 막막했고, 아무도 곁에 없음이 적적했다.

그 무렵, 이종성 역시 잠을 이루지 못한 채 마당을 서성이고 있었다.

'이런 고통을 덜어주고 해결해줄 욕구가 없다면, 정치는 해서 뭐하

고 권력은 쥐어서 또 뭐합니까.'

선의 목소리가 서늘한 새벽바람보다 더 아릿하게 가슴을 파고들었다. 그 역시 스스로에게 물었다. 왜 그토록 다시 정치에 복귀하려고 했던가, 하여 무얼 하려고 했던 것인가. 을해년에 잃은 신치운과 박문수였다면 어찌했을까. 과연 어찌하는 것이 최선일까. 이종성의 물음은 끝이 없었다.

※ ※ ※

밤새 잠을 이루지 못해 부석한 얼굴로 희우정을 나서던 선이 멈추어 섰다.

"대감."

이종성이 선에게 예를 갖추었다.

"저하께서 하시려는 일은 참으로 무모한 일입니다. 노론 소론 가림 없이 엄청나게 반발을 할 것은 불 보듯 뻔한 일이고요. 저하께서 지금 뭘 상상하고 계시든 반발은 그 이상일 것입니다. 아니, 세상은 저하를 미쳤다고 할 것입니다."

노신의 꾸지람에 선이 쓰디쓴 미소를 배어 물었다. 정말 안 되는 것인가, 길이 없는 것인가, 이대로 포기할 수밖에 없는가. 애써 어지러운 속을 추스르던 그때였다.

"허나 소신은…… 소신은 말이지요. 정치의 중심에 백성을 두겠다

하신 저하의 그 뜻. 그 뜻이 너무도 곱고 귀해서 한 번은…… 이번 한 번만은 저하와 더불어 미쳐보고 싶습니다."

"고맙습니다, 대감."

선이 이종성의 손을 덥석 잡았고, 이종성은 따뜻하게 웃어주었다. 얼마나 무모한 싸움이 될지 잘 알고 있었다. 승리를 보장할 수 없는, 아니 지거나 포기하는 게 빠른 싸움이 될지도 모른다. 그 모든 것을 다 알면서도 노신은 기꺼이 젊은 국본의 편에 서기로 결심했다. 백성을 위해서라면 조선 팔도 가리지 않고 찾아다녔던 박문수와 국록은 백성에게서 받는 것이니 백성을 위해 일해야 한다 했던 신치운. 그 두 사람에게 을해년에 진 빚을 이렇게라도 갚고 싶었다. 또한 얼마든지 쉽고 편한 길이 있음에도 백성들과 함께 가기 위해 어렵고 험한 길을 가겠다 선택한 어린 군주에게 미력하나마 힘이 되어주고 싶었다.

"다음 달 치러질 식년시57부터는 과거에 응시할 수 있는 자격을 대폭 확대할까 합니다."

시민당 편전, 중신들이 있는 자리에서 선이 말했다. 이종성을 제외한 모든 중신들이 당혹스러워했으나 선은 차분히 말을 이었다.

"청금록58에 등재된 양반의 자제들만 과거에 응시할 수 있는 규정

▌▌▌▌▌▌▌▌▌▌▌▌▌▌▌▌▌▌▌▌▌▌▌

57. 식년시(式年試) : 조선시대 과거제도로 정기시를 이름.
58. 청금록 : 성균관, 서원 등에 있던 유생의 명부.

은 폐지하고 양인의 남자라면 누구나 과거를 볼 수 있도록 할 것입니다."

"아니 되옵니다, 저하."

"어찌하여 사백 년 이어온 전통을 하루아침에 깨고자 하십니까."

예상했던 대로 김상로와 민백상이 반기를 들고 나섰다.

"이 나라 조선이 개국한 초기에는 양인의 남자라면 누구나 과거를 볼 수 있도록 한 전례가 있소."

소론인 조재호 역시 짐짓 굳은 얼굴로 그것은 어디까지나 혼란스러웠던 개국 초의 일이며 나라의 기틀이 잡히고 난 후에는 과거를 통해 출사를 하고 나라를 경영한 것은 오직 양반과 사대부의 일이었노라 선을 그었다.

"평민들 또한 출사를 원하는 자들이 있다면 기회만큼은 동등하게 주어야 한다는 것이 내 생각입니다."

"사농공상士農工商, 이 사회에는 주어진 역할이라는 것이 있습니다. 이 질서를 깨고자 하면 사회는 혼란에 빠질 겁니다."

선은 그리 말하는 홍계희에게 과거에 응시할 자격을 확대하면 백성들에게 권력을 내어줄까 두려워서 이러는 것이냐 되물었다. 홍계희가 입을 꾹 다물었고, 김상로는 옆에 앉은 홍봉한을 보며 왜 가만있냐는 듯 눈치를 주었다. 허나 노론에 힘을 실을 수도, 이제 막 정무에 복귀한 사위의 기를 꺾을 수도 없는 홍봉한은 진땀만 흘렸다. 중신들이 포기하지 않고 돌아가며 갖가지 논리들을 내세웠으나 선은 그를 조목조목 반박하며 모두를 할 말 없게 만들었다.

"그대들이 내세우는 논리는 오직 기득권을 지키기 위한 몸부림으로밖에 보이지 않소. 하여 나는 결정을 번복할 의사가 없습니다. 예판 대감. 과거에 응시할 자격을 양인으로 확대하겠다 한 나의 결정을 즉시 만백성에게 알리도록 하세요. 또한 지난 과거에서 금전적 이익을 목적으로 하지 않고 단지 지산의 실력을 가늠하기 위해 과거를 본 자들은 제도의 희생자들인 바, 온정적인 조치를 취할 것이니 모두 방면토록 하시오."

"분부받자와 속히 거행하겠나이다."

법도와 명분에 깐깐한 이종성이 단 한 마디의 반대조차 않고 그리 답하자 모든 중신들의 입이 떡 벌어졌다. 김상로가 다급히 그를 불러 세우려 했으나 이종성은 그대로 편전을 나섰다. 선 역시 편전을 떠났고 중신들은 혀를 끌끌 차며 저마다 탄식을 뱉어냈다. 선이 나간 문쪽을 바라보던 채제공 역시 깊은 한숨을 내쉬고는 뒤를 따랐다.

"어찌하여 이리 무모한 행보를 하십니까. 소신에게 의논 한 마디 없이……."

"이런 반응을 보일 게 뻔하니까."

"저하."

"그대를 좀 편하게 해주려는 의도도 있었어. 부왕께서 그대를 보낸 뜻. 단지 날 도우라는 게 아니란 거 알아. 자주 불러 나의 동향을 물으시는 것도 알고. 거짓말할 상황, 만들어주고 싶지 않았어."

선이 세자시강원 쪽으로 걸음을 떼었으나 채제공은 그 자리에 붙박인 듯 서 있었다.

편전을 나온 이종성은 그 즉시 자신의 집무실로 향했고, 미리 준비해둔 포고문 뭉치를 관원들 앞으로 내밀었다.

"지금 즉시 이 포고문을 도성 전역에 붙이고 사본을 만들어 전국 관아로 배포하게."

"진정 이걸 저자에 붙일 요량이십니까."

조재호가 안으로 들어서며 물었다.

"이게 어떤 파란을 불러올지 모르시는 겝니까. 국본이 철부지같이 나오면 말리셔야지요. 어떻게 대감조차 그 장단에 춤을 추려 하십니까. 여기서 중단하세요, 당장."

"저하께서는 절대로 중단하실 의향이 없으시네. 그러니 당장 이 포고문을 붙여야 하네. 백성들의 확고한 지지를 얻어놔야 국본의 뜻에 힘이 실릴 테니까."

이종성은 관원들에게 속히 시행하라 일렀다. 관원들이 포고문을 안아든 채 집무실을 나섰으나, 그들 역시 마뜩찮은 눈빛들이었다.

얼마 지나지 않아 저자 곳곳에 포고문이 나붙었고, 장 내관의 아우를 포함한 몇몇이 방면되어 풀려났다. 외삼문 근처에서 동기가 나오기를 기다리던 장 내관이 동기를 보자마자 달려가 얼싸 안았다.

저자 일각에서는 선전관[59]이 모여든 사람들을 향해 포고문을 읽어 내려갔다.

"들으시오. 금번 시행될 식년시부터 실정법을 위반하여 금고형 이상에 취해진 바 있는 자를 제외한 모든 양인 남자에게 동등하게 과거를 볼 수 있는 기회를 줄 것이오."

백성들은 제 귀를 의심하듯 얼떨떨한 표정을 지었으나 동기는 잔뜩 기대에 찬 얼굴이었다. 그 다른 한 켠에서 나철주, 변종인과 함께 서 있던 달성도 만면에 미소가 그득했다.

"대체 세자의 진심은 뭘까요."

변종인이 알다가도 모르겠다는 듯 중얼거렸고, 나철주 역시 미간을 찌푸렸다. 연좌제를 풀어줄 수 없다 선언하였던 세자와 양인들에게도 과거를 볼 기회를 주겠다 한 세자는 다른 사람인 듯했다. 무엇이 세자를 깨우친 것일까. 아니 무엇이 세자에게 용기를 준 것일까.

그 시각, 그 모든 이야기를 보고받은 왕은 분기에 떨며 어찌할 바를 몰랐다.

"저자에 포고문까지 뿌렸단 말인가."

"예판 이종성과 입이라도 맞춘 듯 일사천리로 움직였다 하옵니다."

"세자 놈 지금 어딨어? 당장 불러들여, 당장!"

얼마 지나지 않아 세자시강원 쪽으로 대전 내관이 찾아왔고, 장

---

59. 선전관(宣傳官) : 왕의 시위, 왕명의 출납을 맡은 부관직.

내관은 난감한 듯 운을 떼었다.

"저하, 속히 대전으로 납시라는 어명이옵니다."

모아 쥔 손에 턱을 괴고 있던 선이 천천히 눈을 떴다. 올 것이 왔다는 듯 방을 나서는 선의 얼굴은 차분했으나 장 내관은 끝내 울음을 터뜨렸다.

"이 일이 아우로 인해 시작된 일임을 알고 있습니다, 저하. 부실한 녀석으로 인해 저하께서 너무 곤란해지시는 것은 아닌지……."

"아니다. 너의 아우는 탐나는 인재야. 예로부터 성군들은 누구나 인재를 얻는 일에 정성을 아끼지 않았다. 나 역시 성군의 길을 배워가고자 함이니 크게 마음 쓰지 말거라."

선이 그의 어깨를 따뜻하게 잡아주고는 문을 나섰다. 편전 안으로 든 선이 단정히 왕의 맞은편에 섰고, 왕은 애써 분기를 억누르며 물었다.

"양반과 사대부가 아닌 놈들에게조차 과거를 볼 수 있는 자격을 주겠다 했느냐? 만백성에게 그리 공포까지 했어?"

"그러하옵니다."

"어찌하여 이토록 무모한 행보를 하는 게냐?"

"무모한 행보라니요. 소자는 아바마마께 배운 대로 하고 있을 뿐입니다."

"아니…… 배운 대로라니?"

"균(均), 백성은 양반과 평민 가림 없이 평등하다 하신 분은 다른 누구도 아닌 아바마마십니다. 헌데 어찌 무모하다 하십니까. 균역법 제정을 위해 그토록 애쓰신 연유가 양반과 평민의 가림 없이 공평하게 잘 사는 조선을 만들기 위함이 아니셨습니까."

"먹고 사는 문제는 균등해서 나쁠 게 없다. 허나 나라를 다스리는 문제는 다르다."

"다를 것이 무엇입니까."

"너나 할 거 없이 양반은 물론 농군에 장사치까지 모두 나서서 과거 보고 출세하겠다 설치면, 그땐 이 사회가 어찌 되겠느냐. 온통 혼란에 빠질 뿐이야. 군주의 선택을 받은 양반과 사대부가 사회를 지배하고, 농군은 땅 파고, 상인은 장사하고, 공인은 물건 만들면서 자기 신분에 맞게 사는 거. 그게 바로 태평성대다."

"농민이나 상인 중 나라 경영에 유능한 자가 나라를 다스리고, 양반과 사대부가 농사짓고 장사를 할 수도 있는 일입니다."

"그렇게 질서를 흩트려선 안 된다니까. 그렇게 반상의 신분 질서를 부정하려들면, 하여 평민들이 사대부와 양반을 우습게 여기게 되면 그 다음은 어찌 되겠느냐. 그 다음은 왕실을 업신여기고 부정하려들 것임을 네놈이 왜 몰라."

"그런 왕실은 존속할 이유가 없습니다."

선의 묵직한 그 한 마디에 왕의 눈빛이 극심히 흔들렸다.

"지금 네놈이 뭐라 지껄인 거야!"

"사대부를 방패로 내세우지 않고는 흔들릴 수밖에 없는 왕실이라면, 그 왕실은 존속할 가치가 없습니다."

"이 왕실이 무너져도 좋다는 게냐?"

왕이 선을 노려보았으나 선은 그 눈길을 피하지 않았다. 잠시 지속된 거짓된 평화가 막을 내리고 진짜 전쟁이 시작된 셈이었다.

18

"왕실의 권위는 백성의 지지와 신망 위에 쌓일 때 진정 그 빛을 발하는 것이 아닙니까. 지금이 바로 그때이니 지혜로운 용단을 내려주십시오."

"백성들이 원하는 걸 다 들어준다고 왕실이 지지와 신망을 얻는 것이 아니다. 오히려 적절히 통제하여 두려움을 심어줘야 왕실에 복종하고 지지를 끌어낼 수 있는 거다."

선이 받아치려 했으나 왕이 저지했다.

"그러니까 지금 당장 과거에 대한 규정, 제자리에 돌려놓고 없던 일로 만들어."

"그럴 수는 없사옵니다."

"네 의사와 상관없이 과거는 원안대로 시행될 것이다."

왕이 채제공을 불러들였다.

"지금 당장 예조판서 이종성 파직하고 민백상으로 바꿔 끼워."

선이 서늘한 눈으로 월권이라 여기지 않느냐 물었으나 왕은 견제라 받아쳤다.

"정책을 바라보는 견해는 언제나 다를 수 있습니다. 그때마다 이리 인사권을 가지고……."

"지금 네놈은 이 나라 질서를 흔들고 종묘사직을 위태롭게 하고 있어. 이건 단지 견해를 달리하는 문제가 아니다. 난 이 나라 조선을 지키려 하고 있는 것이다."

"백성들의 반발이 만만치는 않을 것입니다."

"내 손에 또다시 피 묻히는 꼴 보기 싫으면 네놈 손으로 직접 눌러. 그것이 바로 지금 네놈이 할 수 있는 유일한 일이야."

그 말을 끝으로 왕은 더 이상 아무런 이야기도 듣지 않겠다는 듯 선을 외면했다. 부왕의 반대가 심할 거라 예상치 못한 것은 아니었으나 알고 맞는 매라 하여 아프지 않을 리 없었다.

자신의 집무실에서 하급 관원들과 함께 논의를 하고 있던 이종성 앞으로 민백상이 참의 최이만과 정랑 정창의를 대동한 채 다가섰다.

"그만 집무실을 비워주시겠습니까. 이 사람을 예판으로 임명한다는 전하의 교지입니다."

민백상은 두루마리를 펼쳐 이종성 앞에 놓았다. 허나, 이종성은 교지에는 눈길도 주지 않은 채 민백상에게 부끄럽지 않느냐 물었다.

"국본을 설득하는 데 실패했으면 다른 길을 찾아야지, 대전의 힘을 빌리고자 하다니요."

"미치광이에게 필요한 건 설득이 아닙니다."

이종성이 발끈했으나, 민백상은 차분히 양반과 상것들을 한 묶음으로 보자는 것이 미친 짓이 아니면 대체 뭐가 미친 짓이냐 반문했다.

"수하들 데리고 당장 이곳 예조를 떠나세요. 아니라면 아랫것들을 불러 끌어내라 할 수밖에 없어요. 연로하신 대감께 그런 결례까지 범할 순 없는 일 아닙니까."

민백상이 고압적으로 내려다보았고, 이종성은 결국 자리를 박차고 집무실을 나섰다.

이종성에서 민백상으로 예조판서가 바뀐 그 시각, 저자 곳곳에 나붙었던 포고문들은 땅바닥에 떨어진 채 짓밟혔다. 꿈을 짓밟힌 자들의 한탄이며 곡소리가 쏟아졌고, 동기는 털썩 주저앉아 울기 시작했다. 달성은 눈물을 슥 훔쳐냈고, 변종인이 말없이 그 어깨를 잡아주었다. 나철주는 그 모두를 안타까운 듯 바라보다 상단 쪽으로 무거운 발걸음을 떼었다.

한참 시간이 흐르고, 나철주가 서 있던 그곳에 선의 발길이 멎었다. 눈물과 분노로 가득했던 저잣거리는 고요했고, 반쯤 떼어진 포고문이며 종잇조각들이 바닥에 나뒹굴었다. 민우섭이 황급히 그를 주워 수습하려 했으나 선이 먼저 집어들었다. 선의 눈가에 분기와 안타까움이 함께 서렸다.

"그대는 어떻게 생각해? 내가 여기서 물러서는 것이 옳다고 보나."

"저하의 안전을 위해서는 그렇습니다. 대전의 진노가 너무도 크지 않습니까."

"부왕의 진노가 클까, 꿈이 꺾인 백성의 분노가 클까."

선의 눈에 눈물이 차오른 것도 잠시 그는 애써 마음을 다잡으며 걸음을 떼었다.

그 밤, 김상로는 자신의 사랑으로 민백상을 불러들였다.

"이번 과거 또한 우리 노론 자제들을 위한 출세의 사다리로 만들어야 하네."

"관행대로 하겠습니다."

"수단과 방법을 가리지 말고 기회가 왔을 때 조정을 모조리 우리 노론의 사람으로 채워야 돼. 그래야 세자를 잘라버려야 할 때 즉각적으로 힘을 쓸 수 있을 것이니 말일세."

민백상이 고개를 주억거렸고, 김상로는 의뭉스러운 미소를 흘렸다. 그때, 들창 밖에서 기척이 들렸다. 민백상이 재빨리 일어나 들창 밖을 살폈으나 아무도 없었다. 의심을 누그러뜨린 민백상이 창을 닫으려던 그때, 숨어 있던 복면의 사내가 은밀히 담장 쪽으로 걸음을 옮겼다. 훌쩍 담을 뛰어넘은 사내가 복면을 벗자 그 얼굴이 드러났다. 민우섭이었다. 민우섭은 그 길로 환궁하여 지하서고를 찾았고, 선에게 자신이 들은 이야기를 전했다.

"노론이 조직적인 과거 부정을 기획하고 있다?"

"관행대로 하겠다는 것으로 보아 한두 번 해본 솜씨는 아닌 듯 보입니다."

　제 아비의 부정을 고하는 민우섭의 심정이 편할 리 없었으나 이렇게라도 아비가 부정을 저지르는 것을 막아야 했다. 국본이 제 아비에게 그러하듯이.

　"그들의 부정을 입증할 길을 열 수만 있다면 이 판을 뒤집어볼 길이 열릴 수도 있겠어."

　민우섭은 무겁게 고개를 끄덕였다. 선과 민우섭이 노론의 부정을 이용해 반전을 꾀하던 그 무렵, 채제공은 편전에 들어 있었다.

　"도승지는 세자의 일거수일투족 제대로 잘 살펴. 엉뚱한 생각 가지지 못하도록 미연에 방지하라 이런 말이야. 단 한 치의 거짓이라도 고하면 그땐 네놈이 입고 있는 그 관복 벗어치울 각오를 해야 될 게야. 어찌하여 대답이 없어?"

　"알겠습니다."

　마지못해 그리 답을 한 채 채제공이 물러갔고, 왕은 그가 나가자마자 상선을 불렀다.

　"풀 수 있는 아이들 죄다 풀어 동궁전에 붙여둬."

　상선이 이미 조처하였노라 하였다.

❀ ❀ ❀

　상단 행랑 툇마루에는 달성이 비스듬히 기대어 앉아 병째 술을 들이켜고 있었다.

"술친구 필요하지 않나?"

나철주가 달성의 술을 한 모금 들이켰다.

"과거가 그리도 보고 싶으냐?"

깊은 한숨으로 대답을 대신하는 달성에게 나철주는 전서구를 띄우라 일렀다. 곧 전서구는 궐 안으로 날아들어 민우섭 팔 위에 내려앉았고, 선에게 전해졌다.

"평민들도 모두 과거를 보게 하고 싶은가. 내가 그 방도를 안다. 같은 시간, 같은 곳에서 기다리고 있겠다. 이게 무슨 뜻이야?"

"무시하시지요. 동궁전을 주시하는 눈이 너무도 많습니다."

그렇게 낮은 기울어 밤이 되었고, 상선의 명을 받은 내시부 무관들이 동궁전 안팎을 주시하고 있었다. 그때 동궁전 문이 열리며 누군가 나타났고, 무관들이 일제히 문 쪽을 주시했다. 모습을 드러낸 것은 선이 아니라 민우섭이었고, 무관들은 그에게서 시선을 거둔 채 동궁전 안팎을 살폈다. 동궁전을 벗어난 민우섭은 비어 있는 고방 안으로 들어갔다. 잠시 후 고방 안에서 나온 것은 무복 차림에 삿갓을 쥔 선이었고, 선은 발소리를 최대한 죽인 채 담을 넘었다.

"그만 돌아가시지요. 약조한 시각에서 이미 한 시진도 더 지났습니다."

마포나루 창고 안, 달성이 그리 말했으나 나철주는 여전히 문 쪽을 바라보았다.

"글쎄 가시자고요. 아무리 해결을 하고 싶어도 그렇지, 그래도 명색이 세자인데 상단의 통역 따위가 해결책 준다는 걸 믿으려 할리……."

그때 문을 두드리는 소리가 들려왔고, 달성이 놀란 듯 문과 나철주를 번갈아 보았다. 한 번 더 문을 두드리는 소리가 들려오더니 이내 문이 열리고 잿빛 무복에 검은 삿갓을 눌러쓴 선의 모습이 보였다. 순간 선의 얼굴이 흠칫 굳었다. 자신을 마주하고 있는 건 다름아닌 나철주였다.

"아니 자네는……?"

"오랫동안 격조하였습니다, 저하."

나철주가 예를 갖추었고, 달성 역시 깊이 고개를 숙였다. 도저히 믿기지 않는 듯 나철주를 바라보던 선이 물기 어린 목소리로 겨우 운을 떼었다.

"무사했구먼. 살아 있었어, 자네."

기를 쓰고 살아남아 도성으로 돌아온 것은 세자를 포함한 왕실과 노론에 복수하고 새로운 조선을 열기 위함이었다. 허나, 그를 알 리 없는 선은 그저 나철주가 무사히 살아왔음에 기뻐하고 있었다. 나철주는 씁쓸한 미소를 배어 물고는 선을 상단 사랑으로 안내했다.

"상단의 도주가 되어 살고 있을 줄은 몰랐군."

"을해년 그렇게 도망쳐 의주로 흘러들었지요. 의주 상단의 도주께

서 거두어주셨는데 작고하시며 저에게 과분한 자리를 물려주신지
라……."

"고마운 인연이로군. 그래, 도성으로 돌아온 지는 얼마나 되었는
가?"

"얼마 되지 않았습니다."

"견딜 만……한가?"

"그만그만합니다."

선이 안타까운 듯 보았으나 나철주는 담담한 얼굴을 하였다. 선은
박문수의 이야기를 전하려다 이내 쓰디쓴 미소와 함께 삼켰다. 전국
을 상대로 장사를 하는 큰 상단의 도주가 박문수의 소식을 모를 리
없을 터이니.

"지담이 소식은 알고 있는가?"

순간 멈칫한 나철주였으나 그도 잠시, 의주로 가던 중 관군에게
쫓기다 놓친 후로 여태 소식을 알 수 없노라 말끝을 흐렸다.

"부용재에는 알아보았는가?"

"모른다 하더군요."

운심이 지담의 소식을 나철주에게 비밀로 한다? 나철주처럼 수완
좋고 정보력 뛰어난 자가 지담의 행적을 모른다? 가능한 일일까. 허
나 이내 선은 쓰게 웃었다. 자신 역시 안전을 위해 지난 삼 년간 채
제공까지 속이지 않았던가.

"그 편이 지담이에게는 가장 안전하다 믿은 모양이구먼. 지담이는

내가 잘 보호하고 있네."

이미 알고 있는, 아니 지담을 궐 안으로 보낸 이가 바로 자신이었으나 그는 짐짓 놀란 얼굴을 했다. 선이 지담을 한 번 만나보겠느냐 물었고, 나철주는 여부가 있겠느냐는 말로 받았다.

"방도를 마련해봄세."

"은혜, 잊지 않겠습니다…… 저하."

선이 옅은 미소를 머금은 채 고개를 끄덕이고는 물었다.

"이제 본론으로 들어가볼까. 평민들도 과거를 보게 할 수 있는 방도가 있다, 나에게 그리 전언을 보냈었지. 그대가 생각하는 방도가 뭔가? 아니, 그 전에 자네는 노론이 과거시험에서 조직적인 부정을 저지를 것이란 걸 어찌 안 건가?"

나철주는 종이 한 장을 들어 보이고는 지전 공방으로 선을 이끌었다. 늦은 시각임에도 고급지를 만들기 위해 밤샘 작업을 하고 있었다.

"예조판서가 노론인 민백상으로 바뀌기가 무섭게 고급지에 대한 주문이 폭주하고 있습니다."

나철주가 내놓은 두 종이의 두께며 색이 묘하게 달라 보였다.

"두께와 색깔은 물론 잘 보면 종이에 들어간 문양조차 일반 종이와는 차이가 있습니다. 좋은 종이를 쓰는 놈은 권세 있는 집안의 자식이니 썩어빠진 시관들이 그 종이부터 집는답니다."

나철주는 노론의 자제들이 예조와 짜고 종이에 표식을 넣은 지전에서 종이를 구입할 예정이라는 풍문을 전했다.

"그 지전이 어디인지만 알아내도……."

"일단 한 발짝은 앞으로 가는 것이지요."

'예조판서가 이종성에서 민백상으로 바뀌자마자 노론 자제들이 쓸 고급지에 대한 주문이 폭주한다.' 이는 그저 우연이 아닐 터였다. 노론이 기획한 이 일에 민백상은 주범이거나 최소 공범. 아비가 뽑은 예조판서가 이 같은 부정을 저지르려 한다면 과거제도 자체를 무위로 돌릴 만한 부정행위임에 틀림없었다. 또한 그런 인사를 행한 부왕 역시……. 거기까지 생각이 미친 선의 얼굴이 흠칫 굳었고, 나철주가 그 속을 훤히 내다보듯 그에게 물었다.

"이 사실이 저자에 알려지면 어찌 될까요. 그렇지 않아도 흉흉한 민심을 걷잡을 수 없이 격동시킨다면요."

인사 실패를 명분으로 부왕을 공격하는 것, 그것이 나철주가 말한 방도였다. 나철주는 선에게 공격할 의사가 있느냐 물었고, 둘 사이에 침묵이 흘렀다. 침묵은 길어졌고, 이참에 선에게 품었던 마지막 희망마저 버려야겠다, 나철주가 그리 마음을 추스르던 그때였다.

"백성들과의 약조를 지킬 길이 그뿐이라면 기꺼이 가야겠지."

나철주는 자신이 도울 수 있게 해달라 청했다. 나철주의 마음은 고마웠으나 선은 또다시 그를 위험에 빠뜨리고 싶지 않았기에 답을 주저했다.

❀ ❀ ❀

미명이 채 밝지 않아 어둑한 새벽, 왕은 죽은 정성왕후의 위패가 있는 영령전 바닥에 앉아 멍하니 위패를 올려다보고 있었다. 그때 덜컥 문 열리는 소리가 들렸다.

"아무도 들이지 말라 했는데 누구야?"

"소신 김상로이옵니다."

김상로는 왕의 뒤에 조용히 꿇어앉으며 승하한 중전마마의 혼전魂殿에는 어인 행보인지 조심스레 물었다.

"욕이나 잔뜩 해주려고 들렀어. 뭐가 급해서 과인보다 먼저 이렇게 훌쩍 가버렸냐…… 먼저 갈 거면 자식 놈이라도 적통60 대군 한 놈 턱 낳아놓고 갔으면 좀 좋았냐…… 내 그리 욕이라도 한바탕 퍼부으려고 들렀다고."

"중전마마께서 뭐라십니까."

"이 싱거운 놈이 대체 뭐래는 거야?"

"혹 지금이라도 늦지 않았으니 적통 대군을 얻을 길을 찾으시라 간언하진 않으셨는지요."

"무슨 말이 하고 싶어?"

"중전마마께서 승하하신 지 이 년이 다 되어가옵니다. 본시 국모의 자리는 그리 길게 비워두는 법이 없지요."

김상로의 의중을 간파한 왕이 서늘한 눈빛으로 그를 쳐다보았으

---

60. 적통(嫡統) : 적자 자손의 계통.

나, 김상로는 용기를 쥐어짜내듯 적통 대군을 안겨줄 수 있는 새로운 중전을 선택해야 한다 말을 올렸다.

"연유가 뭐야? 중전을 얻어서 적통 대군을 얻으라 간하는 연유 말이야."

김상로가 마른침을 꿀꺽 삼키더니 운을 떼었다.

"세자의 조선은 위험한 조선이기 때문입니다."

"위험한 조선이라……?"

"신분 질서를 깨겠다는 것은 이 나라 조선을 깨겠다는 것과 진배없는 일. 국본이 이 뜻을 꺾지 않겠다 해도 왕위를 승계할 의사가 있으십니까?"

"꺾게 해야지."

"끝내 꺾지 않겠다 하면 어찌하시겠습니까. 그래도 권좌는 국본에게 승계될 것입니다. 다른 후계자가 없으니까요."

"너희들이 택군이라도 해오지, 왜?"

왕이 뼈 있는 농을 던졌으나 김상로는 자신은 김택이 아니라는 말로 선을 그었다.

"전하를 압도할 권력 따윈 단 한 번도 꿈꾼 바 없사옵니다. 오직 전하의 그늘 아래서 전하께서 내려주신 권세만 누릴 것이옵니다."

김상로는 이 나라 종묘사직을 지키기 위해서라도 중전을 새로 들여 적통 대군을 얻어야 하노라 한 번 더 읍소했고, 왕은 지그시 눈을 내리 감았다. 잠시 후 영령전을 나서는 왕의 뒤를 김상로가 따랐다.

먼발치서 그를 바라보던 홍봉한이 빈궁전으로 걸음을 옮겼다.

"아무래도 새 중전을 뽑고자 하시는 것으로 보입니다. 영상 김상로
가 전하와 독대를 했어요. 그것도 아주 길게요."

세자를 잡아먹지 못해 안달인 김상로가 새 중전을 뽑고자 하는
이유는 명명백백했다. 왕의 피를 물려받았으나 선이 아닌 다른 세자
를 원하는 것이리라. 하여 그 후사를 낳을 수 있는 자를 중전으로
삼아라, 그리 강변을 늘어놓았을 터. 희빈 장씨의 일을 겪은 이후, 숙
종대왕은 왕명으로 후궁이 중전의 자리에 오르는 것을 막으라 하였
다. 허나 김상로는 그마저 무시한 채, 노론의 말을 잘 들을 소원 문
씨를 중궁전으로 보낼 생각으로 이 같은 판을 짜고 있었다.

혜경궁이 무거운 한숨을 내쉬던 그때, 소원 문씨의 처소 밖으로
경박한 웃음소리가 새어나왔다. 한참 후에야 웃음을 거둔 소원 문씨
가 김상로를 보며 운을 떼었다.

"날 중궁으로 보내주세요. 허면 대감은 차기지존의 가장 든든한
뒷배가 되실 것입니다."

"생각은…… 해보지요."

"생각에 도움이 되시라고 선물을 하나 드리지요."

소원 문씨가 의뭉스러운 미소를 흘리더니 동궁전에 수상한 계집
이 있노라 하였다.

"수상한 계집이라니요?"

일전에 부용재 근처에서 놓쳤다던 서지담이 김상로의 뇌리를 스쳤

다. 홀연히 사라졌던 그 계집, 또한 그날 이후 삼 년 간 쓰고 있던 가면을 벗어던진 국본. 헌데 수상한 계집이 동궁전에 있다?

"말로는 죽은 박 상궁의 조카라는데 아무래도 거짓인 듯 보여요. 세자가 끌어들인 수상한 계집으로 보인다, 이런 말입니다."

소원 문씨는 그저 기방 출입이 잦았던 세자가 데리고 들어온 기녀쯤으로 여겨 추문을 만들려 했으나 김상로의 생각은 달랐다. 그 궁인이 사라졌던 역적 서균의 딸 지담이라면 이번에야말로 눈엣가시 같은 세자를 치워버릴 수 있는 기회가 되리라. 김상로는 짐짓 웃음을 누른 채 소원 문씨의 처소를 물러나와 집으로 향했다.

소원 문씨의 처소 근처, 두 사람의 대화를 엿듣던 김 상궁이 빈궁전으로 걸음을 재촉했다. 노론에서 소원 문씨를 앞세워 새 중전으로 삼고, 국본의 저위를 흔들려는 이 시점에 지담의 일까지 까발려진다면 더 큰 위기를 맞을 터. 혜경궁은 애써 냉정을 되찾고는 홍봉한을 만나기 위해 빈청 쪽으로 향했다.

"지금 당장 교하로 좀 가주셔야겠어요."

"교하는 왜……."

"화급을 다투는 일입니다."

평소 침착하고 차분한 혜경궁답지 않았다. 예삿일이 아님을 직감한 홍봉한이 고개를 끄덕이고는 믿을 만한 자를 모아 급히 교하로 떠날 채비를 하였다.

한편, 집으로 돌아간 김상로 역시 흑표를 불러 당장 교하로 가 박 상궁의 가솔들을 잡아오라 일렀다. 흑표가 사랑을 나섰고, 김상로는 벌써 승기를 잡은 듯 흐뭇한 미소를 지으며 민백상에게 물었다.

"동궁전에 수상한 계집이 있다면 그 계집이 서지담, 역적 서균의 딸일 수도 있지 않겠나."

"역적의 딸을 궁으로 끌어들이다니요. 설마 그렇게까지 간 큰 짓을⋯⋯."

"요즘 세자가 하는 짓을 봐. 더한 짓이라고 못하겠는가."

잠시 후, 김상로의 사랑을 나선 민백상이 교자에 오르려다 말고 멈칫했다.

"돌아들 가거라. 나는 잠시 들를 곳이 있다."

가마꾼들을 돌려보낸 후 그가 찾은 곳은 한 초가 앞이었다. 마당으로 들어서며 단정한 초가며 단출하기 짝이 없는 살림살이들을 슥 훑어보았다. 그때, 삽짝을 밀고 들어서던 민우섭이 마당에 서 있는 아비를 보고는 멈칫했다.

"아버지께서 예까지⋯⋯."

"퇴청하는 길이냐? 사는 꼴 하고는⋯⋯."

"안으로 좀 드시지요."

"노파심에서 한 번 물어는 보겠다. 서지담이라는 계집, 세자가 빼돌리지 않은 거 맞아?"

"그게 무슨⋯⋯."

"빼돌려서 엉뚱한 데 숨겨둔 것은 아니겠지?"

민우섭은 아니라 하였고, 민백상 역시 아니라면 되었다며 앞으로도 세자가 무리한 행보를 하려거든 발 벗고 나서서 말리라 하였다.

"그래야 네놈에게도 내일이라는 게 있어."

그 말을 끝으로 삽짝을 밀고 나가려던 민백상의 발길을 민우섭이 불러 세웠다.

"저어 아버지, 고맙습니다. 그래도 저 걱정되어 여기까지 와주시고……."

"인생이 한심해서 그렇지, 걱정은 무슨."

노론 명문가에서 태어난 놈이 멍청한 신념에 사로잡혀 하지 않아도 될 고생을 자처하고 있으니, 아비로서는 안타까울 뿐이었다. 민백상은 뒤도 돌아보지 않고 저벅저벅 걸음을 떼었고, 그리 멀어지는 아비의 뒷모습을 민우섭은 오랫동안 바라보았다.

그 밤, 파주 교하의 박 상궁 사가의 대문을 밀고 들어서는 한 무리의 사내들이 있었다. 흑표와 그 수하들이었다. 그들이 도착했을 때 이미 그곳에는 아무도 없었다. 동리 사람들 말로는 야반도주를 한 듯하다 했고, 흑표는 별 소득 없이 돌아와 김상로에게 교하에서의 일을 보고했다.

"야반도주라…… 이거 어째 냄새가 점점 더 심해지는 것 같은데……."

김상로가 묘한 웃음을 머금은 채 중얼거렸다.

흑표보다 한 발 먼저 교하에 도착해 동리 사람들을 매수한 건 홍봉한이었고, 그 역시 일을 마무리 지은 채 빈궁전을 찾았다.

"노론이 저하를 끌어내리지 못해 안달하는 마당에 어찌하여 마마마저 부화뇌동을 하신 겝니까. 서지담이란 아이, 당장 내보내세요."

"지금 당장 내보내면 그것이 오히려 더 큰 의심을 불러올 수도 있음을 어찌 모르십니까."

"마마와 같은 분이 어찌 이런 악수를. 마마를 이렇게 만든 자가 대체 누굽니까."

그녀답지 않은 행동이었으나 시간을 되돌려 그때로 돌아간다 하더라도 같은 선택을 했을 터였다. 선이 지담을 버리지 못한다면, 그를 지켜야 하는 혜경궁 역시 지담을 놓지 못했을 것이니. 혜경궁은 착잡한 속을 그저 한숨으로 달랬다.

어둑한 새벽, 밤새 잠 못 이룬 채 뒤척이던 지담은 조심스레 처소 밖으로 나와 툇마루에 우두커니 앉아 있었다. 그때 지담을 찾아온 장 내관이 은밀히 따르라 하였고, 지담은 말없이 그를 따랐다. 그녀를 기다리고 있던 선은 지담을 데리고 지하서고가 있는 방 쪽으로 걸음을 뗐다. 지하서고 안, 조심스레 층계를 내려서며 주변을 둘러보던 지담이 한쪽 서가에 꽂힌 서책들을 보고 멈칫했다. 서가세책의 책인이 붉게 찍힌 서책들이 있었고, 그 가장 아래 《문회소 살인사건》이 놓여 있었다. 지담은 떨리는 손으로 서책을 집어들었다.

"네 아버지 목숨을 지켜주진 못했으나 그래도 그 손끝에서 빚어져 세상 사람들을 웃게도 하고 울게도 했던 서책. 그 서책만이라도 구해 너에게 전하고 싶었다."

지담은 끝내 복받치는 눈물을 어쩌지 못하고 울음을 터뜨렸다. 지담의 어깨가 떨려왔고, 그를 보는 선의 마음 또한 아파왔다. 선은 또 그렇게 그녀가 혼자이지 않도록, 그녀 곁을 묵묵히 지켰다.

※ ※ ※

지담은 한낮이 되어 궐문 밖으로 나섰다. 수문장이 지담을 가로막자 그녀는 출입패를 내 보였다. 동궁전의 봉서나인이라는 것을 확인한 수문장이 길을 열어주었다. 지담은 빠르게 궐문을 벗어나 나철주의 상단 쪽으로 길을 잡았다. 오늘 아침, 선은 안국방의 장모에게 보낼 편지를 주며 밀지 한 장을 더 지담에게 건넸다. 밀지의 봉서에는 익숙한 상단의 주소가 씌어 있었으나 지담은 아는 빛을 보이지 않았다. 상단 사랑에 도착한 지담은 선의 밀지를 나철주에게 건넸다.

'첫 번째 전령은 지담이를 보내겠네. 봉서나인이라 궁 밖 출입이 비교적 자유로우니 말일세. 허나 노출의 우려가 있으니 계속해서 보낼 수는 없네. 신속하게 연통할 방도가 필요하겠지.'

"서가세책의 방식을 쓰자고 하십니다."

나철주가 고개를 끄덕이고는 물었다.

"저하를 가까이에서 뵈니 어떠냐? 우리가 도와도 좋겠느냐?"

지난밤에 선과 만났을 때 이미 그를 돕기로 마음먹은 나철주가 그리 물어본 것은 지담 때문이었다. 만에 하나라도 지담이 선과 함께하기를 원치 않는다면, 하여 지담과 선 두 사람 중 한쪽을 택해야 한다면 그건 언제나 지담이어야 했다.

　지담은 잠시 말을 잊은 채 생각했다. 자신의 아비는 선의 아비, 이 나라 왕의 손에 잔혹한 죽음을 맞았다. 선이 그를 막기 위해 동분서주했던 것을 알면서도 한 켠으로는 왜 더 빨리 오지 못했을까, 왜 아비의 죽음을 막지 못했을까 원망도 컸었다. 또한 그가 변한 것이라 지독한 오해를 품었을 때는 나철주, 김택과 손잡고 그를 무너뜨릴 생각도 했었다. 허나, 지난 삼 년간 공들여 쌓은 탑을 무너뜨리면서까지 그녀를 지키려 했고, 위험천만한 역적의 딸을 보호하기 위해 일말의 고민도 없이 궁에 들였다. 홀로 눈물짓던 밤들마다 먼발치서 그녀를 지켰고, 어떻게든 사과와 위로를 건네려 했던 그 진심이 그녀에게 전해졌다.

　"물론입니다. 저하는…… 우리가 알던 그분이 맞아요."

　지담의 말에 나철주가 고개를 끄덕였다.

　지담과 나철주가 만나고 있던 그 무렵, 선은 동궁전으로 이종성을 불러들였다.

　"소신이 무능하여 아무런 성과도 올리지 못하고 물러가게 되니 참으로 민망할 따름입니다."

　"낙향은 안 됩니다, 대감. 대감이 관복을 벗게 된 것은 아쉬운 일이나 우리의 싸움은 아직 끝나지 않았습니다."

선은 이종성에게 봉서 하나를 내밀었다.

"여기 적힌 짓을 할 만한 예조의 관원이 누군지 한 번 알아봐주세요. 곧 도움을 청하러 가는 자가 있을 것입니다."

신중을 기하듯 답을 아끼던 이종성이 고개를 끄덕였다.

그 밤, 이종성의 사랑으로 갓도포 차림에 검은 복면을 쓴 나철주가 찾아왔다.

"저하께서 보내셨는가?"

나철주는 이종성의 맞은편으로 다가가 앉으며 명부는 어찌 되었느냐 물었다.

"그물을 펴봤으니 곧 답이 올 걸세."

"내일 술시, 다시 찾아뵙지요."

이종성이 고개를 끄덕였고, 나철주는 자리에서 일어나 사랑문을 나섰다.

"아직 명부를 확보하지 못했다……."

나철주가 보낸 전언을 내려놓는 선의 얼굴은 어두웠고, 민우섭 역시 마찬가지였다.

"과거가 얼마 남지 않았습니다. 헌데 조사하는 속도가 이리 느려서야 성과를 올릴 수 있겠습니까. 차라리 제가 나서서 기밀을 캐보는 것이."

"아니. 자네와 나의 행보는 저쪽에서 주시하고 있을 가능성이 커. 그러니 섣불리 움직이지 않는 것이 좋아."

"하오나……."

"이 일은 기밀 유지가 생명이야. 노론과 부왕이 우리의 행보를 눈치 채는 날에는 모든 게 다 끝장이라고. 그러니까 다른 사람들이 움직이는 것이 여러 모로 안전해."

민우섭이 무겁게 고개를 끄덕이고는 물러났고, 선은 한숨을 내쉬었다. 그 역시 초조하고 조바심이 났으나 지금은 기다려야 했다. 때가 올 때까지 이종성과 나철주 두 사람을 믿고 기다리는 것, 또한 노론과 부왕을 방심하게 만드는 것, 그게 지금 그가 할 수 있는 최선이었다.

그렇게 여러 날이 흘렀고, 채제공이 동온돌을 찾았다.

"요즘 국본은 어쩌고 있나?"

"인시에 기침하시어 문후 듭시었고, 그 뒤에 초조반初早飯, 연이어 조강과 상참, 조계와 윤대를 마친 연후."

"그 다음에는?"

"주강과 지방관 윤대에 참례를 하셨습니다."

"누가 일정표 읊으래?"

"최근 열흘간 단 한 번도 변경된 바 없는 일정인지라……."

"제대로 살핀 거 맞아?"

"소신 외에도 조사를 하는 자가 있는 것으로 압니다만……."

난을 치던 왕이 붓을 세웠고, 채제공은 태연히 그들의 의견은 다르냐 물었다. 채제공의 말대로 이미 내시부 무관들이 보고를 올렸으나 그들이 전한 선의 모습도 별반 다르지 않았다.

"공무 안 볼 때는 주로 뭘 하고 지내나?"

공무 외 시간은 모두 가솔들과 보낸다는 이야기에 왕의 얼굴은 무덤덤하다 못해 서늘했다.

"허면 과거에 대한 문제는 완전히 뜻을 꺾었다는 게야?"

"궁금하시면 직접 불러 하문해보시는 것이 어떻습니까."

"이렇게 쉽게 포기할 놈이 아닌데 그놈이……. 대체 무슨 생각을 하고 있는 게야."

왕은 고개를 갸웃하며 한숨을 길게 내쉬었다. 보는 눈을 몇이나 붙여놓았는데 수상한 낌새는 전혀 감지되지 않았고, 정무 역시 작은 틈 하나 없이 잘 수행해내고 있었다. 허나, 제대로 해보지도 않고 이리 포기하고 마음을 접는다는 건 아무래도 선뜻지 않았다.

그 무렵, 영상의 집무실에 모인 노론계 인사들 역시 같은 생각을 하고 있었다.

"이거 아무래도 이상한데……. 세자가 왜 이렇게 잠잠하지? 이렇게 한 방에 뜻을 꺾을 성정이 아니잖아요?"

"그렇긴 한데 아무리 보는 눈을 붙여봐도 세자는 물론이거니와 그 수족인 민우섭조차 동궁전에 틀어박혀 꼼짝도 하질 않아요."

김상로와 홍계희의 말을 가만 듣고 있던 민백상이 아무리 봐도 출구가 없으니 뜻을 접은 것이 아니겠느냐 말을 보태었다. 허나 김상로는 뭔가 석연치 않은 느낌에 연신 고개를 내저었다.

　그 시각 선은 세자시강원에서 문서를 주밀히 살피고 있었다. 선이 붓을 들어 수결했으나 채제공은 문서는 챙길 생각도 않고 그저 선을 쳐다보았다.

　"이즈음 저하의 행보에 대한 대전의 의혹이 깊습니다."

　"의혹이라니?"

　"복지부동하고 계신 연유가 무엇입니까?"

　"무리한 행보는 절대로 하지 말라시더니……. 이젠 가만히 있는 것이 불만이라시던가."

　"뜻을 접으신 것입니까. 평민들에게도 과거에 응시할 기회를 주겠다 하신 뜻. 접으신 것이냐 묻고 있습니다."

　"접지 않으면 그대가 다른 길이라도 열어주려는가."

　"저하."

　"뜻이 꺾인 일만으로도 난 충분히 괴로워. 그러니 날 떠보는 일만이라도 그만두는 것은 어떻겠는가."

　선은 자리에서 일어나 세자시강원을 나섰고, 민우섭이 그 뒤를 따랐다. 잠시 그렇게 말없이 선의 그림자처럼 걷던 민우섭이 물었다.

　"도승지 영감에게까지 숨길 필요가 있겠습니까. 차라리 모든 걸 말하고 도움을 청하시는 쪽이."

"아니, 그건 좋은 일이 아니야. 적을 속이기 위해서는 아군부터 완벽하게 속여야 하는 법이니까."

선은 쓰게 웃으며 복잡다단한 마음을 비워냈다.

※ ※ ※

나철주는 열흘 가까이 매일 정해진 시각에 이종성의 사랑을 찾았고 오늘도 마찬가지였다. 이종성은 마주 앉은 나철주 쪽으로 작은 쪽지 하나를 내밀었다.

"불법을 자행할 만한 자들의 명부일세. 허나 명부보다 중한 것은 그들이 어떤 방식으로 불법을 자행하려는가야."

명부가 적힌 쪽지를 보던 나철주가 무겁게 고개를 끄덕이고는 사랑을 나섰다. 나철주에게서 명부를 건네받은 변종인은 그 길로 최이만의 집을 찾았고, 은밀히 사랑 쪽으로 다가섰다. 마침 사랑에는 최이만과 부자父子로 보이는 사내들이 있었다. 아비가 최이만에게 묵직한 돈 꾸러미를 내밀자 최이만은 흡족한 미소를 지으며 《제강》, 《신재》, 《예기성도》 등 과거에 나왔거나 나올 만한 문제들이 든 서책을 건넸다. 그들이 사랑을 떠나고도 최이만의 사랑에는 돈 꾸러미를 진 사내들의 걸음이 끊이지 않았다.

"《제강》, 《신재》, 《예기성도》 같은 걸 시험을 담당한 관원이란 놈들이 버젓이 나서서 팔고 다니는데, 이게 부르는 게 값이랍니다. 헌데 조사를 좀 해보니 이보다 더한 놈도 있더라고요."

변종인은 아예 시제詩題를 빼돌린 자도 있었노라며 붉게 동그라미 친 명부를 나철주에게 내밀었다.

"이종성 대감이 건넨 명부 중 최이만, 정창의 다행히 그 두 놈이 그물에 걸리더라고요."

"솜씨 좋구먼."

"이래 봬도 제가 전직 좌포청 종사관 아닙니까."

변종인이 너스레를 떨었다.

잠시 후, 이종성이 작성하고 나철주와 변종인이 완성한 명부는 민우섭을 통해 선에게 전해졌다. 지난 열흘간 외부의 감시를 철저히 피해 선은 이종성, 나철주와 소통하며 거사를 도모해왔고 드디어 오늘 그 명부를 손에 넣었다.

"예조참의 최이만과 정랑 정창의. 불법을 저지른 증좌는 물론 증인까지 확보를 했다는군."

기출문제가 수록된 서책을 팔고 시제까지 빼돌리는 무도한 짓을 벌인 것이 예조의 관원들이라니 기가 막힐 따름이었다. 선만큼이나 민우섭의 얼굴에도 짙은 그늘이 드리웠다. 그도 그럴 것이 최이만과 정창의 모두 민백상의 심복 중 심복이었다.

"이제 어찌하는 것이 좋겠나?"

선은 아비의 부정을 밝히는 일이 얼마나 괴롭고 고단한 것인지 그 누구보다 잘 알고 있었다. 민우섭은 씁쓸한 속내를 감춘 채 운을 떼었다.

"공격을 하셔야 되는 거 아닙니까."

"다른 방도는 없는 것일까. 아니 과연 이게 옳은 일이긴 한 걸까."

민백상과 그 수하들의 비리를 만천하에 폭로하여 파직하고, 이 말도 안 되는 인사를 단행한 자가 자신의 아버지, 이 나라 조선의 군주임을 밝히는 것. 백성들에게 이 썩어빠진 실정을 폭로하고 그 분기를 동력으로 정책을 밀어붙이려 하는 게 과연 옳은 일일까. 민우섭 역시 그 고민을 하지 않았던 것은 아니나 그렇다고 다른 방도가 있는 것도 아니었다.

"저하께서 백성들과 하신 약조가 있습니다. 평민들에게도 과거를 보게 해주겠다 하신 약조. 그 약조를 포기하실 수 있겠습니까."

취하거나 버리는 것. 양쪽 모두를 버린다는 건 멍청한 짓이었고, 양쪽 모두를 취한다는 건 욕심이었다. 하나를 취하면 반드시 하나는 버려야 했다. 깊은 밤, 선은 홀로 지하서고에 앉아 있었다. 사농공상의 본분을 지켜야 태평성대가 있다고 했던 부왕의 목소리와 동기에게 함께 길을 찾아보자고, 없으면 새로운 길을 내야 하지 않겠냐고 했던 자신의 목소리가 귓가를 어지럽혔다. 괴로운 밤은 그렇게 깊어만 갔다.

다음 날 아침, 결단을 내린 선이 민우섭을 불렀다.

"아무리 생각해도 백성들과의 약조는 포기할 수가 없네."

"공격할 결심이 서신 겁니까."

착잡하기 이를 데 없었으나 지난밤 민우섭도 같은 결론을 내린 터였다.

"이제부터 그대는 이 문제에서 빠지는 것이 좋겠네."

"하오나……."

"죄가 아무리 무거워도 자네 아버지에게 자식 앞에서 추포되는 불명예를 안겨줄 순 없네."

민우섭이 답답하고 착잡한 제 속을 어찌하지 못한 채 한숨을 내쉬었다.

선은 홀로 민백상의 사랑을 찾았다. 민백상이 짐짓 당혹스러움을 누른 채 어인 행보냐 물었다. 평범한 사람이라면 그 같은 죄를 저지르고 저리 태연할 수 있을까. 정말 그들이 말한 대로 관행으로 굳어진 일이라 일말의 가책도 느끼지 못하는 것인가.

"대감이 수하인 참의 최이만과 정랑 정창의 등과 공모하여 이번 과거에서 부정을 저지르려 했음을 압니다. 내가 이 자리에서 대감을 추포하고 그걸 명분 삼아 부왕을 인사에 실패한 무능한 군주로 몰아붙이면 어찌 될까요. 평민들에게 과거를 보게 해주겠다 한 나의 뜻을 밀어붙일 기회를 얻을 수도 있다고 보는데……. 대감의 생각은 어떻습니까?"

"하오시면 금부도사와 나장들을 보내시지 이리 수고로운 행보를 하신 연유가 무엇입니까?"

"대감께 기회를 드리고 싶어서요. 이 모든 부정을 대감의 손으로 바로잡을 기회 말입니다."

민백상은 선의 의중이 무엇인지, 그리하여 그가 얻고자 하는 게 무엇인지 가늠해보듯 선을 쳐다보았다.

"그리고 나 또한 기회를 잡고 싶습니다."

"어떤 기회 말입니까?"

"부왕의 적이 되지 않을 기회지요. 난 부왕을 공격하고 싶지 않아요. 공격이 아니라 설득할 길을 찾고 싶습니다."

허나 민백상은 말을 아낀 채 선을 바라볼 뿐이었다. 그 눈빛은 일전에 부왕이 선을 바라보던 것과 다르지 않았다. 아직 현실을 모르는, 어리고 이상적인 국본을 염려하는 눈빛. 선은 부왕에 이어 또 하나의 철벽 앞에 선 듯했으나 여기서 멈출 수는 없었다.

"이번 과거에 평민들이 참여할 기회를 주세요. 일단 한 번 기회를 줘보자는 겁니다. 기회를 줬는데 급제자가 나오지 않는다면 내가 물러서지요. 허나 급제자가 나온다면 그 결과를 가지고 다시 한 번 부왕을 설득해보고 싶습니다."

선이 제 마음을 간절히 전했으나 민백상의 얼굴은 덤덤하기만 했다.

"이 자리에서 소신을 추포하겠다 하시면 그 뜻은 받들 것입니다. 허나 평민에게 과거를 볼 기회를 주겠다 하신 뜻은 받들 수 없습니다."

선이 한 번 더 그를 설득해보고자 하였으나, 민백상은 입을 꾹 다문 채 고개를 숙였다. 더 이상의 대화는 하지 않겠다는 듯한 그 태도에 선은 씁쓸히 사랑을 나섰다. 순간 선은 그 자리에 멈칫했다.

"내 분명 따르지 말라 당부를 했을 텐데. 대체 예서 뭘 하는 겐가."

"송구합니다."

선에게 깊이 고개를 숙인 민우섭이 그대로 선을 스쳐 사랑 안으로 들어섰다. 차마 그를 잡을 수도, 말릴 수도 없었다. 사랑 안으로 들어선 민우섭은 아비의 등을 보며 그대로 꿇어앉았다.

"이렇게까지 하시는 연유가 무엇입니까? 이렇게 무너지면서까지 아버지가 지키고자 하시는 바가 무엇이냐 묻고 있습니다."

민백상이 여전히 등을 보인 채 물러가라 하였으나 민우섭은 그럴 수 없었다. 밤새 잠 한 숨 이루지 못한 채 어떻게든 민백상에게 기회를 주고자 한 주군을 저리 허망하게 돌아가게 할 수는 없었다. 아니, 이대로 아비를 포기할 수가 없었다. 그토록 많은 잘못을 저지른 아비였으나, 하여 미워도 하고 원망도 했으나 차마 그를 놓을 수가 없었다.

"지금 결심을 하시면 아버지 손으로 부정을 바로잡을 수 있습니다."

"물러가라지 않느냐."

"부정을 바로잡고 다시 시작하실 수 있다고요. 부디 다시 시작하셔서 저에게도 기회를 주십시오. 아버지께 배울 기회 말입니다."

아버지에게는 배우지 않겠다, 아버지처럼은 살지 않겠다. 지금까지 민우섭이 걸어온 행보는 그러했다. 그런 아들이 무릎 꿇은 채 배울 기회를 달라 청하고 있었다. 마지막으로 용기를 내어 손을 내밀고 있었다. 잠시 민백상의 눈빛이 흔들렸으나 애써 마음을 추슬렀다.

"비록 저하의 생각이 아버지와 다르나 다른 것이 꼭 틀린 것이 아닐 수도 있다. 그리 판단할 수 있는 아량과 지혜를 다른 누구도 아닌 아버지께 배우고 싶습니다. 그리고 한 번만…… 부디 한 번만 용기를 내주십시오. 설령 저하가 틀렸다 할지라도 실패를 통해 배울 수도 있으니, 한 번쯤 그 장을 열어줄 용기를 품어주실 수는 없겠는지요. 아버지."

아비를 부르는 아들의 목소리에 물기가 그득했다. 어릴 때에도 눈물을 잘 흘리지 않던, 아니 울음을 잘 참아내던 아들이 울고 있었다. 민백상은 깊은 한숨을 배어 물었다.

＊ ＊ ＊

다음 날, 민백상은 왕의 부름에 창덕궁 편전으로 향했다.

"세자가 전날 자네를 찾았다지."

"그러하옵니다."

"왜 찾았대?"

"과장科場에 친림親臨하여 친히 시제를 내리고 싶다 하십니다."

일단 선의 청을 들어주는 모양새를 취한 것은 부왕을 공격하고 싶지 않노라 했던 세자 때문도, 아버지께 배울 기회를 달라 했던 민우섭 때문도 아니었다. 스스로 바로잡을 수 있는 기회를 얻고자 함은 더더욱 아니었다. 그저 이 판을 잘만 이용하면 아무것도 내어주지 않고 오히려 얻는 게 많을 거래가 되겠다, 그리 판단했을 뿐이었다.

"친림? 세자가 직접 과거장에 나선다고? 어찌해서?"

"억울한 일이오나 저희 예조에서 시제를 미리 유출했다는 제보를 접하셨다 하옵니다. 그를 입증할 길이 없으니 공정성도 높일 겸 국본이 친림하여 시제를 내리는 것도 나쁘지는 않을 것이라 사료되옵니다."

왕은 민백상을 가만 바라보았다. 그럴 듯한 명분이기는 했으나, 그렇다 하여 선의 요구를 호락호락 받아들일 리 없는 노회한 자였다. 대체 뭘까. 그를 물끄러미 바라보던 왕이 고개를 끄덕이더니 운을 떼었다.

"알았어. 그렇게 해, 그럼."

왕이 친림을 허락했음은 금세 선에게 전해졌다. 이제 관건은 평민들을 은밀히 과장으로 불러모으는 것이었다. 선은 바로 장 내관을 불러들였다. 해가 질 무렵, 장 내관은 은밀히 궐을 빠져나가 아우 동기가 묵고 있는 주막으로 향했다. 멍하니 형의 말을 듣던 동기가 흠칫 놀라 물었다.

"격쟁61? 날더러 격쟁을 하라고?"

"이대로 그냥 내려가긴 너무 억울하잖냐. 그러니까 과거 보는 날, 너 같은 처지에 있는 놈들 죄다 몰고 가서 격쟁이라도 하라고. 쫙 소

---

61. 격쟁(擊錚) : 억울한 일을 당한 사람이 임금이 행차하는 길에 가서 징이나 꽹과리를 쳐서 임금에게 하소연하던 제도.

리라도 한 번 내보고 포기를 해도 해야지. 그렇지 않냐?"

그 무렵, 이종성은 선이 나철주를 통해 전한 서신을 읽어 내려갔다.

'이제 부왕을 설득할 길을 열 수 있을 것 같습니다. 모두가 안 된다 할 때 나의 손을 들어주신…… 아니, 심지어 같이 미쳐주겠다고까지 하신 대감의 마음. 그 지극한 충심은 마음 깊은 곳에 두겠습니다. 그러니 이제 너무 심려치 말고 낙향하세요. 부디 무탈하시길 빌겠습니다.'

이종성은 자신이 할 일은 모두 끝났고, 선 역시 그만 낙향해도 좋다 허했으나 어쩐지 이대로 떠나는 것이 옳은 것일지 망설여졌다.

며칠이 흘러 과거를 보는 날이 밝았다. 과장에는 민백상 등의 시관들을 비롯해 유생과 양반 들이 과거 볼 준비로 저마다 분주했다. 그 무렵, 선은 연에 오른 채 과장 근처로 오고 있었고, 그 뒤를 장 내관과 최 상궁, 지담 등 동궁전 궁인들과 민우섭을 포함한 익위사들이 따랐다. 길 좌우의 백성들은 걸음을 멈춘 채 그 자리에 부복했고, 그보다 조금 떨어진 곳에서 나철주와 변종인이 행차를 지켜보고 있었다. 어느덧 연이 과장 앞에 멈추었고, 선이 연에서 내려섰다. 그때 큰 징소리와 함께 동기 목소리가 들려왔다.

"기회를 주십시오. 저희들도 과거를 보고 싶습니다."

달성 역시 목소리를 보태었고, 과거 하나만을 보고 지방에서 온 자들도 기회를 달라 간절히 청했다. 선이 민우섭을 보며 작전대로 되었다는 듯 짧게 눈길을 마주쳤고, 이내 격쟁하는 백성들을 향해 다가서려던 그때였다.

"속히 안으로 드시지요."

선을 가로막고 선 이는 관복을 차려입은 이종성이었다. 낙향을 했어야 할 이종성이 어찌하여 이곳에 있는 것인지 알 수 없었으나 선은 그의 말을 따를 수 없었다.

"나는 저들을 이끌고……."

"일을 모두 그르치고 싶지 않으시다면 일단 안으로 드셔야 합니다. 익위사들은 대체 무얼 하고 있는가! 속히 저하를 안으로 뫼시고 문 닫아."

선은 당혹스러움을 금치 못했다. 모두가 반대할 때조차 자신의 편에 서주었던 이종성이 이리 나오는 데는 그만한 이유가 있을 터. 선은 애절한 동기와 달성 등을 애써 외면한 채 과장 쪽으로 걸음을 떼었다.

"세자 저하 납시오."

장 내관의 목소리와 함께 과장에 앉아 있던 민백상과 시관들, 유생과 양반 들이 자리에서 일어났다. 선은 이종성과 함께 안으로 들어섰고, 동궁전 궁인과 내관들이 뒤를 따랐다. 문이 닫히자 밖에 있던 동기와 달성 등 평민들이 거칠게 문을 두드리기 시작했다.

"기회를 주시오."

"문을 열어주시오."

그 소리가 커지면 커질수록 선은 괴로웠고, 결국 문 쪽을 향해 다시 돌아섰다. 허나 또다시 이종성이 그를 막아섰고, 선이 서늘하게 경고했다.

"물러서세요. 문을 열어야 합니다. 이제 와서 나의 행보를 막고자 하는 연유가 무엇입니까."

"문을 열 것입니다. 허나 저하의 손으로 열어서는 안 됩니다. 허면 이 모든 책임을 저하 혼자 고스란히 지셔야 합니다."

"각오하고 있습니다."

"저하, 그리 위험을 자초하시면 안 됩니다. 저들을 이리로 불러들인 책임, 그 책임이라도 소신이 지게 하여 주십시오."

그것이 이종성이 낙향을 포기하고 이리로 달려온 이유였다. 선은 그제야 자신을 막아서고자 했던 그 마음을 알 듯했고, 그 마음이 고맙고도 미안하여 눈시울이 붉어졌다.

"지난 을해년, 소신이 욕스러움을 견디고 살아남은 것은 오직 저하를 지키기 위해서였습니다. 하오니 저 문은…… 저 문만은 소신이 열게 하여 주십시오. 이 늙은이 마지막 소원이옵니다, 저하."

백성들의 목소리는 더욱 커져만 갔고, 유생들과 양반들, 민백상 등 시관들의 눈은 서늘해져 갔다. 이종성이 간절하게 선을 바라보았고, 선은 무겁게 고개를 끄덕였다. 이종성이 성큼성큼 문을 향해 걸어가 문을 열어 젖혔다.

"모두 들어오시오. 응시를 원하는 자에게는 모두 기회를 주겠소."

제 귀로 듣고도 얼떨떨한 듯 서로를 바라보던 달성과 동기가 감읍한 듯 이종성에게 꾸벅 예를 갖추고는 과장 안으로 들어섰다. 과거를 보고자 했던 다른 평민들도 하나둘 과장 안으로 들어섰다. 백성들은 환호했고, 나철주와 변종인 역시 그제야 마음을 놓은 듯 작게 웃었다. 허나, 과장에 있던 유생과 양반 들은 마뜩찮은 듯 뒤를 돌아보았고, 뒷줄에 자리를 잡은 동기와 달성은 연신 신기한 듯 주위를 두리번거렸다.

　이종성이 뒤돌아 안타까운 표정으로 자신을 보고 있는 선과 마주했다. 선이 고마움과 미안함이 그득한 눈으로 고개를 끄덕였고, 이종성은 다 괜찮다는 듯 따뜻하게 웃어주었다. 이종성이 선에게 깊이 예를 갖추고는 문을 닫았고, 선 역시 애써 마음을 추스른 채 뒤돌아섰다.

19

"민의를 배반하고는 나라를 다스릴 자격이 없는 바. 격쟁하는 이들의 뜻이 매우 간곡하니 과거에 임할 기회를 주지 않을 수 없다."

선이 그리 말한 그때, 가장 앞자리에 앉아 있던 유생 하나가 벌떡 일어나 동의할 수 없노라 하였다. 뒷줄의 양반 역시 자신들이 왜 상것들과 함께 시험을 봐야 하느냐 따져 물었다. 눈치를 보던 나머지 유생과 양반 들도 상것들이 과거를 보는 법은 없으니 당장 내보내라 소리를 높였다. 그들의 소리가 커지면 커질수록 동기와 달성 등 평민들은 위축되었다. 보다 못한 선이 나서려던 그때였다.

"당장 멈추지 못할까! 이게 대체 무슨 소란이야!"

그리 나선 것은 민백상이었다. 선은 물론 민우섭이 짐짓 놀라 그를 바라보았다. 유생이 억울한 듯 과장에서 상것들을 퇴장시켜주면 소란은 자연 멈출 것이라 하였다.

"저들을 내쫓을 수 있는 것은 우리가 아니라 자네들일세. 자신이 없나? 아니면 두려워? 땅 파던 농군에 물건 팔던 장사치들에게 져서 급제할 기회를 놓칠까 두렵냐고? 아니라면 자리에 앉아서 붓을 들어. 붓을 들고 저들이 감히 범접할 수도 없는 훌륭한 답을 써 내. 그것이 저들을 이 과장에서 내쫓을 수 있는 유일한 길일세."

민백상의 서슬에 눌린 듯, 일어났던 유생과 양반 들이 주춤거리며 자리에 앉았고, 술렁이던 사내들 역시 입을 다물었다. 선과 민우섭이 존경스러운 눈빛으로 민백상을 바라보았으나 민백상은 그 모두를 외면했다.

선이 시작하라 이르자 민백상이 예를 갖추고는 관원에게 시제를 발표하라 명했다. 쿵 하는 북소리와 함께 관원이 현제판[62]에 걸린 두루마리 끝을 끌어내리자 시제인 '나아갈 진進'이 나타났다.

"가장 시급히 해결해야 할 나라의 병통[63]은 무엇인가. 해결하고 이 나라가 어디로 나아가야 한다고 보는가."

민백상이 좌중을 둘러보며 문제를 내었고, 응시생들은 하나둘 붓을 들기 시작했다.

"시험을 기어이 강행했단 말인가."

창덕궁 편전, 과장의 소식을 접한 왕은 당장 어영대장 홍봉한을

---

62. 현제판(懸題板) : 과거를 볼 때 시제를 써서 내걸던 널빤지.
63. 병통 : 깊이 뿌리박힌 잘못이나 결점.

불러오라 명했다. 왕은 주먹 쥔 손으로 장침을 툭 내리치며 애써 분기를 다스렸다. 왕만큼이나 김상로, 홍봉한, 홍계희도 분노를 금할수 없었다. 김상로가 서탁을 내리치며 이게 대체 뭐 하는 짓이냐 소리를 질렀다.

"친림한다고 할 때부터 뭔가 불안 불안하더니 기어이 일을 저지르고 마는구먼."

홍계희 역시 못마땅한 듯 말했고, 김상로의 화살은 홍봉한을 향해 날아갔다.

"대체 사위 단속 하나 제대로 못하고 뭘 한 겁니까."

"격쟁이 있었다지 않습니까. 그러니까 저하께서도 어쩔."

"우연이라고요?"

홍계희가 서늘하게 홍봉한의 말을 잘라내며 반문했다.

"국본은 우연히 친림을 했고, 거기 과거를 볼 수 없는 놈들이 우연히 모여들었는데, 파직되어 진즉에 낙향했어야 할 이종성 대감이 우연히 과장에 나타나 문을 열어줬다고요?"

홍봉한이 지금 무슨 생각을 하는 것이냐 묻자 홍계희는 딱 잘라우연이 아니라 하였다.

"동궁전에서 아주 치밀하게 짜놓은 판이라 이겁니다."

"만일에…… 만일에 말이지요. 병판의 말이 모두 사실이라면 세자를 더는 국본의 자리에 둘 수 없어요. 폐세자로 삼아야 한다 이런 말입니다."

김상로의 말에 홍봉한이 발끈했다.

"폐세자라니요? 말이라고 다 말이 아닙니다, 대감."

굳은 얼굴로 자리를 박차고 나간 홍봉한은 마침 왕명을 받고 오던 상선과 마주쳤다.

"전하께서 속히 편전으로 들라 하십니다."

홍봉한이 더 착잡해진 얼굴로 무거운 발걸음을 떼던 그 무렵, 조재호 역시 수심 그득한 얼굴로 털썩 주저앉았다.

"이럴려고…… 기어이 이런 일을 벌이려고 지난밤 그런 말씀을……."

채제공이 지난밤 대체 무슨 일이 있었던 것인지 묻자, 잠시 주저하던 조재호는 지난밤 이종성이 자신의 사랑을 찾아온 일을 전했다.

"날이 밝으면 난 아주 먼 길을 떠나려 하네."

"낙향을 하십니까?"

이종성은 허허롭게 웃으며 그렇다고 해두자며, 이제 두 번 다시 조정으로 돌아오는 일은 없을 것이라 하였다.

"아직도 내가 틀렸다고 보나? 평민들에게도 과거 볼 기회를 주겠다 한 국본의 손을 들어준 것이 잘못이다, 그렇게 생각하고 있겠지."

"대감께서는 소직이 틀렸다 보십니까?"

"아니, 자네가 옳아. 국본은 지나치게 파격적이야. 파격적이다 못해 무모하기까지 하지."

조재호가 그리 잘 알고 있는 양반이 어찌 국본의 편을 든 것이냐 묻자 이종성은 옅은 미소를 머금었다.

"그게 젊음이니까. 무모하지 않으면 그게 젊음인가. 깨지는 게 두려워 시도하지 않는 것이, 실패가 두려워 도전 자체를 포기해버리는 것이, 그것이 젊음이긴 하냐고."

"대감……."

"국본의 연치 이제 약관을 조금 넘었어. 후일 만백성의 어버이가 되실 분이고, 우리가 섬겨야 할 주군이기도 하지만 한편으로는 늙은 아비들을 무던히도 곤란케 하는 자식이기도 한 게야."

세상의 어느 부모가 자식을 온전히 이해할 수 있을까. 그저 그 중심을 보고, 그 중심이 옳으면 지지해주는 게 부모네가 할 수 있는 일의 전부라며, 이종성은 자신이 떠나면 조재호가 그 몫을 해주어야 한다고 일렀다.

"국본의 행보가 무리하고, 심지어 무모해 보이더라도 왕재가 지켜야 할 중심은 애민하는 마음이니 중심에 백성이 있다면 일단 그 손을 잡아줄 수는 없겠는가. 그리고 할 수 있다면…… 할 수만 있다면 말일세. 그 손을 잡고 한 번은…… 한 번은 기꺼이 실패를 해주는 것도 의미 있는 일이 아니겠는가. 저하를 잘 부탁하네. 먼 길 가는 늙은이의 마지막 당부이니 부디 뿌리치지 말게나."

"지난밤 이종성 대감에게서는 마지막을 각오한 자의 결기 같은 것이 느껴졌었네."

채제공의 얼굴에도 짙은 그늘이 드리웠고, 조재호 역시 착잡한 속내를 감추지 못했다.

"이제 이 일이 어찌 되리라 보는가. 대체 이 사건의 파장이 어디까지 갈 것으로 보이냐고."

채제공은 섣불리 그 어떤 것도 단정 지을 수 없었기에 침묵을 지킬 뿐이었다. 허나 이대로 선과 이종성이 다치는 것을 바라볼 수만도 없었기에 두 사람은 최선과 차선을 떠나, 최악만이라도 피해볼 방법을 강구해야 했다.

채제공과 조재호가 대책을 강구하느라 골몰하던 그 무렵, 왕은 자신의 방식대로 이 문제를 처리하려 움직이고 있었다.

"군사들 몰고 당장 과장으로 가. 가서 당장 시험 중단시켜."

그 서슬에 움츠러들 대로 움츠러든 홍봉한이 겨우 용기를 짜내 물었다.

"하오시면…… 국본은, 국본은 어찌 되는 것입니까?"

"지금 나라가 망하게 생겼는데 국본의 안위가 문제야!"

홍봉한이 우는 얼굴로 매달렸으나 그는 왕의 분노를 더 키울 뿐이었다.

"네놈부터 내 손에 죽기 싫으면 당장 가서 시험 중단시켜."

왕은 애써 분기를 삭이며 이를 악다물었다. 왕이 어영청 군사들로 하여금 시험을 중단시키라 했음은 승정원 하급 관원을 통해 채제공과 조재호에게 전해졌다. 조재호가 자리를 박차고 나갔고, 채제공 역시 급히 뒤를 따랐다.

홍봉한은 부관과 군사들을 이끌고 과장을 찾았다. 그 수상한 낌새에 백성들은 하나둘 과장 문 앞을 막고 나섰다.

"물러서지 못할까!"

홍봉한이 엄하게 꾸짖었으나 그들은 미동조차 하지 않았다. 그때 이종성이 가장 앞줄에 나서며 물러서야 할 자는 홍봉한과 군사들이라 하였다. 홍봉한이 기가 막힌 듯 이종성을 바라보았다.

"부끄럽지 않소이까. 일국의 정승까지 지낸 자가 백성들을 선동해 도모코자 하는 일이 대체 뭐요?"

이종성이 답하기 전에 장 내관의 어미가 원망스러운 눈길로 대꾸했다.

"과거 계속 보게 해주라는 거잖아요. 저기 들어앉은 우리 자식 놈들, 무사하니 시험 볼 수 있게 해주라고요."

"닥치지 못할까!"

홍봉한이 소리쳤으나 이번에는 다른 백성들의 원성이 쏟아졌다. 과거 한 번 본다는데 그게 뭘 그리 큰 죄냐며 물러가라 소리치는 사내가 있는가 하면, 시험 계속 보게 해달라 눈물로 읍소하는 어미도 있었다.

"물러가시오!"

백성들은 한 목소리로 홍봉한과 어영청 군사들에게 외쳤고, 홍봉한은 마뜩찮은 듯 이맛살을 찌푸렸다.

"진압해!"

홍봉한이 명을 내리자 육모 방망이를 든 군사들이 우르르 백성들 쪽으로 다가섰다. 이종성이 그들을 막으려 했으나 거칠게 밀쳐졌고, 백성들 역시 서로 팔짱을 끼고 인간 띠를 만들어 막아보려 했으나 얼마 버티지 못했다. 허나 백성들은 과장 안으로 진입하려는 군사들을 붙잡고 늘어졌고, 군사들의 과잉 진압이 시작되었다. 그야말로 아비규환, 생지옥이 따로 없었다. 매질 소리와 비명 소리는 고스란히 과장 안으로 전해졌고, 자신들의 어미와 친구, 가족 들이 걱정스러운 평민 응시생들은 동요했다. 선 역시 흔들리고 있었고, 민백상은 그에게 조심스레 말을 건넸다.

"군사들까지 보내신 것으로 보아 전하의 진노가 생각보다 훨씬 큰 것으로 보입니다. 시험 중단을 고려해야 하는 건 아니겠습니까."

"지금 중단하면 아무것도 얻을 수 없습니다. 시험의 결과라도 있어야 부왕을 설득해볼 수가 있을 겁니다."

말은 그리했으나 괴롭고 안타까운 마음은 숨길 수 없었다.

한편 과장 밖, 점점 심해지는 진압을 보다 못한 변종인이 군사들을 향해 달려들려 했으나 나철주가 그를 저지했다.

"몇 놈 패준다고 해서 아무것도 달라지는 건 없어."

"허나……."

"차라리 더 많은 백성들로 하여금 임금이라는 자가 백성들의 꿈을 얼마나 무참하게 밟고자 하는지 똑똑히 알게 해야지."

나철주는 결진 얼굴로 돌아섰고, 변종인이 그 뒤를 따랐다.

❀ ❀ ❀

　과장 안, 평민 응시생들은 아예 붓까지 내려놓은 채 불안해했고, 몇몇은 과장을 나서려 했다. 그때 선이 월대에서 내려서 과장 한가운데로 향했다.

　"아무것도 듣지 마라. 밖에서 무슨 일이 벌어지든 마음에 두지도 마라. 오직 여기까지 오는 길이 얼마나 멀었는지, 무엇을 건너 여기까지 왔는지 그것만 생각해라. 포기하고 물러설 수 있는지, 그것만 자신에게 물어라."

　선 자신에게 하는 말이기도 했다. 무엇을 위해 여기까지 왔는지, 이종성을 포함한 많은 이들의 도움과 희생을 잊어선 안 된다. 그 모든 걸 무위로 돌릴 수는 없다. 동기 역시 흔들리는 눈빛으로 선과 그 너머 형의 얼굴을 바라보았다. 옥방에 갇혀, 아니 신분에 갇혀 신음했던 지난날이 스쳐갔고, 차마 희망을 버리지 못하는 자신 때문에 고생하는 늙은 어미가 떠올랐다. 동기는 다시 붓을 들어 답을 써 내려가기 시작했고, 달성과 다른 평민들도 제자리를 찾아 붓을 들었다. 여기까지 온 이유나 사정은 각기 달랐으나 과거를 보고자 한 그 꿈과 간절함만큼은 같았다. 지나온 날의 설움이 담긴 눈물들이 뚝뚝 떨어졌고, 동기 역시 흐르는 눈물을 훔쳐냈다. 그들을 바라보는 장 내관과 최 상궁, 지담의 눈시울이 붉어졌고, 선 역시 아릿한 통증을 느끼며 울컥하는 속을 애써 달랬다.

그즈음, 저잣거리에 과장의 소식이 퍼져나가고 있었다.

"난리가 났다네. 저기 과장 앞에서 사람들 다 때려죽이려나 봐."

"사람을 왜 때려죽여?"

"상것들은 과거 보지 말라는 거지."

"상것들은 사람도 아니라 이거야?"

백성들의 얼굴은 동병상련의 아픔과 함께 분노로 일그러졌고, 하나둘 과장 쪽으로 걸음을 옮겼다. 과장 소식을 백성들에게 알린 변종인과 나철주는 서로를 바라보며 고개를 끄덕였다.

백성들이 과장 근처로 몰려가고 있던 그때, 그들보다 먼저 과장 앞에 도착한 것은 채제공과 조재호였다. 참혹한 광경이었다. 이종성을 포함한 백성들은 군사들의 방망이질에 성한 곳 하나 없었으나 그럼에도 악착같이 군사들을 잡고 늘어져 그들이 과장 안으로 들어가지 못하게 막고 있었다. 군사들에 의해 거칠게 밀쳐진 이종성 곁으로 조재호가 달려갔다.

"멈추시오!"

채제공이 당장 진압을 멈춰야 한다 했으나, 홍봉한은 그럴 수 없노라 맞섰다.

"속히 진압하고 저하를 모셔야 하네. 전하의 진노가 얼마나 자심하신지 모르는가."

"더 많은 백성들이 이리로 향하고 있습니다. 아무리 전하께서 시험을 중단시키라 명을 하셨다 해도 백성들을 이리 험하게 다루시면 곤란합니다. 그러다 더 큰……."

채제공의 말이 채 끝나기도 전에 백성들이 구름떼처럼 몰려왔고, 그 기세에 홍봉한과 군사들마저 멈칫했다.

"일단 진압을 멈추고 시험이 끝날 때까지 기다려야 합니다. 여기서 더 강하게 진압을 했다간 민심이 어디로 튈지 모르는 일입니다."

"허나 전하의 뜻이……."

"소직이 궁으로 가겠습니다. 가서 전하를 설득할 것이니 진압을 멈추셔야 합니다."

홍봉한은 흔들렸고, 채제공이 그런 그를 간절히 쳐다보았다. 결국 홍봉한이 마음을 굳힌 듯 군사들에게 멈추라 일렀다.

"고맙습니다, 대감."

"전하께 상황이나 제대로 알리게."

채제공은 예를 갖춘 후 말에 올라 궐 쪽으로 향했다.

"중단이 안 돼? 백성들이 막아서 도저히 시험을 중단시킬 수가 없어?"

왕이 용상에서 일어나 채제공 가까이로 다가서며 그리 물었다. 분기가 치미는 듯 왕의 꽉 쥔 주먹이 부들부들 떨렸고, 채제공 역시 불안과 긴장에 마른침을 삼켰다.

"알았어."

이상하리만치 차분하고 담담한 반응에 채제공이 얼떨떨한 듯 왕을 올려다보았다.

"알았으니 나가보라고."

채제공은 진정 이대로 나가도 좋은 것인지 저도 모르게 상선의 눈치를 살폈다. 상선이 고개를 끄덕였고, 채제공이 예를 갖추고 물러나갔다. 상선이 걱정스레 왕을 살폈으나 왕은 극도로 차분하고도 담담했다. 아니, 차분하고 담담하다 못해 서늘하기까지 했다.

그에게 있어 백성은 자식과도 같았다. 적절히 두려움을 심어주고, 적당히 통제하여 엇나가지 않게 하는 것. 하여 따끔히 단초하는 셈치고 더 강한 진압을 명할 수도 있었다. 허나, 그리하지 않았다. 만약 그리했다면 백성들이 평소 가지고 있던 두려움은 분노로 변했을 것이고, 통제 또한 불가능해져 이미 흉흉한 민심에 불을 놓는 꼴이 되었으리라. 불붙은 민심은 지금의 자신을 공격하고 부정하며, 국본을 새로운 조선이라 추켜올릴 게 분명했다. 감히 이런 판을 만든 것도 괘씸한 아들놈에게 그런 영광까지 허락할 수는 없었다.

◆ ◆ ◆

마지막 응시생이 시권64을 내는 것으로 과거는 끝이 났고, 본격적인 채점이 시작되었다. 과장 안, 한 방에서는 이름 부분이 봉해진 시권을 놓고 민백상을 포함한 시관들이 채점을 했다. 뛰어난 문장이나 좋은 해결책을 제시한 부분에는 여지없이 홍점이 찍혔고, 선은 그 광경을 담담히 바라보았다. 그렇게 여러 시관들의 손을 거쳐 홍점을 많이 받은 순으로 시권들이 뽑혔고, 가려져 있던 이름이 드러났다. 민백상은 그중 많은 홍점을 받은 시권을 선에게 건넸다.

과거를 본 자들이 결과를 기다리며 초조해하던 그때 민백상과 시관들, 선이 과장으로 모습을 드러냈다. 술렁이던 과장이 고요해졌고, 민백상은 두루마리를 펴 급제자를 발표하였다.

"병과에 김치만, 송을영."

호명된 자들이 대답하며 자리에서 일어났다. 김치만과 송을영은 모두 양반이었고, 양반들은 당연한 결과라는 듯 으스댔다.

"홍덕술, 장칠상."

순간 정적이 흘렀고, 뒤늦게 자신의 이름이 불린 것을 안 두 사람이 연달아 대답을 하며 일어났다. 가장 뒷줄에 앉아 있던 평민들이었다.

"을과에 김도형, 민형우, 한필준."

가장 격렬히 반발했던 유생을 포함하여 모두 양반들이었고, 평민

---

64. 시권(試券) : 과거를 볼 때 글을 지어 올리던 종이.

은 한 명도 없었다.

"갑과에 신진화, 이달성."

신진화가 일어나며 답했으나, 이달성은 제 이름이 불린 줄도 모르고 멍하니 있다가 멈칫했다.

"아이고머니나. 나, 나요? 나인가 봐요."

달성이 일어나며 큰 소리로 답했고, 그 천진한 모습에 지담과 선은 물론 그 표정 없기로 유명한 민우섭마저 피식 미소를 지었다.

"다음은 장원!"

모두의 이목이 집중되었고, 민백상은 잠시 뜸을 들이다 운을 떼었다.

"장원은 장동기."

아우의 이름이 불리자 장 내관이 저도 모르게 헉 소리를 내었다. 믿어지지 않는 듯 동기가 자리에서 일어났다. 평민에게 장원을 빼앗긴 유생과 양반 들의 표정이 더할 나위 없이 싸늘하게 굳었으나 실력으로 겨루어 진 것이니 딱히 할 말도 없었다.

민백상은 급제자들을 모두 나와 서게 하였고, 선은 그 한 사람 한 사람에게 진심 어린 축하를 전하며 직접 관복을 전했다. 달성은 감읍한 표정으로 단령을 받고는 훌쩍였고, 선이 그런 그의 어깨를 따뜻하게 잡아주었다. 이제 남은 것은 장원 장동기. 장 내관이 아우의 관복을 받쳐 들고 서 있었다.

"수고했다. 여기까지 오느라 애썼어. 그대 덕분에 이제 조선은 새로운 길을 낼 것이다."

동기가 깊이 고개를 숙였고, 선은 그에게 관복을 전했다. 동기가 떨리는 손으로 관복을 받아 들자 선이 환하게 웃었다. 장 내관이 웃는 얼굴로 눈물을 흘렸고, 동기 역시 그런 형을 보자 울컥했으나 애써 웃어 보였다.

잠시 후, 굳게 닫혔던 과장 문이 열리고 모두의 이목이 집중되었다. 단령團領에 사모紗帽를 쓴 급제자들이 나왔고, 어사화御賜花를 쓴 동기가 모습을 드러냈다. 동기는 어미를 찾아 다가섰고, 아들의 모습에 화들짝 놀란 어미가 어찌 된 일이냐 물었다.

"장원……이래요, 어머니. 제가 여기서 과거를 제일 잘 봤다고요."

어미가 물기 어린 눈으로 동기의 등을 어루만졌고, 동기는 만신창이가 된 어미를 보살폈다. 달성 역시 울먹이며 변종인과 나철주를 향해 달려갔고, 나철주는 달성의 어깨를 툭 치며 수고했노라 하였다. 변종인 역시 씩 웃고는 애썼다며 어깨를 잡아주었다.

그때, 나철주의 시선에 막 문을 나서는 선이 보였다. 주변을 살피던 선은 조재호의 부축을 받고 겨우 서 있는 이종성을 보자마자 한달음에 달려갔다. 이종성이 불편한 몸으로 예를 갖추었고, 선은 만신창이가 되어 있는 노신의 모습에 가슴이 아려왔다.

"이 못난 사람으로 인해 대감의 신역이…… 이루 말할 수 없습니다."

허나 이종성은 가당치도 않다는 듯 고개를 내저었다.

"이런 거라도 하고 물러갈 수 있게 된 것을 다행이라 여기고 있습니다. 속히 환궁을 하시지요. 소신이 일단 먼저 전하를 뵈올 것이오니……."

"아니, 아닙니다. 대감. 이제부터는 이 사람이 풀어야 할 문젭니다."

이종성이 불안한 듯 선을 보았으나 선은 그리 걱정할 것 없다는 듯 웃어 보였다.

그 밤, 민백상은 관복으로 갈아입은 급제자들과 예조로 들었고, 그들을 방으로 안내했다.

"일단 예서 기다리게."

자신의 집무실로 들어선 민백상은 김상로와 홍계희의 모습에 흠 칫 놀랐다.

"아니, 대감들께서 예까진……."

"대체 뭐 하자는 겐가. 상것들에게 관복까지 입혀 끌어다 놓은 연 유가 뭐야?"

김상로가 따져 물었으나 민백상은 답을 하지 않았다.

"대체 무슨 생각으로…… 과장에서 아예 세자를 막았어야지요."

홍계희의 말에 민백상은 막고 싶지 않았노라 답했다.

"해봐라! 상것들이 해봐야 뭘 얼마나 하겠냐. 급제할 놈 하나도 없 을 거다. 그러니 완전히 헛꿈 꾼 거다. 그렇게 세자의 눈앞에서 확실 하게 입증을 해보려 했다고요. 허나 결과가 이겁니다."

민백상이 한숨을 내쉬며 급제자 명단이 적힌 두루마리를 서탁에 올려놓았다.

"평생 한 일이라고는 글공부밖에 없는 노론 자제들 중 급제자는 단 두 명인데 평민 출신 급제자는 절반이나 되니…… 이 사람 역시 당황스럽기 짝이 없다 이런 말입니다. 바로 이것이 우리 양반 사회의 현주소라면 세자에게 화를 낼 것이 아니라 반성의 기회로 삼아야 하는 게 아닙니까."

홍계희가 헛웃음을 지으며 서늘하게 반문했다.

"반성이라니요? 어떻게 반성을 하겠다는 겁니까. 사농공상, 이 사회 근간을 이루는 신분 질서를 국본과 손잡고 깨버리기라도 하겠다는 겁니까, 뭡니까."

"인재를 뽑는 데 있어서만이라도……."

"노론의 자제들이…… 반가의 자제들이 학문하는 일에 게으르면 불러다 독려하고 회초리를 치면 될 일이에요. 신분 질서를 깨서 해결을 봐야 하는 게 아니고요."

김상로가 백 번 옳은 말이라는 듯 고개를 끄덕였으나 이미 선과 평민 출신 급제자들에게 일격을 당한 민백상에게는 그저 공허하게 들릴 뿐이었다.

"급제자 인정할 수 없다."

편전, 완강하게 등을 보이고 선 왕은 그리 말했다. 단정히 무릎을 꿇고 앉아 있던 선의 눈빛이 흔들렸다.

"아니 되옵니다."

"이종성이다."

왕이 슥 돌아서며 별안간 그리 말했고, 선은 불안한 예감을 애써 억누르며 왕을 쳐다보았다.

"이 모든 걸 시작한 건 네가 아니라 바로 이종성이야. 이종성이 평민들을 과장으로 끌어들였고 넌 하는 수 없이 과거를 보게 한 거야."

"아니옵니다, 아바마마."

"아니란 말 입 밖으로 꺼내지도 마라."

"부디 이 시권들을 한 번 봐주십시오. 농자가 천하의 근본이니 토지 제도를 균전[65]으로 바꿔야 나라의 병통을 바로잡을 수 있다. 균역이 감세로 끝나 세원 확보가 어려우니 소금을 구워 모자란 세원을 충당해야 한다."

선은 달성과 동기를 포함한 평민 출신 급제자들의 시권을 읽어 내려갔고, 그들의 시권에 나라의 병통을 해결할 현명한 대안들이 차고 넘치며 학문적 기량 또한 나무랄 데가 없음을 강하게 주장했다.

"한 번이라도 좋으니 친히 살펴주십시오. 허면 이들이 이 나라에 얼마나 필요한 인재들인지……."

그때 왕이 그 뭉치를 휙 빼앗아 들었다. 당혹스러움도 컸으나 혹시나, 어쩌면 부왕이 제대로 보아줄지도 모른다는 일말의 기대를 가졌다. 왕은 상선에게로 저벅저벅 걸어가더니 시권 뭉치를 버리듯 그에

---

65. 균전 : 국가에서 토지를 거두어 백성들에게 고루 나누어주던 제도.

게 떠넘기며 모두 태워버리라 명했다.

"아바마마."

왕은 당장 태워버리지 않고 뭘 꾸물거리냐며 버럭 소리를 질렀다. 시권 뭉치를 안아든 채 나가려던 상선은 선의 서늘한 눈빛에 멈칫했다. 상선을 멈춰 세운 선은 그 시선을 용상에 앉은 제 아비에게로 돌렸다.

"어찌하여…… 어찌하여 한 번 살펴주시지도 않으십니까."

"사농공상, 신분 질서는 이 나라를 지탱하는 골격이야. 평민들 중 글 잘하는 몇 놈 나왔다고 그걸 송두리째 깨버릴 수는 없다."

"그토록 완고한 벽을 치려 하시는 연유를 알 수가 없습니다."

"다른 건 얼마든지 유연할 수 있다. 허나 신분 질서만은 안 돼. 신분 질서가 무너지면 그 다음은 왕실이 무너질 거고, 왕실이 무너지면 곧 이 나라 조선이 무너지는 거야."

"지나친 비약이라 여기진 않으십니까."

"지나치긴 뭐가 지나쳐! 군주가 되어 그를 좌시할 수는 없는 일이다."

왕은 단 한 치의 물러섬도 없었다. 왕의 생각이 얼마나 단단하고 견고한지 모르는 바는 아니었으나, 이 정도로 편협할 거라고는 미처 예상하지 못했다.

"자, 이것이 마지막 기회다. 이종성, 네 손으로 처벌해. 그리고 평민들에게 준 관복도 네 손으로 직접 찢어 치워!"

"못합니다."

"뭐, 뭐야? 모…… 못해?"

"하지 않겠습니다."

더 이상 그 누군가를 잃는 일 따위, 누군가에서 희망을 빼앗는 일 따위 하고 싶지 않았다. 허나 선은 미처 몰랐다. 자신이 그리 말한 순간, 한 아비가 아들을 잃고, 또한 그 아비의 희망 또한 잃었음을. 왕의 눈가가 떨려왔고, 그는 괴로운 듯 눈을 질끈 감았다 떴다.

"허면 이제 난 아들을 잃겠군. 이 나라는 국본을 잃을 것이고 말이야. 끝내 뜻을 꺾지 않겠다면 이 아비는 널…… 폐세자로 삼을 수밖에 없다."

선의 꼭 다문 입술이 바르르 떨려왔다. 왕은 그에게 진정 뜻을 꺾을 의사가 없는 것이냐 물었다. 선의 눈시울이 붉어졌고, 이내 그 눈이 눈물로 그렁해졌다.

"송구하옵니다. 이 손으로 충심을 바친 신하를 버려야 한다면, 또한 이 손으로 백성들의 열망을 잘라야 한다면 차라리…… 차라리 저위를 잃겠습니다."

어떻게든 자신을 지켜주려 하는 아비였으나, 저 혼자 살겠다고 신하도, 백성도 버릴 수는 없었다. 그리 다 버리고 홀로 갈 바에 차라리 그 길을 가지 않겠노라 마음먹었으나 그 길 끝에 자신을 기다리고 있는 아비가 있었다. 아들은 제 눈물에 부옇게 흐려지는 아비를 바라보다 고개를 숙였고, 그런 아들을 보는 아비의 눈에도 눈물이 어른거렸다. 이내 뺨을 타고 눈물이 흘러내렸고, 왕은 고개를 돌린 채 눈물을 닦아냈다.

선이 묵연히 일어나 정중히 예를 갖추고는 물러갔고, 왕은 고개를 주억거리다 허허로운 웃음을 터뜨렸다. 허나 웃음은 얼마 가지 않아 멎었다. 그런 아비를 뒤로한 채 나오는 아들의 발걸음은 무겁기만 했다. 몇 번을 다시 생각해도 이종성과 군신과의 의리를 지키고, 백성들에게 새로운 길을 열어준 것에 후회는 없었다. 자신의 선택이니 후회는 없으나 이런 아비를 둔 탓에 어린 아들이 신역을 치르는 것은 아닐까…… 그것은 안타까웠다. 선은 긴긴 한숨을 내쉬고는 이산의 처소 쪽으로 걸음을 떼었다.

❀ ❀ ❀

채제공은 그 밤, 왕의 부름을 받고 편전으로 달려갔다. 국본과 독대한 직후 자신을 급히 부른다는 것이 영 불길했으나 그런 생각마저 부정을 탈까 머리를 비워냈다. 가쁜 호흡을 가다듬고, 불안한 마음도 비운 채 편전으로 들었다. 허나, 왕은 채제공의 그런 노력이 무상하게도 선을 폐세자 삼을 것이라 하였다. 당혹스러운 듯 얼떨떨하게 서 있던 채제공이 왕 앞에 부복하고는 간절한 눈으로 왕을 올려다보았다.

"폐세자는 아니 되옵니다."

"국본의 자리, 제 놈이 필요 없다고 했어."

"소신이 바로잡을 것이옵니다. 바로잡겠습니다. 하오니 말미를……

말미를 좀 주십시오."

그를 내려다보던 왕이 국본의 뜻을 꺾겠다는 것이냐 물었고, 채제공은 그러하다 답했다.

"꺾지 못하면 그땐 어찌할 게야?"

"소신의 목숨이라도 바칠 것이옵니다."

채제공의 눈빛에는 조금의 망설임도, 흔들림도 없었다. 삼 년 전, 선에게서 억지로 떼어내어 제 곁에 두었으나 삼 년 내내 그 마음이 동궁전을 떠난 적이 없는 자였다. 자신의 신하로 오래오래 두고 싶었으나, 선의 저위를 지키지 못할 바에야 그 목숨을 내놓겠다니……
채제공을 바라보던 왕이 씁쓸한 미소를 배어 물었다.

그즈음, 선은 아들의 처소 앞에서 이산의 글 읽는 소리를 듣고 있었다.

"낙민지락자樂民之樂者는 민역낙기락民亦樂其樂하고, 우민지우자憂民之憂者는 민역우기우民亦憂其憂하니, 낙이천하樂以天下하고 우이천하憂以天下하면, 연이불왕자然而不王者는 미지유야未之有也라."

'백성의 즐거움을 즐거워하는 자는 백성들도 그 군주의 즐거움을 즐거워하고, 백성의 근심을 근심하는 자는 백성들도 그 군주의 근심을 걱정하는 법이니 이렇듯 백성과 즐거움과 근심을 함께하고도 군주 노릇을 못한 사람은 없었노라.'

선은 자신에게 더할 나위 없이 힘이 되어주는 글귀에 미소를 머금은 채 조용히 안으로 들어섰다. 허나, 글 읽기에 몰두한 이산은 아비가 들어선 줄도 몰랐다.

"글 읽는 소리가 듣기 좋구나."

선이 이산의 옆으로 다가가 앉으며 서책의 앞장을 흘긋 보고는 놀란 듯 물었다.

"《맹자》를 읽느냐? 네 나이에는 좀 빠른 듯 보이는데. 혹 마음을 잡는 글귀가 있느냐?"

아비의 말에 이산이 고사리 같은 손을 서책의 글귀 위로 가져갔다.

"낙민지락자는 민역낙기락이라…… 뜻을 새겨볼 수 있겠느냐?"

"군주가 백성과 즐거움을 함께하면 백성도 또한 군주의 즐거워하는 바를 함께 즐거워한다는 뜻입니다."

"제법이구나. 문재가 많이 늘었어."

"하온데 아바마마, 백성들의 가장 큰 즐거움은 무엇입니까? 소자가 그들과 더불어 무엇을 즐거워해야 하는 것입니까?"

"백성들의 즐거움이라…… 대접을 받는 거다. 사람으로 났으니 사람대접을 제대로 받는 거지. 즐거움은 거기서 비롯되는 거다."

아직은 그 뜻을 이해하기 어려운 듯 말간 눈으로 아비를 바라보는 이산의 머리를 선은 따뜻하게 쓰다듬었다. 그 방문 앞, 이산의 처소를 찾은 혜경궁의 눈가가 붉어졌다. 처음 선이 이산의 처소에 있다는 말에 이곳을 찾아왔을 때는 그저 화가 났다. 어찌하여 저위를 내려놓겠다는 위험천만한 말을 내뱉은 것이냐고, 어찌 그리 무책임한 발언을 한 것이냐고 따져 묻고 싶었다. 허나 여민고락與民苦樂, 백성의 즐거움을 함께 즐거워하고 괴로움을 함께 괴로워하고자 하는 군주의 마음을 힐난할 수는 없었다. 하지만 그렇다 하여 선이 이대로 폐세자가 되는 것을 바라볼 수만도 없었다. 복잡다단한 마음을 달랠 길 없는 혜경궁의 눈에 눈물이 차올랐다.

"저하의 마음을 바꿀 방도가 없겠는가."

혜경궁이 방문을 응시한 채 최 상궁에게 물었으나 최 상궁은 그저 고개를 숙였다.

"열게."

이종성이 수인의 복색으로 의금부 옥리에게 말했다.

"대감."

"저하께 전해주게. 이 늙은이 목숨을 구하고자 예서 더 무리한 행보를 하려 드신다면 구차한 목숨, 당장이라도 끊어버릴 것이라고 말일세."

조재호가 안타까운 듯 그를 보았으나 이종성은 가부좌를 튼 채 지그시 눈을 감았다.

잠시 후, 이종성이 제 발로 옥방에 들어갔음을 전해 들은 왕의 얼굴에 짙은 그늘이 드리웠다.

"선이 이놈은…… 어떤 놈일까. 이종성, 채제공 이자들은 누가 시키지도 않았는데 세자를 구하기 위해서 자기 목숨을 걸겠다 하고, 심지어 민백상같이 뼛속까지 노론인 놈조차 세자하고 얽히기만 하면 중심을 잃고 판단을 그르치니…… 세자 이놈이 가진 그 정치력의 정체, 그것이 대체 뭘까."

두려움과 동경이 뒤섞인 채, 왕의 눈빛은 불안하게 흔들렸다.

"세자가 이끌어갈 조선은 대체 어떤 모양일까. 내가…… 과인이 이 손으로 지난 삼십 년 넘게 피땀으로 일궈온 이 나라 조선이…… 과연 제대로 이어지긴 이어질 것인가."

"그토록 불안하시다면 국본이 스스로 저위를 버리겠다고까지 한 마당에 어찌하여 채제공에게 국본을 설득해도 좋다, 윤허를 하신 겝니까."

"내 아들이니까. 내 자식 놈이니까."

아무리 버리려 해도 버려지지 않고, 포기가 되지 않았다.

"허나 그놈이 끝까지 뜻을 꺾지 않겠다면 이 나라를 위해 놈을 버려야 할 수도 있겠지. 하지만 그것도 지금은 아니야. 후계 구도가 흔들리는 건…… 황형에게 후사가 없어 내가 선택되는 과정에서 어떤 피바람이 불었는지 상선 그대가 누구보다 잘 알고 있지 않은가."

왕은 그 끔찍한 시간을 되풀이하는 것만은 막고 싶었고, 상선 역시 같은 마음이었다.

"일단 그놈의 진심과 상관없이 겉으로라도 그 손으로 자신이 저지른 일을 모두 바로잡겠다고 한다면…… 당분간은 국본의 자리에 더 앉혀놓을 수 있겠지. 다른 대안이 생기기 전까지 허수아비로라도 국본의 자리에 앉혀둬야 신하 놈들이 택군이니 뭐니 딴 생각을 하지 않을 것이니 말일세."

아비로서 아들을 지키고 싶으나 그보다는 군주로서 나라가 혼란과 도탄에 빠지는 것을 막고 싶은 마음이 더 컸다. 나라를 위해 선이 방해가 된다면 그를 버릴 수는 있으나 선을 지키고자 나라를 버릴 수는 없는 일이었다. 괴로움에 왕은 눈을 지그시 감은 채 긴 한숨을 내쉬었다.

조재호는 선에게 이종성이 스스로 옥방으로 갔음을 고하며, 그의 서신을 전했다.

"이종성 대감이 저토록 간곡하니…… 이제 그만 뜻을 꺾고 전하의 뜻을 받드셔야 합니다."

허나, 선은 그럴 수는 없었다.

"신하를 지키고 보호하는 일은 주군의 일이에요. 저위를 잃고 이 목숨을 잃는 한이 있어도 충직한 신하를 내 손으로 버릴 수는 없는 일이에요."

선은 동궁전을 박차고 나가 지하서고로 향했다. 조재호가 건넨 이종성의 서신을 멀거니 보던 선은 한참 후에야 서신을 읽어 내려갔다.

'전하께서 그토록 완강하신 건 아쉬운 일이나 아예 예견치 못한 일도 아니었습니다. 미친 짓이라 손가락질을 받을 수도 있음을 알고 시작한 싸움이 아닌지요. 허나 우린 괄목할 성과를 얻었습니다. 평민 출신 급제자 네 명. 신분은 공평치 못하나 실력은 공평할 수도 있다는 걸 입증할 증좌는 얻은 셈이지요. 여기서 다시 시작하셔야 됩니다. 그러기 위해 가장 먼저 소신을 버리셔야 합니다. 사사로운 감정에 흔들려 모든 걸 잃으려 하시면 아니 됩니다. 허면 지금까지 해 온 우리의 노력이 모두 그저 미친 짓으로 끝나버릴 수도 있음을 명심…… 또 명심하셔야 하옵니다.'

이종성의 서신은 거기까지였다. 그의 말대로 괄목할 만한 성과를 얻었으니 그를 바탕으로 다시 시작하는 것이 옳았다. 허나 그를 버리고, 그의 희생을 발판으로 삼아 한 걸음 더 한층 위로 가는 것은 의미가 없었다. 모두가 외면할 때 기꺼이 자신의 손을 잡아준 그 마음을 이리 저버릴 수는 없는 일이었다. 선의 고민이 깊어지던 그때, 채제공이 지하서고로 들어섰다.

"설득을 하러 왔다면 소용없어. 그만 돌아가주겠나."

"참으로 한심하기 짝이 없군요. 만약에 말입니다, 우리가 군신 간의 관계가 아니라 저하가 소신의 아우였다면 한 대 패줬을 것입니다."

선이 고개를 들어 채제공을 보았고, 채제공은 무슨 염치로 여기 내려와 있는 것이냐 쏘아댔다.

"이 지하서고 하나를 얻고자, 저하께 이 서책들을 마음껏 읽을 공간을 만들어드리고자 모르긴 해도 저하의 심복들은 아마 목숨을 걸었을 것입니다. 좋은 군주가 될 초석을 다질 산실이니 이 한목숨 걸어도 좋겠다, 판단을 했을 테니까요. 저하께서 그런 그들의 노력을 아무것도 아닌 것으로 만드셨습니다."

듣기 괴로운 듯 선이 그만하라 일렀으나 채제공은 멈추지 않았다.

"저위를 내던져요? 저위가 무슨 애들 놀잇감인 줄 아십니까."

"내 손으로 신하를 버릴 수는 없어. 이제 갓 관원이 된 백성들의 열망도 꺾을 수 없고."

"아, 그거였군요. 저하는 그저 죄의식에서 빗겨 서고 싶었던 것뿐입니다. 저하가 꺾지 않으신다고 오늘 급제한 자들이 온전할 거라 보십니까. 그자들이 관복을 입고 제대로 살 수 있을 것 같으시냐고요."

선의 꽉 다문 입술이 분기로 파르르 떨렸다.

"아니, 전하로부터 조정 중신들 모두가 악귀같이 달려들어 그들의 관복을 찢으려 할 것입니다. 그러니 저하께서 저위를 내려놓겠다 이리 투정을 하셔도 지킬 수 있는 건 아무것도 없습니다. 아, 지킬 게 하나 있긴 하군요. 저하의 그 알량한 자존심 하난 지킬 수 있을 것입니다."

채제공답지 않게 위악을 떨고 있었으나 가시들을 제하면 솔직하고 직설적인 그다운 말이었다. 선은 분기를 억누르고 채제공을 보았다. 독을 품고 가시 돋친 말을 하고 있으나 오히려 제가 더 다치고 상처받은 듯한 눈빛. 채제공의 눈은 이미 젖어 있었다.

"인재를 아끼는 저하의 마음, 사농공상 가림 없이 조선의 백성이라면 모두 공평하게 여기고 싶은 그 마음. 압니다, 알고말고요. 허나 소신조차도 평민들에게 지금 당장 관복을 입히는 일은 시기상조로 보입니다. 그러니까 전하와 보수적인 노론 중신들이 반대를 하는 것은 어쩌면 당연한 일이 아니겠습니까. 그러니 지금 당장은 뜻을 꺾고 보다 숙고를 하셔야 합니다. 계속해서 싸우고 싸워 이기며 힘을 기르세요. 그리하여 마침내 군주가 되시고, 또한 원하는 치세를 펴는 것. 그것이 왕재가, 왕재로서 진짜 자존심을 지키는 길입니다. 그날을 위해선 오늘…… 오늘은 지셔야 합니다. 아무리 쓰라리고 굴욕적이라도 지고 살아남아야 하는 것입니다. 저하."

선은 온몸에 힘이 빠져나가는 듯 겨우 서탁을 짚은 채 버텼다. 끝내 아무 말도 하지 못한 채 소리 없는 울음을 울었다. 채제공의 눈에도 눈물이 차올랐다.

서고 밖, 이 모든 것을 듣고 있던 장 내관은 복잡다단한 속을 추스르며 조용히 서고를 빠져나갔다. 그 길로 예조로 가 동기를 불러냈다.

"자식, 관복이 아주 잘 어울리네. 평생 입고 살았던 네 옷처럼 너무 잘 어울려."

장 내관의 목소리가 떨려왔고, 이내 그 눈에 눈물이 어른거렸다.

"동기야. 나 너한테 아주 어려운 부탁 하나 해야 될 거 같다."

"어려……운 부탁?"

동기가 씩 웃으며 뭐든 말해보라 호기롭게 말했고, 그 천진하고 선한 모습에 장 내관은 더는 눈물을 참지 못했다.

❀ ❀ ❀

모두에게 길고 긴 밤이 흐르고 새로운 날이 밝아왔다. 가장 먼저 편전을 찾은 민백상은 상선을 통해 사직상소를 왕에게 전했다.

"기분이 어때? 이런 걸 과인의 손에 쥐어주는 기분 말이다."

"소신을 파직하고 이종성 대감과 함께 배소配所로 보내겠다 하셔도 그 벌…… 달게 받았을 것입니다."

"세자가 그대의 사저로 찾아가 뭐라 했어? 뭐라 하였기에 이렇게 부화뇌동을 하는 게야."

"부화뇌동한 바 없습니다. 소신은 저하의 간청 때문에 움직인 것이 아니라 소신의 신념에 따라 움직였을 뿐입니다. 양반은 평민보다 마땅히 우월하다, 아니 우월해야 한다."

왕이 멈칫하며 민백상을 건너보았고, 민백상의 입가에 쓰디쓴 미소가 잠시 스쳤다.

"허나 이번 과거로 인해 그 신념에 균열이 생겼습니다. 관원으로서 체제에 대한 깊은 회의를 품은 이상, 정사에 임하는 것은 곤란한 일. 전하께서 사직소를 받겠다 하지 않으셨어도 소신이 나서서 사직을 청하였을 것입니다."

민백상은 예를 갖춘 후 편전을 물러나왔고, 왕은 수심 깊은 얼굴로 민백상이 두고 간 사직상소를 바라보았다.

그 무렵, 선 역시 밤을 꼬박 새워 고민하고 고민한 끝에 편전으로 향하고 있었다. 쓰라리고 굴욕적이어도 지고 살아남아야 한다는 채제공의 말과 사사로운 감정에 흔들려 모든 걸 잃어서는 안 된다던 이종성의 말을 곱씹고 또 곱씹었다.

"이종성을 원지遠地로 보내겠습니다. 그리고 평민 출신 급제자에게 내렸던 관복도 소자의 손으로 모두 회수하고 없던 일로 만들겠습니다."

말을 내뱉을 때마다 속이 아릿해왔고, 손이 떨렸다. 허나 더 많은 이들에게 기회를 주기 위해서, 왕은 물론 그 누구도 그들을 함부로 대하지 않도록 하기 위해서 지금은 한 발 물러나야 했다.

"연유가 뭐야? 호기롭게 국본의 자리 내던진다 할 때는 언제고…… 하룻밤 만에 마음을 바꾼 그 연유가 뭐냐고. 이제야 권력 귀한 줄 알게 됐나? 철없는 놈. 넌 뭐가 그렇게 쉬워? 이 아비가 공으로 던져주니 권력이라는 것이 천년만년 네 손에 있을 거 같으냐? 앞으로도 그만둔다는 말, 국본의 자리 필요 없다는 말 따윈 함부로 지껄이지 않는 게 좋을 거다. 권력이라는 건 아무리 애쓰며 지키려 해도 누가 언제 어디서 나타나 채갈지 모르는 아주 위험한 물건이거든."

"명심……하겠습니다, 아바마마."

선이 깊이 고개를 숙이고는 편전에서 물러나왔다. 채제공이 이종성에게는 자신이 가겠다 하였으나, 선은 고개를 내저었다.

"내가 직접 하겠네."

선은 무거운 발걸음으로 의금부로 향했고, 채제공의 눈이 붉어졌다. 저 속이 얼마나 고단하고 괴로울까. 허나 참고, 또 참아내야만 했다.

의금부 옥사 안, 이종성은 가부좌를 튼 채 묵연히 눈을 감고 앉아 있었다. 한 치의 흐트러짐도 없는 꼿꼿한 자세에서 결기가 느껴졌다.

선은 선뜻 다가서지 못했다. 잠시 후, 명상을 끝내고 눈을 뜬 이종성이 낯선 기척에 뒤를 돌아보았다.

"저하."

이종성이 예를 갖추었고, 두 사람은 과장에서처럼 다시 마주 섰다.

"대감. 이 사람은 대감을…… 이토록 충직한 신하를 지켜주지 못할 것 같습니다."

지난밤 그의 심중을 날카롭게 베던 그 말을 내뱉었다. 한 마디 한 마디 내뱉을 때마다 혀를 베고 지나가는 것 같은 통증에 선의 얼굴이 어두웠으나 이종성의 얼굴에는 화색이 돌았다.

"드디어 결단을 하셨군요. 이 사람은 아무래도 괜찮습니다. 사약을 보내시더라도 꿀처럼 달게 마실 것이니 아무 심려치 말고 전하께서 내리라 하신 벌을 내리시면 되옵니다."

선은 너무도 미안하여 차마 그를 바라보지 못하고 고개를 떨어뜨렸다. 이종성이 다가와 선의 손을 꼭 잡아주었다.

"부디 강건하셔야 하옵니다. 강건하게 저위를 지켜 이 나라 스물두 번째 군주가 되셔야지요. 부디 성군이 되시옵소서."

이종성이 마지막이 될지도 모를 절을 올렸고, 선은 애써 의연하게 그를 바라보았다.

잠시 후, 이종성은 옥사 밖으로 나와 함거66에 올랐다. 그의 얼굴

----

66. 함거(檻車) : 죄인을 실어 나르던 수레.

은 마치 소풍이라도 가는 아이처럼 평화롭고 여유로웠다. 저기 저편에 자신을 배웅하기 위해 선이 나와 있음을 알고 있었지만 굳이 돌아보지 않았다. 이제 겨우 마음을 잡은 주군을 흔들고 싶지 않았다.

"가지."

멀어지는 이종성의 함거를 선은 가슴 아프게 지켜보았다. 아주 아득히 멀어진 후에야 참고 참았던 눈물을 쏟아냈다.

그렇게 힘겨운 이별을 하고 궁으로 돌아온 선의 시선에 관복을 곱게 접어 받쳐 들고 서 있는 동기와 달성 등이 들어왔다. 지담과 최 상궁, 장 내관 등이 선에게 예를 갖추자 동기와 달성 역시 선 쪽으로 돌아서며 예를 갖추었다.

"그대들이 여긴 어찌……"

"아무래도 이 관복 저하께 돌려드려야 될 것 같습니다. 저희들로 인해 저하께서 저위를 잃게 되시는 건 원치 않습니다."

동기가 환하게 웃으며 그리 말했고, 선은 장 내관을 쳐다보았다. 허나, 장 내관은 애써 그 시선을 외면했다. 선은 모두를 동궁전 안으로 들였고, 네 명의 평민 출신 급제자들은 선과 마주 앉았다. 그들은 애써 밝은 얼굴을 했으나, 선의 얼굴은 어둡기만 했다.

"미안……하네. 내 면목이 없어. 새로운 길을 내겠노라, 그리 약조를 해놓고 결국 그대들에게 헛된 희망을 심어준 격이 되었으니 이 깊은 죄를 어찌……"

"그런 말씀 마십시오, 저하. 과장에 들어가 다른 사람이 아니라 소인의 이름자로…… 그 이름자 당당히 쓰고 과거를 볼 수 있었던 것만으로도 충분히 위로받고 보상을 받았습니다."

동기가 그리 말했고, 달성 역시 관복을 아주 돌려드리겠다는 것이 아니란 말로 운을 떼었다.

"저하께서 군주가 되시는 날…… 그날을 기다릴 것이옵니다. 그날이 되면 한달음에 달려올 것이오니 그때 이 관복을 내어주십시오."

"저하께서 보위에 오르시는 그날을 손꼽아 기다릴 것이오니 그날까지 소인들을 잊지 말아주십시오. 잊지 않고 불러만 주시면 평생…… 평생 저하의 충신으로 살 것이오니……."

순간 울컥한 듯 말을 맺지 못했다. 선은 애써 슬픔을 누르며 약조하겠노라 하였다.

"내 어떤 어려움이 있더라도 모두 이겨내고 꼭 이 나라 스물두 번째 군주가 될 것이야. 군주가 되는 그날 가장 먼저 그대들을 부를 것이니 부디 그날까지 희망을 잃지 말게나."

선은 그들을 잊지 않으려는 듯 보고 또 보았다. 자신의 앞에 고이 놓인 네 벌의 관복을 바라보던 선은 참았던 눈물을 쏟았다. 그들과 이종성, 그 귀한 희생도, 그들이 자신에게 준 희망도 절대 잊지 않을 터였다. 오직 백성들을 위해 희망을 문을 열겠노라 다짐했다.

20

창덕궁 희정당으로 향하는 길, 혜경궁이 평소답지 않게 바삐 걸음
을 옮기고 있었다. 희정당 앞에서 그녀를 기다리고 있던 선이 그 기
척에 뒤돌아보았고, 그와 눈이 마주친 혜경궁은 가쁜 숨을 속으로
삭이며 그의 곁에 섰다.

"지난밤 잠이라도 설친 모양입니다. 안색이 좋질 않아요, 빈궁."

허나 그리 말하는 선의 안색도 그리 좋지는 못했다. 혜경궁이 걱
정스러운 눈빛으로 바라보자 선은 멋쩍은 듯 자신은 괜찮으니 걱정
말라 하였다.

"오늘은 또 어찌 나오실지……."

혜경궁이 희정당 쪽을 보며 착잡한 듯 중얼거렸다. 선 역시 묘한
긴장에 숨을 후 내쉬고는 대전 내관에게 고하라 일렀다.

"전하. 세자 저하 문후 들었사옵니다."

선과 혜경궁은 물론 동궁전과 빈궁전 궁인들 모두가 초조하게 희

정당 쪽을 바라보았다.

"물러가!"

안에서 들려온 왕의 목소리에 선과 혜경궁은 난감한 듯 눈을 마주쳤고, 양전의 궁인들 역시 당혹감을 감추지 못했다. 동온돌 안, 상선이 서책을 보고 있는 왕에게 조심스레 문후를 물린 지 오늘로 열흘째라 말했으나 왕은 시큰둥했다.

"그래서? 이 아비 안부 안 챙겨도 좋으니까 정사나 제대로 돌보라고 그래!"

그 서슬에 더는 말을 붙여볼 엄두도 내지 못한 상선이 방을 나섰다.

"당분간 직접 문후를 드시지 마시고, 내관을 대신 보내시는 것은 어떻습니까."

상선이 선과 혜경궁에게 그리 말했으나 선은 자식된 도리로 그럴 수는 없노라 하였다. 혜경궁 역시 발끈했다.

"무엇보다 궁에는 법도라는 것이 있어요. 감선하고 문후를 듭시는 것은 왕세자의 공식 일정임을 모릅니까."

"하오나 이리 한 번 듭실 때마다 전하의 심기가 너무도 불편해지십니다. 이러다 자칫하여 큰 병이라도 얻으신다면 그 불경은 어찌 감당하시렵니까."

"이것 보세요, 상선. 지금 우리를 협박이라도 하려는 겁니까."

"그만…… 그만하세요, 빈궁."

선은 혜경궁을 달래고 상선에게도 당분간 그리하겠다고 한 후 돌아섰다. 못내 서운하고 야속한 듯 희정당 쪽을 보던 혜경궁 역시 돌아섰고, 그 뒤를 양전의 궁인들과 내관들이 따랐다.

"부왕께서 문후를 물리치신 연유가 무엇이라 보십니까?"

선이 말을 아낀 채 그녀를 바라보았다.

"저하와 일부러 거리두기를 하려 드시는 겝니다."

"알고 있습니다."

"허면 어찌하여 거리를 두고자 하시는지 그 연유 또한 알고 계시겠군요. 진심이 아닙니다. 평민에게 과거를 볼 기회도, 관복을 입을 기회도 이제 더는 주지 않겠다 하신 저하의 뜻, 진심이 아니에요. 그렇지 않습니까?"

선이 그리 생각하는 연유가 무엇이냐 물었다.

"그저 알아집니다. 저하를 옆에서 보필한 지 십 수 년. 알기 싫어도 자연 알아지는 것이 있어요. 신첩이 안다면 부왕께서도 알고 계실 것입니다. 그러니까 저하의 손으로 직접 평민들로부터 관복을 회수하셨음에도 경계를 늦추지 않으시는 겝니다."

"부인이 하고 싶은 말이 무엇입니까?"

"뜻을 완전히 꺾으세요. 오늘도, 또한 보위에 오르고 나신 연후에도…… 평민들에게 공평한 기회를 주고, 나아가 그들을 공평한 세상에서 살게 하겠다는 꿈. 그 꿈은 완전하게 접어야 합니다. 그 나라는…… 그런 나라는 조선이 아니에요."

"균均, 반상의 가림 없는 공평한 세상. 이것이 내가 선택한 통치의 이념입니다. 자신이 세운 통치 이념을 실현해볼 희망조차 품지 못한 다면……."

"저하께서 말씀하시는 균. 그 균의 끝은 어딥니까? 양반과 상것들이 한 묶음이 되면…… 그 다음에는 왕실과 상것들도 종당에는 한 묶음이 되는 것입니까?"

잠시 침묵을 지키는 선에게 혜경궁은 답을 해달라 청했다.

"그래야지요. 나만 빼고 균을 실현하겠다는 것은 말도 안 되는 일이니까요."

혜경궁은 기가 막혔고, 이내 그 눈에 눈물이 그렁해졌다. 상것과 왕실이 한 묶음이 되다니, 혜경궁이 이것이 말이 된다 보느냐 따졌으나, 선은 말이 안 되는 연유가 무엇이냐 되물었다.

"반가에서 태어나기 위해 부인이 한 노력이 있습니까? 아마 없을 것입니다. 이 사람도 마찬가지에요. 왕실에서 태어나기 위해 아무것도 한 게 없어요. 이건 그냥 주어진 거라고요."

선이 제가 입은 용포의 소맷자락을 휙 들어 보이며 그리 말했다. 그가 드러낸 위험천만한 생각에 혜경궁은 말문이 막혔다.

"평민들과 천인들도 마찬가집니다. 그들이 무슨 대단한 잘못을 해서 미천한 신분으로 태어난 것이 아니에요. 그렇다면……."

더는 듣고 있기가 괴로웠던지 혜경궁이 자리에서 벌떡 일어났다.

"받아들일 수 없습니다."

선 역시 자리에서 일어났고, 혜경궁은 붉어진 눈시울로 서늘하게 그를 보았다.

"균이든 공평한 세상이든, 양반과 상것들이 한 묶음이 될 수도 있으리라는 저하의 생각. 신첩은 평생을 살아도 이해하지 못할 것 같습니다. 부왕과 중신들 또한 마찬가질 겁니다."

함께 그 많은 일들을 겪으며 조금은 가까워졌다 생각했으나 다시 원점이었다.

"꿈을 품고 희망을 논하는 것이 나쁘다는 게 아닙니다. 허나 이 세상엔 되는 일이 있고 되지 않는 일이 있어요. 절대로 안 되는 일이라는 것도 있다 이런 말입니다. 세상은 그런 걸 희망이 아니라 망상이라고 부르지요."

선이 미간을 살짝 찌푸렸다. 가림 없이 평등하게 기회가 주어지는 것, 쏠림 없이 공정하게 과정이 진행되는 것, 하여 정의로운 결과를 얻는 것. 지난 과거에서 입증하였듯 그것은 절대 망상이 아닌 현실 가능한 일이었으나, 혜경궁은 그에게 망상을 버리라 하였다.

"저하께서 망상을 버린 걸 세상이 모두 알게 해야 합니다. 그래야 저위가 저하의 몫이 될 것이고, 신첩과 또한 우리 원손에게도 미래가 있을 것임을 명심하셔야 합니다."

혜경궁은 예를 갖추고는 그대로 동궁전을 나섰다.

망상이라…… 어쩌면 자신의 내자이자 이산의 어미인 그녀만은 자신의 편이 되어줄 거라고, 쉽지는 않겠으나 진심을 다해 설득한다면 가능할지도 모른다 믿었던 그것이 망상일지 모른다. 선은 더없이 쓰디쓴 미소를 배어 물었다.

그 무렵, 김상로는 왕의 서안 위에 탕약을 공손히 내려놓았다.

"오늘도 국본의 문후를 물리치셨다고요. 자알 하셨습니다."

왕이 말없이 서늘한 눈으로 김상로를 보았다.

"이종성 자르고 관복 다 벗겨 치웠으나 국본은 진정으로 뜻을 꺾은 것이 아니에요. 기회만 된다면 어떻게든 그놈들에게 다시 관복을 입히려들 겝니다."

"그럴 수도 있겠지."

왕은 덤덤히 받아치고는 탕약이 든 그릇을 들었다. 김상로가 속이 타는 듯, 어찌 국본을 저대로 두는 것이냐 물었다.

"두지 않으면? 세자 쳐내게?"

"어찌하여 소신의 충심을 그리……."

"세자 쳐내고 느이 노론 놈들이 또 택군이라도 해서 그 자리에 한 놈 꽂게?"

왕이 부들부들 떨며 탕약을 집어던졌고, 탕약은 바닥을 뒹굴었다. 김상로는 잠시 얼어붙은 듯 눈을 끔뻑이다가 면포를 꺼내 왕에게 내밀었다.

"닦으십시오. 용포와 어수에 탕약이 좀 튀었습니다."

왕은 김상로를 빤히 보다가 면포를 홱 집어들었고, 웃으며 손에 묻은 탕약을 닦았다.

"전하의 심기가 편안해지실 수만 있다면 내일도, 모레도…… 아니 백 번이라도 소신에게 직접 탕약을 뿌리셔도 좋습니다. 아니, 그보다 더한 일을 감당하라 하시어도 기꺼이 전하의 뜻을 받들 것이옵니다."

김상로는 더없이 충직한 얼굴로 부디 자신의 충심만은 의심치 말라 청하였다. 왕은 그만 물러가라 하였고, 마지막 순간까지 김상로는 충직한 신하의 얼굴로 물러나왔다. 허나, 동온돌에서 멀어지자마자 탕약이 튄 자신이 관복 자락을 신경질적으로 홱 털어냈다.

"국본을 버릴 의사가 없어?"

왕 앞에서 보인 얼굴은 온데간데없이 더없이 싸늘한 표정으로 동온돌 쪽을 노려보았다.

김상로는 홍계희에게 왕이 당장은 국본을 끌어내릴 의사가 없어 보임을 전했다. 홍계희 역시 불만으로 얼굴이 구겨졌다.

"심각한 건 세자뿐만 아니라 금상도 마찬가지군요. 이 나라의 질서나 미래보다 왕권부터 지키고 보겠다, 이거 아닙니까."

"일단 국본이 대리청정이라도 못하게 해야 할까요?"

잠시 말을 아끼던 홍계희가 뭔가 묘안이 떠오른 듯 운을 떼었다.

"그보다 동궁전에 수상한 계집이 있다 하지 않았습니까. 그 계집의 신원부터 확인해보는 게 어떻겠습니까. 만일 그 계집이 역적 서지담이 맞다면, 그거야말로 당장 국본을 쳐낼 수 있는 명분 아니겠습니까."

그럴 듯한 홍계희의 생각에 김상로는 그 길로 소원 문씨의 처소로 달려갔다. 그는 일전에 말한 그 수상한 계집을 좀 불러줄 수 있겠느냐 청했고, 소원 문씨는 흔쾌히 응했다. 소원 문씨 처소의 상궁이 동궁전으로 찾아와 빙애, 아니 지담을 찾았다. 최 상궁은 당혹스러웠으나 애써 담담히 지금은 잠시 자리를 비운 듯하니 일단 돌아가 기다리라 하고는 은밀히 빈궁전으로 걸음을 옮겼다.

"사가로 보낼 봉서를 대필시키겠노라며 부르는데 거절한 명분이 없는지라……"

최 상궁이 곤혹스러운 듯 말끝을 흐렸고, 혜경궁 역시 당혹감을 추스르며 일단 안국방으로 심부름을 보냈다 하라 명했다.

"무슨 셈속으로 저러는지 알아는 보고, 보내도 보내야 할 것이야."

"알겠습니다. 속히 조처하겠습니다."

최 상궁은 그 길로 장 내관을 소원 문씨의 처소로 보냈다. 빙애가 안국방으로 심부름을 가 지금은 올 수 없다는 장 내관의 말에 소원 문씨가 한쪽 눈썹을 치떴다.

"심부름이라니?"

"부부인67께서 편찮으시다는 소식을 듣고 저하께서 문안편지를 보내셨습니다."

문씨는 김상로가 기다리고 있는 방으로 돌아와 속상한 듯 툴툴댔다.

---

67. 부부인 : 왕비의 어머니에게 주던 봉작(封爵).

"또다시 미꾸라지처럼 빠져나간 모양입니다."

"걱정하실 거 없습니다. 처음부터 이리 나올 줄 알고 있었습니다."

김상로는 득의양양한 웃음을 흘렸다.

"동궁전에서 안국방으로 가는 문안편지요."

지담이 궐문을 나서며 수문장에게 패를 내 보였다. 지담이 잰걸음으로 궐문을 빠져나온 그때, 누군가 그녀 앞을 막아섰다. 홍계희였다.

"그대가 궁인 박가 빙애인가?"

당혹스러웠으나 지담은 애써 침착하게 그러하다 답했다.

"내 긴히 물어볼 말이 있네."

"하문……하시지요."

홍계희가 뒤돌아보자 좌포청의 최 포교와 정 포교가 다가섰다. 자신의 얼굴을 아는 그들이었기에 지담의 얼굴은 더 굳어졌다.

"좀 긴장한 듯하구먼."

"그런 거 없습니다, 대감."

말은 그리하였으나 불편한 긴장에 가슴이 뛰었다. 그를 흘긋 보던 홍계희가 두 포교들과 구면이 아니냐 물었다. 지담이 침묵을 지키자 홍계희가 두 포교들을 슥 보았다.

"허면 너희들이 대답을 해보거라. 이 사람을 아느냐?"

날카로운 눈빛으로 지담을 살피는 그 시선에 지담은 온몸의 신경이 바짝 서는 듯했다.

"모르겠는데요."

"다시 한 번 제대로 보거라. 정말 모르는 사람이 맞느냐?"

"그렇다니까요."

득의양양하던 미소는 온데간데없이 홍계희의 눈빛이 흔들렸다.

"미안하게 됐네."

지담은 단정히 예를 갖추고는 안국방 쪽으로 걸음을 떼었다. 멀어지는 그녀의 뒷모습을 보며 홍계희는 이맛살을 찌푸렸다. 혹 두 포교가 거짓말을 하는 것은 아닐까 하는 생각도 들었으나 이내 고개를 저었다. 서지담이 부용재에 있음을 고발하고 추포까지 하려던 자들이 이제와 거짓을 고할 연유가 뭐란 말인가.

홍계희와 헤어진 후 주막을 찾은 두 포교는 변종인과 함께 술잔을 기울였다.

"고맙네. 내 이 은혜, 죽을 때까지 잊지 않겠네."

변종인의 인사에 최 포교는 입가에 묻은 술을 슥 닦으며 그럴 거 없다 하였다.

"종사관으로 계실 때 상단에서 뇌물 뜯음 정확히 삼등분 해주신 은혜, 그거 갚은 거니까요."

정 포교 역시 고개를 끄덕이다가 의아한 듯 물었다.

"헌데 종사관 나리. 요즘 대체 무슨 일 하십니까. 역적 년이 궁에 있는 건 어떻게 아셨어요? 또 그년을 이렇게 감싸는 이유는 뭐고요?"

"얘기하자면 길어. 허나 이거 하난 분명히 밝혀둘 수 있네. 아주 좋은 일이야. 나에게뿐만 아니라 자네들에게도 아주 좋은 일이라고."

변종인이 씩 웃었으나 두 포교는 변종인의 말이 와닿지 않는 듯 고개를 갸웃했다. 변종인은 포교들의 빈 술잔을 채워주고는 한 번 더 고맙다는 인사를 전했다.

❀ ❀ ❀

어둑한 밤이 되었으나 홍계희는 퇴청도 미룬 채, 김상로의 집무실에 있었다.

"이젠 어찌하는 것이 좋겠소? 국본을 쳐낼 다른 명분을 얻을 때까지 이대로 맥 놓고 있어야 하는 겁니까."

"그럴 수야 있습니까, 어디."

잠시 후, 김상로와 홍계희는 왕의 침전을 찾았다.

"속히 새 중전을 들이셔야 한다 주청키 위해 들었사옵니다."

허나 왕은 서안만 멀거니 바라볼 뿐이었다.

"새 중전을 들이고 후사를 얻을 길 또한 모색하셔야 하옵니다. 그래야."

"급하긴 급했던 모양이구먼. 이 밤중에 그 얘기를 하러 과인을 다 찾아오고."

왕이 재미있다는 듯 픽 웃고는 생각해볼 테니 물러들 가라 일렀다. 허나 두 사람은 미동조차 없었고, 홍계희가 강수를 두었다.

"지금 당장 폐세자를 결단하신다면 두말 않고 물러갈 것이옵니다."

"폐세자라니! 닥치지 못할까."

격노한 왕이 홍계희에게 소리를 내질렀으나 홍계희는 그런 왕을 보며 담담히 말을 이었다.

"국본이 얼마나 위험천만한 생각을 하고 있는지…… 그 생각을 품은 채 이 나라 조선의 스물두 번째 군주로 즉위한다면 또한 이 나라가 얼마나 위험해질지 전하께서 누구보다 잘 알고 계십니다. 그럼에도 전하께서 인정에 이끌려 중전을 세우고 새로운 후계자를 얻을 노력조차 하지 않으신다면 이젠 소신 등이 나서서 국본을 폐할 길을 찾을 수밖에 없사옵니다."

왕은 홍계희를 죽일 듯 쏘아보았다. 당장이라도 저 목을 비틀어버리고 싶었으나, 그럴 수는 없었다. 이럴수록 냉정해져야 했다. 왕은 분기를 누른 채 물러가라 일렀고, 이 이상 왕의 심기를 어지럽혀 좋을 게 없다 판단한 두 신하가 물러갔다.

"새로운 후계자를 얻을 노력이라……."

서안 위에 팔을 괸 채, 지그시 감은 눈가를 문지르던 왕이 중얼거렸다.

"몹쓸 놈 같으니라고…… 어찌하여 이 아비를 이 지경으로 몰아."

왕이 깊은 한숨을 내쉬었다.

그 밤, 선은 목멱산 산길로 접어들고 있었다. 얼마나 더 걸었을까. 저 편에 뒷짐을 지고 서 있는 익숙한 사내의 뒷모습이 눈에 들어왔다. 사내 역시 선의 기척을 느낀 듯 돌아보았다. 간만에 도포 차림이 아닌 무복을 입은 나철주였다.

"이런 데서 날 보자 한 연유가 뭔가."

"검계 노릇 할 때 습속이 남아 있어서 그런가, 몸이 좀 근질근질하여 맞수가 되어주십사 뵈셨습니다."

나철주가 근처 바위 위에 놓아둔 두 자루의 칼 중 하나를 집어 선에게 건넸고, 선이 칼을 받아 들었다. 나철주는 남은 한 자루의 칼을 들어 칼집을 바닥에 내던졌다.

"칼집 버리고 끝까지 가보는 것은 어떻습니까."

"누구 하나 죽기 전까진 싸움을 멈추지 말자는 뜻인가?"

"소신이 질 일은 없을 것이니……."

"날 죽이고 싶은가?"

"기분 같아서는요."

나철주의 눈빛은 칼날보다도 더 매서웠다.

"저하께서는 부왕을 공격할 의사가 있다고 하셨습니다. 헌데 아무것도 하지 않으셨어요. 이종성 대감 쳐내고 불쌍한 놈들 관복 뺏기는 데 어찌하여 참고만 계셨습니까?"

"국본의 자리를 지켜야 했으니까. 국본의 자리를 지켜야 왕이 될 수 있으니까."

쏩쓸하지만 강하게 힘이 실린 목소리였다. 지키고자 하는 바가 있는 자는 힘이 필요했고, 백성을 지키고자 뜻을 세운 왕재에게 필요한 것은 권좌, 왕이 되는 것이었다.

"뺏어야 한다는 생각은 어찌하여 하지 않으시는 겝니까."

"그대의 말은 뭐야? 이 칼로 부왕을 베고 권좌를 뺏기라도 해야 된다는 말인가."

"백성을 위한 일이라면요. 부왕께서 백성을 어찌 다루시는지 저하께서도 똑똑히 알고 계십니다. 지난 을해년에도, 이번 과장에서도 우린 지겹게 봤다고요. 하오니……."

"아니, 난 그럴 의사 없네."

"아버지라서……입니까?"

선의 눈빛이 흔들렸고, 나철주는 그런 선을 서늘하게 응시했다.

"아버지가 아니라 다른 누구라 해도 난 그자에게 칼을 겨누진 않았을 것이야. 앞으로도 그럴 의사는 없어."

"대체 연유가 무엇입니까?"

"칼은 너무 쉬우니까."

선이 칼을 빼들었고, 달빛을 받은 칼날이 번뜩였다. 선은 그를 바라보다 나철주에게 시선을 돌리며 물었다.

"내가 이 칼로 부왕을 베고 권좌를 얻으면 다음은 어떻게 될 거 같나. 다음은 누구를 겨눌 거 같으냐고."

선은 지체 없이 나철주의 목에 칼을 가져다 댔다.

"그대를 겨누지 않을 거라 장담할 수 있는가. 칼로 잡은 권력은 칼이 아니면 유지가 안 돼."

선은 칼을 바닥에 내버리며 그것이 지난 을해년 자신이 얻은 가장 뼈아픈 교훈이라 말했다.

"하오시면 저하께서 하실 수 있는 일은 대체 무엇입니까? 또다시 복지부동하시며 부왕께서 승하하시기만을 기다리는 것입니까?"

너무나 날카롭고, 잔인한 말에 선은 잠시 먹먹해졌다.

"할 수 있는 일을 찾고 있어. 평민 출신 급제자 네 명, 당장 관복을 입히진 못했으나 그들을 얻은 건 큰 성과야. 나도 이 성과를 이대로 날려버리고 싶진 않다고. 그러니 나를 믿고 조금만 더 기다려줄 수는 없겠는가."

선을 서늘하게 보던 나철주는 그에게서 돌아서 멀어져갔다. 또다시 홀로 남겨진 선은 쓸쓸한 한숨을 배어 물었다.

나철주는 선과 헤어진 후 상단 사랑으로 들었고, 선을 만나 나눈 이야기를 변종인에게 전했다. 변종인 역시 선의 태도가 마음에 들지 않는 듯 얼굴을 찌푸렸다.

"세상을 바꾸고 싶은데 칼을 들 의사는 없다? 이게 말이 됩니까."

"아들이 아버지를 벨 결심을 하는 건 쉬운 게 아니야. 오히려 역도가 아비를 베는 쪽이 쉽지. 그래서 이제 내가 그걸 해줄 생각일세."

나철주의 품은 바를 눈치 챈 변종인이 흠칫 굳었으나 나철주는 담담하기만 했다.

그 무렵, 선은 무거운 걸음으로 희우정으로 돌아왔고, 이내 그 걸음이 멈췄다. 희우정 안에는 선의 그림을 한 장 한 장 넘겨보는 부왕이 있었다.

"요즘은 통 그림 그릴 여가가 없니? 종류가 전보다 별로 늘지를 않았구나."

왕은 그림을 내려놓으며 어디서 오는 길이냐 물었다.

"복색을 보니 오늘도 미행을 나갔다 온 모양이로구나."

"송구합니다."

"놀다 왔을 리는 없고…… 오늘은 또 어느 백성 곁에 있다 왔냐? 얼마나 불쌍한 백성의 곁에 있었냐고. 그 백성이 불쌍해서 딱한 마음에 할 수 없는…… 아니지, 해서는 안 되는 약조를 또 하고 온 건 아니니?"

"아바마마."

"이놈아, 답을 해봐, 어서!"

선의 눈빛이 흔들렸다. 왕이, 그의 아비가 울고 있었다.

"선아, 이 아비는 말이다. 도무지 네가 포기가 안 돼. 나쁜 놈인데…… 이 아비의 정적이 되겠다고 한 모진 놈인데. 내가 삼십 년 넘게 이 손으로 피땀으로 일궈온 이 나라 조선을 송두리째 깨버리겠다고 한 그런 위험천만한 놈인데 도무지…… 허허허, 도무지 포기가 안 되는구나."

왕은 웃으며, 또한 울고 있었다. 그런 아비를 보는 아들의 눈시울 역시 붉어졌다.

"백성들 처지 안타깝게 여기는 그 마음…… 그 마음 접으라는 게 아니다. 이 사회 질서를 송두리째 깨려고 들지만 말라는 거다."

"아바마마."

"선아, 약조해다오. 다시는…… 다시는 허망한 꿈 따윈 꾸지 않겠다고 이 아비에게 그리 약조를 해줄 수는 없겠니?"

왕이 선의 두 손을 따뜻하게 잡으며 간절히 물었다. 허나 선은 거짓을 고할 수도, 또다시 모진 말로 아비에게 상처를 줄 수도 없기에 어렵사리 운을 떼었다.

"생각을…… 해보겠습니다."

왕의 눈에서 눈물이 주르르 흘러내렸다. 끝내 알았다, 그리하겠노라 거짓으로라도 약조해주지 못하는, 정직해빠진 아들놈이 오늘따라 야속했다.

"송구하옵니다, 아바마마."

선이 그리 말하자 왕은 고개를 내저었다.

"시간이 필요하다. 너하고 나 우리 두 사람에게는 시간이 필요할 듯싶구나."

왕은 선의 어깨를 꾹 잡았다가 놓고는 휘적휘적 힘없이 희우정을 나섰다.

선의 꿈을, 희망을 누군가는 망상이라 하였고, 또 누군가는 불안해했고, 또 다른 누군가는 헛된 꿈이라 하였다. 그 누구에게도 인정받지 못하고 이해받지 못하는, 아픈 꿈을 품은 선의 가슴이 무너져

내렸다. 붉게 젖은 눈에서 눈물이 흘러내렸다.

❀ ❀ ❀

"과인이 오늘 세자와 여러 신료들을 모이라 한 뜻은 지난 이 년간 비워두었던 중궁전을 더는 비워둘 수 없다고 판단한 때문이오. 방도를 숙의해서 상주토록 하시오."

"분부받자와 거행하겠나이다."

선이 김상로를 서늘하게 보았으나 김상로는 득의양양한 미소로 응수했다. 새 중전이라니, 명백히 국본의 저위를 흔들고자 함이었기에 조재호와 채제공, 홍봉한은 마뜩치 않은 듯 한숨을 내쉬었다.

편전 회의를 파한 후, 선은 복잡다단한 속을 애써 추스르며 아들 이산의 처소를 찾았다. 이산의 곁에 앉아 그가 붓글씨 쓰는 걸 가만 지켜보던 선이 옅은 미소를 머금었다.

"군사부일체라…… 이젠 서체에도 제법 힘이 실리는구나."

"아바마마. 군주와 스승 그리고 아버지는 모두 같은 것입니까?"

"그리 묻는 연유가 무엇이냐?"

"소자는 아무리 노력해도 똑같이 좋아지지가 않습니다. 소자는 아바마마가 제일 좋습니다."

선은 해맑게 웃으며 그리 말하는 아들의 등을 토닥였다.

"아바마마께선 아닙니까?"

"그럴 리가 있겠느냐. 나 역시 아바마마께 가장 깊은 정을 느끼고 있느니라. 그런 아버지를 거역하는 것도 무섭지만 나를 아비라 믿는 백성들의 기대를 저버리는 것은 더욱 무거운 일이구나."

선은 이산의 말간 눈을 바라보며 머리를 따뜻하게 쓰다듬었다.

"오늘도 문소원의 처소로 납셨단 말인가."

빈궁전, 김 상궁의 보고에 혜경궁의 얼굴이 찌푸려졌다. 지금도 선을 음해치 못해 안달을 하는 인사가 이대로 중궁전의 주인이 되어 아들까지 낳게 된다면, 그 아들을 찍어 올리고자 어떤 짓도 마다하지 않을 터였다.

"막아야 돼. 문소원이 중궁전 주인이 되는 것은 기필코 막아야 한다 이런 말일세."

혜경궁의 말에 김 상궁이 고개를 깊이 숙였다.

다음 날, 김 상궁은 장옷을 입은 여인 하나와 함께 궐 북문에 다다라 있었다. 여인은 도성에서 가장 이름난 무당 다비였다.

"부부인께서 빈궁전으로 보내신 인편입니다."

김 상궁이 그리 말했으나 수문장은 그렇다 해도 신원이 불분명하면 입궁을 허락할 수 없다며 말끝을 흐렸다. 김 상궁은 묵직한 은자 하나를 수문장에게 집어주며 나직이 말했다.

"빈궁전에서 내리신 것입니다."

수문장은 헛기침을 하며 문을 열어주었고, 김 상궁과 다비는 안으로 들어섰다. 다비를 빈궁전으로 들여보내고 돌아선 김 상궁 앞에 최 상궁이 서늘하게 서 있었다. 당혹스러운 듯 서 있는 김 상궁에게 최 상궁은 따라오라 일렀다.

"어찌하여 무녀 다비가 또다시 빈궁전을 드나드는가?"

"점괘가 필요하다 하십니다. 아들을 낳고자 하실 때마다 다비가 점괘를 뽑고 택일한 것이 예조에서 뽑아 올린 길일보다 더 신통하게 맞아 떨어지지 않았는지요."

최 상궁이 누가 들으니 소리를 낮추라 일렀고, 김 상궁이 급히 입을 막았다. 허나 이미 그 근처 담장 끝에 있던 소원 문씨 처소의 상궁이 모든 걸 다 들은 후였다.

"뭐라? 빈궁이 궁으로 무녀를 끌어들였단 말이냐."

모든 걸 전해 들은 소원 문씨는 급히 빈궁전 쪽으로 걸음했고, 마침 다비를 배웅하던 혜경궁과 맞닥뜨렸다. 혜경궁은 소원 문씨를 보자 짐짓 당혹스러운 듯 빈궁전까지는 어인 행보냐 물었다.

"어인 행보? 그건 내가 묻고 싶은 말이에요. 법도 좋아하는 빈궁께서 이 무슨 난행입니까? 무녀를 끌어들이다니요."

"그게 무슨……."

혜경궁이 채 받아치기도 전, 소원 문씨는 혜경궁 뒤에 서 있던 다비를 거칠게 끌어냈다.

"네년이 직접 토설을 하는 게 좋겠다. 네가 그리 귀신같이 택일을 한다지? 허면 나에게도 택일을 해주려느냐."

339

"마마님께는 택일이 필요 없을 듯싶습니다. 매아살**68**이 끼어 방을 하고 평생 치성을 드린다 해도 마마님 팔자에는 아들이 없을 것으로 보입니다."

그 소리에 소원 문씨가 분기를 참지 못한 채 부들부들 떨었다.

"네 이년! 죽고 싶으냐? 어디서 그 따위 망발을."

"소인은 그저 신령님이 말씀하시는 대로 전하고 있을 뿐이옵니다."

소원 문씨의 얼굴이 붉으락푸르락했다.

"너무 마음 쓰지 마세요. 이 사람의 재주가 아무리 영험하다 해도 언제나 맞을 순 없는 일. 잊고 마세요. 그저 없던 일이다. 그리 여기고."

혜경궁의 말이 채 끝나기도 전, 소원 문씨가 다비의 뺨을 쩍 후려치고는 성마른 얼굴로 돌아섰다. 모든 것이 제 계획대로 맞아 떨어진 혜경궁이 묘한 미소를 머금었다.

빈궁전 앞에서 벌어진 일은 금세 궐 안 곳곳에 퍼졌고 결국 그 다음 날 아침, 대전에까지 전해졌다.

"소문의 시작이 빈궁전에서 끌어들인 무녀 때문이라고?"

왕이 그리 묻자 상선이 그런 듯하다 답했다. 가만 생각에 잠긴 듯 말이 없던 왕이 픽 웃음을 흘리더니 껄껄 웃었다.

---

68. 매아살 : 자손이 귀하고, 자식을 낳아도 자식이 불구자가 되거나 열 살까지 살기 어려운 사주.

"우리 빈궁전 깍쟁이가 아주 재미난 판을 깔았구먼."

허나, 정작 혜경궁은 평소와 다를 바 없이 차분히 이산이 내관들과 투호하는 모습을 지켜보고 있었다. 그때 김 상궁이 다가와 조심스레 귀엣말을 전했다.

"드디어 대전에서도 알게 되셨단 말인가."

혜경궁은 이제 어찌해야 할 것인가, 아니 대전에서 어찌 나올 것인가, 그 수를 따지기 시작했다.

"산아."

왕의 목소리에 산이 투호를 멈추고 할아버지에게로 달려가 안겼다.

"투호를 하고 있었니?"

"할바마마께서도 함께 하시지요. 안에서 서책과 공무에만 너무 골몰하셨으니 재미난 일도 좀 하셔야 합니다."

어린 손자의 말이 귀여운 듯 왕이 웃으며 물었다.

"누가 그러더냐, 이 할애비가 서책과 공무에만 골몰한다고?"

"어마마마가 할바마마께서 매일매일 오랜 시간 서책과 공무에만 전념하시느라 안에만 계시니 옥체라도 상하시면 어쩌나, 그것이 늘 걱정이라 하셨습니다."

왕이 그제야 건너편의 혜경궁을 쳐다보았다.

"함께 하시지요, 할바마마."

"이 할애비는 잠시 네 어머니하고 할 얘기가 있어요. 먼저 하고 있거라."

이산이 공손히 답하고는 다시 투호 놀이를 하던 곳으로 달려갔고, 왕은 혜경궁에게 다가섰다. 투호를 하며 까르르 웃는 이산에게 시선을 둔 채, 왕은 아이 때문이었느냐 물었다.

"국본과 아이 때문에 너와는 어울리지도 않게 궁으로 무녀를 끌어들였냔 말이다."

"아니옵니다, 아바마마. 신첩은 그저……."

"솔직하게 말해보거라."

다정한 목소리였으나 혜경궁은 여전히 말을 아꼈다.

"넌 뜻을 이루었다. 이번에도 네가 국본을 지켰다."

"하오시면 원손의 미래는 아바마마께서 지켜주시는 것이옵니까?"

왕은 말없이 투호를 하는 이산 곁으로 다가갔다. 이산의 손을 잡아 자세를 고쳐주며 다정히 투호하는 법을 가르쳐주었고, 그 모습에 혜경궁은 눈물겨운 웃음을 지었다.

왕은 김상로를 동온돌로 불러들였고, 그에게 새 중전은 간택으로 뽑을 것이라 하였다. 당혹스러움을 감추지 못한 김상로가 혹 소원 문씨의 팔자에 아들이 없다는 허망한 미신을 믿어 그런 것이냐 물었다.

"미신이 아니라 자질 때문이야. 소원은 아무것도 아닌 무녀의 한마디에 바로 논란의 중심에 섰어. 궁인들 사이에서 전혀 신망을 얻지 못하고 있다는 게야. 덕이 엷은 거라고. 이런 아인 국모 될 자격이 없어."

소문이 궐 안을 돌고 도는 동안 소원 문씨를 감싸거나 안타까워하는 자는 그 처소 궁인들 말고는 없었다. 소원 품계를 받고 사 년, 생각시로 들어온 것을 따지면 꽤 오래 궁살이를 했으나 그녀 곁에는 사람이 없었다. 또한 희빈 장씨를 사사하며 부왕 숙종대왕이 '앞으로 빈은 중전이 될 수 없게 하라' 했던 왕명 또한 그 아들로서 거스를 수 없는 일이었다.

"국모는 반가의 여식 중 덕 있는 사람으로 선택할 것이니 지금 즉시 간택령 내려."

얼마 가지 않아 저자 곳곳에 금혼령을 내리는 포고문이 나붙었다.

"금혼령이라…… 환갑이 넘은 나이에 처녀장가를 들겠다?"

나철주의 한쪽 입꼬리가 슥 올라갔고, 변종인 역시 죽을 날 받아놓은 늙은이가 뭐 하는 짓이냐며 고개를 내저었다. 저자 곳곳이며 도성이 그 이야기에 떠들썩했고, 궐 안 역시 다르지 않았다. 후원에 서서 멀거니 허공을 올려다보던 왕이 상선에게 백성들 분위기가 어떠한지 물었다. 허나 상선은 쉬이 말을 전하지 못했고, 왕이 자조적인 웃음을 흘렸다.

"물어 뭐해, 늙은이 노망이라 하겠지."

"마음 쓰지 마십시오. 저자를 떠도는 우매한 백성들이 어찌 지존의 깊은 속내를 헤아릴 수 있단 말입니까. 중궁을 들이겠다 하신 것은 어떻게든 폐세자를 운운하는 노론으로부터 국본을 지키기 위함이 아니었는지요."

조정의 절반을 차지하고 있는 노론은 지난날 숙종대왕의 왕명까지 무시한 채, 노론의 사람인 소원 문씨를 중전으로 들이려 했으나 이 이상 노론의 힘이 커지는 것은 안 될 일이었다. 그렇다고 아예 새 중전을 들이자는 그들의 의견을 묵살시킬 수도 없는 일. 결국 새 중전을 뽑되 노론의 영향력이 덜 미치는 쪽을 선택하는 것이 차선이 될 터였다.

왕은 무거운 걸음을 떼었고, 그 어느 한 켠 선이 모습을 드러냈다. 당신은 세상의 어떤 비웃음이나 욕을 먹더라도 자식만은 지켜주려 한 아비의 쓸쓸한 뒷모습 위로 지난날, 희우정을 찾아 눈물을 쏟던 그 모습 또한 떠올랐다.

'백성들 처지 안타깝게 여기는 그 마음…… 그 마음 접으라는 게 아니다. 이 사회 질서를 송두리째 깨려고 들지만 말라는 거다.'

하지만 부패할 대로 부패한 조선을 개혁하려면 그 낡고 병든 틀부터 바꿔야 했다. 아무리 그 속을 좋은 것들로 채운다 해도, 그를 담는 그릇이 그른 것이라면 결국 속도 얼마 못 가 썩기 마련일 테니. 결국 선이 가고자 하는 길은 부왕의 조선을 깨버리는 것이 아니라, 오히려 병폐를 없애고 더 단단하고 강건한 조선을 만들고자 함이었다.

길고 긴 고민을 끝낸 선은 지하서고로 민우섭을 불렀고, 이전부터 고민해왔던 이야기를 꺼냈다.

"서재……라니요?"

민우섭이 당혹스러운 듯 물었고, 선은 일종의 실험적인 학당이라 설명했다.

"난 이 서재를 관서⁶⁹ 은밀한 곳에 건설할 생각이야."

"서재에서 공부할 수 있는 자들은 누굽니까?"

"중인은 물론 평민, 천인에 역적의 자손에 이르기까지 당장은 과거를 통해 출사할 수 없는 자들을 모아들일 생각일세."

민우섭이 조심스레 괜찮겠느냐 물었다.

"전하의 심려가 크시어 늘 마음을 쓰지 않으셨는지요."

"부왕께 송구하지만 난 도저히…… 도저히 백성들의 기대 또한 저버릴 수가 없어. 이 일은 은밀하게 진행할 것이야. 짧게는 오 년 길게는 십 년 이상 차분하게 성과를 쌓아 그들이 이 나라에 필요한 인재라는 것을 입증할 생각일세."

"시기를 좀 늦추시는 것은 어떠십니까."

"아니, 오히려 지금이 적기야. 관서에 서재를 세우자면 예산이 필요해. 허면 내탕금을 비밀리에 전용해야 될 필요가 있어. 그러기 위해서는 국혼으로 분주한 지금이 가장 좋지."

민우섭이 고개를 끄덕였고, 선은 나도주 상단에 연통을 넣어달라 하였다.

그 밤, 선은 상단 사랑을 찾아 나철주에게 관서에 서재를 건설할

---

69. 관서(關西) : 한반도의 북서부. 현재의 평안도와 황해도 북부 지역.

계획임을 털어놓았다.

"평민 출신 급제자들에게 관리를 맡길 생각일세. 그들을 중심으로 이 나라에 진정으로 필요한 학문을 연구하는 산실을 만드는 거지."

"그들은 어찌 쓰실 생각이십니까. 즉위 이후 중용을 하시는 것입니까."

선이 고개를 끄덕이고는 그 전에 기회가 오면 더 좋을 거라 덧붙였다. 별 말이 없는 나철주에게 선이 여전히 불만이냐 물었다.

"내가 너무 미온적이라 여기는 게야?"

"아닙니다. 한 번 해볼 만한 일로 보이는군요. 소인이 어찌 도우면 좋겠습니까."

"일단 관서 은밀한 곳에 부지를 알아봐주게. 내탕금을 전용할 방책이 나오는 대로 곧 자금은 마련해주겠네."

나철주가 고개를 끄덕였고, 선은 장동기와 이달성 등 급제자들에게 연통을 했는지 물었다. 나철주는 싱긋 웃으며 진즉에 와서 기다리고 있노라 답했다. 선은 나철주를 따라 상단 뒤뜰로 갔고, 그곳에서 동기와 달성 등을 만났다. 선은 그들의 어깨를 하나하나 따뜻하게 잡아주었다.

"내일 날이 밝는 대로 관서로 길을 잡겠다 합니다."

나철주의 말에 선은 옅은 미소를 지었다.

"흔쾌히 동의를 해주니 기쁘기 그지없구나."

동기는 오히려 이렇게 빨리 불러준 것에 그저 감읍할 뿐이라 하였고, 달성 역시 신명을 다할 것이라 다짐했다. 선은 그 모두를 믿음직하게 바라보았다. 이렇게 첫 삽을 뜨지만 오 년 후에는, 또한 십 년 후에는 조선 전체를 비옥하게 만들 바탕이 될 것이라 믿어 의심치 않았다.

선의 그 생각에는 나철주 역시 동의하나 서재나 관리하며 세자의 즉위 이후를 기다릴 생각은 없었다. 길이 없거나 막혔을 때 길을 내고 층계를 쌓아올려 길을 만드는 것이 선이라면, 나철주는 벽을 부숴버리는 쪽이었다. 어차피 조선을 개혁하고자 하는 뜻이 같다면 지름길을 내든, 우회를 하든 만나게 될 터. 선과 뜻을 함께하나 그 뜻을 조금 더 앞당기는 것. 그것이 나철주의 생각이었다.

❋ ❋ ❋

시간은 빠르게 흘러갔고, 닷새 후에 있을 삼간택[70]에서 새 중전이 정해질 터였다. 혜경궁은 재간택에 뽑혀 최종 삼간택으로 가게 된 자들의 명부를 꼼꼼히 살피며 홍봉한에게 물었다.

"이 규수들 중 아버지께서 물색해둔 규수도 끼어 있는 게지요?"

"여부가 있겠습니까. 거기 유학 김한구의 여식입니다. 그 아비 김한구가 성정이 아주 고분고분하여 다루기가 괜찮아 보입니다."

---

70. 삼간택 : 임금, 세자의 배우자를 세 번에 걸쳐 고르는 과정의 마지막 단계.

"허면 그 여식을 어떻게든 밀어 올려야 한다는 얘기인데…… 제가 한 번 만나보는 것이 어떻겠습니까."

홍봉한이 고개를 주억거리더니 만남을 주선해보겠노라 답했다.

며칠 후, 혜경궁은 홍봉한과 함께 김한구의 집을 찾았다. 빈한한 초가를 둘러보던 혜경궁과 홍봉한이 안으로 들어서려던 그때, 초가 안에서 소녀의 울음소리가 들려왔다.

"삼간택엔 가지 않겠어요. 정말 중전으로 간택되는 것은 아닌가, 두렵습니다."

"허면 처음부터 간택 단자를 넣지 말자 했어야지. 이제 와서 이게 무슨 짓이냐고!"

"할 수 있을 줄 알았어요. 아버지하고 우리 가문 위해서 나 하나 눈 질끈 감으면 된다, 그렇게 생각했는데 막상 전하를 뵈니까…… 뵙고 나니까 못하겠어요. 아니, 하고 싶지 않다고요."

앳된 소녀가 방문을 박차고 마당으로 내려서다 마당에 서 있는 고운 여인의 모습에 멈칫했다.

"행선지가 어디십니까? 가시는 곳을 일러주시면 이 사람이 모셔다 드리지요. 단, 조건이 하나 있습니다. 가시려는 곳에 방금 걷어찬 미래보다 더 확실하고 좋은 미래가 있어야 합니다."

그때 마당으로 내려선 김한구가 홍봉한을 알아보고는 누추한 곳까지 어인 일이냐 물었다.

"예를 갖추게. 빈궁마마시네."

홍봉한의 말에 김한구가 화들짝 놀라 머리를 조아렸고, 소녀 역시 짐짓 놀란 얼굴로 예를 갖추었다.

"여식과 잠시 얘기를 나누고자 하는데, 그리해도 좋겠습니까."

"물론이지요. 되고말고요."

김한구가 여식의 방으로 혜경궁을 안내하고는 제 여식 또한 그 방으로 떠밀었다. 두 사람은 잠시 말이 없었고, 혜경궁이 손을 뻗어 소녀의 손을 따뜻하게 잡았다.

"지금 얼마나 막막할지 이 사람이 모르지 않습니다. 허나 현실적으로 한 번 생각을 해보세요. 삼간택에서 빗겨서면 다음은 어찌 됩니까. 규수께서 선택할 수 있는 일이 무엇입니까. 누구와 혼인할지, 어떻게 살아갈지, 스스로 결정할 수 있는 것이 있습니까? 있다고 한들, 벼슬 못한 유생의 여식은 누구의 배필이 될까요? 좀 젊은 거 빼고는 아무것도 볼 게 없는 가난하고 무능한 자일 수도…… 아니, 삼간택에 온 처자와는 모두 혼인을 기피하니 평생 처녀로 늙어 죽을 수도 있겠군요. 이것이 그대가 원하는 미래입니까?"

부정하고 싶으나 차마 부정할 수 없는 현실이었다. 혜경궁은 소녀의 마음이 조금 흔들리기 시작했음을 눈치 챘다.

"그 미래가 삼십 년 이상 이 나라를 통치해온 힘 있는 남자의 아내가 되는 것보다 더 좋은 미래라 장담할 수 있겠습니까? 군주의 아내, 일국의 국모, 그에 걸맞은 화려한 일상과 또한 권세. 차라리 이렇게 손에 잡히는 확실한 미래를 선택하세요."

"그래서 마마께선 행복하십니까? 왕세자의 아내이고 후일의 국모가 되실 것이라서 그에 걸맞은 권세 또한 마마의 몫이라서 행복하세요?"

혜경궁의 눈빛이 흔들렸다. 궁은 세상의 축약판과도 같다. 치열하고 냉정하며, 목적과 이익, 계산 없이는 그 어떤 것도 움직이지 않는 곳. 또한 가지려면 얼마든지 가질 수 있고, 잃으려면 무참하게 잃을 수 있는 곳. 영원한 아군도, 적군도 없이 그저 욕망들이 서로 치열하게 부딪히는 전쟁터 안에서의 삶이 행복할 리 없었다.

"아니, 행복하지 않습니다."

확실한 미래와 행복. 지금 자신은 어느 즈음에 서 있을까. 확실한 미래에 행복도 있다 생각하여 택한 길이었으나, 어쩐지 그 모두에서 빗겨나 있는 듯한, 하여 울적한 기분이 드는 혜경궁이었다.

그렇게 닷새가 흘러 삼간택이 이루어지는 날. 혜경궁은 홍봉한과 함께 김한구의 여식을 기다리고 있었다.

"김한구의 여식이 오려 하겠습니까?"

"알 수 없지요. 김한구 외에 다른 자들의 성향은 어떻습니까?"

홍봉한이 그 성정이 만만치들 않다고 하자 혜경궁은 작게 한숨을 내쉬었다. 그때 저쪽에서 김한구와 그 여식이 걸어왔다.

"확실한 미래를 선택하신 겝니까."

"제 몫이 된다면요."

"연유를 물어도 좋겠습니까."

"불행하다…… 마마께서도 불행하다 하신 말씀이 묘하게도 위로가 되었습니다. 그저 하나 위안을 삼자면 저의 결정으로 누구 하나는 행복해질 수도 있겠구나, 그리 여기고 있답니다."

소녀가 제 아비 쪽을 흘긋 보며 그리 말했고, 혜경궁은 그 손을 따뜻하게 잡아주었다.

"힘겨워 마세요. 만일 국모가 되어 입궁하신다면, 그 쓸쓸함의 곁은 이 사람이 지킬 것입니다."

소녀가 예를 갖추고는 간택실로 걸음을 떼었고, 혜경궁 역시 초조한 듯 길게 숨을 내뱉었다.

김한구의 여식을 포함한 세 명의 규수가 간택실 문지방을 넘었다. 나란히 선 규수들 앞으로 흰 천이 발처럼 쳐 있었고, 왕은 그 너머에 있었다. 최 상궁이 왕을 대신하여 규수들에게 물었다.

"전하께서 물으십니다. 세상에서 가장 깊은 것은 무엇입니까?"

규수 하나가 방긋 웃으며 물이 가장 깊지 않겠느냐 하였고, 다른 규수는 물보다 더 깊은 것은 산이 아니겠느냐 하였다. 김한구의 여식은 침묵을 지켰고, 최 상궁이 그녀의 생각을 물었다.

"인심. 세상에서 가장 깊은 것은 사람의 마음입니다."

발 너머, 용상에 앉아 있던 왕이 그 말을 몇 번이고 곱씹더니 고개를 주억거렸다.

김한구의 여식이 새 중전으로 최종 간택되어 별궁으로 들었다는 소식은 재빠르게 퍼져나갔고, 나철주의 귀에까지 들어갔다.

"그리고 오는 스무이틀, 친영례71가 있답니다."

목멱산 훈련터, 살수들을 훈련시키던 나철주가 변종인의 보고에 고개를 주억거렸다.

"친영례…… 허면 오랜만에 왕이 백성들 앞에 그 모습을 드러내겠군. 바로 그 친영의 날, 왕은 암살될 것이다. 조선의 스물한 번째 군주는 이 땅에서 영원히 사라지고 저하께서 스물두 번째 군주가 될 것이다."

나철주의 눈빛이 서늘하게 번뜩였다.

---

71. 친영례 : 왕이 별궁에 있는 왕비를 맞이하러 가는 의식.

21

　궐 안은 새 중전을 맞을 준비로 분주했다. 예조 건물에는 가례도감72이 꾸려졌고, 김상로를 포함한 중신들이 각종 예물과 교명73, 옥책과 보 등을 꼼꼼히 살폈다. 선이 채제공과 함께 빈청 회의실로 들어서자 홍계희와 홍봉한, 내금위장 등 경호를 담당한 부서의 수장들이 예를 갖추었다.

　"친영례가 이제 내일로 다가왔소. 경호에 한 치의 소홀함이 있어서는 아니 될 것입니다."

　선의 말에 수장들이 고개를 숙였고, 선은 홍계희에게 보고를 시작하라 일렀다. 홍계희가 서탁 위로 반차도를 펼쳤다.

　"어가 행렬에 참례하는 인원은 1,188명, 동원되는 준마는 모두 391

---

72. 가례도감(嘉禮都監) : 국왕과 왕세자 등의 혼례 업무를 총괄하던 임시 관서.
73. 교명(敎命) : 왕비, 왕세자, 빈 등을 책봉할 때 임금이 내리던 문서.

마리에 이릅니다. 경호는 전사대와 후사대로 편성, 각각 명사수 백 명씩을 배치할 예정입니다."

선이 반차도를 주시하던 그 무렵, 나철주 역시 상단의 은밀한 방에서 변종인이 도화서 화원을 매수하여 얻어낸 반차도를 보고 있었다. 그 곁으로 변종인을 포함한 살수들이 있었고, 나철주는 친영례를 마치고 환궁하는 어가를 공격, 군왕을 암살할 것이라 하였다.

"경호 인력은 대략 사백 명, 전사대와 후사대에 명사수가 집중 배치됩니다."

변종인이 그리 말했고, 나철주는 왕을 밀착 경호하는 자는 몇이나 되는지 물었다.

"임금의 연 바로 옆에는 대전별감이, 앞뒤로는 검으로 무장한 가전과 가후[74]가, 그리고 양 옆으로는 초관[75]이 이끄는 사수들이 집중 배치됩니다."

"어가 행렬의 경로는 어찌 되는가?"

"보통의 경우라면 어가 행렬은 별궁을 출발, 운종가를 거쳐 돈화문으로 돌아갈 겁니다. 어가가 운종가를 거쳐 돈화문을 돌아드는 순간, 단 한 번 임금을 죽일 기회가 있습니다."

연이 돈화문을 돌아드는 그 순간, 행렬이 잠시 흐트러질 때를 노

---

74. 가전(駕前), 가후(駕後) : 임금이 행차할 때 임금이 탄 수레 앞뒤로 서던 시위병.
75. 초관(哨官) : 백 명으로 편성된 병사 집단인 초(哨)를 통솔하던 무관직.

린다면 지붕 위에서 왕의 연을 향해 활을 겨눌 수 있을 터였다.

"허면 어가가 확실히 돈화문을 지나는지 확인을 해야겠군. 속히 궁으로 연통을 하게."

변종인이 방을 나섰고, 나철주는 서늘한 눈으로 반차도를 바라보았다.

빈청 회의실, 역시 반차도를 주밀히 살피던 선이 홍봉한에게 물었다.

"동뢰연76이 통명전77에서 있다면 환궁하는 행로는 돈화문이 아니라 명정문으로 잡는 것이 합리적인 거 아닙니까?"

"친영례에 대한 백성들의 기대가 매우 큽니다. 행로를 너무 짧게 잡으면 서운하게 여길 수도 있어요."

선이 고개를 끄덕이고는 경호에 허술함이 없도록 만전을 기하라 하였고, 홍계희와 홍봉한을 포함한 수장들이 고개를 숙였다.

그 무렵, 왕은 이산과 함께 투호 놀이를 즐기고 있었다. 왕이 던진 막대가 통을 빗겨나가자 아쉬운 듯 중얼거렸다.

"아이고, 이거 또 안 들어갔구나."

"어심이 번다하십니까?"

"번다하다니? 어찌 그리 여기느냐."

---

76. 동뢰연 : 혼례 후 신부를 대궐에 모셔와 함께 절하고 술을 주고받는 의식.
77. 통명전(通明殿) : 창경궁 내의 전각으로 주로 대비들이 거주.

"투호는 마음만 모으면 잘 할 수 있는 놀이가 아닌지요."

왕은 어린 손자의 머리를 쓰다듬었다.

"그러게…… 골치 썩이는 놈들 때문에 도무지 이 할애비가 집중을 할 수가 없구나."

"그들이 누굽니까?"

"누구면?"

"소손에게 혼내줄 방도가 있습니다."

"혼내줄 방도가 있어? 그래, 어떤 방도가 있느냐?"

왕이 잠시나마 시름을 잊은 얼굴로 환히 웃던 그때, 선이 다가와 예를 갖추었다.

"오늘도 투호를 즐기고 계십니다."

"그래, 인석이 건너와 매일 이렇게 성화를 하는구나."

선이 이산에게 따뜻하게 웃어주었다.

"장하다. 할바마마 옥체는 우리 원손이 가장 열심히 챙기는 듯싶구나."

아비의 칭찬에 기분이 좋은 듯 생긋 웃던 이산이 진지한 얼굴로 청이 하나 있노라 하였다.

"할바마마의 골치를 썩이는 나쁜 놈들이 있는 모양인데 아바마마께서 혼쭐을 내주실 수는 없으신지요."

"나쁜…… 놈들?"

"할바마마 옥체 더욱 강건해지시도록 아바마마께서 꼭 혼내주십시오."

"그래, 그래 보자구나."

선이 환하게 웃으며 이산의 머리를 쓰다듬었다. 왕과 선은 이산과 조금 떨어진 곳으로 자리를 옮겼고, 장 내관과 투호 놀이를 하는 이산을 바라보며 얘기를 나누었다.

"그래, 의전과 경호를 직접 챙기고 있다고? 다른 공무로도 분주할 텐데 이 아비가 공연한 일을 벌여 일거리를 더 얹어준 건 아닌지 모르겠구나."

"그런 말씀 마십시오, 아바마마. 국혼, 어찌하여 결정을 하셨는지 소자 어렴풋이나마 짐작하고 있습니다. 송구하옵니다."

"송구할 거 없다. 내가 내 아들을 지키려 하듯 넌 저 아이…… 네 아들을 어찌하면 잘 지킬 수 있을까, 그 궁리만 열심히 하면 돼. 허면 네가 어찌 처신해야 할지 그 답이 명징해질 거다."

왕은 선을 향해 고개를 주억거리더니 이산 쪽으로 시선을 돌렸다.

그 어느 한 켠, 그 모습을 바라보고 있던 홍계희와 김상로가 잔뜩 얼굴을 찌푸렸다.

"아주 눈물겨운 그림이로구먼."

"금상에게는 세자를 버릴 뜻이 없다? 이 국혼이 폐세자를 하자는 우리 노론의 뜻을 꺾고자 금상이 꺼내든 고육지책이라면 이쪽에서도 세자를 쓰러뜨릴 보다 확실한 패를 쥘 필요가 있겠어요."

홍계희는 그 길로 은밀히 박 별감을 불러내어 동궁전에 대한 경계

를 더욱 강화할 것이니 동궁전을 물샐 틈 없이 감시하라 일렀다. 홍
계희는 이번에야말로 선을 끌어내리고 말리라 각오를 다졌다.

❀ ❀ ❀

선은 늦은 시각까지 채제공과 함께 내일 있을 친영례 준비에 만전
을 기했다. 한참이 지나서야 세자시강원을 나서는 선의 뒤를 채제공
과 민우섭, 장 내관이 따랐다. 내관들은 선과 채제공이 있던 방에 자
물쇠를 걸어 잠갔고, 이내 회랑을 떠났다. 사위가 고요해지자 지담
이 그 방문 앞으로 다가섰다.

'친영례 당일 어가의 행로를 파악하라.'

변종인에게서 받은 전언에 그리 쓰여 있었다. 최 상궁의 처소에서
이 방 열쇠를 손에 넣은 지담은 문을 열고 들어가 작은 등잔에 불을
피웠다. 그를 서탁 위에 올려둔 채, 반차도며 각종 의전에 대한 문서
를 뒤적이다 어가 행로가 표시된 도성도를 찾아냈다. 품에서 도성도
가 그려진 다른 종이를 꺼내 붉은 주묵으로 중요 지명이며 행로를
베끼기 시작했다.

"무슨 짓이냐!"

채제공의 목소리에 흠칫 놀란 지담이 붓을 떨어뜨렸고, 채제공이
그녀의 팔을 홱 낚아챘다.

"대체 여기서 무슨 짓을……."

지담과 지도를 번갈아 보던 채제공이 그녀를 끌고 동궁전 지하서 고로 갔다.

"이 아이가 어찌하여 궁에 있는 것입니까? 대체 왜? 아무리 안전이 염려되셨다 해도 이건…… 어찌하여……. 저 흉악한 노론의 무리가 호시탐탐 저하를 노리고 있는 것을 모르십니까!"

채제공이 흥분을 가라앉히지 못한 채 격분하여 따져 물었으나, 선은 담담히 지담에게 물었다.

"어가 행렬의 경로를 적은 도성도, 사본을 만들고자 한 연유가 무엇이냐? 나철주가 시킨 것이냐."

선의 입에서 나철주라는 말이 나오자 채제공은 한 번 더 기함했다. 나철주까지 도성으로 돌아왔다? 아니 그를 어찌 선이 모두 알고 있단 말인가. 그 눈빛을 읽은 선이 나중에 설명하겠노라며 다시 지담을 보았다.

"안됐지만 오늘 밤 넌 이곳을 벗어날 수가 없겠다."

지담의 얼굴에 당혹감이 스쳤고, 선은 서늘하게 얼어붙은 얼굴로 서고를 나섰다. 희우정으로 든 선을 뒤따라온 채제공이 기가 막힌 듯 따져 물었다.

"저하께서 직접 가서 뭘 어찌시겠다는 겁니까. 어가 행렬 동선을 표기한 지도를 손에 넣고자 했다면 그 연유는,"

순간 누군가의 기척을 느낀 선이 급히 채제공의 입을 막고는 조용히 들창 쪽으로 다가섰다. 재빨리 들창을 열었으나 두 사람의 대화를 엿듣던 박 별감은 이미 툇마루 아래로 몸을 숨긴 후였다.

"익위사 불러서 주변 살피라고 해."

그 사이 박 별감은 혼비백산하여 달아났고, 홍계희에게 자신이 들은 것을 전했다. 홍계희는 그 길로 김상로를 찾았다.

"어가 행렬의 동선을 표기한 지도라니?"

"누군가 어가 행렬의 동선을 확보하길 원했다면 그 연유가 무엇이겠습니까."

김상로가 눈을 가늘게 뜨며 암살이라도 생각한다는 것이냐 물었고, 홍계희는 그럴 가능성이 높다고 답했다.

"국본이 직접 간다고 했다면, 그건 암살범을 알고 있다고 볼 수도 있는 거 아닙니까."

"수하들에게 뒤를 밟으라 하였으니 곧 결과를 알 수 있겠지요."

"일이 재미있게 돌아가네. 잘 하면 아비의 가례일이 아들의 제삿날이 될 수도 있겠어요."

김상로와 홍계희는 싸늘한 미소를 주고받았다.

민우섭을 포함한 익위사들이 희우정 안팎을 샅샅이 살폈으나, 이미 달아난 박 별감을 찾을 수는 없었다. 민우섭은 희우정 안으로 들어 염탐하는 자를 발견하지 못했노라 고했다.

"속히 다녀옴세."

"안 됩니다. 지도를 손에 넣고자 했다면 최악의 경우, 저쪽은 전하의 암살을 생각하고 있을지도 모르는 일. 그리 위험천만한 자들을 단신으로 만나러 가시다니요. 안 됩니다. 당장 군사를 불러 추포를 해야 합니다."

"그럴 수는 없네. 아직은…… 아직은 돌이킬 수 있는 시간이 있어."

"하오나,"

"그들이 어찌하여 역도가 되었는지 모르는가. 을해년 그들이 원했던 것은 오직 진실이었네. 그러나 진실은 묻혔고, 오히려 그들이 역도로 지목되어 오늘에 이르렀어."

"그들의 분기를 이해하지 못하는 바는 아닙니다. 허나 이건,"

"그러니까 마지막으로 설득을 해보겠다는 거야. 설득을 했는데도 뜻을 꺾을 의사가 없다고 하면 그때…… 그때 역모의 죄를 물어 모조리 추포해도 늦지 않아."

채제공은 여전히 선을 이해할 수 없었다. 허나 을해년 억울하게 죽어간 서균과 그 일로 마음의 병을 얻어 곡기를 끊고 세상을 하직한 박문수를 생각하면, 지담과 나철주에게 한 번은 기회를 주고 싶었다.

"한 시진. 한 시진 드리지요. 한 시진 안에 돌아오지 못하시면 군사들을 보낼 것입니다."

선이 고개를 끄덕이고는 만에 하나를 대비해 어가 행렬의 행로는 돈화문에서 명정문으로 변경하라 명했다. 선은 그 말을 끝으로 재빨리 희우정을 나섰고, 민우섭이 그 뒤를 따랐다. 흔들리는 눈빛으로 그들을 보던 채제공이 괴로운 듯 눈을 감았다.

잠시 후, 궐의 고방 문이 열리며 미복으로 갈아입은 민우섭이 나왔다. 주변에 아무도 없음을 확인한 민우섭이 고개를 끄덕였고, 뒤이어 미복 차림의 선이 나왔다. 두 사람은 담장 쪽으로 걸음을 옮겼고, 그 어느 일각 박 별감을 포함한 홍계희의 수하들이 모습을 드러냈다.

선과 민우섭이 나철주를 만나기 위해 움직이기 시작한 그 무렵, 채제공 역시 마음을 추스른 채 홍계희를 찾았다. 채제공이 어가 행렬의 행로를 바꾸어야 할 것 같다고 하자 홍계희가 그 연유를 물었다.

"동뢰연이 창경궁으로 잡혔으니 동선을 효율적으로 잡는 것이 좋겠다 하십니다."

"암살의 조짐이 포착돼서가 아니고?"

"무슨 뜻입니까?"

애써 태연하려 했으나 굳어버린 얼굴이며 떨리는 목소리를 감출 수는 없었다. 홍계희가 비식 웃어 보였다.

"난 우리가 지금 즉시 대전으로 가야 할 듯한데. 자네의 생각은 어떠한가."

홍계희가 회의실을 박차고 나갔고, 채제공이 다급히 그 뒤를 쫓았다. 왕의 침전을 찾은 홍계희는 왕에게 내일 있을 친영례에 암살의 조짐이 포착되었노라 전했다. 서늘하게 굳어버린 얼굴의 왕이 무슨 소리를 하는 것이냐 물었다.

"도승지가 설명을 할 겁니다."

"도승지. 지금 병판이 뭐라는 게야."

허나 채제공은 쉬이 운을 떼지 못했고, 기다리다 못한 왕이 버럭 소리를 질렀다.

"누군가 동궁전에 잠입하여 친영례와 관련한 의궤와 동선을 표시한 도성도를 건드린 흔적이 포착된지라……."

홍계희가 잠입한 자가 누구냐 물었으나 채제공은 모른다 답했다.

"전하의 앞에서 거짓을 고하면 목숨을 부지할 수 없을 걸세."

마치 채제공이 알고도 감추고 있다는 듯한 홍계희의 말에 왕이 채제공에게 잠입한 자가 누구인지 아느냐 물었다.

"알 수 없습니다."

"허면 저하께선 누굴 만나러 가신 겐가."

"이건 또 무슨 소리야. 국본이 지금 동궁전에 없다는 게야?"

"그러하옵니다."

"대체 어딜 간 게야?"

"수상한 조짐을 감지하였으니 혹여라도 있을 암살의 위협을 제거하고자 경호 인력을 추가로 배치할 곳은 없는지 살피겠노라며 미행을 나가셨습니다."

"그걸 왜 국본이 직접 살펴?"

채제공이 답하기 전에 홍계희가 끼어들어 그것은 곧 확인이 될 것이라 하였다.

"미행의 목적이 암살의 위협을 제거하기 위함인지, 아니면 다른 뜻이 있는지 곧 확인이 될 것이라, 이런 말입니다."

왕은 홍계희에게 그만 물러가라 하고, 채제공에게는 잠시 남으라 하였다.

"국본 어딨나, 지금."

"이미 아뢴 대로입니다."

"허면 홍계희가 말한 다른 뜻이라는 건 대체 뭐야? 홍계희는 근거 없는 억측을 주워섬길 인사가 못 돼. 그건 자네 또한 잘 알고 있을 거라 보는데……."

그 서늘한 눈빛에 채제공은 마른침을 삼켰다.

"정직하게 말해. 그대의 말이 거짓으로 밝혀지면 그땐 과인이 국본을 더는 보호할 수가 없어. 그래도 할 말이 없나?"

"그러하옵니다, 전하."

이 일로 목숨을 잃게 된다 할지라도 자신의 주군을 위험에 빠뜨릴 수는 없었다. 왕은 여전히 반신반의한 얼굴로 채제공을 바라보았다.

그 무렵, 나도주 사랑 쪽으로 걸음을 옮기던 선과 민우섭은 자신들의 뒤를 따라붙는 자들이 있음을 눈치 챘다. 시선을 주고받은 두 사람은 담장을 끼고 돌자마자 재빨리 달아나기 시작했다. 두 사람은 어느 민가의 담장 안으로 훌쩍 뛰어 들었다. 그들을 쫓던 별감 무리 중 일부는 다른 골목으로 뛰어갔고, 나머지는 선과 민우섭이 숨어든 민가 담장 쪽으로 다가갔다. 선과 민우섭은 부러 기척을 내며 담장을 뛰어넘었고, 이내 양쪽으로 흩어져 내달렸다. 별감들은 선의 뒤를 쫓았고, 선은 골목 쪽으로 휘어 들어갔다. 막다른 골목임을 아는 별감들의 얼굴에 회심의 미소가 걸렸다. 허나 그도 잠시, 돌아선 사내의 모습에 당혹감을 감추지 못했다. 그는 선이 아니라 선과 옷을 바꾸어 입은 민우섭이었다. 민우섭은 짐짓 태연하게 자신의 뒤를 밟는 연유가 무엇이냐 물었다. 박 별감의 얼굴이 낭패감에 젖었다.

그 무렵, 선은 여유롭게 나도주 상단의 담장 안으로 내려섰고 불이 켜져 있는 고방 쪽으로 다가갔다. 그곳에서 내일 쓸 무기들을 점검하고 있던 나철주와 살수들은 깨어질 듯 거칠게 문을 열고 들어서는 이를 향해 일제히 활과 검을 겨누었다. 그 끝에 선이 서 있었다.

"그 무기들, 검과 화살은 다 어디에 쓰려는가. 내 아버지…… 이 나라 조선의 군주를 암살키 위함인가?"

"모르는 일로 하십시오."

"아니, 시위를 당겨. 나부터 죽여야 그대는 뜻을 이룰 수 있을 걸세. 그러니 시위를 당기라고, 당장!"

나철주의 눈빛이 흔들렸다.

※ ※ ※

선을 놓친 박 별감은 빈청 회의실을 찾아 홍계희에게 세자를 놓쳤노라 보고했다.

"놓치다니. 세자가 대체 어디로 사라졌다는 게야."

홍계희는 회의실을 나섰고, 박 별감이 뒤를 따랐다.

나도주 상단의 고방, 나철주는 살수들을 내보내고 선과 마주했다. 화살 하나를 집어들던 선이 그를 내려놓았다.

"이런 게 왜 필요해. 내가 그대에게 건넨 믿음이 그토록 부족했나."

"불신이 아니라 확신 때문입니다. 우린 세자 저하 당신에 대한 확신이 있습니다. 당신이 왕이 되면 우리가 좀 더 좋은 세상에서 살 수 있으리라는 확신이."

"기다리자고…… 함께 노력하며 때를 기다리자, 내 분명 그리 당부를."

"그건…… 그렇게 한가한 소리를 할 수 있는 건 저하니까 가능한 일입니다. 저하니까 때를 기다리자, 그리 한가하고 이기적인 생각을 할 수 있는 것이라 이런 말입니다. 기다리는 일이, 우리에게 기다린다는 것이 뭔 줄 아십니까. 언제 잡혀 죽을지 몰라 두려움에 떠는 것입니다. 뿌리 뽑힌 나무처럼 살던 집 버리고 천지사방을 떠도는 일이요. 추위와 배고픔에 던져지는 일이라는 걸, 아무런 희망 없이 그 하루하루를 그저 견디는 일이라는 걸, 알고는 계십니까."

아무리 그들을 이해하고, 그들의 편에 선다 한들 그들이 될 수는 없었다. 하여, 그들이 겪는 고통과 괴로움을 그들만큼 알 수는 없었다. 선은 나철주의 눈을 묵연히 바라보았다.

"왜 우리가 견디고 기다려야 합니까. 우리가 잘못한 게 뭔데 견디라 강요하시는 겁니까."

"부왕을 베고 권좌를 얻으면 나 역시 부왕과 다를 것이 없어. 부왕의 용상이 자네들 피눈물 위에 세워졌다면, 이제 나의 용상은 자네들 반대편에 있는 자들의 피눈물 위에 세워지겠지. 내가 백성들의 피와 눈물 위에 용상을 올려놓길 원하는가. 그대들이 세우고자 하는 왕이 그런 자인가."

그리 된다면 또 그 반대편에서 제2의, 제3의, 아니 그보다 훨씬 더 많은 나철주가 태어나 한을 품고 자랄 터였다. 그렇게 서로를 증오하고 상처와 원한만을 주고받고, 불안에 떠는 조선. 그것이 진정 자신이 원하는 조선인가.

"힘겨운 거 알아. 자네와 같은 처지로 쫓기는 백성들을 안타까이 여기는 마음도 충분히 알아. 허나 다시 한 번 말하지만 이건 해법이 아니야. 뜻을 접고 당장 이곳 도성을 떠. 떠나서 내가 좋다고 할 때까진 절대로 도성으로 돌아와서도 안 돼. 그대들의 암살모의, 모두 노출됐어."

믿을 수 없다는 듯 나철주의 눈빛이 흔들렸다.

"나에게 주어진 시간도 고작 한 시진뿐이야. 그러니까 그대들이 그 시간 안에 이곳을 뜨지 않는다면, 자네와 자네 수하들, 지담이까지 모두 죽음을 면치 못할 것이라 이런 말일세. 그대들이 원하는 것이 무엇인가. 적어도 이런 무모한 희생을 자초하는 것은 아니야. 그렇지 않나?"

나철주는 어떻게든 자신을 살리고자 하는 선의 눈빛을 차마 마주하지 못한 채 시선을 떨어뜨렸다.

그 무렵, 홍계희는 군사들을 이끌고 선과 민우섭이 흩어졌던 부근에 다다라 있었다.

"내일 어가 행렬 시 전하에 대한 암살 음모가 있다는 첩보가 입수됐다. 인근 사가를 샅샅이 뒤져서라도 수상한 자들을 모조리 잡아들여야 할 것이다. 알겠느냐?"

군사들이 짧게 읍하고는 사방으로 흩어졌고, 홍계희 역시 박 별감과 군사들을 이끌고 움직이기 시작했다. 군사들이 민가 곳곳을 돌며 수색하던 중 나도주 상단 앞, 아무리 문을 두드려도 나오는 이가 없자 홍계희가 문을 부수라 명했다. 곧 문이 부서지고 군사들이 우르르 안으로 들어섰다. 상단의 사랑 안으로 들어선 홍계희의 얼굴이 순간 굳어졌다. 오래 비워둘 요량인 듯 서안과 책장, 문갑 등이 모두 천으로 덮여 있었다. 혹시나 싶어 천을 걷어내고 안을 샅샅이 살폈으나 그곳에는 아무것도 없었다.

"개미 새끼 한 마리 보이지 않습니다."

"여긴 대체 뭐 하는 집이냐?"

"나도주 상단이라고 관서에서 온 상단의 도성 근거지라 합니다. 며칠 동안 사람들이 통 보이지 않았다는데……."

박 별감의 말에 홍계희는 답답한 듯 미간을 잔뜩 찌푸렸다. 멀리서 그 모습을 보고 있던 선이 다행이라는 듯 나철주를 향해 고개를 끄덕였다. 곧 나철주는 어둠 속으로 모습을 감추었고, 선 역시 그곳에서 멀어졌다.

나도주 상단을 나서려던 홍계희의 눈에 마당 한 켠에 놓인 화로가 들어왔다. 수상쩍은 낌새에 꼬챙이로 화로 안을 뒤적이자 남아 있던 불씨가 발갛게 달아올랐다.

"이곳에는 조금 전까지 분명히 사람이 있었어. 관서에서 온 나도주 상단이라…… 아무래도 수상쩍어. 멀리 가지 못했을 것이다. 쫓아라!"

군사들이 우르르 대문을 나섰고, 홍계희도 꼬챙이를 내던지고는 뒤를 쫓았다. 선이 궁 쪽으로 걸음을 옮기던 그때, 그 앞을 홍계희가 막아섰다.

"저하께서 야심한 시각에 저자엔 어인 행보십니까?"

"경호 실태를 파악하기 위해 미행을 나온 길입니다."

"단신으로 말입니까?"

"은밀하게 움직이는 쪽이 수상한 조짐을 포착하는 데는 좋다고 판단했습니다. 뭐가 잘못됐습니까? 그러는 병판께선 어인 행보십니까?"

"저하와 같은 목적 아니겠습니까."

"허면 계속 수고해주세요, 병판. 수상한 움직임이 감지되면 즉시 동궁전으로 보고하시고요."

"알겠습니다. 그리하지요."

선이 여유로운 미소로 걸음을 떼었으나 홍계희는 의혹을 떨치지 못한 채 그를 바라보았다.

홍계희와 헤어진 후 환궁하여 희우정 쪽으로 들어서던 선은 왕의 모습에 멈칫했다. 그 옆에는 채제공이 있었고, 다른 한 켠에는 상선 등이 서 있었다.

"저자에 나가 경호 실태를 직접 살폈다고?"

"소신이 아뢰었습니다."

채제공이 그리 답했고, 선은 묵묵히 부왕을 바라보았다.

"앞으로 이런 일엔 직접 나서지 마라. 공연히 신하들에게 의혹을 심어줄 수도 있어."

"명심……하겠습니다. 아바마마."

왕은 고개를 끄덕이고는 희정당 쪽으로 걸음을 떼었고, 그 뒤를 상선과 내관들이 따랐다. 선은 부왕을 바라보다 동궁전 지하서고 쪽으로 발길을 돌렸고, 지담에게 나철주가 군사들의 눈을 피해 상단을 떠났음을 전했다.

"두 번은 안 돼. 앞으로 절대 이 같은 무모한 행보는 하지 마라."

제 아비를 그토록 참혹히 죽인 자에게 복수를 꿈꾸는 것은 어찌 보면 당연한 일이다. 허나 죽음을 죽음으로 되갚는 것, 죽음이 또 다른 죽음을 부르는 것은 옳지 않다. 상대를 겨눌 칼을 가슴에 품는 그 순간부터 어쩌면 먼저 죽는 것은 그 자신이다. 복수에 성공한다 한들 그 칼날은 가슴에 박힌 채 고통은 계속될 것이고, 복수에 실패한다면 자신 또한 상대에게 죽음을 맞을 터. 선은 지담과 나철주가 그렇게 불행히 살다 사라지는 걸 원치 않았다.

결국 나철주와 그 수하들을 잡지 못한 채, 허탕을 치고 돌아온 홍계희를 기다리고 있는 건 상선이었다. 홍계희는 상선을 따라 편전으로 향했다.

"국본이 아무리 마뜩하지 않아도 신하된 자의 본분을 망각해선 안 돼. 신하는 주군을 보필하는 자들이지, 주군을 감시하는 자들이 아니야."

"하오나 전하,"

"근거를 갖고 비판하는 건 말리지 않아. 허나 아무런 근거도 없이 국본을 모함하려들진 마라. 다시 한 번 그런 일이 있으면 그땐······ 네놈의 명줄이 온전치 못할 것이다. 어찌하여 대답이 없는 게야!"

"알겠습니다. 분부 명심하여 거행할 것입니다."

분했으나 일단은 그리 고개를 숙였다.

홍계희를 물린 후, 왕은 홍계희와 채제공 두 신하를 가만 떠올렸다.

"홍계희의 말이 사실일까, 아니면 채제공의 말이 사실일까. 국본이 지키고자 한 것은 누구였을까. 이 아비였을까, 아니면 아비를 해하려는 자들이었을까."

왕의 얼굴에는 의혹이 쉬이 걷히지 않았다. 그 무렵, 세자시강원의 선 역시 마음에 돌을 얹은 듯 한없이 가라앉은 채 새벽 미명이 밝아올 때까지 잠을 이루지 못했다.

"나철주와 그 수하들이 임진강을 건너는 것이 확인되었다는 첩보가 당도하였습니다."

선이 확실한 것이냐 물었고 민우섭은 그러하다 답했다.

"어가는?"

"행렬을 마치고 통명전으로 듭시어 동뢰연이 진행 중이라 하옵니다."

그제야 모든 것이 비로소 끝났다는 생각에 선은 옅은 한숨을 배어 물었다.

그 밤, 왕은 새 중전을 중궁전에 홀로 둔 채 편전에 있었다.

"인심, 세상에서 가장 깊은 것이 사람의 마음이다. 중전이 그리 말을 했던가. 그 마음속에 얼마나 많은 슬픔이 깃들었기에 가장 깊은 것을 사람의 마음이라 하였을까. 그 사람 또한 과인이 긍휼히 여겨야 할 사람이니 슬픔을 헤아리고 눈물 또한 닦아주는 것이 군왕된 자의 마땅한 도리이거늘. 오히려 그 마음속에 더 큰 시름을 안겨주었으니 과인의 죄가 참으로 깊구나."

왕이 쓸쓸히 중얼거렸고, 중전은 홀로 중궁전에 앉아 왕이 했던 말을 떠올렸다.

'내자로서 그대가 과인을 위해 행해야 할 의무는 없다. 중궁전 주인에게 주어진 권리만 누리면 돼. 그대에게 주어질 풍요와 안돈한 삶이 그래도 위로가 되었으면 좋겠군.'

한없이 다정하고 자상한 목소리였으나 그 소리를 듣는 순간, 그녀의 마음은 먹먹했다. 중전은 빈 방에 우두커니 앉아 소리 없는 울음을 울었다.

그렇게 며칠이 흐른 뒤 선은 민우섭을 지하서고로 불러 선전관이 될 것을 명했다.

"자네가 관서와 도성을 의심받지 않고 다닐 수 있는 유일한 길일세. 나철주가 더는 무리한 행보를 하지 않도록 나를 대신하여 다독여줄 사람이 필요해. 그렇지 않으면 관서에 건설코자 하는 서재가 무위로 돌아갈 수도 있어."

"이게 대체 무슨 말입니까?"

채제공이 안으로 들어서며 당혹스러운 듯 물었다.

"관서는 뭐고 서재는 또한 무엇입니까?"

"그걸 설명하고자 그대를 부른 것이니 이리와 앉아."

선은 자신이 하고자 하는 바를 채제공에게 설명했으나 채제공은 쉬이 받아들일 수 없었다.

"위험천만한 행보라 여기지 않으십니까."

"최대한 잡음이 생기지 않도록 조심하면서 운영을 해볼 생각일세."

"부왕의 심려가 얼마나 깊은지 알고는 계십니까? 저하에 대한 의구심을 떨치지 못하시면서도 저하를 지키기 위해 안간힘을 쓰고 계십니다."

"난 부왕께 맞서겠다는 게 아니야. 오 년이든 십 년이든 충분한 시간을 두고 근거를 마련하겠다는 얘기야. 그대 또한 평민들에게 공평한 기회를 준다고 한 내 생각에 아직은 반대라 했네. 그러나 싸워줄 용의는 있다고 했지."

주의주장만 반복하는 설전은 아무런 의미가 없었다. 서재를 만들고 신분에 구애 없이 인재를 뽑아 키우고, 그 인재들이 이 나라를 위해 그 몫을 제대로 할 수 있다는 근거, 그 확고한 근거가 필요했다. 그래야 이 싸움이 설전에 그치지 않을 수 있었다.

"인재를 키워 검증하고 이 생각에 지지를 표할 사대부들 또한 물색해볼 생각일세."

"가능한 일이라고 보십니까?"

"아무것도 해보지 않으면 가능과 불가능을 점칠 수조차 없겠지. 무엇보다 이런 노력이라도 해야 억울함을 참고 있는 백성들에게 때를 기다리라, 그리 말할 수 있는 염치라도 생기는 거 아니겠나."

그간 선이 부딪히고 깨어지며 몸으로 얻은 깨달음이었다. 그 고독하고 애달픈 시간을, 그 마음을 모르지 않았다. 허나 그런 그를 너무도 아끼고 귀히 여기기에 어떻게든 그를 지켜야만 하는 채제공이었다.

다음 날 시민당 편전에서는 병조의 윤대가 진행되었고, 선은 그 자리에서 관서로 선전관을 파견할 것임을 알렸다. 홍계희가 곱지 않은 시선으로 선을 바라보았고, 선은 담담히 장계를 들어 보였다.

"의주와 압록강 인근 접경 지역에서 크고 작은 분란이 있다는 장

계에요."

"후시무역, 청과 조선과의 밀무역으로 인한 것입니다."

"이 문제가 또다시 외교 문제로 비화되기를 원치 않습니다. 그래서 현지 상황을 주밀하게 살피고 신속하게 보고할 체계를 갖추고자 하는 것입니다."

명분은 일단 그럴 듯했기에 홍계희는 한 수 접어주는 척하며 누구를 선전관으로 보낼 것인지 물었다.

"좌익위 민우섭을 파견할까 하는데 병판의 생각은 어떻습니까?"

"알겠습니다. 뜻대로 하시지요."

홍계희는 너그러운 미소를 보였으나 윤대를 파하고 돌아서자마자 싸늘히 변했다. 영상 집무실을 찾아 김상로에게 윤대에서 있었던 일을 전하며 비식 웃었다.

"세자가 자신의 최측근을 관서로 보낸다? 이거 아무래도 냄새가 아주 고약하지 않습니까."

"냄새라니요?"

"암살 모의가 포착된 밤 서둘러 도성을 뜬 나도주 상단의 무리, 그자들의 근거지도 관서라 했습니다."

"허면 그자들과 국본이 무슨 연관이라도 있다는 겁니까."

홍계희는 일단 조사를 해봐야겠으나 그럴 가능성이 큼을 시사했다.

두 사람은 그 밤, 김상로의 사랑에서 다시 만났고 흑표를 불러들였다.

"수일 내로 관서로 길을 잡아 가게. 가서 의주와 평양을 중심으로 활동하고 있는 나도주 상단에 대해 알아봐."

흑표가 깊이 고개를 숙이고는 사랑을 나섰다. 드디어 국본을 쳐낼 기회를 잡은 것인가. 김상로와 홍계희의 눈빛이 서늘하게 빛났다.

❀ ❀ ❀

안주 서삼봉. 아담한 산골 마을에는 초가들이 옹기종기 모여 있었다. 그 근처에 제법 규모가 큰 초가가 있었는데, 선이 기획하고 나철주가 만든 서재였다. 방 안에서는 서생들이 글공부를 하고 있었다.

"을해년 작고하신 송택수 대감의 둘째 자제요?"

"그렇소만⋯⋯."

"기다리고 있었습니다. 이쪽으로 어서 드시지요."

서생을 방으로 안내하려던 달성이 나철주와 변종인을 보고는 예를 갖추었다. 나철주가 고개를 끄덕이고는 자신의 처소로 향했다.

"대체 이게 몇 달쩹니까? 언제까지 이리 서재에만 매달려 계실 요량이냐고요."

변종인이 불만 섞인 투로 툴툴댔고, 나철주는 그에게 답답하냐 물었다.

"암살 시도를 접은 것부터가 잘못됐어요. 저하께서 아무리 완강하게 반대를 하셨어도 밀어붙였어야 했다고요."

"우리는 저하를 구심으로 선택했어. 지금도 그보다 좋은 구심이 없다는 건 자네 또한 잘 알고 있지 않나."

변종인이 말끝을 흐렸다.

"뭣보다 칼로써 용상을 얻고 싶지 않다는 마음, 그 마음은 충분히 헤아리고도 남음이 있어."

"이해합니다. 이해는 한다고요. 허나 금상과 저 노론을 말로 잘 타일러서 좋은 세상을 만들겠다는 생각이 가당키나 합니까. 동지들의 불만도 큽니다. 봉기를 결행해야 한다고 원성이 자자해요. 우리가 봉기를 하고 저하께서 당신을 따르는 장수들과 군사들을 모아 도성에서 내응78을 하신다면 승산이 있습니다."

"그 모든 결단은 오직 저하의 몫일세. 저하께서도 깨닫게 되시는 날이 있을 게야. 아무리 뼈아파도 칼을 들어야 하는 순간도 있음을 깨달으실 날이 올 거라고. 허면 그땐 결단을 하시겠지. 우리가 저하를 구심으로 선택한 이상, 그때를 기다릴 수밖에 없네."

나철주 역시 기다린다는 그 말이 얼마나 지독한 희망고문인지 잘 알고 있었지만 지금은 선을 믿고 기다려야 했다. 다만 그 기다림이 너무 길어지지 않기를 바랐다.

왕은 왕실 서고를 찾아 《속대전續大典》을 펼쳐놓고 돋보기로 들여

---

78. 내응(內應) : 내부에서 몰래 적과 연통함. 내통.

다보고 있었다. 그때, 선이 다가와 공손히 예를 갖추었다.

"찾아계시옵니까."

왕은 제 옆의 의자를 내어주며 와 앉으라 하였다.

"법전을 살피고 계셨습니다."

"《속대전》,《경국대전》이 만들어지고 이백 년, 낡고 현실감 없는 법 조문들을 다듬어 다시 편찬한 것이다."

"압슬형79이나 자자형80 등 가혹한 고문을 폐기하고자 노력하신 아바마마의 뜻, 잘 알고 있습니다."

"그래, 달리 보완할 점은 없겠니?"

"규정 외 감옥을 설치하지 못하도록 한 규정이 있사온데, 세도가 에서 크고 작은 분쟁을 해결할 때 사사로이 죄인을 감금하는 경우가 비일비재하니 그를 엄금키 위해 좀 더 세부적인 규정을 마련하였으 면 하옵니다."

"이런 것이다. 이렇게 하는 거야. 이 아비는 너에게 차곡차곡 그간 쌓아둔 업적을 넘겨주고, 넌 그 업적을 넘겨받아 보완하고 발전시켜 가는 것. 또한 업적과 함께 권좌가 아비에게서 너에게, 또한 너에게 서 네 아들놈인 산이에게로 아름답게 승계되는 것. 이것이 이 아비 의 마지막 바람이다. 부디 아비의 바람이 이루어질 수 있도록 노력

---

79. 압슬형(壓膝刑) : 죄인의 무릎 위에 무거운 물건을 올려 압력을 가하는 형벌.
80. 자자형(刺字刑) : 죄인의 얼굴이나 팔에 죄명을 문신하는 형벌.

해다오. 그리해줄 수 있겠느?"

"소자, 정성을 다해 노력할 것이옵니다."

선은 가슴이 먹먹해졌다. 지금은 모든 걸 진솔하게 털어놓을 수
없으나 자신이 꿈꾸는 조선은 아버지의 바람대로 더 나은 조선이 될
것이고, 그를 아들 이산에게 넘겨주고 싶었다. 사람이 사람답게 살
수 있고, 정의가 물결치는 그런 조선을 만들 수 있다면, 아버지 또한
이해해주시지 않을까. 이산에게도 군주인 아비가 줄 수 있는 더없이
좋은 선물이 되지 않을까.

왕은 선과 헤어진 후 이산의 처소를 찾았다. 방문 앞에 서서 이산
이 또랑또랑한 목소리로 서책을 읽어 내려가는 것을 흐뭇하게 듣고
있었다. 왕의 부름에 그곳으로 온 채제공이 다가서 예를 갖추었다.

"찾아계시옵니까."

왕은 더없이 따뜻한 미소를 지은 채 글 읽는 소리가 좋지 않으냐
물었다.

"열 살도 되지 않은 놈이 문재가 아주 보통이 아니야. 그렇지 않은가."

지금 이 순간만은 이 나라의 군주가 아닌, 그저 손자를 예뻐하는
여느 할아버지와 다르지 않았다. 그런 왕을 보며 채제공은 어린 선
과 젊은 왕을 떠올렸다. 왕의 나이 마흔둘에 얻은 원자는 총명했고,
어린 나이에도 법도를 잃는 법이 없고 덕까지 갖추어 신하들의 존경
과 왕의 사랑을 받았다. 또한 문재 외에 무재에도 뛰어났고, 그림 또
한 곧잘 그려 왕을 더없이 기쁘게 만들었다. 아비를 존모하여 그의

모든 것을 따라하고자 했던 아들과 그런 아들을 더없이 귀애했던 아비. 허나 세월이 흘러 아비는 아들에 대한 의혹을 떨칠 수 없어 괴로워하고, 아들은 그 아비의 길을 따를 수 없어 괴로워하고 있었다. 채제공은 먹먹해오는 가슴을 애써 추슬렀다.

"이보게, 채제공. 산이 말이야. 그 녀석 입지를 강화해주는 게 세자에겐 어떤 의미로 작용할까?"

왕이 조금 전 선을 만나 이야기를 나누었음을 털어놓았다.

"말을 하면 노력을 해보겠다 하는데…… 과인은 도무지 그 말을 믿을 수가 없어."

"전하."

"원손을 세손으로 책봉해서 제 아들놈이 자신을 이을 후계자라는 책임감을 심어주면 그때는 좀 다를까? 그땐 좀 더 신중하게 자신의 행보를 결정하려고 들겠지. 그렇지 않겠는가."

"그럴 수도 있을 것입니다. 허나 지금 당장 원손을 세손으로 책봉하겠다 하시면 노론의 반발이 만만치는 않을 것입니다."

"그걸 몰랐다면 자네를 부르지도 않았지. 시간을 두고 방도를 모색해보게."

자리를 물러나온 채제공은 그 길로 조재호의 집무실로 향했다.

"중전마마께서 간택되신 지도 꽤 여러 달이 흘렀으니 이제 때가 된 것 같습니다, 대감."

"세손 책봉의 일 말인가? 내 소론과 중도적 인사들의 뜻을 모아봄세."

"그리고…… 소직 청이 하나 있습니다."

채제공은 그답지 않게 잠시 뜸을 들이다 국본의 일이라 하였다. 대체 무슨 일이기에 저렇듯 어두운 얼굴인 것인지 궁금하였으나 조재호는 채근하지 않고 기다려주었다.

한편 흑표와 수하들이 김상로의 집 안으로 들어섰다. 사랑 안에는 김상로와 홍계희가 기다리고 있었다.

"평양과 의주를 중심으로 샅샅이 훑었으나 나도주 상단이란 건 없었습니다."

그 말을 남긴 채 흑표가 나가자 김상로가 걱정스레 물었다.

"이거 뭔가 잘못 짚은 거 아닙니까?"

"아니, 이젠 더 확신이 드는군요."

"그게 무슨……."

"나도주 상단이라는 자들, 수상한 자들이 틀림없어요. 분명 관서 어딘가에 엎어져 있을 겝니다. 세자와 긴밀한 연락을 취하면서 말입니다."

김상로가 무슨 근거로 그런 추측을 하는 것이냐 묻자 홍계희는 민우섭을 거론했다.

"아니라면 민우섭이 뻔질나게 관서를 드나들 연유가 없잖습니까."

홍계희는 소맷자락에서 문서 하나를 꺼내 내밀며 동궁전에서 지출한 내탕금 내역이라 말했다.

"내탕금과 이 일이 무슨 상관이……."

"그 날짜들을 보세요. 민우섭이 관서로 파견될 때마다 내탕금이 뭉텅뭉텅 빠져나갔어요. 그 내탕금이 대체 어디로 흘러 들어갔을까요."

김상로가 무릎을 탁 쳤고, 홍계희 역시 고개를 끄덕였다.

"내탕금의 용처를 추적해낼 수만 있다면 세자의 비행을 낱낱이 폭로할 수 있을 것입니다."

막다른 길에서 동아줄이라도 내려온 듯 김상로는 히죽 웃었고, 홍계희 역시 선과 민우섭이 어서 빨리 그물에 걸려들기를 바랐다.

❧ ❧ ❧

그 무렵, 궐문 앞에 다다른 민우섭이 급히 동궁전으로 향했다.

"무사히 다녀왔는가. 그래 서재는……."

"이번엔 반가운 손님과 함께 왔습니다."

민우섭이 옅게 웃으며 해가 저문 후 자신의 사가로 모시겠노라 하였다. 민우섭의 초가로 간 선은 그가 말한 반가운 손님과 마주할 수 있었다. 바로 장 내관의 동생 동기였다.

"좋아 보이는구나."

"하고 싶은 일 원 없이 하고 있으니까요."

"이제부턴 내가 가진 책들도 조금씩 보내주마."

"하온데 저하. 저희들끼리 서재를 꾸리고 경서는 물론 청국에서 들여온 서책을 보며 공부를 하고 있으나 서재가 제대로 자리를 잡으려면 중심을 잡아주실 분이 필요할 것으로 보입니다."

선은 적당한 사람을 찾아보겠노라 약조하였다.

'관서 서재의 중심을 잡아줄 스승이라……'

그 말을 곱씹고 또 곱씹던 선이 갑자기 말의 고삐를 멈추어 세우더니 방향을 틀어 달리기 시작했다. 말을 멈춘 곳은 민백상의 집이었다. 민백상은 선을 사랑으로 안내했다.

"공무로 분주한 저하께서 시시때때로 소신의 사저를 찾으시는 연유가 무엇입니까? 이 사람이 사직하고 이리 볼품없이 틀어박혀 있는 것은 저하의 탓이 아니라 소신의 신념 때문이라고…… 관원으로서 체제에 깊은 회의를 품은 탓에 물러난 것이라 몇 번을 고해야 합니까."

"그렇다면…… 그렇다면 말이지요, 대감. 대감의 그 회의를 새로운 확신으로 바꿔볼 마음은 없습니까?"

선은 민백상을 보며 미소를 머금었다.

22

"서재라니? 이게 대체 무슨 말이야. 평민에 천출, 게다가 역적의 자손까지 과거를 볼 자격이 없는 자들을 모두 모아 공부를 시키고 있단 말인가."

조재호는 흥분과 경악을 감추지 못했고, 채제공 역시 무거운 한숨을 내쉬었다.

"어허, 대체 어디까지 가실 생각이야. 언제까지 무리한 행보를 계속하실 요량이라시던가."

"무리한 행보를 하지 않기 위해 실험을 원하시는 겁니다."

"실험이라 했는가, 지금?"

평민 출신 인재들에게 과거를 볼 기회를 주고 나아가 관직에 중용을 하는 것. 그것이 이 나라 조선을 혼란에 빠뜨리고, 종당에는 조선 자체를 부정하는 일이 될지, 아니면 조선이라는 나라가 한걸음 더 앞으로 가는 진보의 계기가 될지 확인해보기 위한 선의 실험이었다.

그 시각, 선 역시 같은 이야기를 민백상에게 전하고 있었다.

"그러니 대감의 혼란을 극복할 해법은 이 집이 아니라 관서에 세운 서재에 있을 가능성이 더 큰 거 아니겠습니까."

"그만 돌아가주시겠습니까."

일말의 기대를 가져보았으나 민백상은 여전히 단호했다.

"오늘 저하께서는 소신의 집을 찾으신 일이 없습니다. 또한 서재에 대해 발설하신 일도 없고요. 소신이 저하를 위해 해드릴 수 있는 일은 여기까집니다. 하오니 앞으로 서재의 일로 다시 소신의 집을 찾으시는 일이 없었으면 하옵니다."

민백상은 더는 들을 말도, 할 말도 없다는 듯 일어났다. 환궁하는 길, 선은 막막한 듯 하늘을 올려다보았다. 오늘따라 별 하나 비치지 않는 하늘은 자신이 처한 현실처럼 캄캄하기만 했다. 그 하늘을 조재호 역시 자신의 집 후원에서 올려다보고 있었다. 국본의 무리한 행보, 채제공 또한 아직은 확신이 없기에 동참할 의사는 없으나 지켜보고 싶다 했다.

"대감, 십 년 후 조선은 어떤 모습일까요. 삼십 년 후, 아니 백 년 후 조선은 어떤 모양이겠습니까. 지금 우리가 옳다고 믿고 있는 것이 그때에도 과연 전부 옳은 일이겠습니까. 적어도 회의를 품고 고민은 할 줄 아는 그런 관원으로 살고 싶습니다. 주군이 하겠다는 실험과 나아가 검증 과정도 지켜보지 않고 자신의 아집만이 전부라고 믿는 고집쟁이로 살고 싶지는 않아요. 충분히 지켜본 연후, 판단을 하고 싶습니다. 지켜보다 주군의 뜻이 틀렸다고 판단되면 충심으로 논쟁하고 바로잡을 능력이…… 적어도 우리에게 그만한 능력은 있다고 보는데. 대감의 생각은 어떠십니까?"

그렇게 말하던 채제공의 눈빛과 목소리가 눈에 선했다.

"주군을 바로잡을 능력이라……."

조재호는 그리 중얼거리며 먼 하늘을 바라보았다. 별도, 달도 구름 속에 그 모습을 감춘 하늘. 허나 감춰져 있다 하여 빛을 잃은 것은 아니다. 시간이 흐르고 구름이 걷히면 본연의 빛을 밝히리라. 국본의 생각 또한 저 같은 것은 아닐까.

다음 날, 등청한 조재호는 채제공과 마주했다. 그 역시 관원으로서 자신의 능력을 믿어보기로 했노라 하였다.

"일단 세손 책봉 문제부터 밀어붙여. 그 연후 관서의 서재에서 진행되는 실험이 아무런 잡음 없이 끝날 수 있도록 지원할 길을 찾아보자고."

채제공은 국본과 자신의 생각을 믿어준 조재호의 결심이 고마웠다.

조재호는 그 길로 편전 회의를 열어달라 왕에게 주청했고, 잠시 후 창덕궁 편전에는 왕과 국본, 중신들이 자리했다. 왕이 조재호에게 물었다.

"돈녕부 판사, 갑자기 중신들을 모두 모으라 한 연유가 무엇인가?"

"왕실의 일을 관장하는 저희 돈녕부에서는 이제 세손의 책봉을 서둘러야 한다 판단했기 때문입니다."

김상로는 아니 된다며 발끈했고, 홍계희 또한 아직은 시기상조라며 반대했다.

"시기상조라니요? 원손마마의 춘추 이미 구 세. 관례를 올리고 가례를 서둘러야 합니다. 큰 문제가 없는 한 왕세자의 장자는 세손으로 책봉하는 것이 마땅한 일입니다."

"왕세자도 왕세자 나름 아닙니까."

홍계희의 말에 선은 물론 왕 역시 서늘하게 굳었다. 홍봉한 역시 불편한 심기를 드러냈고, 채제공 역시 다르지 않았다. 허나 홍계희는 차분히 운을 떼었다.

"저하께서 지난 과거시험에서 얼마나 무리한 행보를 하셨는지, 또한 그 의도가 무엇이었는지 온 나라가 다 알고 있습니다."

왕이 한 차례 분기를 눌렀으나, 홍계희의 화살은 선을 향했다.

"사농공상, 신분 질서가 파괴된 위험한 조선. 그것이 저하께서 꿈꾸는 조선의 내일이 아닙니까. 답을 주십시오. 지금 당장 그 뜻을 꺾으실 의사가 있습니까?"

왕과 중신들이 선을 바라보았으나 선은 침묵을 지켰다. 참과 거짓, 그 모두를 떠나 홍계희가 거는 시비에 휘말리고 싶지 않았다. 침묵이 길어지자 이번에는 김상로가 나섰다.

"뜻을 바꾸신 거라면 신 등에게 확신을 주십시오. 신분 질서를 뒤흔드는 일은 절대로 없을 것이라 쓴 문서에 수결이라도 해주셔야."

김상로의 오만방자한 말에 왕이 벌떡 일어났다.

"아니, 네놈이 지금 뭐라고 지껄이는 게야! 문서라 했냐 지금! 감히 일국의 지존이 될 자에게 각서라도 쓰라는 게야! 그 문서 들고 뭐할 거야. 문서를 족쇄로 뭣들 할 생각이냐고!"

왕의 분노에 김상로가 움찔했고, 홍계희가 대신 나서 수습해보려 했으나 왕은 그조차 들으려 하지 않았다.

"물러가. 닥치고 썩들 물러가!"

자심한 왕의 분노에 홍계희와 김상로를 포함한 노론이 입을 다물 었고, 회의는 그렇게 끝이 났다. 편전 밖 회랑에는 막 회의를 끝내고 나온 중신들로 가득했고, 김상로를 위시한 다수의 노론이 조재호와 채제공 등 소수의 소론 쪽으로 다가섰다.

"저의가 뭡니까? 세손 책봉을 서두르고자 한 저의 말입니다."

"저의 같은 게 있을 턱이……."

"눈 가리고 아웅 할 생각 마세요. 대감은 지금 세손을 책봉하고 싶 은 것이 아니라 세자를 지키고 싶은 겁니다."

김상로의 말에 조재호가 받아치려 했으나 김상로가 그를 눌렀다.

"세자에게 힘을 실어주면 다시 소론의 세상이 될 거 같습니까?"

"이것 보세요, 영상 대감."

"헛꿈 꾸지 마. 우린 노론이야! 한 줌도 안 되는 너희 소론에게 당 해 권력을 내놓는 일 따윈 절대 없어."

노론과 소론이 날을 세운 그 무렵, 그들이 물러간 편전 안은 고요 했다. 왕은 멍하니 용상에 앉아 있었고, 그 곁의 선 역시 조용했다.

"노력하고 있니? 잘하고 있는 거야? 뭘 하고 있는 게야?"

선은 아무 말도 할 수 없었다.

"그 네가 노력한다는 거, 그게 대체 뭐냐고? 그래, 노력을 하기는 하니?"

"소자가…… 뭐라 답하길 원하십니까."

"이 아비가 원하는 답을 해줄 의사가 있기는 있냐?"

선이 착잡함에 입을 다물었다.

"의사가 없으면 거짓말이라도 좀 해, 이놈아! 이 아비와 신하 놈들을 제대로 한 번 속여 넘겨보기라도 하라고. 그것도…… 그렇게 하는 것도 정치니까. 그 또한 의사가 없는 것이냐. 네 아들 산이…… 원손의 입지가 흔들릴 수 있는데도?"

"소자는 결론을 내린 것이 아닙니다. 보다 좋은 결론을 얻기 위해 숙고를 하고 있을."

"그러니까 언제까지 그렇게 생각만 할 거냐고. 그저 '그러마', 아비와 중신들의 뜻을 따르겠노라 답을 해줄 수는 없는 것이냐. 네 아들 산이가 위태로워질 수도 있는데, 그래도 결정이 안 나?"

선은 속으로 한숨을 삭혔다. 왕이 마음을 추스르며 고개를 주억거렸다.

"노론 놈들이 문서 타령 하는 통에 내가 시간은 좀 벌었다. 뭣보다 산이 녀석 세손으로 책봉하는 문제는 이 아비가 어떻게든 밀어붙일 생각이다. 허면 너에게 시간을 좀 더 벌어줄 수 있겠지. 허나, 이 아비도…… 이 아비가 벌어줄 수 있는 시간도 그리 많지 않다는 걸 명심하는 게 좋을 거다."

왕이 편전을 나섰고, 선만이 덩그러니 남겨졌다. 선은 묵연히 용상을 바라보았다. 아비의 뒤를 이어 저 용상의 주인이 되어야만 한다. 이 나라의 군주가 되어야 원하는 치세를 펼 수 있을 테니. 그래야 자신을 지키기 위해 기꺼이 희생을 자처한 그 많은 자들의 원혼을 위로할 수 있을 테니. 저 자리로 쉽게 가려 하면 얼마든지 쉽게 갈 수도 있다. 노론 중신들을 속이고 부왕에게도 제 속을 감춘 채 그리 군다면 요원하지도 않을 터. 허나, 그러기 위해서는 자신을 믿고 있는 백성들 또한 속여야 한다. 노론과 부왕의 칼이 되어 백성들을 탄압하고 억누를 일도 허다할 것이다. 또한 그날의 진실을 덮으려 더 많은 거짓들이, 더 거친 탄압이 필요할 수도 있으리라. 부왕의 지난날이 그러했듯이. 하여 쉽게 갈 수 있는 길을 포기하고 멀리 돌아가는 길을 택했다. 그 선택에 후회는 없으나 자꾸 저 뒤편에 있는 아비와 아들이 걸렸다. 선은 한없이 내려앉는 마음에 깊은 한숨을 배어 물었다.

"노론 놈들이 어디서 감히 문서 타령이야. 그 노론 놈들에게 펴놨던 그물 있지?"

동온돌로 들어서던 왕이 그리 묻자 상선이 고개를 끄덕였다.

"이제 거기 걸린 것들 중에서 한두 가지는 써야 할 모양이야."

"알겠습니다. 준비해두겠습니다."

어떻게든 국본을 지키고, 나아가 원손을 지켜야 했다. 그것이 군주인 그가 할 몫이었고, 또한 아버지와 할아버지로서 마땅히 해야 할 일이었다.

🐝 🐝 🐝

동궁전 지하서고, 선은 나철주가 보낸 서신을 읽어 내려갔다. 관서의 서재가 얼추 자리를 잡아간다는 내용이었다. 방방마다 전국 각지에서 온 서생들이 글을 읽고 토론을 했다. 토지제도부터 상업, 수공업과 농업, 무역 등에 이르기까지 그들은 이야기를 나누고 개선할 방법들을 연구했다. 나철주 역시 인재들을 모으고, 그들이 필요로 하는 서책을 청국까지 달려가 구해오는 일에 제법 보람을 느끼고 있다 하였다. 허나 지금의 처지에서 당장 벗어나야 한다, 가파른 주장을 펼치는 자들이 있음을 숨기지 않았다. 인재 몇 놈 키워서 바뀔 세상이 아니다, 세자의 방식은 너무 미온적이다, 언제까지 참고 때를 기다려야 하나, 그런 불만들을 접할 때마다 나철주 역시 심난하지만 국본을 구심으로 선택한 이상 그 뜻을 존중할 필요가 있다 설득하고 있다 하였다.

'저 역시 저하께서 칼을 휘둘러 용상을 얻으시는 것을, 저하의 용상이 반대하는 자들의 피눈물 위에 세워지는 것을 원하지 않습니다. 부디 우리의 인내가, 또한 세자 저하 당신의 노력이 헛되지 않길 바

387

라며 오늘도 노력하고 있습니다.'

나철주의 편지는 그렇게 끝이 났다. 진퇴양난. 한쪽에서는 부왕과 노론 중신들이 목을 조여오고 있었고, 다른 한쪽에서는 회의와 불만이 조금씩 자라나고 있었다. 마음 둘 곳 하나 없이 외롭고 고단했다. 선은 괴로운 마음에 희우정에서 홀로 술잔을 기울였다. 이 고독하고 외로운 싸움을 언제까지 계속할 수 있을까. 아무에게도 인정받지 못한 채 싸우면 싸울수록 잃기만 할 뿐인 이 싸움을 언제까지 계속해야 하는 걸까. 그렇게 생각이 꼬리에 꼬리를 물 때마다 술이 한 잔, 두 잔 비워졌다. 취기가 오를 즈음, 선이 술잔을 내려놓더니 자리를 박차고 나갔다.

"대감…… 대감!"

민백상이 마당으로 내려서며 종복에게 문을 열어주라 하였다. 문이 열리고 술에 취한 선이 비틀거리며 들어섰다.

"저하, 이게 무슨……."

"오늘은 한 잔 하자고 왔어요. 대감하고 한 잔 하고 싶어서."

"그럴 수는 없습니다. 전작이 너무 과하셨어요."

"이것도 안 한다고 하시네."

선이 대청마루에 툭 걸터앉았더니 밤하늘을 올려다보며 쓰게 웃었다.

"그냥 백기 들고 말까요? 균, 공평한 세상에 대한 꿈 따윈 다 헛소리다, 그렇게 부왕과 수많은 중신들이 원하는 답을 주고 말까봐요,

저. 그럼…… 그렇게 하면 이종성 대감이나 또한 대감 같은 신하를 더는 잃지 않아도 될 겁니다. 뭣보다 부왕과 내자 그리고 아들 녀석까지 내 주변에 있는 사람들은 두루두루 편안해질 거고요. 이쯤 되면 백기들만 해요. 백기 든다고 누가 뭐라 하지도 않을 겁니다. 그렇죠?"

억지로 웃고 있으나 선의 눈에는 눈물이 가득했다.

"그런데 말입니다. 그런데 난 이게 쉽지가 않아요. 열망을 품고 날 바라보던 백성들의 눈이 도무지 잊어지질 않아요. 아니 그들의 열망을 깨워버린 내 책임이 너무도 커서 외면하기가 너무도 어렵습니다, 대감."

아니, 두려움이었다. 자신마저 그들의 열망을 외면하면, 그때는 열망이 분노로 변할 것 같았다. 그 분노가 저마다의 손에 무기를 쥐어주고 봉기로 이어질지도 모를 일이었다.

"눌러버리면 그만인 걸까요? 부왕처럼 무력으로 백성들의 열망을 누르는 것은 힘을 가진 자들이라면 누구나 하는 방식이니까. 허나 난 자신이 없습니다. 부왕의 뜻을 꺾을 자신도, 또한 분노한 백성들을 칼로 누를 자신도 모두 없습니다."

"저하."

"그러니까 난 실격인 거죠? 부왕이 그토록 말하는 정치, 그 정치를 할 자격조차 없는 거죠?"

선은 멍하니 밤하늘을 올려보며 자조적인 웃음을 흘렸다.

"아니, 그렇지는 않을 겁니다. 어쩌면…… 어쩌면 말입니다, 저하. 바로 그 자리가…… 너무도 첨예한 갈등이 대립하는 자리…… 그걸 어떻게든 중재해보려 노력하는 바로 그 자리…… 그 자리야말로 정치가 있어야 할 자리가 아닌가, 소신은 그런 생각이 듭니다."

겨우 참고 참았던 눈물이 둑이 터지듯 흘러내렸다. 소리조차 내지 못하고 서럽게 우는 선의 곁을 민백상이 묵묵히 지켰다. 선이 돌아간 후, 민백상은 사랑에 틀어박혀 고민에 고민을 거듭했다. 선 역시 희우정 안, 벽에 기대선 채 어찌하는 것이 최선일지 밤새 고민했다.

다음 날, 민백상은 민우섭을 시켜 선을 자신의 집으로 모셔오라 일렀다. 사랑으로 든 선을 물끄러미 바라보던 민백상은 관서 서재로 가겠노라 하였다.

"서재를 맡는 게 좋을까, 아니면 당장이라도 없애자 간언을 하는 것이 좋을까…… 그건 가서 결정할 생각입니다."

"충직한 신하의 간언을 귀담아들어야 하는 것은 주군의 마땅한 도리로 압니다."

"허면 행장을 꾸려두었으니 오늘밤 안으로 도성을 뜨겠습니다. 노론이 세손 책봉 문제를 가파르게 반대하고 있다고 들었습니다. 서재의 일, 당분간은 이 사람에게 맡겨두시고 관심두지 마세요. 달리 무리한 행보를 하셔서도 아니 됩니다. 일단 노론의 의혹을 털어버릴 길을 찾으세요. 그래야 원손께서 무사히 세손으로 책봉되실 수 있을 것입니다."

원손이 세손으로 책봉되어야 국본의 입지 또한 공고해질 터였다. 선은 그 고마운 마음에 고개를 끄덕였다. 잠시 후, 민백상은 챙겨둔 봇짐을 들고 선과 함께 마당으로 내려섰다. 장동기와 함께 기다리고 있던 민우섭이 먼 길을 떠날 제 아비를 먹먹하게 바라보았다.

"무탈……하십시오, 아버지."

"좋은 소식 기다리겠습니다, 대감."

"노력해보겠습니다."

민백상이 관서로 발길을 잡은 그즈음, 상선은 왕실 서고에서 묵직한 나무 궤 하나를 찾아 동온돌로 향했다. 상선은 궤를 가득 채우고 있는 문서 중 하나를 꺼내 왕에게 내밀었다.

"홍계희 이놈아. 네놈이 일 좀 하는 놈이라 내 이런 건 그냥 덮어주려 했었지만…… 네놈이 감히 국본에게 문서를 쓰라 마라 해."

왕은 부름을 받고 든 홍계희에게 두루마리를 건네주고는 느긋하게 차 한 잔을 따라 마셨다. 홍계희의 눈빛이 잠시 흔들렸다.

"개천 준설하라고 예산 쥐어줬더니…… 아니, 그 돈으로 무슨 짓을 한 거야."

"개천 준설을 마쳤다고는 하나 내년 여름 홍수라도 나면 또다시 막대한 예산이 소요될 것은 자명한 일. 합리적으로 남은 예산을 관리하였을 뿐 소신의 주머니에는 한 푼도 넣지 않았습니다."

왕이 고개를 끄덕이며 그 입가에 옅은 미소를 머금었다.

"관리? 고리대[81]를 했다는 얘기구먼. 헌데 그 돈 빌려간 자들, 그 자들 차용증에 적힌 것은 좀 다르던데."

"고리대를 하면서 빌려준 자의 이름에 조선이라 써넣을 수는 없지 않습니까."

"조선이 아니라 노론이겠지. 돈놀이한 이익의 절반이 자네들 노론의 정치 자금으로 흘러들어간 거, 그거 과인이 모를 줄 아나."

"정치에는 원래 돈이 좀 들지 않습니까. 삼십 년 이상 정치를 해오신 전하시라면."

"알어. 잘 알고 있어."

"허면 노론이 쓴 정치 자금은 오직 이 나라를 위한 것임도 잘 알고 계시리라 봅니다만."

"그거야 자네들 노론만 아는 얘기고. 이 문서만 보고 과인이 그걸 어찌 알아. 과인은 이 문서만 보고 네놈을 처벌할 생각이야."

홍계희가 당혹스러운 듯 이십 년 충성의 대가를 이리 가혹하게 물을 수는 없다 하였으나, 왕은 그런 충성 따윈 필요 없다며 선을 그었다.

"대신 다른 충성을 바치겠다고 하면 없던 일로 해주지."

"다른 충성이라 하오시면……."

"세손 책봉. 아니라면 나랏돈으로 돈놀이나 한 엉터리 판서, 이게 네놈의 마지막 관직명이 될 게다."

---

81. 고리대(高利貸) : 아주 높은 이율의 이자로써 채무자에 대하여 금전을 대부하는 것.

"조금만······ 조금만 생각할 시간을 주십시오."

"네놈 생각 필요 없어. 네 손으로 성사시켜. 오래 기다리게 하진 말고."

동온돌을 나온 홍계희는 길게 한숨을 내쉬었다. 곱씹을수록 분기가 치밀었다. 그는 그 길로 내수사[82]를 찾았다. 그가 들어서자 내수사 수장인 전수가 일어나 예를 갖추었다.

"이즈음 동궁전 내탕금 지출 현황은 어떤가?"

"최근에는 뭉텅이로 빠져나간 일은 없습니다."

"언제든 수상한 낌새가 보이면 즉시 나에게 알려야 하네."

홍계희가 건넨 묵직한 돈주머니를 전수가 넙죽 받아 챙겼다.

그 밖, 그들의 이야기를 엿듣던 상궁 하나가 발소리를 죽인 채 그곳을 빠져나갔다. 상궁이 동궁전으로 와 최 상궁에게 귀엣말을 전했고, 최 상궁은 선에게 자신이 들은 바를 고했다.

"동궁전 내탕금에 관심을 갖는 자가 있는 듯하다?"

또 다른 위기였으나 잘만 이용하면 반전을 꾀할 수도 있었다. 잠시 후, 선의 부름을 받은 채제공이 지하서고로 들어섰다. 조만간 내탕금을 관서로 보낼 거라는 선의 말에 채제공이 펄쩍 뛰었다.

"내탕금이라니요? 지금 시국이 어떤 시국인데 관서로 내탕금을 보낸다 하시는 겝니까."

---

82. 내수사(內需司) : 쌀, 노비 등 왕실 재정의 관리를 위해 설치되었던 관서.

"꼭 보내야 할 연유가 있네."

선이 저렇게까지 나오는 데는 그만한 이유가 있겠으나, 세손 책봉을 앞두고 호시탐탐 승냥이 떼처럼 동궁전을 노리는 노론을 무시할 수도 없었다.

❀ ❀ ❀

안주 서삼봉, 서재 안으로 민백상과 동기가 들어섰다. 미리 나와 있던 나철주와 변종인이 두 사람은 반갑게 맞았다.

"어서 오십시오, 대감."

민백상은 그곳에 있는 변종인을 보고 짐짓 놀란 듯했다.

"자네 또한 여기 있는 줄은 몰랐군."

"그렇게 되었습니다."

노론의 중심에서 또한 노론의 편에서 국본을 겨누던 두 사람이 이제는 그를 위해 뜻을 모으고 있었다. 묘한 운명에 민백상이 허허로운 미소를 지었다.

"일단 서재를 한 번 둘러보시지요. 서생들도 한 번 만나보시고요."

나철주의 말에 민백상이 고개를 끄덕였고, 동기는 나철주에게 선의 서신을 건넸다. 서신을 읽고 있는 나철주에게 변종인이 서신의 내용을 물었다.

"다음 달 초사흘, 평양으로 민우섭을 통해 내탕금을 보내시겠다는구먼."

그 무렵, 홍계희는 내수사에 심어둔 전수로부터 동궁전에서 내탕
금을 가져갔다는 보고를 접했고, 그 밤 김상로의 사랑을 찾았다. 그
곳에는 이미 홍계희의 부탁으로 김상로가 불러놓은 부원군 김한구
도 와 있었다.

"제가 도울 일이 있다니요?"

"조만간 관서로 가주셔야겠습니다."

"관서는 왜?"

"세손 책봉을 막을 패를 쥐기 위해서지요. 잘만 하면 세자도 저위
에서 끌어내릴 수 있을 겁니다. 믿을 만한 심복을 데리고 선전관 민
우섭의 뒤를 밟으세요. 분명 수상한 자와 접선을 하려들 겝니다. 그
때 그 현장을 덮쳐야 합니다."

홍계희는 득의양양한 미소를 지었고, 김상로와 김한구 역시 다르
지 않았다. 며칠 후, 궐문 앞에서 말에 오르는 민우섭을 지켜보던 홍
계희가 김한구를 향해 고개를 끄덕였다. 이에 김한구가 결진 표정을
지었다.

다음 날, 홍계희는 동온돌을 찾아 왕과 마주했다.

"명하신 일에 답을 드리고자 왔습니다."

"사람 참 오래도 끈다. 그래, 어찌할 생각이야?"

"세손 책봉. 소신이 주도할 의사가 없습니다."

"가만있어봐. 허면 그대는 관복을 잃겠군."

"소신이 관복을 잃는 것보다 국본이 저위를 잃는 게 먼저일 수도 있습니다. 허면 세손 책봉도 자연 어려워지겠지요."

"무슨 뜻이야? 느이 놈들 또다시 무슨 모사를 꾸미고 있는 거냐고."

"모사는 신 등이 아니라 동궁전에서 꾸미고 있는 것 같습니다."

"동궁전이라니?"

"지난 수개월 간 동궁전 내탕금이 지속적으로 관서로 흘러들어갔습니다. 내탕금이 어디로 흘러갔다 보십니까?"

왕의 눈빛이 처음으로 흔들렸다.

"비밀리에 빼돌린 것으로 보아 위험한 무리들에게 전달되고 있을 가능성이 큽니다."

"위험……한 무리들이라니?"

"전하에 대한 암살 모의가 있던 밤을 기억하십니까. 그 밤 서둘러 도성을 뜬 무리들이 있었습니다. 나도주 상단. 소신은 국본과 그들이 연통하고 있을 가능성이 크다고 봅니다."

"그러니까 네놈 말은 국본이…… 내 아들놈이 이 아비를 암살하려던 그놈들하고 내통이라도 했단 말이냐?"

"국본의 심복인 선전관 민우섭이 많은 내탕금을 들고 관서로 갔습니다. 부원군 김한구로 하여금 뒤를 쫓으라 하였으니, 오늘이면 내탕금이 누구에게 전달되는지 확인이 될 것입니다."

자신만만한 홍계희의 말에 왕은 불안함을 억눌렀다. 시간이 흘러 어둑한 밤이 되었고, 왕의 불안은 분기로 변해 있었다.

"홍계희 이놈. 이 영악한 놈이 내가 아무런 대책도 세우지 못하도록 이제야 말을 해. 세자 불러와. 내탕금을 어디로 빼돌리고 있는지 내 직접 확인을 해야겠어."

분노와 불안이 들끓었으나 선을 만나 모든 이야기를 듣기 전까지는, 모든 것이 명명백백히 밝혀질 때까지는 일단 참아야 했다.

"동궁전 내탕금을 관서로 빼돌린 일이 있느냐?"

왕의 물음에 선의 눈빛이 흔들렸고, 왕은 동궁전의 내탕금 지출장부를 그 앞에 흔들어 보이며 따져 물었다.

"어찌하여 대답을 못하는 게야. 내탕금을 불온한 자들에게 전하였기 때문이냐."

그 무렵, 평양 보행객주에는 양반의 복색을 한 나철주가 들어섰고 변종인이 그 뒤를 따랐다.

"여기서 기다리시면 선전관께서 곧 오실 것입니다."

나철주와 변종인을 방으로 안내한 종복이 그리 말했고, 나철주는 묵묵히 고개를 끄덕였다. 보행객주로 가기 위해 저잣거리로 들어선 민우섭의 뒤를 김한구와 심복들이 밟았다.

"손님께서는?"

민우섭이 보행객주 마당으로 들어서며 그리 묻자 나철주를 방으로 안내했던 종복이 이미 기다리고 있노라 답했다. 민우섭이 방문을 열자 뒷짐을 진 채 서 있는 반가의 사내가 보였다. 민우섭이 안으로 들어서려던 그때였다.

"잠깐, 이게 누구신가. 선전관 민우섭 나리 아니신가."

김한구의 목소리에 민우섭이 당혹스러운 듯 그를 보았다.

"부원군께서 이곳 평양까진 어인 일로……."

"그야 물론 자네가 내탕금을 넘겨줄 위험천만한 놈을 추포키 위해서가 아니겠나. 뭣들 하느냐. 당장 죄인을 추포하지 않고!"

김한구의 심복들이 우르르 안으로 들어서 사내의 양팔을 붙잡았다.

"놔라, 이놈들!"

사내가 노기 띤 음성으로 김한구의 심복들을 거칠게 떼어내려 했으나 장정들의 힘도 만만치는 않았다. 사내는 민우섭에게 이게 대체 무슨 일인지 설명을 해보라 하였다.

"송구하옵니다, 감사 영감. 뭔가 오해가 있었던 듯하옵니다."

민우섭의 입에서 '감사'라는 말이 나오자 김한구의 얼굴 위로 당혹감이 스쳤다. 민우섭이 여유롭게 김한구를 보며 말을 건넸다.

"인사 나누시지요. 이쪽은 현 평양감사이신 정휘량 영감이십니다."

그 무렵, 왕 역시 내탕금은 평양감사 정휘량에게 보낸 것이라는 선의 말에 얼떨떨한 얼굴을 했다.

"평양감사에게 내탕금은 왜?"

"지난해부터 온 나라에 기근이 들어 굶어죽는 자들이 넘쳐나고 있사옵니다. 그중에 관서의 피해가 가장 극심하였던 바, 대책을 세워

주고 싶었으나 국고로 지원하는 것에는 한계가 있어 동궁전 내탕금이라도 잘라주어야 한다고 판단했습니다."

선을 물끄러미 보던 왕이 사실이냐 물었다.

"지금 당장 평양감사 정휘량을 소환해주십시오. 허면 사실인지 아닌지는 백일하에 밝혀질 것이 아닙니까."

왕은 고개를 끄덕였다.

한편, 보행객주에서는 여전히 의혹을 해소하지 못한 김한구가 정휘량에게 따져 묻고 있었다. 극심한 기근에 구휼 자금을 내린 것이 사실이라면 이리 간자 접선하듯 만난 연유가 무엇이냐는 거였다.

"저하께서 원하셨습니다. 내탕금을 유독 관서로만 보낸 사실을 다른 도에서 알면 서운해 할 것을 염려하신 게지요. 하여 내탕금을 받아 구휼에 쓰되 그 출처가 알려지는 것을 원치 않으신 겝니다."

더 이상은 꼬투리를 잡으려 해도 잡을 것이 없기에 김한구는 멋쩍은 듯 자리에서 일어났다. 대화를 끝낸 정휘량과 김한구가 방을 나섰고, 민우섭이 그 뒤를 따르는 척하며 복도에 있던 다른 방의 문틈으로 전언을 슥 밀어 넣었다. 변종인이 전언을 받아 나철주에게 전했다.

"이번엔 내탕금을 보낼 수 없다시는군. 노론에 꼬리가 밟힌 모양이야. 다른 방도를 찾아보겠다 하시네."

변종인이 고개를 끄덕였고, 나철주는 선이 무사하기를 바랐다.

다음 날 동온돌에는 정휘량과 홍계희가 나란히 왕 앞에 자리했다.

"동궁전 내탕금이 평안도 감영으로 전달되어 구휼 자금으로 쓰인 것이 맞는가?"

그러하다는 정휘량의 답에 왕이 고개를 주억거리며 일단 물러가 있으라 하였다. 정휘량이 동온돌을 나섰고, 왕은 홍계희를 서늘하게 쳐다보았다.

"괘씸한 놈. 네놈이 감히 국본을 모함하려들어? 이 죄는 파직이 아니라 죽음으로 물어도 과하지 않다. 허나 과인이 죄를 씻을 기회를 주지. 그대는 지혜로운 자니 과인이 뭘 원하는지 잘 알고 있을 게야."

굴욕감이 온몸을 휘감았으나 홍계희는 이를 지그시 문 채 무너지지 않으려 버티고 또 버텼다.

"원손마마께서 곧 관례를 치를 춘추가 되시니 이제는 세손으로 책봉하는 것이 마땅하다 판단되옵니다."

왕과 중신들, 선이 바라보는 앞에서 홍계희는 그리 말할 수밖에 없었다. 말을 내뱉을 때마다 제 혀를 도려내고 싶을 정도로 치가 떨렸다.

"영상, 그대의 뜻은 어떠한가?"

"소신의 뜻도 같사옵니다."

김상로 또한 피가 거꾸로 솟는 듯했으나 분기를 억눌렀다. 김상로와 홍계희가 그리 나오자 다른 노론들 역시 할 말이 없었다.

"중신들이 이리 한마음으로 원손의 세손 책봉을 간하니 내 그대들의 뜻을 따르겠다."

"성은이 망극하옵니다, 전하."

왕이 미소를 띤 채 선을 보았고, 선은 공손히 고개를 숙였다. 편전 회의가 끝나자마자 홍봉한은 빈궁전 쪽으로 길을 잡았고, 마침 편전 쪽으로 다가서던 혜경궁과 맞닥뜨렸다.

"사실입니까? 이제 우리 원손이 세손으로 책봉되는 것입니까?"

혜경궁이 물기 어린 눈으로, 떨리는 목소리로 그리 묻자 홍봉한 역시 기꺼운 눈물을 흘리며 고개를 끄덕였다. 그렇게 기꺼운 눈물을 나누는 이들이 있는가 하면 같은 일로 분루를 삼키는 자들이 있었다. 홍계희와 김상로였다. 동궁전에서 놓은 덫이 분명했으나 입증할 길이 없었다. 김상로가 답답함에 혀를 끌끌 내차며 운을 떼었다.

"대체 누굴까? 누가 동궁전과 짜고 이토록 기민하게 움직인 것일까?"

"평양감사 정휘량은 중도로 분류되어 있으나 어쨌든 당적은 소론이에요. 허면 대충 짐작할 수 있는 거 아닙니까."

홍계희의 예상대로였다. 조재호의 사랑에는 정휘량이 들어 있었고, 조재호는 그에게 고맙다는 인사를 건넸다.

"우리 소론의 힘을 기르기 위해서라면 응당 힘을 보태야지요. 다행히 여기저기서 변통해 쓴 구휼 자금이 있어 문서는 흠 없이 꾸며질 것입니다. 하온데 대감, 관서에서 저하께서 하시는 진짜 일은 무엇입니까? 무슨 일을 벌이셨기에 내탕금이 지속적으로 관서로 흘러든 것입니까."

"차차 얘기함세. 앞으로도 도움을 청할 일이 제법 있을 것이니 말일세."

조재호가 정휘량에게 차 한 잔을 따라 건넸다.

그 무렵, 왕은 선과 함께 부용정 주변을 거닐고 있었다.

"넌 노론이 동궁전 내탕금에 의혹을 품을 줄 알고 있었다. 알고도 선전관을 파견한 게야. 그렇지 않으냐?"

"노론의 의혹을 확실하게 벗어날 필요를 느꼈을 뿐입니다."

"정치가 아주 제법 많이 늘었구나. 그렇지, 신하들하고 줄다리기는 그렇게 하는 거다. 허나, 마음을 감추는 법도 배워라. 신하들에게 네 속마음을 절대로 보여줘선 안 된다. 뭣보다 결론이 나지 않은 섣부른 생각은 신하들이 알게 해선 안 돼. 허면,"

"신하들에게 공격할 빌미를 주겠지요. 소자, 저간의 일로 충분히 배우고 깨달았습니다. 최대한 신중한 자세를 견지하고 정사에 임할 것이오니 크게 심려치 마오소서."

왕이 그제야 안심이 되는 듯 미소를 머금었다.

화창한 하늘 위로 구름들이 여유롭게 떠가고 그렇게 구름이 흘러가듯 세월 또한 흘러갔다.

❀ ❀ ❀

이 년 후. 동궁전으로 달려가는 어의들의 얼굴에는 근심이 가득했다. 여러 대야에는 피고름을 닦아낸 면포들로 붉은 핏물이 그득했고, 선이 벗어낸 옷에도 핏자국이 선명했다. 선은 웃옷을 벗은 채 처치를 받고 있었고, 처치를 끝낸 어의가 그 등에 면포를 감았다.

"종창[83]이 이리 자심하시니 신열[84]이 내리지 않는 것입니다. 공무도 좋지만 종창이 가라앉으려면 좀 쉬셔야 한다, 신 등이 얼마나 간언을 하였습니까."

어의는 동궁전을 떠나기 직전까지도 부디 무리하지 말라는 당부를 잊지 않았고, 선이 고개를 끄덕였다. 어의는 동궁전을 나서자마자 왕이 기다리고 있는 동온돌로 향했다.

"그렇게 심해?"

"탕약만으로 다스릴 때는 넘긴 듯하옵니다."

"그 지경이 되도록 느이 놈들은 대체 뭘 한 게야."

"절대 안정을 취하고 좀 쉬셔야 한다, 간언하고 또 간언을 하였지만……."

"도무지 말을 들어먹질 않았겠지. 허면 이제 대책이 뭐야?"

"온행[85]을 권해보심이 어떠하옵니까. 종창에는 온천욕이 도움이 되는데다 잠시라도 공무에서 떨어질 수 있을 것이오니……."

"온행이라……."

---

83. 종창(腫脹) : 염증이나 종양·수종 따위로 인체의 국부가 부어오름.
84. 신열(身熱) : 병으로 인하여 오르는 몸의 열.
85. 온행 : 국왕이 병 치료를 위해 온천으로 가는 것.

왕은 상선에게 좋은 날을 잡아보라 일렀다.

혜경궁 역시 선에 대한 걱정으로 한달음에 동궁전으로 달려왔다. 침전으로 들었으나 이부자리만 펴 있을 뿐 선은 보이지 않았다. 다시 침전을 나서려던 그때, 두런거리는 얘기소리가 들려왔다. 한 발 한 발 소리가 들려온 쪽으로 다가서던 혜경궁의 걸음이 우뚝 멈췄다. 열린 문틈 사이로 선과 장 내관이 보였고, 그들 너머 한쪽으로 걷혀 있는 병풍과 그 병풍에 가려져 있던 비밀의 문이 보였다.

"봐야 할 서책이 있다."

"소인에게 명하시면."

"니가 찾으려들면 한참 걸려. 잠시면 된다."

선은 문을 열고 안으로 들어섰다. 비밀의 공간. 혜경궁은 충격에 얼얼했으나 들켜서도 안 되었기에 바들바들 떨리는 걸음을 뗴었다. 잠시 후 서책을 찾아 침전 안으로 들어서던 선이 멈칫했다.

"빈궁께서 이 시각엔 어찌……."

혜경궁이 자리에서 일어나며 짐짓 속을 감춘 채 그를 살폈다.

"옥체 미령하신데 그 서책은 무엇입니까."

"오늘 밤 안으로 꼭 살펴야 할 듯싶어서……."

"안 됩니다. 이리로 누우세요."

선이 이젠 많이 괜찮아졌다 하였으나 혜경궁은 고집을 꺾지 않았다.

"누워서 잠을 청하세요. 잠드시는 것을 보고 건너가도 건너갈 것입니다."

"빈궁."

"제발 안위를 돌보세요. 저하의 안위는 저하 한 분만의 안위가 아닙니다."

"그리 걱정하실 거 없습니다. 그저 종창으로 인해 잠시 신열이 올랐을 뿐이에요."

선과 이산의 안위가 걱정된 혜경궁의 눈에 눈물이 어렸고, 선은 고집을 꺾을 수밖에 없었다.

"알겠습니다. 명대로…… 뜻대로 하지요."

선이 눕자 혜경궁이 이불을 덮어주었다. 작은 바람 하나 들어가지 않도록 꼼꼼히 살피고 또 살폈다. 그런 그녀가 낯설었으나 선은 말 없이 눈을 감고 잠을 청했다. 선은 곤히 잠이 들었고, 그 모습을 가만 바라보던 혜경궁이 자리에서 일어나 지하서고로 내려섰다. 빼곡히 들어찬 서책들이며 벽에 붙은 지도들을 제 눈으로 확인하고도 그저 아득하기만 했다. 서탁 위에는 각종 서책들이며 서신들이 어지러이 널려 있었다.

"서재?"

혜경궁은 조심스레 《관서서재일기》를 펼쳤다. 잠시 후, 그녀는 서책을 쥔 채 빈궁전으로 돌아왔다. 조금은 선에 대해 안다고, 조금은 이해할 수 있다고 생각했는데 또 다른 벽이 서 있었다.

다음 날 혜경궁은 홍봉한을 빈궁전으로 불렀다.

"이, 이게 진정 저하의 수중에서 나온 것입니까. 저하께서 관서에

이, 이런 말도 안 되는 서재를……. 이게 사실이냐고요?"

혜경궁은 눈물조차 말라버린 듯, 건조한 목소리로 이제 어찌하는 것이 좋겠느냐 물었다.

"전하와 노론이 알기 전에 이 서재, 없애야지요."

"저하께서 없애겠다 하시겠습니까."

"모르시게 해야지요."

아비의 생각을 읽은 혜경궁의 눈이 동그래졌다.

"저하는 설득 안 돼요. 설득하려다 이 사실이 밖으로 새어나갈 수도 있습니다. 그렇게 되면 이제 저하와 세손, 그리고 마마와 우리 가문까지 모조리 끝장이라고요."

굳은 채 아비를 바라보던 혜경궁이 쓸쓸히 시선을 내리 깔았다.

"다행히 저하의 온행이 예정되어 있다고 하니, 그 안에 관서 서재를 처리하면 될 것으로 보입니다. 불안해 마세요. 이 아비가 다 알아서 할 것이니 마마는…… 동궁전에서 눈치 채지 못하도록 이 서책이나 돌려놓고 잠자코 계시면 됩니다. 아시겠습니까."

혜경궁은 복잡다단한 마음에 질끈 눈을 감았다. 이 모든 것이 차라리 꿈이었으면, 하여 이리 눈을 감았다 뜨고 나면 모두 거짓일 수 있으면 좋으련만. 혜경궁의 눈에서 눈물이 주르르 흘렀고, 그를 보는 아비의 마음 역시 아려왔다.

허나 불행히도 빈궁전 들창 밖에서 이를 엿들은 이가 있었다. 홍계희의 심복인 박 별감은 그 길로 홍계희를 찾아 자신이 들은 것을 전했고, 이 년 전에 당한 수모를 제대로 갚아줄 수 있을 거란 생각에 홍계희가 서늘하게 웃었다. 홍계희는 영상 집무실을 찾았고, 그가 세자를 칠 명분을 잡았다는 얘기에 김상로는 반색을 감추지 못했다.

"세손 책봉 당시 그렇게 당하고 난 이후, 지난 이 년간 난 세자와 빈궁전, 조재호, 채제공 등 그 측근들의 주변에까지 촘촘한 그물을 펴놨습니다. 거기 대어가 걸려든 것 같아요."

"대어라니?"

"당분간은 홍봉한만 잘 살피면 될 듯 보입니다."

김상로는 멀뚱히 홍계희를 바라보았다.

며칠 후 평양 감영 앞으로 말이 멈춰 섰고, 홍봉한이 안으로 들어섰다. 그런 홍봉한을 훔쳐보는 그림자가 있었으니, 홍계희와 김상로가 보낸 흑표였다. 홍봉한은 평양감사 집무실로 들어섰고, 정휘량에게 서재의 전모가 요약된 문서를 내밀었다.

"평민에 천출, 역적의 자손까지…… 이자들이 모두 서재라는 곳에 모여 대체 무얼 하고 있답니까."

"그걸 모른단 말입니까. 역모를 꾀하는 게지요. 반란을 꾀하기 전에 속히 찾아내 토벌을 하셔야 합니다. 일어나고 막으려 하면 관내에서 불온한 세력이 자라는 것도 파악하지 못했다 하여 감사에게도 적잖은 책임이 돌아갈 것이니 말입니다."

정휘량은 무거운 책임감에 고개를 끄덕였다. 다음 날, 평양 저자 곳곳에는 동기를 포함해 관서 서재에서 공부하는 서생들의 소재를 신고하라는 내용의 방이 나붙었다. 방에는 자수를 하면 죄를 묻지 않겠다는 내용 또한 포함되어 있었다. 안주로 가는 길, 짐을 이고 지고 가는 산골 주민에게 관원들은 방과 똑같은 내용의 언문이 적힌 종이를 나눠주고 있었다.

"역적을 보거든 관아에 발고하시오."

갓을 깊이 내려 쓴 변종인이 그 종이를 받고는 관원들을 스쳐 지나갔다. 변종인은 서재로 들어서자마자 나철주를 찾았고, 그와 함께 민백상의 처소로 들었다. 나철주가 내민 종이에 민백상의 얼굴이 굳었다.

"이게 대체 어찌 된 일이야? 평양 감영에서 어떻게 이곳 서재의 구성원까지 이렇게 자세히 알고 있단 말인가."

"정보가 새긴 샌 것 같은데 어디서 샌 것인지……."

일단 선에게 알리는 것이 좋지 않겠냐는 변종인의 말에 나철주는 답을 아낀 채 종이를 내려다보았다. 나철주가 보던 그 종이를 한양의 홍계희 역시 바라보고 있었다. 홍계희는 그를 가져온 흑표에게 수고했노라 말을 건네고는 김상로를 쳐다보았다.

"이제 남은 일은 승부수를 띄우는 일뿐이로군요."

홍계희가 싸늘히 웃었다.

잠시 후, 동궁전을 향해 다가서는 그림자는 홍계희의 심복인 박 별감이었다. 불이 켜져 있는 방, 그 방은 국본의 침전이었다. 늦은 시각까지 서책을 읽고 있던 선은 시큰한 눈을 잠시 감았다. 그때, 창문을 뚫고 돌멩이 하나가 날아들었다. 흠칫 놀란 선이 자리에서 일어났고, 장 내관이 놀란 얼굴로 들어섰다. 돌에는 종이가 둘러져 있었고, 서둘러 그를 펼친 선의 얼굴이 하얗게 질렸다.

"평양감사가 서재를 토벌하다니…… 이게 대체 어찌 된 일이야?"

충격에 어지러움마저 일었으나 지체할 틈이 없었다. 선은 지하서고로 걸음을 옮기며 장 내관에게 즉시 지담을 데려오라 일렀다.

"혹 이즈음 관서에서 너에게 따로 전해진 연통이 있느냐?"

지담은 고개를 내저었다.

"허면 이걸 보낸 자가 누구일까."

선은 그 길로 조재호의 집 사랑을 찾았다.

"확실합니다. 이건 평양감사의 관인이에요."

"정휘량이 서재에 대한 정보를 어찌 알고 토벌을 결정한 걸까요?"

조재호가 속히 알아보겠다 하였으나, 선은 내일이 온행을 떠나는 날이니 자신이 직접 관서로 가겠노라 하였다.

"지금 무슨 생각을 하고 계신 겁니까?"

"동궁전 궁인들과 대감이 조금만 도와주시면…… 아무도 모르게 관서를 다녀올 길이 열릴 수도 있습니다."

"일단 이 사람이 평양으로 연통을 해보겠습니다. 정휘량에게 사람을 보내 자초지종을 알아본 연후,"

"너무 늦어질 수도 있습니다."

"이걸 동궁전으로 보낸 자가 누군지도 알아내지 못했습니다. 누군가 놓은 덫이면,"

"그 모든 것을 알아보고자 시간을 보내다 정휘량이 서재를 토벌해 버리면 어찌합니까. 그것이 우리로선 가장 감당하기 어려운 일 아닙니까. 온행 기간 중 어떻게든 관서를 다녀와야 합니다. 그것이 이 문제를 가장 빠르게 해결 지을 길이에요."

주군과 신하 사이에 치열한 설전이 이어졌고, 그만큼 긴 침묵이 이어졌다.

"정녕 이렇게까지 하셔야겠습니까."

"서재 사람들의 생사가 걸린 문젭니다."

조재호는 깊은 한숨을 배어 물었다.

❀ ❀ ❀

온행을 떠나는 날 아침, 선과 혜경궁은 왕의 침전을 찾았다. 왕이 온후한 미소를 지은 채 말을 건넸다.

"온행이 예정된 날이 아니냐? 길 떠날 준비로 분주할 테니 문후들 필요 없다지 않았어."

"아니옵니다, 아바마마."

"잘 쉬었다 오너라. 건강 잘 챙기는 것도 왕재가 해야 할 마땅한 도리다."

"명심하겠습니다, 아바마마."

선은 떨리는 속내를 감춘 채 애써 침착하게 답했다.

궐문 앞에는 시위와 경호를 담당할 민우섭과 군사들, 온행 중 분조 조정을 맡을 조재호와 중신들, 시료를 맡은 어의며 동궁전 궁인들 등이 시립한 채 선을 기다리고 있었다. 선이 문을 열고 나왔고, 그 뒤로 혜경궁과 올해로 열한 살이 된 이산이 따랐다.

"다녀오마. 이 아비가 없는 동안 어머니 잘 살펴드려라."

"예, 아바마마."

선은 혜경궁과 인사를 주고받은 후 가마에 올랐다. 보통 온행이나 어가 행렬 때는 사방이 개방된 연을 타지만 선은 사방이 막힌, 창 없는 가마를 부탁했다. 신열이 자심하여 찬바람을 쐬지 않는 게 좋다던 어의의 말도 있었기에 별다른 의혹을 제기하는 자는 없었다. 행렬이 움직이기 시작했고, 혜경궁은 이산과 함께 그 모습을 바라보았다. 자꾸만 쳐드는 불안감을 억누를수록 더 번다해질 뿐이었다.

온양으로 향하는 길, 선이 오른 가마 바로 옆에서 말을 타고 가던 조재호는 별안간 나타난 홍계희와 군사들에 멈칫했다.

"병판께서 예까진 어인 행보십니까?"

애써 태연히 그리 물었으나 홍계희는 비식 웃어 보였다.

"저하께서 먼 길 가시는데 배웅은 해드려야지요."

홍계희가 가마 쪽으로 다가서더니 가마 곁을 따르던 장 내관에게 고하라 일렀다.

"잠이 드신 듯 기척이 없사온데⋯⋯."

"속히 고하지 못할까!"

홍계희가 버럭 소리를 질렀고, 그때 조재호가 그 앞을 막아섰다.

"병판께서 배웅을 오셨던 건 이 사람이 잘 전하지요. 저하께서,"

"이 안에 계시지 않은 것이 아니고요? 뭣들 하느냐. 이자들을 당장 치워라."

익위사들보다 홍계희가 이끄는 관군들의 칼이 먼저였다. 장 내관과 조재호, 최 상궁과 지담의 얼굴에 당혹감이 스쳤고, 군사들은 기어이 조재호와 장 내관을 가마 옆에서 끌어냈다.

"이거 놓지 못할까."

홍계희는 아랑곳 않고 가마로 다가가 문을 열어젖혔다. 예상대로 안은 비어 있었다. 그 길로 환궁한 홍계희는 왕에게 세자가 온행을 가지 않은 듯하다 전했다.

"세자가 온행을 가지 않았다니⋯⋯ 허면 대체 어디를 갔다는 게야?"

"관서로 향하고 있을 것이옵니다."

"세자가 관서에는 왜?"

"자신의 손으로 키운 역도들을 보호하기 위함이 아니겠습니까."

왕의 얼굴이 흠칫 굳었고, 그대로 서늘하게 얼어붙었다.

23

"무슨 근거로 세자가 역도를 키웠다는 게야?"

"국본의 장인 홍봉한으로부터 얻은 정보입니다."

왕은 애써 차분히 홍봉한의 소재를 물었다.

"관서에 있습니다. 전하와 또한 조정 중신들이 알기 전에 세자가 키운 역도의 무리를 쓸어버리기 위해서 말입니다."

그 무렵, 평양감사 집무실 안을 초조한 듯 서성이던 홍봉한이 정 휘량 쪽으로 휙 돌아서며 역도들 소재 파악이 어찌 이리 진척이 없 는 것이냐 물었다.

"관군들이 밤낮으로 수색하고 있으니……."

홍봉한이 서탁 위에 펼쳐진 지도 중 한 부분을 손가락 끝으로 턱 짚었다.

"이곳 서삼봉을 더 집중적으로 수색하라 하세요. 이곳에서 수상한 움직임이 포착되었다지 않았습니까."

정휘량이 굳은 얼굴로 집무실을 나섰고, 홍봉한은 괴로움에 질끈 눈을 감았다. 홍봉한과 정휘량이 주시하는 서삼봉의 서재 안에도 짙은 긴장감이 흘렀다. 중앙에 앉은 민백상은 평소와 다를 바 없었으나 달성과 덕술, 칠상은 초조함에 서책에 집중하지 못하고 서로 눈치만 살폈다.

"저어…… 괜찮겠지요, 스승님?"

달성의 물음에 민백상이 그를 보았다.

"괜찮다니…… 뭐가?"

"관군들 수색이 서삼봉 인근까지 좁혀졌다는데 이러다 역도로 몰려서……."

달성이 차마 말을 잇지 못하고 제 목을 더듬었으나 동기는 걱정도 팔자라는 듯 웃었다.

"공부하는 게 뭐 그리 큰 죄라고."

"그래도 그 나붙었다는 방문이 심상치 않던데."

"문제 생기면 저하께서 알아서 해주시겠지요. 안 그렇습니까, 스승님?"

동기가 불안감을 애써 누르며 그리 물었다.

"말이라고. 쓸데없는 생각들 말고 공부에나 전념해."

달성이 머쓱한 듯 목을 긁적이고는 서책을 보았고, 동기와 민백상 역시 다시 서책으로 눈길을 돌렸다. 허나 모두의 얼굴에서 불안감을 지울 수는 없었다.

나철주 역시 굳은 얼굴로 자신의 처소에 앉아 있던 그때, 변종인이 들어섰다.

"만에 하나를 대비해 군사들에게 기별을 해두는 것이 좋지 않겠습니까?"

나철주가 고개를 끄덕였고, 변종인은 명사 소속 군사들의 훈련터로 전언을 보냈다.

"만일을 대비해 출동 준비를 하라시는군."

이사와 장삼의 눈빛이 서늘하게 얼어붙었다.

온행을 떠났던 자들 중 선과 민우섭을 제외하고는 모두 궐로 돌아왔고, 조재호와 장 내관은 왕 앞으로 끌려왔다. 왕은 분기 어린 얼굴로 조재호에게 물었다.

"세자가 관서에 서재를 세운 것이 맞느냐?"

조재호의 침묵에 왕의 분노가 자심해졌으나, 왕은 그를 누른 채 다시 물었다.

"세자의 손으로 평민에 천출, 게다가 역적의 자손까지 모조리 불러들여 역심을 키우고 있느냐 물었다."

"서재는 역심을 키우기 위한 곳이 아니옵니다."

"아니라면 그놈들을 죄다 끌어다 대체 뭘 하고 있었던 게야?"

"인재를 키우고자 하였을 뿐입니다."

"역심을 품은 인재를 키워 어디다 쓰게?"

"전하, 국본의 진심을 그리 왜곡하지."

"닥치지 못할까! 그걸 다 알면서 세자가 불온한 놈들을 끌어모아 위험한 짓거리 하는 줄 다 알면서도 말리지 않은 연유가 뭐야. 원수라도 갚고 싶었나! 세자를 네 멋대로 주물러 무신년, 을해년에 죽은 소론 놈들의 원수라도 갚고자 한 거냐고."

조재호가 그런 것이 아니라 하였으나 왕은 군사들을 향해 버럭 소리를 질렀다.

"뭣들 하는 게야. 이놈들 옥방에 쳐넣어!"

왕이 분기 어린 얼굴로 돌아섰다. 금군에게 포박당한 채 조재호와 장 내관이 끌려 나왔고, 그들을 기다리고 있던 최 상궁과 지담은 그 모습에 아득해졌다. 조재호는 금군에게 잠시 양해를 구하고는 최 상궁 곁으로 다가섰다.

"저하의 관서 행을 도운 것은 나와 장 내관, 두 사람만 아는 일로 하세."

"하오나 대감."

"이 일의 파장이 어디까지 미칠지 알 수 없는 일이야. 자칫하면 모조리 죽임을 당할지 알 수 없는 일. 그러니 책임선을 최소화 하여 한 사람이라도 무사히 살아남아야 하네. 그래야 저하를 도울 길을 열 수 있지 않겠는가."

그 말을 끝으로 조재호는 의금부 쪽으로 걸음을 떼었고, 장 내관과 금군들 역시 뒤를 따랐다. 억장이 무너지는 듯한 심정에 최 상궁

이 휘청했고, 지담이 한달음에 달려와 그녀를 부축했다. 최 상궁은
애써 어지러운 심신을 다잡았다. 선을 위해서라도 아직은 쓰러질 수
없었다.

"가자."

최 상궁은 동궁전으로 향했고, 지담이 그 뒤를 따랐다. 두 사람이
동궁전 쪽으로 들어서자 그 기척에 채제공이 돌아보았다.

"이게 대체 어찌 된 일인가. 저하께서 관서로 가시다니."

"조재호 대감께서 관서의 일…… 영감께서는 모르시는 일로 하라
십니다."

"그게 대체 무슨 뜻인가."

"무슨 뜻이겠습니까."

채제공은 안타까움을 금할 수 없었고, 최 상궁과 지담은 서둘러
동궁전 안으로 들어섰다.

"동궁전, 세자시강원 모조리 수색해. 수색해서 수상한 물건이란
물건은 모조리 집어오라 이런 말이야."

왕은 치밀어 오르는 분기를 쉬이 억누를 수 없었다. 허나 모든 것
이 확실해지기 전까지는 침착해야 했다. 상선이 내시부 무관들을 데
리고 동궁전으로 향하던 그때, 지담과 최 상궁은 동궁전 지하서고에
있었다. 내시부 무관들이 들이닥치기 전에 서재와 관련된 자료는 물
론 《정감록》과 《남사고비기》 등 대전의 노여움을 살 수 있는 책이며

자료들을 숨겨야 했다.

"이 외에도 따지자고 들면 위험한 서책이 너무도 많은 듯한데."

"일단 급한 것부터 치우고 이곳이 발각되지 않기만을 바라야지."

지담이 무겁게 고개를 끄덕이고는 서둘러 보자기에 서책들을 쌌다. 상선과 내시부 무관들이 동궁전 코앞까지 들이닥친 그때, 지하서고의 들창이 열리더니 뒤뜰로 검은 보자기들이 툭툭 던져졌다. 초조한 듯 서 있던 김 상궁과 빈궁전 궁인들이 그를 들고는 재빨리 걸음을 옮겼다. 최 상궁과 지담이 지하서고에서 나와 막 회랑으로 나섰을 때, 상선과 내시부 무관들이 들이닥쳤다.

"뒤져라!"

상선의 명에 내시부 무관들이 신속히 흩어졌다. 무관들은 문갑과 책장, 서안의 서랍은 물론 보료와 장침, 바닥과 천장까지 샅샅이 뒤졌다.

"특별히 수상한 물건은 보이지 않습니다."

상선의 눈빛이 흔들렸고, 지담과 최 상궁이 잠시 안도의 한숨을 돌리던 그때였다.

"상선 어르신…… 상선 어르신!"

회랑 끝 방을 수색하던 무관 하나가 급히 상선을 부르자 상선과 내시부 무관들이 그쪽으로 달려갔다. 올 것이 왔다는 생각에 최 상궁이 질끈 눈을 감았고, 지담 역시 깊은 한숨을 내쉬었다. 병풍이 걷힌 자리에는 서고로 들어가는 문이 열려 있었고, 상선은 제 눈으로 보고도 믿지 못하겠다는 듯 멍한 얼굴이었다. 아득한 정신을 수습한 채, 상선은 왕을 동궁전으로 모셔왔고 왕 또한 악귀의 아가리 같은 그 검은 통로를 멍하니 보았다. 왕이 미간을 찌푸린 채 안으로 들어섰고, 상선과 최 상궁이 그 뒤를 따랐다. 층계를 내려서자 서고의 모습이 한 눈에 들어왔다. 볼수록 기가 막히고 분기가 치미는 듯 왕은 고개를 내저었다.

"이게 대체 뭐 하는 소굴이야? 동궁전에 이런 곳이 왜 필요해?"

왕이 최 상궁 쪽을 돌아보며 물었다.

"조용히 서책을 보며 연구하실 공간이 필요하셨을 뿐……."

"아비 뒤통수 치고 나라 말아먹을 궁리하는 곳이 아니고?"

왕의 지독한 오해에 최 상궁이 고개를 들어 그런 것이 아니라 하였으나 왕의 귀에는 가닿지 않았다.

"아니라면 이런 근본도 모를 불온한 서책은 왜 끌어들인 게야. 이런 걸 끼고 앉아서 대체 뭘 하고 있었던 거냐고!"

왕은 서책을 집어던지고는 서고를 나섰고, 상선과 최 상궁이 그 뒤를 따랐다. 편전으로 돌아온 왕은 배신감과 분기에 가슴이 타 들어가는 듯 뜨거웠으나 이럴 때일수록 냉정해야 했다. 어둑한 밤이 찾아왔으나 왕은 그대로 용상에 앉아 있었고, 상선 또한 제자리를 묵묵히 지켰다. 한참 후에야 물기 하나 없이 버석거리는 목소리로 왕이 상선을 불렀다.

"병판 홍계희 불러."

상선이 고개를 숙이고는 편전을 나서 빈청으로 향했고, 홍계희를 데리고 왔다.

"군사들 끌고 관서로 가라. 가서 서재의 실체가 무엇인지 알아보고 국본 끌고 내려와."

"신명을 다해 명을 받들 것이옵니다."

이제 국본과 역도의 무리를 함께 추포해버리면 다 끝날 일이란 생각에 홍계희는 득의에 찬 표정으로 편전을 나섰다. 왕의 얼굴에서는 더 이상 그 어떤 감정도 찾아볼 수 없었다.

❦ ❦ ❦

홍봉한이 평양감사 집무실 안을 서성이던 그때, 정휘량이 급히 안으로 들어섰다.

"대감, 서재의 위치가 어딘지 알아냈답니다."

홍봉한은 반색하며 집무실을 나섰고, 정휘량 역시 그 뒤를 따랐다. 홍봉한과 정휘량은 군사들을 이끌고 서삼봉 서재 쪽으로 말을 몰았고, 얼마 지나지 않아 서재 초입의 초가들이 군사들의 기습을 맞았다. 서재의 허드렛일을 도와주는 이들과 그들의 가솔들이 머무는 집들로 서재 사람들에게는 또 하나의 가족이나 다름없었다. 여인과 아이 들이 관군들의 손에 줄줄이 끌려 나왔고, 그 비명소리와 울음소리는 서재에도 고스란히 전해졌다.

"군사들을 불러야 합니다."

변종인이 그리 말했으나 나철주는 망설였다. 죄 없이 폭압당하는 자들은 마땅히 구해야 하나, 군사와 군사가 맞붙는다면 그것은 전쟁이었다. 나라의 관군들을 향해 칼을 드는 것, 그것은 명백한 역모였다. 나철주의 고민이 깊어지던 그때, 민백상이 굳은 얼굴로 서재 마당에 내려섰다. 동기와 달성 등 서생들은 잔뜩 겁먹은 듯 맞은편 관군들과 홍봉한, 정휘량을 흘긋거렸다. 민백상이 노기 띤 목소리로 홍봉한에게 무슨 짓이냐 물었으나 홍봉한은 그곳에 모습을 드러낸 민백상이 제가 아는 그 민백상이 맞나 싶어 눈을 끔뻑거렸다.

"서생들이 공부하는 서재에 난입하여 이게 무슨 짓이냐 물었습니다."

민백상이 다시 한 번 엄하게 꾸짖었고, 홍봉한은 알 만하다는 듯 고개를 끄덕였다.

"오호라, 대감이 수괴인 모양이군요."

"이보시오, 부원군!"

"뭣들 하느냐. 역도들을 모조리 추포하지 않고!"

홍봉한의 명에 관군들이 우르르 몰려들었고, 민백상을 포함한 서생들을 거칠게 잡아채었다. 그 모습에 나철주가 마음을 굳힌 듯, 변종인에게 군사를 부르라 명했다. 변종인이 막 돌아서던 그때였다.

"멈춰라!"

낯익은 국본의 목소리에 홍봉한의 얼굴이 흠칫 굳었고, 제발 아니

길 바라는 마음으로 돌아보았다. 허나 마당 안으로 들어서는 건 분명 선이었다.

"저하께서 여길 어찌……"

"이게 대체 무슨 짓들입니까."

분기에 파르르 떨며 선이 소리쳤고, 홍봉한이 그에게 다가서며 나직이 나서지 말라 청하였다. 허나, 선은 그를 무시한 채 정휘량을 불렀다.

"속히 토벌을 중단하고 군사들을 물리세요."

"하오나 저들은 불온한 생각을 품은 역도들이옵니다."

"허면 나도 역도란 말입니까."

정휘량이 당혹스러운 듯 선을 쳐다보았다.

"이 서재를 세운 것은 바로 나요. 난 이 나라 조선의 왕세자이자 차기 지존이 될 사람이에요. 이들이 역도라면 내 손으로 나에게 반역을 꾀할 자들을 키웠다는 얘기가 되는데 이게 말이 된다고 보십니까."

난감한 듯 선과 홍봉한의 눈치를 살피던 정휘량이 군사들을 이끌고 돌아섰다. 서재 사람들이 안도의 한숨을 내쉬었다. 분노와 실망감을 어찌하지 못한 채 선이 걸음을 떼었고 홍봉한이 그 뒤를 따랐다.

"저하…… 저하."

"날 지키고 싶었습니까. 날 지킬 수 있다면 저들을 모조리 죽여도 좋다…… 그리 생각하신 것입니까."

"아니라는 답을 원하십니까."

억장이 무너져 내리는 듯한 선의 얼굴에 홍봉한은 잠시 할 말을 잃었다.

"허면 이 사람은 어떤 답을 드려야 합니까."

"그러게 어쩌자고 또다시 이런 일을 벌이신 겝니까."

"서재의 일, 어찌 알게 되신 겝니까."

"동궁전 지하서고. 빈궁마마께서…… 우리 빈궁마마 저하에 대한 걱정으로 하루도 편한 날이 없어요. 그 속이 속이 아니에요."

잠시 말이 없던 선이 애써 속을 달래며 누가 더 아느냐 물었다.

"그리 물으시는 연유가 무엇입니까."

선은 품에서 토벌에 대한 방문을 꺼내 홍봉한에게 내밀며 누군가 이걸 동궁전으로 보냈음을 전했다.

"이 방문을 구했다는 건 이곳 관서까지 다녀갔다는 얘긴데…… 저하께서 서재를 건설하신 사실과 이 사람이 서재를 토벌코자 하는 것. 이 모든 정보가 누군가에게 샜다는 겁니다. 정보가 새서 저하께 덫을 놓았다는 얘기라고요. 필경 노론의 짓일 겁니다."

방문이 처음 동궁전으로 날아든 그때 선은 이미 덫이라는 것을, 아니 노론이 놓은 덫일지도 모른다는 생각을 하지 않았던 것은 아니나 어찌할 도리가 없었다. 자신이 만약 이곳으로 오지 않았다면 서재 사람들은 홍봉한과 정휘량의 손에 역도로 몰려 추포되었을 터이니. 그를 막은 것만으로 다행이다, 그리 위안하며 마음을 추슬렀다.

"만일 노론이 덫을 놓은 것이라면 말입니다. 어쩌면 저하께서 이곳 관서로 오신 것이 더 잘된 일인지도 모르겠습니다."

홍봉한의 말에 불안한 생각 하나가 선의 뇌리를 스쳤으나 선은 작게 고개를 내저었다. 그럴 리 없다, 너무 넘겨짚은 것이리라, 선은 그리 마음을 다잡은 채 무슨 뜻이냐 물었다.

"저하께서 직접 명령을 하세요. 역도의 무리들을 당장 쓸어버리라고 말입니다."

"장인."

"저하께서 뭐라고 하셔도 이번엔…… 이번만은 이 사람 뜻을 따르셔야 합니다. 그래야 저위를 지킬 수 있어요."

"죄 없는 백성들의 목숨을 해하고 지키는 권력이 대체 무슨 소용이 있단 말입니까."

"허면 세손과 우리 빈궁마마는 어찌합니까! 어찌 되든 상관없다는 겁니까."

"서재의 일은 이 사람이 알아서 하겠습니다. 최대한 잡음 없이 처리할 길을 찾을 것이니……"

"다 죽여 없애지 않으면 길이 없어요, 글쎄."

"그만하세요, 장인. 무슨 말로도 이 사람을 설득하지 못하십니다."

"후회하실 겁니다. 인정에 이끌려 장인의 충언을 물리치신 오늘의 결정. 피눈물 나게 후회하시는 날이 있을 겁니다."

홍봉한이 차오르는 눈물을 훔치며 돌아섰다. 노론이지만 선이 염려스러워 동궁전 근처를 서성대던 인사였다. 노론이지만 그들이 선을 지독하게 몰아세울 때면 전전긍긍하던 자였다. 노론이지만 선이 공을 세울 때면 누구보다도 기뻐하고 뿌듯해하던 사람이었다. 그랬던 그가 멀어지고 있었다.

한참 후에야 선이 씁쓸히 서재로 되돌아 왔고, 민백상과 나철주가 그 곁으로 다가섰다. 민백상이 조심스레 홍봉한에 대해 물었다.

"도성으로 올라가셨습니다."

"이제 일이 어찌 되려는지……."

민백상이 무겁게 한숨을 내쉬었고, 선은 관군들로 인해 난장판이 된 서재를 아프게 살폈다.

"대감과 또한 그대가 이리 살뜰히 보살펴온 서재를 그저 살피러 온 길이라면…… 좋은 일로 왔다면 참으로 좋았을 것을. 안타깝기 짝이 없구먼."

그 씁쓸하고 처연한 눈빛에 나철주와 민백상 역시 안타까운 빛을 감추지 못했다.

나철주는 자신의 처소로 선을 모셨고, 민백상과 민우섭 역시 함께 자리했다. 나철주와 민백상을 보던 선이 어렵사리 운을 떼었다.

"아무래도 서재에 대한 정보가 노론 쪽으로도 샌 것 같습니다."

"파장이 만만치는 않을 겁니다."

목적을 위해서라면 그 어떤 공작과 모략도 서슴지 않았고, 조정에 뻗치고 앉은 그 수 역시 많으니 공세 또한 가파를 터였다. 누구보다도 그런 노론을 잘 아는 민백상이었기에 선이 걱정스러웠다.

"일단 이 사람이 도성으로 돌아가 해결을 해보겠습니다. 허나 만에 하나를 대비해 서재의 사람들 잠시 피신시켰으면 하네만."

나철주를 보던 선이 염치가 없는 듯 잠시 말끝을 흐렸다.

"미안하네. 늘 어려운 부탁만 하니……."

"아니, 방도를 찾아보겠습니다."

"부탁하네."

선이 자리에서 일어나려던 그때, 민백상이 그 발길을 잡듯 운을 떼었다.

"소신이…… 소신이 함께 동행을 하는 것이 어떻겠습니까. 함께 올라가 전하께 자초지종을 고하는 쪽이……."

"아니. 이 문제를 푸는 건 이 사람의 몫이에요."

"괜찮으시겠습니까."

선은 애써 미소까지 지은 채 고개를 끄덕였고, 그를 보던 민백상이 민우섭에게 당부했다.

"저하…… 잘 뫼시거라."

"예, 아버지."

선이 자리에서 일어나며 민백상에게 다시 뵐 때까지 부디 무탈하라 하였고, 나철주에게는 한 번 더 부탁의 말을 건넸다. 선과 민우섭은 마을을 벗어났고 두 사람을 민백상과 나철주, 동기와 달성 등 서생들이 배웅했다. 가는 자의 얼굴에도, 남겨진 자의 얼굴에도 어둠

게 내려앉은 그늘은 쉬이 걷힐 줄 몰랐다.

☙ ☙ ☙

선이 평안도를 떠난 다음 날, 홍계희는 감영에 다다라 빠르게 안으로 들어섰다. 평양감사 집무실로 들어선 홍계희는 정휘량에게 어찌 되었는지 물었고, 정휘량은 어제의 일을 그대로 전했다. 홍계희가 서탁을 쾅 치며 일어났다.

"그래서 그 길로 토벌을 멈췄단 말인가."

"저하께서 멈추라 하시는데 소직이 뭘 어찌한단 말입니까."

"지금 당장 서재로 안내하게."

홍계희가 집무실을 박차고 나갔고, 정휘량이 난감한 얼굴로 그 뒤를 따랐다. 홍계희와 정휘량이 다시 서재로 오고 있다는 것은 꿈에도 모른 채, 서재의 서생들은 짐을 꾸리고 떠날 준비를 하고 있었다. 나철주와 달성이 마당에 서 있었고, 민백상과 동기를 포함한 서생들이 마당으로 모여들었다.

"서두르십시오. 달성이 이 사람 안내를 따르시면 됩니다."

나철주가 민백상에게 그리 말을 전하고 있던 그때, 변종인이 달려들어왔다.

"병판 홍계희가 이끄는 관군이 이미 마을 어귀로 접어들었습니다."

급히 군사들을 부르라는 나철주의 명이 떨어지기 무섭게 날카로운 호적소리가 허공을 뚫고 사방에 울려 퍼졌다. 마을 초입에 들어서던 홍계희의 귀에도 호적소리가 들려왔고, 그는 칼을 높이 들어 뒤따르는 군사들을 멈춰 세웠다.

"이게 대체 무슨 소리야. 속히 알아보거라."

홍계희는 부관에게 그리 명하고는 주변을 훑기 시작했다.

호적소리에 매복해 있던 무장한 군사들이 나철주 앞으로 그 모습을 드러냈다. 민백상이 당혹스러운 듯 저들이 누구인지 물었다.

"설명은 나중에 할 것이니 대감께선 속히 서생들을 데리고 여기를 피하시지요."

"저들이나 당장 돌려보내게. 아니라면 이제 우리 모두가 꼼짝없이 역도가 돼."

민백상이 간절히 말했으나 변종인은 군사들 없어도 역도가 되기는 마찬가지라 받아쳤다.

"홍계희가 직접 군사를 이끌고 쳐들어온 이유가 뭐겠습니까. 우리하고 한담이나 나누러 왔겠습니까."

홍계희는 홍봉한처럼 말이 통하는 자가 아니었다. 더군다나 이 덫을 놓은 주범이자 최소 공범인 그의 목적은 명확했다. 어떻게든 서재 사람들을 역도로 몰아 추포하려들 것이고, 저항한다면 그를 죽여 사체라도 끌고 가 이들이 역도였노라 말할 자였다.

"지체하시면 곤란합니다. 서생들이 모두 잡혀 죽길 바라지 않으신다면 속히 여기를 떠야 합니다."

나철주와 변종인이 길을 내어주자 민백상은 하는 수 없이 걸음을 떼었다. 달성과 동기 등이 그 뒤를 따랐다.

달리 매복이 없는 듯하다는 부관의 보고에 홍계희가 이끄는 군대는 다시 움직이기 시작했다. 허나 얼마 가지 않아 화살이 날아들었고, 화살에 맞은 관군들이 맥없이 쓰러졌다.

"흩어져! 기습이다!"

홍계희가 소리쳤고 관군들은 재빨리 흩어져 주변을 살폈다.

달성이 빠르게 길을 잡았고, 민백상과 동기 등 서생들이 그 뒤를 따랐다. 그때 화살 하나가 날아와 한 서생의 가슴에 꽂혔다. 정휘량의 지시에 매복해 있던 관군들이 일제히 화살을 쏘았다. 그중 하나가 민백상을 향해 날아들었고, 그 순간 동기가 뛰어들었다. 끔찍한 고통에 동기의 얼굴이 참혹하게 일그러졌고, 민백상이 그의 어깨를 잡아 흔들었다.

"동기야."

정휘량이 역도들을 추포하라 명을 내리자 관군들이 서생들 쪽으로 다가섰다. 그때 관군들에게로 화살비가 쏟아져 내렸다. 나철주와 변종인이 이끄는 명사 소속의 군사들이었다. 나철주와 변종인은 서생들을 엄호했고, 나머지 군사들 역시 서생들을 에워싼 채 관군들과 대적했다. 한낮에 시작된 싸움은 어둑한 밤이 될 때까지 이어졌다. 정휘량이 이끌던 매복 부대는 나철주와 변종인이 이끄는 군대에 전세가 밀리기 시작했고, 결국 정휘량과 부관 하나만이 겨우 살아남아 도망쳤다. 산 속에는 어둑한 어둠이 찾아왔고, 관군들은 낯선 지형과 혹시 있을 매복이나 기습을 우려하여 일단 물러났다. 그 틈을 타 나철주와 변종인이 이끄는 군사들은 서생들의 탈출을 도왔다. 이사와 변종인이 앞뒤에서 군사들을 이끌었고, 장삼과 다른 군사들은 부상병과 다친 서생들을 부축했다. 민백상은 동기를 부축한 채 힘겨운 걸음을 옮겼다. 나철주가 자신이 하겠다고 했으나 민백상은 거절했다.

"아니 됐네. 인석은 내가 데려갈 것이니 자넨……."

그때 동기가 풀썩 주저앉았고, 그 바람에 민백상마저 넘어졌다. 나철주가 그들에게 다가섰고, 앞서가던 변종인과 이사도 뒤를 돌아보았다.

"아무래도 안 되겠어요. 저…… 여기 두고 스승님이라도 속히 피하세요."

동기가 버석거리는 입술을 떼어 겨우 그리 말했으나 민백상은 그를 포기할 수 없었다.

"헛소리 말고 일어서. 살 수 있다."

동기가 힘겹게 옅은 웃음을 지었다.

"우리…… 스승님. 그새 허풍이 많이 느셨네."

"몹쓸 놈."

"스승님. 우리가…… 우리가 뭘 잘못한 걸까요? 우리가 정말 헛된 꿈을 꾼 걸까요?"

민백상의 손을 잡고 있던 동기의 손이 차가운 바닥으로 툭 떨어졌다. 눈조차 감지 못한 채 동기는 숨을 거두었고 민백상은 실감이 나지 않는 듯 멍하니 동기를 바라보았다. 상것들이 해봐야 뭘 얼마나 하겠냐, 급제할 놈 하나 없을 거다. 완전히 헛꿈 꾼 거다. 그렇게 들어선 과장에서 민백상은 동기의 시권에 가장 많은 홍점을 주었고, 동기는 장원이 되었다. 동기는 그렇게 뼛속까지 노론인 민백상의 신념을 흔들어놓았고, 결국 서재로 오게 만든 놈이기도 했다. 서재에서 함께 보낸 이 년 가까운 시간, 동기는 총명함과 성실함으로 그를 기쁘게 하는 제자였고, 그를 다정히 챙기고 살뜰히 위하는 아들이었으며, 이놈이 조정에 나가면 어찌 될까 기다려지는 내일이자 미래였다. 민백상은 떨리는 손으로 동기의 눈을 감겨주었다. 동기의 눈에 맺혀 있던 눈물이 흘러내렸고, 그것은 민백상의 눈물이 되었다.

나철주 역시 젖은 눈을 들어 캄캄한 하늘을 올려다보았다. 이런 날, 하늘은 참 무심했다. 하늘이 있다면, 신이 존재한다면 이럴 수는 없는 일이었다. 모두가 그렇게 서러운 눈물을 쏟아내고, 또 쏟아냈다. 무정한 하늘과 비정한 세상에 대한 원망이 끝을 모르고 자심해졌다.

한참 후, 그들은 다시 무거운 걸음을 떼었고 명사 군사들의 훈련터에 다다랐다. 서너 개의 군막이 꾸려졌고, 군막들마다 부상병들의 신음소리가 들려왔다. 한쪽 구석에는 동기를 포함해 목숨을 잃은 서생들과 군사들이 눕혀졌다. 싸늘한 주검들은 점차 늘어갔고, 그 처참한 풍경에 모두 말을 잃었다.

민백상은 마음을 굳힌 듯 짐을 챙겼고, 나철주와 변종인에게 도성으로 떠나겠노라 하였다.

"망자들 마지막 배웅을 잘 부탁하네."

"저희와 함께 움직이시지요. 이대로 돌아가시면 역도로 몰려 봉욕을 당하십니다."

"알고 있네."

"하오시면 어찌……."

"돌아가서 꼭 해야 할 일이 있을 듯싶으이."

나철주와 변종인은 더는 그를 잡지 못했다.

"자네들만이라도 꼭 살아남아야 하네."

그 말을 끝으로 민백상은 산길을 내려갔다. 그를 바라보는 나철주와 변종인의 눈빛에 복잡다단함이 스쳤다.

❀ ❀ ❀

궐문 앞에 다다라 말에서 내리는 두 사내가 있었다. 선과 민우섭이었다. 밤을 달려온 듯 지친 기색이 역력했다. 선은 선뜻 궐 안으로 들어서지 못한 채 망연히 궐 안을 응시했다.

창덕궁 편전, 선이 돌아왔다는 소식을 들었으나 왕의 얼굴에서는 그 어떤 감정도 느낄 수 없었다.

"전하, 세자 저하 들었사옵니다."

이내 문이 열리고 선이 안으로 들어섰다. 선과 왕의 시선이, 아들과 아비의 눈길이 맞닿았다. 아비의 얼굴에는 분기를 찾아볼 수 없었다.

"먼 길 다녀왔으니 그 여독으로 피곤할 텐데 여긴 뭐 하러 달려왔니."

차분한, 아니 자상하기까지 한 목소리였으나 그것이 선을 더욱 긴장하게 만들었다.

"드릴 말씀이 있습니다."

"하나만 묻자. 그 서재라는 거. 평민에 천출, 그리고 역적의 자손들까지 모여 있다는 그 서재. 네 손으로 만든 거 맞니?"

"그러하옵니다."

선의 대답에 차분하던 왕의 눈빛이 흔들렸으나, 이내 평정을 되찾았다.

"그래, 알았다. 그만 물러가 쉬어라."

"하오나,"

"난 너에게 더 이상 들을 말이 없구나."

층계를 내려선 왕은 편전을 나서려는 듯 문 쪽으로 향했다. 허나 선은 이대로 그를 보낼 수 없었기에 용기를 내어 그를 불렀다.

"아바마마."

"너하고 나. 우리에게 말이 의미가 있긴 하니. 우리가 논쟁을 한다고 달라질 게 뭐가 있겠니. 니가 뜻을 꺾을 수 있겠니, 아니면 내가 마음을 접을 수가 있겠니."

선은 상처 입은 부왕의 모습을 먹먹하게 바라보았다. 그 젖은 눈을 바라보던 왕이 큰 목소리로 상선을 불렀다.

"지금 당장 거처를 경희궁으로 옮기겠다."

선의 얼굴이 굳었고, 상선 또한 조심스레 눈치를 살피며 물었다.

"경희궁은 어찌……."

"생각을 해야 되니까. 담장 하나를 사이에 두고 우리 세자 숨소리를 듣고 앉아서는 도무지 생각을…… 생각이라는 걸 할 수가 없으니까."

왕은 그대로 편전을 나가버렸다. 아득히 멀어지는 부왕의 모습에 선은 힘없이 고개를 숙였다. 그런 선을 뒤로한 채 왕은 이 년 전, 선과 함께했던 부용정 정자를 찾았다. 망연히 허공을 바라보던 왕이 쓸쓸히 운을 떼었다.

"이 몸이 진즉 죽어지지 않은 게 한이로구먼. 차라리 저 녀석의 생각을 알기 전에 죽어졌더라면…… 그랬다면 좋았을걸. 참으로 좋았을 게야."

왕은 쓰게 웃으며 긴 한숨을 내쉬었다.

처소로 향하던 왕의 눈에 이산과 함께 서 있는 혜경궁이 보였다.

혜경궁이 예를 갖추었고, 이산 역시 그러했다.

"이 시각엔 어인 일이냐."

혜경궁은 말을 아꼈다. 생각 같아서는 혜경궁을 이대로 돌려보내고 싶었으나, 어린 손자 앞에서 그 어미에게 그리 굴 수는 없는 일이었다. 왕은 이산의 손을 잡고 안으로 들었고, 혜경궁이 뒤를 따랐다. 왕이 자리에 앉자마자 이산은 안마를 해드리겠다며 왕의 어깨를 꾹꾹 주무르기 시작했다.

"어이구 시원하다. 우리 산이, 날이 갈수록 손이 여물어지는구나. 그만하면 됐어, 이놈아. 여기 옆에 앉아보거라."

왕이 따뜻하게 웃으며 이산을 제 옆에 앉혔다.

"할바마마. 경희궁으로 이어86치 않으시면 안 됩니까?"

"아니 왜?"

"가까이 계셔야 소손이 안마도 해드리고 또한 경서를 탐독하다 모르는 것이 있으면 자주 들어와 가르침을 청할 수 있을 것이 아니옵니까."

왕이 흘긋 혜경궁을 보았다.

"이번에도 네 어머니 당부가 매우 간곡했던 모양이구나."

"어마마마의 심려를 접하지 못한 것은 아니오나…… 할바마마를 조금이라도 가까이 뫼시고 싶은 마음은 소손 또한 간절하옵니다."

---

86. 이어 : 임금이 거처하는 곳을 옮기는 것.

왕은 이산의 말에 흐뭇한 미소를 지으며 그 손을 잡아주었다.

"잠시 나가 있거라, 산이야. 이 할애비는 어머니에게 할 말이 있어요."

이산이 일어나 왕에게 예를 갖추었고 걱정스러운 듯 제 어미를 보았다. 혜경궁은 애써 환히 웃어주며 이산을 안심시켰다. 이산이 나가자마자 왕은 서늘한 눈빛으로 혜경궁을 보았다.

"아이 앞세워서 더는 애쓰지 마라. 그리해도 니가 얻을 수 있는 건 이제 아무것도 없을 거다."

혜경궁이 눈물 그렁한 눈으로 왕을 보았으나, 왕은 그만 가보라며 그녀를 외면했다. 그 차가움에 혜경궁은 더 말을 붙여보지도 못한 채 물러나왔다. 희정당 앞 층계를 한 발 한 발 내려설 때마다 천 길 아래로 떨어지는 듯한 기분이었으나 아들 앞에서 무너질 수는 없었다. 그때 정순왕후가 다가와 혜경궁과 이산 앞에 섰다.

"갑자기 이삿짐을 싸라는 통에 걱정이 되어 나와봤어요. 이게 대체 무슨 일이랍니까."

혜경궁은 말을 아낀 채 정순왕후를 바라보았다.

"세자가 좀 지각 있게 굴었으면 좋았습니다. 허면 빈궁과 우리 세손이 이리 마음고생을 할 일은 없었을 것이 아닙니까."

지각 있게 굴어야 하는 것은 정순왕후 쪽이었다. 아들 앞에서 그 아비를 깎아내리는 짓 따위 해서는 안 될 일이다. 주눅 든 이산의 얼굴에 울컥 화가 치미는 혜경궁이었으나 애써 그를 감추었다. 정순왕후가 이산의 손을 잡아주며 말을 이었다.

"부디 강건하셔야 합니다. 무슨 일이 있든 용기를 잃어서는 아니 됩니다, 세손."

"예, 할마마마."

정순왕후는 혜경궁을 안타깝게 바라보더니 스쳐 지나갔다. 혜경궁 자신이 선과 이산을 위해 새 중전으로 밀어올린 그녀가 이제는 거리낌 없이 선을 비난하고, 이산을 흔들려 하고 있었다. 혜경궁은 물기 어린 웃음을 지었고, 그런 그녀를 이산이 걱정스레 바라보았다. 혜경궁은 애써 환히 웃으며 이산의 손을 잡았다. 절대 놓칠 수 없고, 놓아서도 안 되는 손. 어떻게든 이 아이만은 지켜야 했다.

세손의 처소 앞에는 선이 묵연히 아들을 기다리고 서 있었다. 그때, 애써 망연함을 감춘 채 이산의 손을 잡고 걸어오던 혜경궁이 선의 모습에 멈칫했다.

"아바마마."

이산이 환히 웃으며 선에게로 달려갔으나, 혜경궁은 서늘한 얼굴로 바라볼 뿐이었다.

"김 상궁, 세손을 속히 안으로 뫼시게."

이산이 처소 안으로 들어가자 혜경궁이 선에게 다가서며 서늘한 투로 말했다.

"저하께선 이만 돌아가보시는 것이 어떻습니까. 무슨 낯으로……

무슨 염치로 세손의 처소를 찾으신 겝니까. 아이 찾지 마세요. 저하는 그럴 자격 없어요. 아이의 안위 따윈 안중에도 없는 아버지는 아이 만나고 사랑할 자격 또한 없는 것입니다. 그러니 돌아가세요, 당장!"

혜경궁이 분노와 설움에 떨며 빈궁전으로 돌아섰고, 선은 그렇게 멀어져가는 혜경궁을 착잡하게 바라보았다. 최 상궁과 지담은 너무도 많은 것을 잃어야 하는 선이 안타깝기만 했다. 선은 이산의 처소로 걸음을 옮겼다. 서안 앞에 서책을 펴놓고 앉아 있던 이산은 아비의 기척을 느꼈음에도 고개를 들지 않았다. 이내 훌쩍이는 소리와 함께 바들바들 떨리는 작은 어깨가 선의 눈에 들어왔다.

"아바마마. 지각 있게 구는 건…… 어찌하는 것입니까."

선은 말없이 아들을 바라보았다.

"아버지는 참으로 신중하신 분인데…… 무엇보다 소자에게……소자에게는 참으로 따뜻한 아버지인데 세상은 어찌."

더 말을 잇지 못하고 고개를 떨구는 이산을 선은 와락 끌어안았다.

"미안하다, 산아. 이 아비가 미안해. 세상이 원하는 대로 살지 못하는 아비라서…… 세상과 불화하여 너를…… 자식의 마음을 이렇게 아프게 할 수밖에 없는 아비라서 미안하다, 산아. 미안하다."

그 품에 안겨 이산이 서러운 눈물을 쏟아냈고, 선이 그런 아들을 다독이며 소리 없이 울고 또 울었다.

의금부 옥사, 옥방 안에는 조재호와 장 내관이 초췌한 몰골로 앉아 있었다. 선이 제 마음을 추스르고는 조재호를 불렀다. 조재호와 장 내관이 예를 갖추었고, 조재호는 못내 안타까운 마음에 선을 꾸짖었다.

"전하의 진노가 하늘을 찌를 듯하온데 여긴 뭐 하러 오셨습니까."

선이 무어라 하기도 전에 뒤에서 홍계희가 톡 끼어들었다.

"역도를 두호[87]하기 위해서지요. 저하께선 그것을 업으로 삼으실 모양입니다."

그 이죽거림에도 선은 아무 말도 할 수가 없었다. 홍계희 뒤 달성 때문이었다. 달성 외에도 서재의 서생과 명사 소속의 군사 서너 명이 오라 지워진 채 끌려 들어왔다. 모두가 고문을 당한 듯 몰골이 이루 말할 수 없이 참혹했다.

"어찌 된 일입니까. 서재에 무슨 짓을 했는지 묻고 있습니다."

선이 홍계희에게 서늘하게 물었으나 그는 태연하기만 했다.

"보시다시피 저하께서 키우신 역도들을 추포하여 오는 길입니다."

"역도라니요?"

"모여서 불온한 꿈을 꾸고 나아가 군사들조차 키운 자들이 역도가 아니면 누가 역도란 말입니까."

군사라니…… 선의 눈빛이 흔들렸다.

---

87. 두호(斗護) : 남을 두둔하여 보호함.

"저하께서 나도주에게 보내신 내탕금으로 키워진 군사를 어찌하여 모른 척하십니까."

선이 얼얼한 얼굴로 홍계희를 보았고, 홍계희는 선을 응시한 채 소리쳤다.

"뭣들 하느냐. 죄인들을 속히 하옥하라."

옥리들이 문을 열더니 달성 등을 짐짝 부리듯 옥방 안으로 던져넣었다. 홍계희는 선에게 예를 갖추고는 옥사를 나섰고, 선이 달성에게 다가가 어찌 된 일인지 물었다.

"관군들이 우리 서재로 막 들이닥쳐서……."

다시 생각해도 억장이 무너지는 듯 달성은 좀처럼 말을 잇지 못했다.

"다들 어찌 되었냐고!"

"대부분 죽고……."

달성은 흐느꼈고, 민우섭은 참담한 듯 눈을 질끈 감았다. 그때, 맞은편 옥방에 있던 장 내관이 나무틀을 붙잡으며 물어왔다.

"죽어요? 누가요? 거기…… 거기 나랑 구면이죠. 장동기…… 내 동생 장동기 알죠? 우리 동기는 아니죠? 잘 있죠, 내 동생?"

울음을 참아보려 했으나 참아지지가 않는 듯 달성이 울음을 쏟아냈다. 그 울음의 의미를 모르지 않았으나 장 내관은 애써 외면했다.

"저하. 소인을 좀…… 소인 좀 여기서 나가게 해주십시오. 우리 동기 구하러 가야 됩니다. 우리 동기를…… 저하, 제발 소인을 여기서……."

참담함이 온몸을 휘감았고 분노에 몸서리쳤다. 선이 분노를 어찌하지 못하고 있던 그때, 왕은 경희궁 침전에서 홍계희가 올린 문서를 보고 있었다.

"서재에서 군사를 키워? 그것도 세자가 보낸 내탕금으로······."

문서를 내려놓고 그리 중얼거리던 왕은 생각할수록 기가 막힌 듯 헛웃음을 지었다. 상선이 조심스레 서신 하나를 내밀었다.

"세자께서 나도주란 자에게 보낸 서신이라 하옵니다."

나도주라면 이 년 전 자신을 암살코자 했던 놈이 아닌가. 헌데 그 놈과 이리 둘도 없는 지기처럼 서신을 주고받아왔다니. 왕은 애써 분기를 억누른 채 운을 떼었다.

"세자 지금 어딨나? 당장 불러들이게."

상선이 잰걸음으로 침전을 나섰고, 왕은 참으려 해도 참아지지 않는 분기에 서안을 엎어버렸다.

그 무렵, 의금부를 나서는 선의 얼굴에도 아비만큼이나, 아니 그 보다 더 그득한 분기가 서려 있었다. 그 앞을 채제공이 막아섰다.

"전하께 가십니까? 가서 무엇을 하실 요량이십니까."

"서재에 모여 있던 자들은 역도가 아니다. 무고한 백성들이니 절대로 벌해선 안 된다."

"전하께서 믿으려 하시겠습니까. 저하께 불리한 증좌가 대전으로 너무 많이 건너간 듯합니다."

"그렇다 하여 아무것도 하지 않고 손 놓고 있을 수는 없네."

희망이 조금이라도 있다면, 부왕이 그의 진심과 백성들의 무고를 믿어줄 거라는 희망이 단 일 할이라도 있다면 절대로 포기해서는 안 될 터였다. 선은 묵묵히 걸음을 옮겼고, 채제공이 그렇게 멀어지는 선의 뒷모습을 더없이 안타깝게 바라보았다.

경희궁 사대. 화살은 번번이 홍심을 빗겨갔으나 왕은 고집스럽게 화살을 시위에 메기고 또 메웠다. 그때 선이 다가섰다.

"드릴 말씀이 있습니다."

"이 아비에게 답을 하는 것이 먼저다."

활은 또다시 홍심을 빗겨갔다. 다른 화살을 시위에 메우며 왕은 나도주를 아느냐 물었다. 선은 침묵했고, 왕이 다시 시위를 당기며 물었다.

"나도주를 아느냐고 물었다."

"그러하옵니다."

"그자가 아비를…… 이 나라 군주를 암살코자 한 자가 맞느냐."

왕의 눈에서 눈물이 떨어졌다. 그 눈물에 선은 또 한 번 침묵했고, 왕이 어서 답을 하라 소리쳤다.

"아마도…… 그럴 것입니다."

왕이 화살을 메운 활을 선에게 겨누었다. 선의 얼굴 위로 당혹감이 스쳤으나 그도 잠시, 선은 겸허히 눈을 감았다. 왕의 손이 부들부들 떨려왔고, 결국 시위를 놓았다. 화살은 선 뒤의 전각 쪽으로 날아가 대들보에 맞고 떨어졌다. 그 소리에 선이 눈을 떴고, 왕은 활을 내던지고는 한 손으로 선의 목을 졸랐다.

"그런데 내탕금을 쥐? 그러고도 네놈이 내 아들이냐?"

선의 목을 조르던 왕이 툭 손을 놓았다.

"대체 왜…… 무슨 이유로 그놈들을 불러 모았냐. 나라에 불만 가진 놈들이 모이는 순간 역도로 변한다는 것을 네놈이 정녕 몰랐단 말이더냐."

"역도가 아니라 백성입니다. 백성이니까 모이는 것입니다. 군주의 말은…… 그 소리가 아무리 작아도 세상에 다 들립니다. 허나 백성의 말은 그 소리가 아무리 커도 세상에 들리지 않습니다. 그래서…… 그래서 모일 수밖에 없는 것입니다. 모여서 소리를 내야 세상이 듣는 척이라도 할 것이니 말입니다. 소자는 그들의 말을 듣고자 하였을 뿐입니다."

"그래서 돌아온 대가가 도대체 뭐야? 니가 보낸 내탕금으로 군사를 키우고 반역을 꾀한 것 외에 얻은 게 대체 뭐냐고."

"살기 위해 방어한 것을 어찌 반역이라 하십니까. 무리한 토벌이 아니었다면 그들은 결코 무기를 들지 않았을 겁니다."

"그놈들 수중에 무기가 있다는 것 자체가 문제야. 군대는 백성들이 함부로 키울 수 있는 것이 아니야. 군주의 손으로 키워낸 군대는 이 나라를 지키는 데 쓰이지만 백성들이 함부로 키운 군대는 오직 왕실과 조정을 공격하기 위함이라는 것을 네놈이…… 네놈이 그것을 왜 몰라."

"그래서 더욱 백성의 소리를 들어야 하는 것입니다. 그들의 분노는 어디에서 기인한 것인지, 군왕된 자라면 마땅히 들어야 합니다. 듣고 숙의하여 분노가 있던 자리를 대안과 희망으로 메울 수 있다면, 백성들 스스로가 무기를 버리려 할 것이기 때문입니다."

"순진한 놈…… 대체 언제까지 그런 망상에 사로잡혀 있을 게야. 망상이 아닌 현실, 니 눈앞에 놓인 현실은 어떤 줄 아느냐? 너의 순진한 믿음이 그 역도들에게 내탕금을 건넸고, 군사를 키웠으며, 종당엔 이 왕실을 공격했다는 것이다. 무엇보다 니가…… 니 손으로…… 국본의 손으로 직접 역도를 키웠다는 것을 이제 이 세상이 모두 알게 되었다는 것이다. 그러니 그 죄를 내가 어찌 가벼이 물을 수 있겠느냐."

왕이 내금위장을 불렀다.

"지금 당장 세자를 동궁전에 유폐해라."

선의 눈빛이 흔들렸고, 내금위장 역시 쉽사리 선에게 다가서지 못했다.

"상선! 뭘 꾸물거리고 있는 것이야. 과인의 명을 듣지 못하였느냐."

상선은 내금위 군사들을 이끌고 선에게 다가섰다.

"저하, 무례를 용서하십시오."

선이 손을 들어 상선과 내금위 군사들을 제지하고는 잠시 부왕의 뒷모습을 바라보았다. 그 눈 가득 쓸쓸함과 안타까움이 그득했다.

선의 발걸음 소리가 멀어지고 곧 아득해지자 긴장이 풀린 듯 왕이 휘청했고, 간신히 서탁을 잡았다. 그 얼굴에 형언할 수 없는 참담함이 가득했다. 선이 동궁전으로 들어와 앉자마자 내금위 군사들이 동궁전 안팎을 철통같이 에워쌌다.

"유폐라니요."

경희궁 침전으로 찾아온 노론 중신들 중 가장 앞자리에 자리한 김상로가 발끈하여 그리 따졌다.

"국본은 내탕금으로 관서에 군사를 키웠습니다. 허면 그 목적이 무엇이겠습니까. 칼을 휘둘러서라도 전하를 꺾겠다는 겁니다. 이 나라를 상것들의 나라로 만들기 위해서요."

홍계희 역시 직접 역도를 키웠다면 국본은 이제 역당의 수괴라 하였다.

"역당의 수괴를 그저 집안에 가둬두다니요. 이런 솜방망이 처벌이 어디에 있단 말입니까."

김한구 또한 역모의 죄는 죽음으로 물어야 마땅한 일이라며 나섰다.

"그만!"

참다못한 왕이 소리를 내질렀다.

"그대들이 원하는 바가 뭐야. 과인이…… 과인에게 대체 뭘 원하는 게야."

"역도를 어찌 다뤄야 하는지 몰라서 물으시는 겝니까."

"전하께서 늘 해오시던 대로…… 무신년, 을해년 용상을 노리던 역도를 다루시던 방식 그대로 역모의 죄를 물으시면 되옵니다."

괴로운 듯 왕이 물러가라 하였으나 김상로는 먼저 비답을 달라 청했다.

"물러가라고. 물러가서 명을 기다리라지 않는가!"

이 이상 왕을 자극했다가는 오히려 국본의 편을 들 수도 있는 일. 홍계희와 김상로는 서로 눈짓을 주고받고는 자리에서 물러났다.

❀ ❀ ❀

명사 군사들의 훈련터 군막 안. 장삼과 이사를 포함한 명사의 정예들이 모여 있었고, 그때 나철주와 변종인이 안으로 들어섰다.

"관서와 도성에 있는 모든 동지들에게 통문을 띄워라. 이제 우리 명사는 도성으로 진격하여 금상을 베고 새로운 세상을 열 것이다."

변종인과 군사들은 묵연히 고개를 끄덕였고, 그들을 보는 나철주의 얼굴에도 결기가 서렸다.

그렇게 나철주가 다시 움직이기 시작한 그 무렵, 왕은 황학정으로 채제공을 불렀다. 잠시 허공을 바라보던 왕이 채제공에게 물었다.

"세자가 군사를 키웠으리라 보나? 군사를 키워 이 아비를 죽이고 용상을 뺏을 수도 있는 놈이냐고."

"그 답은 전하께서 이미 알고 계십니다."

왕이 돌아서며 어찌하여 자신이 그 답을 알고 있다는 것이냐 물었다.

"내가 선이 그놈의 아비라서? 아비니까 믿으라고? 다른 문제였다면 아들을 믿었겠지. 허나 이건 용상이 걸린 문제야. 권력을 쥐느냐 뺏기느냐 하는 그런 문제라고. 이런 문제에 있어선…… 권력을 쥐기 위해서는 형제도, 심지어는 부모도 자식도 얼마든지 버릴 수 있다는 걸 과인은…… 과인은 너무도 잘 알고 있어."

왕이 돌아서 걸음을 옮겼고, 채제공은 불안한 듯 그 모습을 바라보았다.

동궁전에 갇힌 선은 씁쓸히 지하서고를 찾았다. 서책들은 바닥에 흩어져 있었고, 벽에 붙어 있던 지도들 또한 찢겨져 있었다. 성한 것 하나 없이 난장판이 되어버린 서고의 모습이 마치 자신과도 같았다. 선이 서책들을 주워 서탁 위에 올려놓던 그때, 문 쪽에서 왕의 목소리가 들려왔다.

"그 따위 잡서는 보지 않는 것이 좋았다. 아니, 이런 데 틀어박혀 봐야 할 서책이었다면 관심조차 두지 않는 것이 좋았어."

선은 묵연히 아비를 쳐다보았다.

"백성들이 아무리 귀해도, 아무리 귀하게 여기고 싶었다 해도 적어도…… 이 나라 질서를 깨지 않을 만큼이었다면…… 그만큼이었다면 좋았어. 그랬다면 넌 저위를 잃지 않았을 것이다."

각오하지 못했던 바는 아니나 선의 눈빛이 흔들렸다.

"네 손으로 저위를 내려놔. 스스로 폐위를 결정하고 도성을 떠나라."

"그럴 수는 없습니다. 소자는 소자의 죄를 알지 못합니다. 무고한 백성을 해하고 그들에게 역도의 누명을 씌운 자들⋯⋯ 그들을 상대로 끝까지 싸울 것입니다."

선의 눈빛에는 더 이상 흔들림이 없었다.

24

"세상이 너를 역도라 함을 모르느냐."

"모함입니다."

"허면 어찌하여 군사를 키운 것이냐."

"군사는 키우지 않았습니다."

"그래도 달라지는 것은 없다. 서재를 건설하고 관복 입을 자격 없는 놈들 모아다 인재로 쓰겠노라 한 거, 그것만으로도 넌 국본의 자격을 잃었다."

선의 얼굴이 서늘하게 굳었다.

"허나 네가 역도로 몰려서도 안 된다. 허면…… 네 아들 산이에게 권좌를 물려줄 수 없을 것이니 말이다. 지금부터 내가 하는 말 잘 들어. 넌 불온한 서재를 건설한 죄밖에 없다. 그 책임을 지고 스스로 폐위를 결정하면 된다. 나머지는 모조리 나도주라는 놈이 한 짓이야. 군사를 키운 것도, 서재 놈들 모조리 역당으로 물들인 것도 모두 나도주라는 놈이 한 짓이야."

"그럴 수는 없습니다."

왕이 선의 어깨를 강하게 틀어쥐었다.

"현명하게 생각해. 그것만이 네 아들 산이를 지키고 네 목숨을 부지할 수 있는 유일한 길이다."

그 말을 끝으로 왕은 서고를 나서 세손강서원으로 향했다. 서탁 앞에 이산이 있었고, 좌우로 좌우권독과 좌우찬독이 앉아 있었다.

"자왈 군자유어의君子喩於義하고 소인유어리小人喩於利니라."

"뜻 또한 새겨보시렵니까."

"매사를 처리하는 데 있어 군자는 먼저 자신의 행동이 의리에 맞는가를 따지고, 소인은 먼저 자신에게 이익이 되는가를 따진다는 뜻입니다."

문틈 사이로 석강에 든 이산의 모습을 바라보는 왕의 얼굴에 흐뭇한 미소가 어렸다. 그때 채제공이 곁으로 와 섰고, 왕은 여전히 이산에게 눈길을 둔 채 운을 뗐다.

"세자가 역도로 몰려선 안 된다. 허면 저 아이마저 역도가 되는 게야. 그렇지 않은가. 자네가 책임져. 책임지고 국본이 폐위를 결정하게 만들어."

"하오나 전하……."

"토 달지 말고 시행해. 그것만이 모두가 살 길이다."

왕이 단호하게 돌아섰고, 채제공은 참담함에 긴 한숨을 내쉬었다.

무거운 발걸음을 옮겨 겨우 동궁전 앞까지는 왔으나 차마 안으로 들수 없었다. 자신의 주군에게 스스로 저위를 내려놓으라 말할 수는 없는 일이었다. 채제공이 동궁전 앞을 서성이던 그때, 동궁전 안의 선 역시 왕의 말을 떠올리며 고민하고 있었다.

'네 손으로 저위를 내려놔라. 그것만이 네 아들 산이를 지키고 네 목숨을 부지할 수 있는 유일한 길이다.'

이산이 괴로워하며 울던 모습 또한 그 마음을 스쳤다. 자신이 저위를 잃게 되는 것, 하여 군주가 되지 못하는 것은 이제 아무래도 좋았다. 하여 폐위가 된다 해도 이산을 지켜낼 수만 있다면 기꺼이 그럴 수도 있었다. 허나, 그리되면 옥방에 갇힌 서재의 서생들과 나철주는 역도로 몰려 죽게 될 터였다. 죄 없는 자들이 죽임을 당하고, 그들에게 역도란 누명을 씌운 자들은 제 잘못조차 모른 채 승리를 자축하려 드는 일. 더는 용납할 수 없었다. 선의 고민은 밤새 계속되었고, 왕 역시 무거운 마음에 짓눌린 채 그 밤을 새웠다.

다음 날, 채제공은 잠 한숨 이루지 못한 부석한 얼굴로 경희궁을 찾았다.

"사직이라니. 이 판국에 네놈까지 사직을 청하면 어쩌겠다는 게야. 과인의 마음을 진정 모르겠느냐."

"알고 있습니다. 어찌하여 아들을 버리려 하시는지, 군주로서 어찌하여 그 같은 결정을 하고자 하시는지 소신, 알 것도 같습니다. 허나 아버지의 뜻을 따르지 못하는 아들의 마음…… 그 중심에 깃든 귀한 뜻 또한 알고 있습니다."

왕이 미간을 찌푸린 채 채제공을 건너보았다.

"하여 소신은 전하의 뜻도, 또한 저하의 뜻도 온전히 받들 수가 없사옵니다."

"도망칠 생각 마라."

채제공은 왕이 집어던진 사직상소를 가만 바라보다가 다시 왕에게 내밀었다.

"출사로부터 이십 년. 소신은 대부분의 시간을 저하를 보필하는 것으로 보냈습니다. 하오니 소신의 손으로 주군을 버리라 하신 그 명은…… 그 명만은 받을 수가 없사옵니다."

끝내 선을 놓을 수 없다는 채제공의 말에 왕의 눈에는 서운함과 노여움이 서렸다. 채제공은 예를 갖추고 물러나와 동궁전을 찾았다.

"저하, 부디…… 부디 강건하셔야 하옵니다."

흔들리는 눈으로 채제공을 바라보던 선이 괴로운 듯 눈을 감았다. 채제공 역시 마음을 억누르며 자리에서 일어나 깊이 절을 올렸다. 박문수를 잃고, 이종성, 조재호를 잃고, 이제는 채제공마저 잃어야 했다. 지켜줄 힘이 없어 잃을 수밖에 없으나 차마 놓을 수 없는 마음이, 그 미련이 선의 마음을 한없이 괴롭게 만들었다.

그 무렵, 등청할 준비를 마친 채 밖으로 나오던 민우섭이 그 자리에 우뚝 멈췄다. 초라한 행색으로 서 있는 이는 분명 자신의 아비, 민백상이었다. 민우섭은 한달음에 다가섰고, 민백상은 아들의 손을 따뜻하게 잡았다. 아비가 무탈한 것은 다행한 일이었으나 지금의 도성은 너무도 위험했다.

"어찌하여 도성으로 돌아오셨습니까. 도성 분위기가 좋지 않습니다."

"안다. 그래서 돌아온 게야."

아비의 말이 와닿지 않는 듯 민우섭이 얼떨떨하게 아비를 바라보던 그때, 중문을 넘어서 금부도사와 나장들이 들이닥쳤다. 민우섭이 불길한 듯 아비를 보았으나 금부도사는 민백상이 아니라 민우섭을 쳐다보았다.

"죄인 민우섭은 오라를 받으라."

민백상이 당혹감을 감추지 못한 얼굴로 따져 물었다.

"죄인이라니? 이 아이가 무슨 죄를 지었단 말인가."

"지난 이 년간 역도와 밀통한 죄요."

"역도라니?"

민백상이 다시 물었으나 금부도사는 더는 답을 않은 채, 나장들에게 민우섭을 끌고 가라 명했다. 민우섭은 나장들에게 포박당한 채 끌려갔고, 그를 참담하게 지켜보던 민백상이 결심을 굳힌 듯 걸음을 떼었다.

조재호와 장 내관에게 유배형이 내려졌고, 민우섭은 역도와 밀통

한 죄로 옥방에 갇혔다는 최 상궁의 말에 선이 자리에서 벌떡 일어났다. 방을 나서려던 선의 앞을 혜경궁이 막아섰다.

"어디로 가시렵니까."

"비키세요."

"저하께서 가시면 무엇이 달라집니까. 이젠 저하를 제대로 보필치 못한 죄로 저들까지 다치길 원하십니까."

최 상궁과 지담을 보던 선의 눈빛이 흔들렸다. 혜경궁은 최 상궁에게 주위를 물리라 하였다.

"폐위될 길을 찾으세요. 저하의 죄를 다른 자들에게 최대한 덮어씌우고 폐위로 마무리 지을 길을 찾으시라고요. 결단을 하시면 신첩이 따르겠습니다. 죄인의 몸이 되어 죽을 때까지 세상에 나오지 못하고, 오직 머리 위에 걸린 한 자락 하늘만 보고 살라 하셔도…… 그 엄혹한 수인의 삶을 견뎌야 하는 것이, 그것이 당신의 명운이라면 신첩 역시 기꺼이 견딜 것입니다."

의연한 듯 버티던 것도 잠시 혜경궁의 눈에 눈물이 차올랐다.

"허나 아이는 안 돼요. 우리 아이 산이…… 산이만은 위험해져선 안 된다고요."

"빈궁."

"국모의 자리, 군주의 아내가 될 뜻은 지금 이 순간 깨끗이 버려요. 버립니다. 허나, 군주의 어머니…… 이 나라 차기지존의 모후가 될 꿈만은 버리라 하지 마십시오. 허면…… 그렇게까지 하라 하시면 신첩은…… 신첩은 저하를 다시는 용서치 않을 것입니다."

그녀에게 이산은 유일한 버팀목이었다. 지치고 고단할 때마다 이산을 보며 버틸 힘을 냈고, 현실이 참혹하고 끔찍할 때마다 아들의 내일을 꿈꾸며 견뎠다. 그런 아이를 살릴 수만 있다면, 안전하게 지킬 수만 있다면 어떤 것도 감당하고 감내할 수 있었다.

혜경궁이 돌아간 후, 선은 다시 혼자가 되었다. 아끼던 신하들은 유배를 떠났거나 옥방에 갇혔거나 세상을 떠나갔고, 아내는 아이를 위해 제발 저위를 포기해달라 청하고 있었다. 자신을 가두고, 수족을 자르고…… 아비는 그렇게 하나씩 그의 것을 앗아가면서 저위를 그만 내려놓으라 옥죄고 있었다. 너무나 끔찍한 고통에 차라리 숨이 멎었으면 좋겠다, 그런 생각마저 들 만큼 하루하루 지쳐갔다.

"아직도 동궁전에서 기별이 없나?"

왕의 물음에 상선은 그러하다 답했다.

"허면 강제로라도 폐위 절차를 밟아야겠구먼."

"폐위라니요? 천부당만부당하옵니다."

왕과 상선이 바라본 곳에 관복 차림의 민백상이 서 있었다.

"역도로 하여금 이리 궁 안을 활보하게 놔둔 자가 대체 누구야!"

내금위 군사들을 부르기 위해 상선이 밖으로 나섰고, 민백상은 왕 앞에 납작 엎드린 채 살려달라 청했다.

"소신의 아들을 죽여서도, 또한 전하의 아들 국본을 버려서도 아니 되옵니다."

"네가…… 네 손으로 지난 이 년간 서재를 키웠다고?"

"그러하옵니다. 하오니 누군가 죽어야 한다면 차라리 소신이 죽게 하여 주십시오. 소신의 목숨을 거두시고, 아들은…… 아들의 목숨만은 이 못난 아비의 손으로 지키게 하여 주십시오."

"물러가라. 물러가서 살아. 역도의 죄는 내 묻지 않겠다. 그러니 살면서 자식 바로잡지 못한 죄, 너 또한 그 죄를 호되게 치르면서 살아. 살아봐, 어디."

"아니 되옵니다, 전하."

"여봐라, 상선. 대체 뭘 꾸물거리고 있는 게야."

그때 상선이 내금위 군사들을 이끌고 안으로 들어섰고, 왕은 민백상을 당장 끌어내라 명했다. 민백상은 군사들에게 붙잡혀 끌려 나가는 그 순간까지도 아들을 살리고 자신을 죽여달라 절규하고 또 절규했다. 왕이 괴로운 듯 질끈 눈을 감은 채 외면했으나 그가 떠나고도 한참 동안 그 목소리가 귓전을 떠나지 않았다.

의금부 옥사, 민우섭은 고신 탓에 만신창이가 된 채 피를 흘리고 있는 달성이 안타까워 제 옷을 찢어 상처에 동여매주었다.

"한심한 놈."

아비의 목소리에 흠칫 놀란 민우섭이 그를 쳐다보았다.

"내가 아프면…… 내가 곤란하게 생겼으면 그저 한 번쯤 외면해도, 외면해버려도 누구 하나 뭐라지 않을 터인데. 끝까지 외면하지 못하고 이러는 거…… 그래서…… 그래서다. 너하고 국본은 이것 때문에 변을 당하는 게야."

아들은 아비를 제대로 바라보지 못한 채 송구하다며 고개를 숙였고, 그런 아들의 모습에 아비의 마음은 천 갈래 만 갈래 찢어지는 듯했다. 한참 후 사랑으로 돌아온 민백상은 지친 듯 털썩 주저앉았다. 멍하니 허공을 보는 사이 그렇게 어둠은 찾아왔고, 민백상은 흐트러진 옷차림을 정갈히 하고 사모 또한 바로잡았다.

그 밤, 상선이 급한 걸음으로 왕의 침전을 찾았다. 잠자리에 들었던 왕이 일어나 앉으며 무슨 일이냐 묻자 상선은 민백상의 유차[88]를 내밀었다.

"민백상이 자진을 했다 하옵니다."

'전하께서 자식을 앞세우고 살아라…… 살아내라 하셨지만 소신은 자신이 없습니다. 아비가 죽고 아들이 사는 것이 하늘의 이치이거늘 어찌 그 순리조차 거스르라 하십니까. 부디 이 못난 아비의 목숨을 받으시고 아들의 목숨은…… 아들의 목숨만은 돌이켜주십시오.'

그것이 민백상이 왕에게 전하는 마지막 말이었다. 왕은 물기 어린 웃음을 지었다.

---

88. 유차(遺箚) : 죽으면서 임금에게 올리는 글.

"상선. 사가의 아비는 참으로 편리해서 좋겠구먼. 자식을 위해 아무 때나 죽어질 수 있으니 말일세. 허나 왕실에서 태어나 군주가 된 이 아비는 아들을 위해 무엇을…… 무엇을 어떻게 해야 한단 말인가."

왕이 두 눈을 감았다. 소리 내어 쏟아내는 울음보다 더 깊은 눈물이었다.

❀ ❀ ❀

다음 날, 왕은 의금부에 일러 민우섭을 방면하라 하였다.

"상은 정성껏 치르라 해라. 필요하다면 그 죄는 삼년상을 마친 후에 다시 묻겠다."

같은 시각, 최 상궁에게서 민백상의 소식을 접한 선은 먹먹한 통증에 잠시 눈을 감았다. 하루하루 날이 갈수록 잃어야 하는 자가 늘어났다. 그가 지키지 못한 자들이, 자신으로 인해 고통받는 자들이 늘어갔다. 선은 무거운 죄책감에 짓눌린 채 최 상궁에게 물었다.

"그래서 민우섭은 지금 어찌하고 있나."

"일단 방면은 되었으나……."

최 상궁이 채 말을 잇지 못한 채 고개를 숙였고, 그 어깨가 파르르 떨렸다. 선은 어떻게든 버텨보려 안간힘을 써보았으나 이내 눈물이 차올랐다. 그것은 민백상의 사랑에 도착해 아비의 주검과 마주한 민우섭 역시 마찬가지였다. 늘 단정했던 아비는 끝까지 단정한 모습으로 깊은 잠에 들어 있었다. 아비는 마지막으로 자신을 찾아와 한심하다 했었다. 내가 아프고 곤란해도, 끝까지 다른 이를, 다른 이의 상처를 외면하지 못하는 그 미련이 이런 변을 불러온 것이라고도. 또한 아비는 말했었다.

'그러나…… 그러나 아비는 말이다. 국본하고 네가 그렇듯 한심해서 눈물겹도록 한심한 젊음이라서 그래서…… 그래서 더욱 자랑스럽구나.'

민우섭은 제 아비의 손을 잡았으나 싸늘하고 차가운 손은 어쩐지 낯설었다. 민우섭이 처음 이 집에 온 날, 민백상은 어린 꼬마의 손을 따뜻하게 잡아주었다. 타협할 줄 모르고 우직하게 자라는 민우섭을 보며 앞으로 어찌 살아갈지 걱정이라 하면서도 그 등을 무심히 쓸어주던 손 역시 참 따뜻했다. 도성이 불안한데 어찌 돌아온 것이냐는 민우섭의 손을 따뜻하게 잡아주던 그 손 역시 따뜻했다. 헌데, 그랬던 아비의 손이 이젠 차갑기만 했다. 민우섭은 아비의 손에 얼굴을 묻은 채 오열하고, 또 오열했다.

민백상이 숨을 거두었다는 소식을 접한 그 밤, 김상로는 자신의 사랑에 틀어박혀 연신 술잔을 기울였다. 홍계희가 빈 잔을 채워주며 걱정을 늘어놓았다.

"대낮부터 쭉 왜 이러고 계십니까."

"친구가 떠나는데 이별주 한 잔은 마셔야지요. 다른 이는 몰라도 난 민백상과 더불어 건너온 세월이 있어요. 같이 뜻을 세우고 고비도 함께 넘기며……."

김상로의 눈에서 눈물이 주르르 흘렀고, 홍계희 역시 착잡한 듯 자신의 술잔에 술을 채웠다.

"헌데 말년에 이 꼴이 뭐야. 세자하고 엮여서 미친 짓에 놀아나다 이렇게 가는 연유가 뭐냐고. 왜 그 꼴로 달아나서 날…… 친구의 제상에 제주 한 잔 부어주지 못하는 몰인정한 놈으로 만드냐고."

김상로는 치밀어 오르는 분기에 술잔을 집어 던졌다.

"깨버릴 것입니다. 세자가 말하는 그 불온한 희망을…… 아니 세자를 아예 없애버리겠어요. 다시는 미치광이 같은 꿈을 꾸는 자가 나오지 않도록…… 아니, 이 나라 조선이 미치광이의 나라가 되지 않도록 박살을 내버리겠다 이런 말입니다."

다음 날 아침, 왕의 침전으로 김상로와 홍계희를 포함한 노론 중신들이 밀고 들어왔다.

"국본에 대한 처분은 어찌 되는 것입니까?"

"동궁전에 유폐한 채 시간만 끌고 계신 연유가 무엇입니까?"

김상로와 홍계희의 날선 질문이 쏟아졌다.

"폐위…… 곧 폐세자의 절차를 밟을 것이다."

김상로가 불가하다 하였고, 홍계희는 폐위 다음은 어찌 되는 것이냐 물었다.

"전날 폐주 광해에게 그리하였듯 위리안치89할 것이다. 평생토록 세상과는 그 어떤 접점도 허락지 않을 것이다."

"궁궐, 이 높디높은 담장과 법도도 단숨에 뛰어넘어 상것들의 나라를 만들겠다 한 세자이옵니다. 헌데 유배지 허술한 담장이 대체 무엇을 막을 수 있단 말입니까. 세자의 발길이 닿는 곳이라면 그곳이 어디든, 저들이 말하는 희망…… 그 미치광이 같은 불온의 싹이 자라고 또 자라게 될 것입니다. 이 나라는 갈수록 더 큰 혼란에 빠져들 것이고 말입니다."

홍계희 역시 불온의 싹은 당장 잘라야 하는 것이라며 김상로를 거들고 나섰다.

"네놈들이 원하는 바가 대체 뭐야! 날더러…… 아비인 날더러 천륜을 저버리고 내 손으로 직접 내 아들을 죽이기라도 하라는 거야, 뭐야!"

"천륜을 저버리라는 것이 아니라 군주의 소임을 다하셔야 한다는 게지요. 국본을 버리는 것이 곧 나라의 질서를 바로잡는 길이옵니다."

왕의 입술이 부들부들 떨렸으나 노론들은 공세를 멈추지 않았다.

"불온의 싹을 잘라야 하옵니다."

"세자를 버리셔야 하옵니다."

---

89. 위리안치 : 유배된 죄인이 거처하는 집 둘레에 가시로 울타리를 치고 그 안에 가두어 두던 일.

"역모의 죄로 엄히 다스려야 하옵니다."

왕이 그대로 침전을 박차고 나갔으나, 침전 앞 회랑에 김한구가 이끄는 노론의 무리들이 줄줄이 길을 막고 서 있었다.

"세자를 역모의 죄로 다스려야 하옵니다."

왕이 무시한 채 걸음을 내딛려 하였으나 그들은 그 앞에 무릎을 꿇은 채 길을 막았다.

"역도로 다스리소서."

수많은 자들이 마치 돌림노래처럼 국본을 역도로 다스려라 읊어댔다. 왕은 아득해오는 정신을 애써 수습한 채 뒤돌아섰으나, 그곳에도 침전에서 나온 김상로와 홍계희 등 노론 중신들이 부복한 채 길을 막았다.

"세자를 죽여야 하옵니다."

"불온의 싹을 자르지 않으면 조선은 망국의 길로 갈 것이옵니다."

"세자를 죽여야 하옵니다, 전하."

양쪽에서 들려오는 그 소리들에 왕의 분기는 자심해졌고, 그만큼 강한 현기가 몸을 휘감았다. 왕이 휘청하며 털썩 주저앉았으나 노론 중신들은 세자를 죽이라는 읍소를 멈추지 않았다.

경희궁 침전에서 일어나고 있는 일을 전해 들은 혜경궁의 얼굴은 참담하기만 했다.

"폐위로도 안 돼 기어이…… 기어이 전하를 죽이자 한단 말인가."

혜경궁의 눈에는 절망적인 빛이 그득 차올랐다.

"허면 우리 세손은…… 이제 우리 세손은 어찌 되려는가."

그즈음, 빈청으로 돌아온 노론들 역시 이산을 그 입에 올리고 있었다.

"세자를 죽이고 나면 세손은 어찌 처리하실 것입니까."

홍계희의 물음에 김상로는 일말의 고민조차 없이 서늘하게 답했다.

"역적의 아들은 역적. 응당 폐위시키고 어미와 함께 궁 밖으로 내쫓아야지요."

모두가 고개를 주억거리며 동조하던 그때, 밖에서 그 소리를 들은 홍봉한의 얼굴이 흙빛으로 굳었다. 그는 무거운 걸음을 떼어 왕의 침전을 찾았다.

"전하, 아뢰올 것이 있사옵니다."

간신히 분기를 추스르고 있던 왕이 못마땅한 듯 홍봉한을 보았다.

"물러가라. 지금은 아무 말도 듣고 싶지 않다."

홍봉한은 그럴 수 없노라 완강히 버텼다.

"그럴 수 없다니? 너도 노론이다, 그거냐. 그래서 세자 죽이자고?"

"그러하옵니다."

왕이 벌떡 일어나 홍봉한을 노려보았다.

"죽여주랴?"

왕은 신하들이 원망스러웠다. 그저 그 목숨 하나…… 자식 놈 목숨 하나 붙여두자는 게 뭐 그리 대단한 욕심이라고. 뭐 그리 과한 욕심이라고.

"사가의 아비도 마음만 먹으면 구하는 게 자식 놈 목숨인데 하물며 난 군주다. 이 나라 조선의 지존이야. 헌데 자식 놈…… 그놈 목숨 하나를 내 맘대로 못 해? 이 손으로 자식 놈 명줄을 자르라고? 이게 사람이 할 짓이냐."

"둘 다 잃지 않으려면 어쩔 수 없는 일 아닙니까."

왕이 순간 멈칫하며 홍봉한을 보았다.

"세손이라도 건지려면 이젠……."

왕이 털썩 주저앉았으며 떨리는 목소리로 물었다.

"노론 놈들이 세손까지 건드린다더냐?"

"국본이 역도면, 세손 또한 역도. 작당하여 죽이지 않을 거라 어찌 장담한단 말입니까."

왕이 분기와 안타까움에 부들부들 떨었다.

"둘 다…… 국본과 세손 모두 잃고 나면 이젠…… 이젠 어찌하시렵니까."

홍봉한이 눈물로 그리 물어왔고, 착잡함을 달랠 길 없는 왕의 눈에도 눈물이 차올랐다.

🏵 🏵 🏵

"날 죽이고 세손조차 폐하고자 한다?"

동궁전 지하서고, 그리 묻는 선의 눈빛이 서늘하게 빛났다. 지담은 조심스레 이대로 당하고만 있을 것이냐 물었다.

"이대로 모든 것을 잃으면, 저하의 목숨까지 다 잃고 나면 저하께서 꿈꾸던 세상은 어찌 되고 백성들과 하신 그 약조들은 어찌 되는 것입니까."

선은 잠시 아무 말이 없었다.

"도주께선 이제야말로 세상을 바꿔야 할 때라 하십니다."

"무슨 뜻이냐?"

"명사의 정예가 도성으로 돌아왔습니다."

선은 지담이 건넨 대통을 받아들지 못한 채 그저 바라만 보았다.

으슥한 밤, 궐의 담을 뛰어넘어 내려서는 자가 있었다. 내관의 복색을 한 나철주였다.

"따르시지요."

나철주는 자신을 기다리고 있던 최 상궁을 따라 동궁전 쪽으로 향했다. 최 상궁은 선이 기다리고 있는 지하서고로 그를 안내했다.

"거사는 홍계희와 김상로, 노론 수뇌부들의 제거로부터 시작될 것입니다. 같은 시각, 저하께선 경희궁을 장악하시면 됩니다. 부왕에 대한 생사여탈권은 오직 저하의 몫입니다. 목숨을 거두시든 폐위하고 적당한 곳에 유폐를 하시든 그건 저하께서 결정하시면 됩니다."

나철주가 자신들의 계획을 선에게 털어놓았다.

"결단을 하십시오, 저하. 이제야말로 저하와 백성들이 꿈꾸던 세상을 열어야 할 때입니다."

"시간을…… 나에게 시간을 좀 줄 수 있겠는가."

"물론 그리하셔야지요. 허나, 우리에게 그리 많은 시간이 남아 있지 않음을 유념하셔야 하옵니다."

나철주는 은밀히 서고를 빠져나갔고, 그가 떠나고도 한참 미동조차 없던 선은 드디어 결심이 선 듯 붓을 들었다.

'범이 깊은 산에서 울부짖으니 큰 바람이 부는구나.'

선은 자신이 열넷에 지었던 시를 십사 년이 흐른 후, 다시 한 획 한 획 정성들여 써 내려갔다. 어린 시절, 자신을 억압하던 그 모든 것에서 벗어나고자 지었던 시를 다시 쓰며 은밀히 각오를 다졌다.

선이 결심을 세운 그 무렵, 왕은 침전에서 복잡다단한 마음을 술로 달래고 있었다.

"군왕의 자리가 이렇게까지 잔인할 줄 알았다면…… 여기까지 밀려와야 되는 걸 진즉에 알았더라면 권좌 따윈 거들떠보지도 않았을 것이야."

제 손으로 제 아들을 죽이라니. 형왕의 독살에 눈 감은 대가로 얻은 권좌는 삼십여 년이 지나 이토록 잔인한 복수를 해왔다. 삼십여 년, 형왕을 죽였다는 죄책감에서 벗어나 더없이 좋은 군주가 되려고 노력했고 그 뜻을 이루었건만, 아들의 목숨 하나 구하지 못하는 무능한 아비가 되어 있었다. 왕은 괴로움에 연신 술잔을 기울였다. 그

가슴속으로 술보다 더 독하고 쓰라린 눈물이 스몄다.

다음 날, 왕은 침전으로 김상로를 불러들였다.

"세자는…… 세자에 관한 한 그대들의 뜻대로 하겠다. 허나 세손은 건드리지 말어."

"그럴 수는 없사옵니다."

왕은 김상로를 서늘하게 바라보았으나, 김상로 또한 만만치는 않았다.

"세손은 세자 품에서 십여 년을 자랐습니다. 그들 부자가 그럴 수 없이 돈독하다는 건 세상이 다 아는 일. 세손의 심중에서 불온한 싹이 자라지 않을 것이라 어찌 장담한단 말입니까."

"그 싹은 과인이 이 손으로 자르면 된다."

"가능한 일이 아니옵니다, 전하."

"아니라면, 네놈 모가지를 자르면 되고."

서늘한 그 말에 김상로가 흠칫 굳었다.

"과인이 물러설 자리는 여기까지야. 세자 보내고 세손에게 권좌를 승계한다."

"하오나."

"승계하되 세자의 아들이 아니라 과인의 장자였으나 일찍이 세상을 버린 효장세자의 양자로 입적시켜 보위를 물려줄 것이다. 족보에선 국본이 세손의 아비였다는 흔적은 단 한 자락도 찾을 수 없을 것이다. 이 이상…… 더 이상 과인이 물러설 자리는 없다. 만일 물러서라 한다면 이젠 전쟁이야. 너하고 나, 둘 중 하나가 죽어지기 전엔 절대로 이 전쟁은 멈추지 않을 것이다."

왕의 담담하고도 서늘한 말투와 눈빛에 김상로는 흔들렸고, 결국 중신들을 설득해보겠노라 하였다.

그 무렵, 혜경궁은 번다한 마음을 달래려 이산의 처소를 찾아 있었다. 혜경궁은 그림을 그리고 있는 이산을 가만 바라보다 눈이 마주치자 옅게 웃어주었다.

"솜씨가 그새 많이 늘었습니다."

"아바마마 따라잡으려면 아직 멀었습니다."

혜경궁이 슬픔을 삼키고는 애써 웃어 보였다. 허나, 그 노력이 무색하게도 이산의 얼굴에 그늘이 드리웠다.

"아바마마 이제 어찌 되는 것입니까."

"어찌 되시다니 그게 무슨 말입니까."

"궁인들이 이제는 군주가 되실 수 없을 것이라……"

"대체 누가 그런 망발을 일삼았단 말입니까."

혜경궁의 말에 이산이 기대 어린 눈빛으로 아닌 것이냐 물었고, 혜경궁은 절대로 그런 것이 아니라 하였다.

"아버지는 훌륭한 분이세요. 그건 누구보다 세손이…… 우리 세손께서 가장 잘 알고 계시지 않습니까."

이산이 밝게 웃으며 고개를 끄덕였다.

"아버지는 꼭 좋은 군주가…… 훌륭한 군주가 되실 겁니다."

"그렇지요? 그런 것이지요, 어마마마?"

환히 웃으며 그리 묻는 아들을 보며 어미는 애써 슬픔을 누른 채 고개를 끄덕였다.

유폐된 생활이 갑갑했던 듯 선은 창문을 열어둔 채 밖을 바라보고 있었고, 그 뒤에는 지담이 있었다. 그때 열어둔 창에서 차가운 바람이 불어왔고 선은 실로 오랜만에 웃었다.

"대의가 옳은데 방편이야 아무려면 어때. 공평한 세상을 열겠다 한 대의…… 그 대의가 옳은데 정적들 모조리 베어버리고 용상 아래 그놈들 피 좀 뿌려둔다고 뭐가 대수야."

그리 말하는 선을 가만 보던 지담이 두려운 것이냐 물었다.

"그런 거 없다. 내가 두려울 게 무엇이냐."

선은 호기를 부렸고, 이번에는 지담이 부끄러우냐 물었다.

"후일 잘못된 방편을 골랐던 자신이 부끄러워 견딜 수 없을 거라 여기십니까."

긍정도, 부정도 하지 않은 채 침묵을 지키는 선이었으나 지담은 알았다. 그는 지금의 선택을 훗날 후회하게 될까 두려워하고 있음을.

"허면 그땐 저하, 당신에게 이렇게 말해주십시오. 살아남아야 했다고…… 살아남아서 하고 싶은 일이 있었노라고. 지금 그 일을 하고 있다고."

선은 고개를 끄덕이고는 지담을 뒤로한 채 지하서고로 갔고, 서탁 위에 경희궁의 지도를 펼쳤다. 복잡다단함이 그의 심중을 괴롭혔고 선은 지도를 다시 덮어버렸다.

그 밤, 왕은 희우정으로 선을 불렀다.

"찾아계시옵니까."

선을 가만 바라보던 왕이 쓸쓸한 미소를 지었다.

"좀 여윈 것 같구나. 그래, 너도 견디기가 쉽지 않지?"

선은 말없이 시선을 내리깔았다.

"세월이라는 놈이 뭔지. 니가 세상에 떨어진 날이 바로 엊그제 같은데 몸을 가누지도 못하던 놈이 처음으로 썩 하니 앉던 날, 그리고 처음으로 말문을 텄던 날……"

지난 시간을 더듬는 왕의 얼굴에 웃음이 그득했다.

"붓 달라 떼쓰다 제법 그럴 듯한 글씨를 처음으로 썼던 날. 신기하고 떨리던 그 처음들이 지금도 눈앞에 아주 생생하구나. 선아, 이 아비는 말이다. 자식에 대해선 내가 제일 잘 안다, 자식 놈에 관해서는 처음부터 끝까지 내가 이해할 수 없는 일은 없을 거다, 그렇게 이 아비는 자신을 했었다. 허나 내가 너무 오만했던 것 같구나. 어디서부터 잘못된 것일까. 너하고 나, 우리가 어찌하다 여기까지 오게 된 것일까."

"아바마마."

"차라리 내 아들로 나질 말지 그랬니. 그저 웬만한 사가의 아들로 나지. 그랬으면 좀 좋았니. 그랬으면 좀 좋아. 어쩌다가 내 아들로 태어나서……."

왕은 더는 말을 잇지 못했고, 아들의 얼굴도 마주할 수 없어 그대로 자리에서 일어났다. 울음을 참으려 안간힘을 쓰던 왕이 휘청였다. 간신히 벽을 짚고 선 왕이 주르르 눈물을 쏟았고, 선 역시 젖은 눈으로 돌아보았다. 자식을 살리지 못하는 아비가 무슨 염치로 우는 것이냐, 스스로를 욕하면서도 왕의 눈물은 그칠 줄을 몰랐다. 아비는 서럽게 울었고, 그런 아비의 떨리는 어깨를 보며 선 역시 눈물을 참지 못했다. 늘 소리 없이 울던 이곳에서 선은 오늘밤도 그렇게 소리 죽여 울고, 또 울었다.

다음 날, 선은 동궁전으로 홍봉한을 불렀다.

"이 사람의 물음에 정직한 답을 주셨으면 합니다. 산이는 지킬 수 있는 것입니까?"

선을 바라보던 홍봉한이 그 시선을 떨어뜨렸다.

"아바마마께서 세손을 지킬 길은 찾으신 것입니까?"

홍봉한의 눈빛이 흔들렸다.

"그러니까…… 그러니까 이 사람이 마음만 잘 먹으면 산이는…… 그 아이만은 지킬 수 있는 것입니까?"

그리 묻는 선의 목소리가 떨려왔고, 눈물을 참아내느라 눈시울이 붉어졌다. 홍봉한은 아무 답도 하지 못한 채 울음을 터뜨렸다. 그저 미안하고 안타까운 마음에 염치없는 눈물이 터져나왔고, 선이 그를 담담히 바라보았다. 감정을 숨기는 데 서툰 그의 눈물은 백 마디 말보다 더 정직했다. 선은 애써 눈물을 참은 채 옅은 미소를 지었다.

홍봉한이 떠난 후, 선은 최 상궁에게 이산을 동궁전으로 데려오라 하였다. 두 사람은 동궁전 뜰에서 나란히 투호를 했으나, 화살로 가득 찬 이산의 통에 비해 선의 통에는 거의 든 것이 없었다.

"어찌 이리 못하십니까."

"그러게. 오늘은 어째 신통치가 않구나."

"마음을 모으지 못하시는 것입니까. 소문 때문에 말이지요."

"소문?"

선이 의아한 듯 그리 물었고, 이산은 선의 곁으로 다가와 귀엣말을 전했다.

"아바마마께서 군주가 되실 수 없다는……."

선의 얼굴이 굳었으나 이산은 싱긋 웃어 보였다.

"걱정하실 거 없습니다. 그거 다 헛소문이랍니다."

"누가 그러더냐?"

"어마마마께서요. 아바마마께서는 훌륭한 분이시니 꼭 좋은 군주가 되실 것이라 하셨습니다."

선은 먹먹한 가슴을 애써 누른 채 애써 웃어 보였다. 최 상궁과 지담 역시 물기 젖은 눈을 들킬까 고개 숙여 눈물을 훔쳤다.

"그러니 힘을 내십시오, 아바마마."

"그래, 그래 보자구나."

이산과 선은 다시 투호를 했고, 선이 던진 화살이 통에 들어가자 이산은 마치 제 것이 들어간 것 마냥 기뻐했다.

"것 보십시오. 마음을 모으니 잘 되지 않습니까."

선은 그런 아들을 깊은 눈으로 바라보다 꼭 안아주었다.

이산이 돌아가고 나자 선의 얼굴에 가득했던 미소 또한 사라졌다. 선은 어두운 얼굴로 지하서고를 찾았고, 참담한 표정으로 서탁 앞에 앉았다. 부왕이 맹의에 수결한 사실을 안 선이 그에게 따져 물었을 때, 왕은 그리 말했었다.

'아니지, 넌 그렇게 물어선 안 되지. 얼마나 힘들었냐, 힘들고 두려웠냐, 누군가 죽이겠다 위협을 하더냐. 그래서 두려웠냐. 살고 싶어서 몸부림을 쳤던 거냐……'

'대의가 옳은데 방편이야 아무려면 어때. 공평한 세상을 열겠다 한 대의…… 그 대의가 옳은데 정적들 모조리 베어버리고 용상 아래 그놈들 피 좀 뿌려둔다고 뭐가 대수야.'

선은 자신이 일전에 지담에게 했던 말을 떠올리며 쓸쓸한 미소를 지었다. 맹의, 김택이 만들고 부왕이 수결했던 그 문서에도 '대의가 옳으면 방편은 언제나 옳은 법' 그런 말들로 자신들의 부정을 합리화하지 않았던가.

"만일에 말이다. 거사가 성공하고 살아남으면 나는 변명하는 아비가 될 거다."

선은 지담을 불러 그리 말했다.

"살아남아야 했다고, 그래서 어쩔 수 없이 반대하는 놈들 모조리 베어버렸다고…… 그렇게 변명하는 아비가 될 거다. 또한 나를 아비라 믿는 백성들에게는 비정한 군주가 되겠지. 언제든 반대하는 자들은 칼로 누르려들 것이니 말이다."

"지금 무슨 생각을……."

"나도주에게 전하거라. 우리의 거사는 중단될 것이라고 말이다."

지담은 선이 건넨 서신을 묵묵히 내려다보았다.

다음 날, 지담은 목멱산 일각에 자리 잡은 명사의 은신처를 찾았고 나철주에게 선의 서신을 전했다.

'잘못된 방편으로는 대의를 실현할 수 없네. 하고 싶은 일이 있어 살아남았다 해도 결국 그 일조차 해낼 수 없을 것이야. 잘못된 방편이 이미 우리를 변절시켰을 것이니. 거사를 중단하는 것은 패배를 인정하는 것이 아니야. 다만 다가올 희망을 위해 더 많은 인내가 필요한 오늘…… 오늘의 현실을 받아들이는 것뿐이라네. 그러니 부디…… 부디 지금을 절망으로 여기지는 말게나.'

나철주는 선의 서신을 거칠게 구겨버리고는 군막 밖으로 나왔고, 장삼과 이사 등 명사의 군사들이 그의 앞으로 모여들었다.

"곧 거사의 날이 올 것이니 그대들의 결의를 모으고자 한다."

지담이 불안한 듯 나철주를 보았으나 나철주를 포함한 명사들의 눈빛은 결연하기만 했다.

어둑한 밤, 내관들의 집단 거주지가 있는 의통방 근처로 나철주와 변종인, 장삼과 이사 등 명사의 정예군이 모여들었다. 곳곳에서 문이 열리며 출번을 하려는 내관들이 빠르게 거리로 나서기 시작했고, 명사의 정예군들은 소리 죽여 그들에게 다가갔다. 궐문 앞, 경희궁의 내관들이 줄줄이 출번을 하고 있었고, 그들 사이로 말끔히 수염을 민 나철주와 변종인, 장삼, 이사 등이 내관의 복색을 한 채 궐 안으로 유유히 들어섰다.

그 시각, 동궁전 앞에서는 최 상궁이 초조한 듯 누군가를 기다리고 있었다. 지담이 다가서며 말을 건넸다.

"오늘따라 좀 초조해 보이십니다."

"도승지 채제공 영감께 인편을 보냈는데 통 기별이 없구나."

"인편은 어찌……."

"이렇게 저하를…… 이토록 맥없이 놓칠 수는 없어. 이 일을 바로 잡을 수 있는 분은 그래도 채제공 영감만 한 분이 없질 않겠니. 속히 상경을 하셔야 할 터인데……."

"크게 심려치 마십시오, 마마님. 저하께서 아무리 살고자 하지 않으셔도 살리려는 자들이 움직이고 있으니 말입니다."

"그게 무슨 말이냐?"

뒤에서 들려온 선의 목소리에 지담의 얼굴이 흠칫 굳었다. 선은 지담의 어깨를 꽉 붙든 채 다시 물었다.

"그게 무슨 말이냐고 물었다."

지담은 고집스레 침묵을 지켰으나 결국 선에게 명사의 계획을 털어놓을 수밖에 없었다. 선은 그대로 동궁전 안으로 들어가 검을 챙겼고, 그 길로 창경궁의 담을 뛰어넘었다.

그 무렵, 경희궁 뜰에는 내관 복색을 한 이십여 명의 명사 정예군들이 경희궁, 왕의 침전 쪽으로 다가서고 있었다. 왕은 피곤한 듯 잠자리에 누웠고, 상선이 그 이부자리를 꼼꼼히 살폈다. 침전 밖, 곳곳에 포진한 나철주와 정예군들은 겉에 걸치고 있던 내관의 옷과 사모를 벗은 후 침전을 응시하고 있었다. 침전 주변에는 내금위 군사들이 경호를 돌고 있었고, 나철주는 눈으로 그 수를 파악했다. 그때 침전의 불이 꺼졌고, 나철주와 변종인은 서로를 보며 고개를 끄덕였다. 침전 쪽으로 명사의 정예군들이 접근했고, 내금위 군사들은 동요했다. 장삼과 이사 등이 내금위 군사들을 맡는 사이, 나철주와 변종인 등의 침투조는 침전 안으로 들어섰다.

변종인과 나철주는 앞에서 막고 뒤에서 쫓아오는 내금위 군사들을 베어 나갔고, 흰 창호지에는 그들의 붉은 피가 튀었다. 점점 왕의 침전 가까이 다가서던 그때, 밖의 소란을 감지한 상선이 밖으로 나왔다.

"웬 소란이냐?"

상선은 그 발밑에 쓰러져 있는 내관과 내금위 군사들의 주검에 경악했고, 왕을 보호하기 위해 침전 쪽으로 걸음을 옮겼다. 허나 그 앞에는 이미 나철주가 있었다.

"웬 놈이냐?"

나철주가 그대로 상선을 베었고 상선은 툭 앞으로 고꾸라졌다. 그가 마지막까지 바라보는 곳, 그곳이 침전이리라. 나철주가 그 방 안으로 들어서려던 그때 상선이 나철주를 잡고 늘어졌고, 뒤에서 변종인이 상선을 향해 칼을 휘둘렀다. 나철주가 왕의 침전을 열어젖혔을 때, 선이 경희궁 담장 안으로 내려섰다. 속히 침전 쪽으로 다가섰으나 장삼과 이사 등의 정예군이 그를 막아섰다. 선은 칼을 빼들었고, 치열한 접전이 오갔다. 그렇게 한 놈, 한 놈 제압하며 선은 조금씩 안으로 들어섰다.

"무슨 일이냐."

나철주가 침전 안으로 들어섰을 때, 왕은 담담히 일어나 앉은 채 그리 물어왔다.

"목숨을 가지러 왔습니다, 전하."

왕은 일말의 동요도 없이 지그시 눈을 감았다. 나철주가 그에게 고개를 숙여 예를 갖추고는 칼을 빼어들고 칼집을 바닥으로 내던졌다. 왕을 향해 칼을 높이 치켜든 그때, 나철주가 움찔했다. 금방이라도 숨이 끊어질 듯한 극심한 고통에 뒤를 돌아보았다. 나철주의 피가 흐르는 검을 든 채 서 있는 이는 선이었다. 선 역시 그가 나철주일 줄은 몰랐기에 그 얼굴에 당혹감이 스쳤다. 두 사람의 시선이 허공에서 만났다.

'어찌하여…… 왜……'

'우리는 이제 적이 된 건가. 좋은 짝패가 될 수도 있다고 생각했는데……'

'그렇게 될 거야. 내가 곧 뒤를 따를 테니까.'

나철주는 툭 왕의 앞으로 쓰러졌고, 선의 눈에 눈물이 차올랐다. 왕은 그런 아들을 망연히 바라보았다.

"왜 그러고 섰어. 이리로 와라."

온후하기 이를 데 없는 목소리와 다정한 눈빛에 선이 멈칫했다.

"차라리 잘된 일이다. 잘된 일이야. 뭘 주저하니? 그 칼로 이 아비를 베라. 권력은 그렇게 잡는 거다."

칼을 잡은 선의 손이 떨려왔고, 왕은 간절한 눈으로 그를 보았다.

"이 아비가 가고 니가 남는 것이야. 아비가 먼저 죽고, 자식이 남는 것, 그게…… 그게 순리야. 자, 그러니까……"

왕이 눈을 감았으나 선은 칼을 바닥으로 던졌다. 그 소리에 왕이 눈을 떠 선을 보았다.

"그러지마. 어서 칼을 잡아!"

왕이 소리쳤으나 선은 그 앞에 무너지듯 꿇어앉았다. 왕은 안타까운 눈빛으로 선을 보았다. 땀과 눈물로 범벅이 된 얼굴로 선이 왕에게 말했다.

"너무 힘겨워 마십시오, 아바마마."

왕의 눈이 눈물로 일렁였다.

"이제는…… 이제야말로 소자가 가야 하는 것입니다."

왕은 고개를 가로저었다.

"저들의 뜻대로 소자가 아버지를 해하고 용상의 주인이 된다면 그건…… 그것은 또 다른 택군의 시작일 뿐입니다."

왕은 괴로움에 더는 선을 바라보지 못하고 눈을 감았다.

"용상이 정적의 죽음 위에 세워지는 것은 막아야 합니다. 학살을 지휘한 손으로 미래를 가리키는 일이…… 그 일이 얼마나 힘들고 고단한 일인지는 다른 누구보다 아바마마께서 가장 잘 알고 계시지 않습니까."

우직할 정도로 착하고 고집스러운 아들은 이번에도 그 고집을 꺾을 생각이 없었다. 아비의 눈에서 눈물이 차오르고 또 차올랐다. 아프게 웃으며 우는 아비였고, 울면서도 웃어 보이는 아들이었다.

❦ ❦ ❦

선은 수인의 옷을 입은 채 동궁전을 나섰고, 그 뒤를 내금위 군사들이 따랐다. 그 무렵, 최 상궁은 선의 마지막 명으로 이산의 처소로 향했다. 그녀는 이산에게 서신을 내밀었다.

"아바마마께서 남기신 것입니다."

영문을 모르는 이산이 서신을 집어들었고, 서신을 읽어 내려가기 시작했다.

선이 동궁전 문을 나서자 등을 돌린 채 서 있는 혜경궁이 보였다. 잠시 그 등을 바라보던 선이 덤덤히 발길을 옮겼고, 그가 멀어지자 혜경궁이 뒤돌아 선을 보았다. 그 고운 얼굴이 눈물로 가득 젖어 있었다.

희우정에서 선이 그린 그림들을 한 장 한 장 바라보던 왕에게 대전 내관이 다가섰다. 왕은 무거운 발걸음을 창경궁 휘령전으로 옮겼다. 월대 위에 왕이 있었고, 그 아래 김상로와 홍계희 등 노론 중신들이 자리했다. 마당 한가운데는 커다란 뒤주가 놓여 있었고, 선은 묵연히 다가와 그 앞에 섰다. 서로를 아프게 바라보는 아들과 아비의 시선이 마주쳤다. 버선발로 휘령전을 향해 달려가는 작은 발은 이산이었다. 아비의 서신을 손에 꽉 움켜쥔 채 뛰고 또 뛰었다.

'산아. 아비는 곧 죽을 것이다. 그러니 너는 아비의 원수를 크게 갚아라.'

휘령전, 뒤주가 둔중한 소리를 내며 열렸다. 선이 그 안으로 들어서려던 그때, 이산이 달려 들어왔다. 선의 얼굴에 당혹감이 가득했다.

"아바마마…… 아니 되옵니다. 아바마마."

이산이 엉엉 울며 제 아비의 손을 꽉 잡았고, 선은 주위의 군사들에게 서늘하게 명했다.

"세손을 이곳으로 이끈 자가 누구냐. 속히 세손을 뫼시지 못할까."

내금위 군사들이 이산에게 달려들어 선에게서 떼어냈다. 이산이 발버둥 치며 아니 된다 목 놓아 울었고, 선은 애써 차갑게 돌아섰다. 아비로서 아들에게는 의연한 모습을 보였으나, 그 역시 아들과의 이별에 쏟아지는 눈물을 참지 못했다. 그런 아들의 모습을 맞은편에 있던 아비가 묵묵히 바라보았고, 결국 그 눈에도 눈물이 차올랐다. 이산이 군사들에 이끌려 휘령전 밖으로 끌려 나왔고, 문은 굳게 닫혔다. 허나, 이산은 군사들을 뿌리치고 다시 문 쪽으로 달려가 문을 두드렸다. 그때 채제공이 그를 강하게 잡아채었다.

"놔, 이거 놔요. 놔."

채제공이 그 어깨를 잡아 강하게 돌려세웠다.

"눈빛 단정히 하십시오. 이러시는 거 아바마마께서 좋다 하지 않으실 겝니다. 그러니 어깨 펴고 왕재답게 의연하게 아바마마를 배웅하셔야 합니다."

그리 말하는 채제공의 눈에도 눈물이 그렁했으나 그 역시 안간힘을 써 울음을 참고 있었다. 그런 채제공을 보던 이산이 숨까지 억지로 참아가며 애써 울음 끝을 잘라냈다. 세상에서 가장 좋아하는 아버지를 위해, 그가 좋아할 만한 모습을 보이고 싶었다. 이산과 채제공은 닫힌 문을 향해 섰고, 정중히 예를 올렸다.

마치 그런 이산을 보듯 선은 문 쪽을 바라보다가 다시 뒤주를 향해 걸음을 옮겼다. 선은 부왕에게 마지막으로 깊이 예를 갖추었다. 더는 저 고운 아이를 보지 못한다는 생각에 왕의 눈에 눈물이 차올랐으나, 왕은 눈을 깜빡이는 것조차 아까운 듯 선의 모습을 지켜보았다. 마지막까지 아들을 놓을 수가 없는 아비는 흐르는 눈물도 닦지 않은 채, 그렇게 아들을 제 가슴에 담고 또한 묻었다.

선은 뒤주 안으로 들어가 묵연히 앉아 눈을 감았다. 뒤주의 문이 닫혔고 자물쇠가 채워졌다. 그제야 왕이 차고 참았던 눈물을 쏟아냈다.

❀ ❀ ❀

그로부터 몇 년이 흘렀다. 툭…… 툭…… 힘없이 지팡이를 짚고 가는 왕의 곁으로 어느덧 청년으로 자라난 세손 이산이 다가서 그를 부축했다. 부용지 앞에서 두 사람은 걸음을 멈추었고, 왕이 주위를 둘러보았다.

"오랜만에 나오니 참 좋구나."

"날이 찹니다, 할바마마. 밖에 너무 오래 계시지 않는 것이……."

왕은 힘없이 고개를 끄덕였다.

"겨울이라서 그런가. 하루 볕이 아주, 많이 짧아졌구나. 하루 볕은 이리도 짧건만…… 이 진저리나는 삶은 대체 언제까지 이어지려는지……."

왕은 허허롭게 웃더니 이산을 바라보았다.

"산아, 나는 말이다. 이 할애비는 네 아비 보내고 늘 숙제하는 기분으로 살았다. 아들 명줄까지 잘라서 지킨 나란데 단 한 시도 소홀

할 수가 없었다."

이산은 묵묵히 왕을 보았다.

"조만간 이 숙제 네가 넘겨받아야 할 게다. 산아."

"예, 할바마마."

"너 요즘 누구랑 밥 먹어? 친구는 있니?"

생각지 못했던 질문에 이산은 그저 옅게 웃었다.

"염치없이 홀로 앉아 턱 하니 수라상 받는 게 그게 임금이란 자가 하는 짓이다만…… 가끔 같이 밥 먹는 친구 하나쯤 만들어. 그래야만 천형과도 같은 군주의 길…… 그 외로운 길을 견뎌낼 수 있을 거다."

왕은 이산의 얼굴을 애틋하게 쓰다듬고는 천천히 걸음을 옮겼다. 그 뒤를 이산이 묵묵히 따랐다.

눈이 내린 길 위로 꽃잎이 떨어지고, 다시 단풍이, 또 낙엽이, 다시 눈이 쏟아지고, 다시 꽃잎이 떨어졌다. 이제 스물다섯의 나이로 조선의 스물두 번째 군주가 된 이산이 그 길을 걷고 있었다.

'산아. 아비는 곧 죽을 것이다. 그러니 너는 아비의 원수를 크게 갚아라. 아비의 원수를 갚으려면 말이다.'

이산은 부용지를 돌아 규장각으로 걸음을 옮겼다. 규장각에는 연구에 몰두하고 있는 정약용과 박제가, 그리고 선이 집필한 《무기신식》을 보며 병법서를 보충 중인 백동수 등이 있었다.

'궁궐 가장 아름다운 터에 서재 하나 지어라. 그리고 인재들 가림 없이 모아 불가능한 꿈을 꾸게 하여라. 그것이…… 그것이야말로 아비의 원수를 가장 크게 갚는 일이다.

붉은 용포를 입은 이산이 들어서자 규장각 각신들이 하나둘 자리에서 일어났다. 이제는 초로의 노인이 된 채제공이 옅은 미소로 그를 맞았다. 마치 선이 살아 돌아온 것 마냥 그를 쏙 빼어 닮은 이산의 모습에 채제공은 복잡다단한 미소를 지었다. 신하에게 불신받고, 부왕에게 버림받았으며 종당에는 아내마저 외면한 가운데 죽어갔으나 저렇듯 귀한 군주를, 조선의 희망을 남기고 떠났다.

옳지 않으니 승복할 수 없고, 승복할 수 없으니 싸우겠다 했던 젊디젊은 주군이 있었다. 이길 수 없을 것이니 헛된 희망을 버리라 하면, 희망은 마음에 둔 생각이 아니라 의미 있는 행동이니 싸우고 있는 바로 그 순간이 희망의 증거라 말하던 국본이 있었다. 승자가 되기 위해 싸우지 않고 사람이 사람대접을 받고, 사람이 그 어떤 것보다 먼저인 그런 세상을 열고자 세상과 맞서 싸운 세자가 있었다. 공평하고 진보한 조선의 군주가 되라, 그 귀한 유지를 남기고 간 저기 저 군주의 아비가 있었다.

"나는 사도세자의 아들이다."

계몽 군주 정조 이산의 즉위 일성이 울려 퍼졌다. 규장각 각신들이 예를 갖추었고, 아비 사도세자의 꿈을 현실로 펼쳐 보일 희망에 이산이 벅찬 미소를 지었다.

국립중앙도서관 출판시도서목록(CIP)

비밀의 문. 2권 / 윤선주 극본 ; 김영은 소설
— 고양 : 위즈덤하우스, 2015
p.;   cm

ISBN 978-89-5913-888-3 04810 : ₩14000
ISBN 978-89-5913-862-3 (세트) 04810

한국 현대 소설[韓國現代小說]
텔레비전 드라마[television drama]

813.7-KDC6
895.735-DDC23   CIP2015003512

비밀의 문 의궤살인사건 2

초판 1쇄 인쇄 2015년 2월 9일 **초판 1쇄 발행** 2015년 2월 23일

극본 윤선주 **소설** 김영은 **펴낸이** 연준혁

멀티콘텐츠사업분사 분사장 정은선
출판기획 오유미 배윤영 **콘텐츠비즈니스** 이화진
디지털콘텐츠 전효원 **이러닝기획** 김수명 송미진
디자인 하은혜 **제작** 이재승

펴낸곳 (주)위즈덤하우스 **출판등록** 2000년 5월 23일 제13-1071호
주소 (410-380) 경기도 고양시 일산동구 정발산로 43-20 센트럴프라자 6층
전화 031)936-4000 **팩스** 031)903-3893 **홈페이지** www.wisdomhouse.co.kr
종이 월드페이퍼 **인쇄·제본** (주)현문 **후가공** 이지앤비

값 14,000원   ISBN 978-89-5913-888-3 04810
                978-89-5913-862-3 (세트)

＊잘못된 책은 바꿔드립니다.
＊이 책의 전부 또는 일부 내용을 재사용하려면 반드시
  사전에 저작권자와 (주)위즈덤하우스의 동의를 받아야 합니다.